IRINA B
&
CARMEN VOINE

IUBITELOR MELE *prietene*

Editor: Camelia SOCEANU
Redactare: Ana-Maria DATCU
Tehnoredactare: Stelian BIGAN
Design copertă: Bianca DEMIAN

Descrierea CIP a Bibliotecii Naþionale a României
BINDER, IRINA
Iubitelor mele prietene / Irina Binder, Carmen Voinea-Răducanu. -
București : For You, 2019
ISBN 978-606-639-317-1
I. Voinea-Răducanu, Carmen
821.135.1

IRINA BINDER
&
CARMEN VOINEA-RĂDUCANU

IUBITELOR MELE prietene

Editura For You
București

ARGUMENT

Prietenia este țărmul acela ferm și loial după care jinduim când plutim în derivă în mijlocul unei furtuni devastatoare. Și se află la o clipire distanță de noi... Este suficient să ne deschidem inima pentru ca și alți călători de pe oceanul vieții să își dorească întâlnirea cu noi. Nu există om care să nu tânjească după extazele și savorile profunde ale prieteniei, iar un înțelept zicea odinioară că succesul unei vieți se socotește, de fapt, în numărul de prieteni adevărați.

Noi două, Irina și Carmen, ne-am împrietenit înainte de a ne fi văzut ochii una alteia. Ne-au apropiat gândurile așternute în scris, pentru că așa ne deschideam sufletul, atunci ca și acum, și lansam în spațiul virtual apeluri către alte suflete. Iar impulsurile care ne-au adus inițial una lângă cealaltă s-au materializat într-o frumoasă prietenie, la nașterea căreia a contribuit fiecare dintre noi cu tot ce avea mai bun și mai frumos. Și am construit împreună o relație senină și liniștită, care ne-a adus bucurii simple, profunde, binefăcătoare. O legătură de suflet, cu clipe de neuitat, cu dialoguri frumoase, cu valori și idealuri comune.

Dincolo de chimia care ne-a unit la început, amândouă am respectat, am încurajat și am întreținut mereu sentimentele care ne legau, astfel încât, împreună, am înțeles încă o dată că prietenia, susținerea, loialitatea și onestitatea chiar există, contrar a ceea ce susțin pesimiștii – și în pofida unora dintre experiențele noastre mai puțin fericite.

Tocmai astfel, prin împărtășirea experiențelor noastre legate de prietenie, a luat naștere și cartea de față. Împreună cu încă o prietenă foarte scumpă inimii noastre, ne aflam în mașină, pe drum între două orașe dragi nouă. Și, tot povestindu-ne întâmplările din viață și bucurându-ne de lecțiile învățate, ne-am gândit atunci că reflecțiile noastre legate de prietenie vă pot fi de folos și vouă, dragile noastre cititoare și prietene. Căldura și deschiderea cu care ne sunteți mereu aproape este cel mai prețios dintre darurile pe care ni le aduce scrisul. Punem în fiecare slovă, în fiecare gând împărtășit vouă toată dragostea și aprecierea noastră, cu speranța ca măcar așa să vă fim alături în momentele voastre de cumpănă, dar și când trăiți emoțiile reușitei.

Nu ne considerăm modele, nu credem că am fi descifrat misterele relațiilor umane și că ne-am pricepe de-acum să evităm neplăcerile și durerile inerente eșecurilor în relații. Departe de noi asemenea părere! Ne dorim numai să vă împărtășim din amintirile sau tristețile noastre, să vă încurajăm atunci când povara vă este mai grea și să vă reamintim că speranța și credința nu mor niciodată.

Cu alte cuvinte, ne dorim să vă fim prietene și astfel, printr-o carte de căpătâi. Sperăm ca ea să vă fie sprijin și răsfăț, să vă aducă inspirație, putere și lumină. Ne dorim ca, măcar astfel, să fim lângă voi atunci când lacrimile vă vor copleși, să vă oferim umărul și mângâierile noastre, să vă fim... prietene! Prin această carte, ne deschidem inima în fața voastră pentru ca și voi să vă regăsiți forța de a vă deschide față de noi și față de lume, fără teama de vulnerabilitate și eșec. Ne dorim ca rândurile noastre să vă reamintească mereu că viața ne aduce din toate doar atât cât ne trebuie pentru a învăța cum să fim mai puternice și mai fericite. Fiecare prietenie ne oferă lecții valoroase despre cine suntem cu adevărat și ce putem să devenim. Așa că nu vă lăsați doborâte și urmați-vă visurile fără teamă! Noi suntem cu siguranță alături de voi!

Așadar, primiți această carte ca pe un dar pe care vi-l oferim în numele prieteniei noastre. Am înșiruit fiecare rând din ea cu toată inima, ca și cum ne-am fi așezat laolaltă cu voi în fața unei cești cu ceai și a unei prăjituri delicioase și am fi început, cu drag, să depănăm amintiri despre viață și prietenie. Deschideți alături de noi cuferele cu gânduri bune din paginile ce urmează și haideți să trăim împreună momente de grație, dragile noastre prietene frumoase și sufletiste!

Iubitelor noastre prietene, cu prețuire și drag,
Irina Binder și Carmen Voinea-Răducanu

DESPRE MINE

Irina Binder

Când am decis să scriu pentru public, în urmă cu ceva ani, mi-am asumat că ar fi cu putință ca cititorii mei să își formeze fel și fel de păreri despre mine, să mă placă sau nu, să mă aprobe sau nu, să mă înțeleagă sau nu, să mă iubească sau nu... Mi-am asumat tot ce-ar fi putut deriva din curajul meu de a-mi expune în văzul lumii atât trăirile, cât și sentimentele, gândurile cele mai intime sau felul în care văd eu întâmplările vieții.

Trebuie să recunosc, însă, că la ceva nu m-am așteptat și nici măcar nu m-am gândit vreo clipă: la ură. Fiindcă n-am crezut că ar fi cu putință ca unii dintre semenii mei să mă urască pentru succesul meu. Sau doar pentru că nu e pe gustul lor ce și cum scriu, stilul meu de a-mi așterne pe hârtie reflexiile, felul în care-mi exprim experiențele, procesele sufletești. Numai că de atunci și până acum m-am obișnuit cu toate, inclusiv cu cele rele, pomenite mai sus. Am înțeles la timp că, de nenumărate ori – asta ca să nu fiu negativistă și să spun că de fiecare dată –, succesul vine la pachet cu ura celor care nu au reușit aceleași performanțe, dar și a celor incapabili să se bucure de reușitele cuiva...

Tot de atunci mi se reproșează adesea că nu vorbesc mai mult despre mine. Și, nu știu, oare ce ar trebui să devoalez în plus? Cred că tot ceea ce ar trebui să știe oamenii despre mine se află deja în scrierile mele. Fiindcă în rândurile mele, dar și printre ele, vor găsi adesea multe dintre obiceiurile și pasiunile mele, locurile și lucrurile care îmi plac sau nu.

Datorită textelor mele, oricare cititor poate să-mi cunoască sufletul, caracterul, stările sufletești, precum și o mică parte din viață. Și cam atât – dar cred că este suficient. În plus, nu am nimic atât de special încât să consider că merit interesul și atenția lumii. Sunt un om simplu, firesc, deloc ieșit din comun. Sunt o ființă cu bun simț, educată în spiritul unor valori care m-au ajutat să mă alcătuiesc și să mă definesc din punct de vedere sufletesc și uman și nimic nu mă poate schimba din cea care sunt, nici popularitatea și nici succesul. Nu mă voi considera niciodată mai presus de alt om doar pentru că am niște reușite pe care alții nu le au, întrucât sunt conștientă că fiecare om excelează în ceva, că fiecare are ceva valoros, doar că nu toți știu asta și nu toți au posibilitatea să descopere și să dovedească ce potențial au. Și mai știu – și asta e foarte important – că întotdeauna va exista cineva mult mai bun decât mine.

Sunt un om căruia nu-i va fi rușine să își recunoască defectele și nici slăbiciunile, chiar dacă, uneori, din scrierile mele pare că aș avea o moralitate fără cusur. Nu, dragii mei, nu sunt o sfântă! Oare de ce s-au grăbit unii oameni să mă pună la zid, spunând că vreau să par altceva decât ceea ce sunt? Am greșit și eu, am rănit și am dezamăgit, uneori cu voie, alteori fără, am avut momente de rătăcire și clipe în care am fost descumpănită, dar am un suflet sincer, un comportament decent, îi iubesc pe oameni și nu am niciun scop ascuns în relațiile cu ei.

Nu m-am comparat niciodată cu nimeni, nu am concurat cu alții, nu trăiesc ca să-i dovedesc cuiva că pot mai mult, că am mai mult, că știu mai mult. Eu trăiesc pentru a fi cineva în sufletul meu, nu în ochii lumii. Sufletul meu nu se hrănește cu laude și cu ovații, iar atunci când le primesc, o fac cu modestie, recunoștință și smerenie. Sufletul meu se hrănește cu iubirea oamenilor dragi, cu fericirea lor, cu împlinirile lor și cu viața mea frumoasă și senină alături de ei.

Și, dacă tot vreți să știți, aflați că uneori pare că aș pluti, deși mă târăsc. Am și eu durerile mele, dorurile mele, grijile și temerile mele, fiindcă nimeni nu este scutit de necazuri și de neplăceri. Dar am știut mereu că importantă este atitudinea față de tot ceea ce ți s-a dăruit și învățătura pe care o poți trage din toate.

Nici de complexe nu am fost scutită, dar, în timp, am învățat să mă plac și să mă bucur de mine așa cum sunt, conștientă în același timp că sunt mai mult decât un ambalaj și că tot ceea ce am cu adevărat frumos și valoros se află în sufletul meu, bogății din care le pot dărui și altora. Pentru că am descoperit la vreme că frumusețea unui om nu are nicio valoare dacă nu-i ajută și pe alții să fie frumoși, iar avuțiile unui om tot nicio valoare nu au dacă ele nu ajută și alți oameni, dacă nu sunt împărțite cu ceilalți.

Acelora care cred că m-am născut într-o zodie norocoasă vreau să le spun că și eu, ca noi toți, am avut și greutăți în viață – căci unde sunt supraoamenii care nu s-au confruntat cu ele?... La un moment dat, am pierdut tot și m-am reclădit de la zero; a fost un timp în care m-am hrănit doar cu pâine goală și apă, dar și cu speranțe și curaj. Pentru că am preferat să nu depind de nimeni, nu am vrut ca necazurile mele să devină povara altora sau să-i întristeze pe cei dragi. Desigur, mi-a fost de folos și ambiția ca nimeni, niciodată, să nu-mi poată spune „Ți-am dat", „Te-am ajutat" sau detestabilul „Dacă nu eram eu...". Și am mers înainte.

Și mi-am repetat mereu că, dacă voi fi văzută vreodată cu mâna întinsă, atunci va fi doar pentru că mâna mea s-a întins să ofere, niciodată pentru a cere.

Toată viața mea am luptat pentru a dărui binele, mie și celor de lângă mine. Mi-am creat o lume frumoasă, cu oameni buni și sinceri care nu vând imagine, care nu văd câte o oportunitate în fiecare persoană, care nu trăiesc doar pentru a-i dovedi lumii ceva, oameni cu care mă simt în largul meu și în sufletul cărora mă simt în siguranță. Îi evit cât pot de mult pe oamenii negativiști, întunecați, de la care nu am nimic bun de învățat și care îmi tulbură liniștea. Destul de târziu am învățat și să-mi administrez relațiile și să-mi prețuiesc timpul – și pot spune că am câștigat enorm. Am câștigat o viață trăită frumos și pace interioară.

Sunt conștientă că vor exista mereu oameni care mă vor iubi și oameni care nu mă vor plăcea, ba chiar și oameni care mă vor detesta – treaba lor de ce, e povara lor, nu a mea. Între timp, chiar am reușit să mă detașez de lucrurile care-mi depășesc capacitatea de înțelegere și refuz să le mai iau în seamă. Pe mine mă preocupă strict purtarea mea față de alții, nu a altora față de mine. Pentru ceea ce este și ceea ce face, fiecare plătește cu prețul propriei fericiri sau nefericiri – este o chestiune de alegere personală, iar eu nu judec alegerile nimănui.

Nu pot promite că voi fi un om perfect, însă pot spune că îmi doresc să fiu un om bun și să însemn ceva bun în viața acelora care mă întâlnesc. Scopul meu este să aduc un plus de bine și de frumos în lumea asta și, cu ajutorul lui Dumnezeu și cu toată iubirea de care sunt capabilă, sper că voi reuși.

Iar omul Irina Binder, pe care unii se grăbesc să îl catalogheze, pe care alții nu reușesc să îl cunoască și îl judecă fără a-l înțelege, este acela care se poate vedea în scrierile sale, mai ales printre rândurile scrise – acolo există un om mult mai complex, ca în cazul fiecăruia dintre noi, de altfel. Îmi asigur cititorii că niciodată nu voi face vreun compromis de dragul unei imagini bune, de dragul banilor sau din orgoliul de a avea parte de admirația lumii. Și, nu, nu mă voi schimba pentru nimic în lume, indiferent cât de sus sau de jos mă va duce viața. Știu deja că nu se moare din pâine și apă, știu că oamenii care azi te iubesc cel mai mult pot fi primii care dispar când ți-e greu, știu că nimic nu-ți aparține (decât tu însuți), că te poți reclădi de la zero, că poți iubi iar și iar, că poți pierde iar și iar... Și, peste toate, știu că există Dumnezeu, Cel care te poartă în brațe atunci când nu mai poți să mergi, care îți trimite un om bun atunci când rămâi singur, care îți dăruiește un vis nou atunci când nu mai aspiri la nimic...

Nu regret nimic. Sunt recunoscătoare pentru tot binele și frumosul care mi s-au dat, dar și pentru relele și durerile primite. Din toate mi-am învățat lecția și toate m-au făcut să fiu mai puternică. Adevărata mea putere, adevăratul meu succes, adevărata mea bogăție este ceea ce las în sufletul oamenilor. Iar asta nu-mi poate lua nimeni.

Vă mulțumesc celor care mă înțelegeți, care mă admirați, care mă iubiți și care faceți parte din lumea mea frumoasă! Vă rog să luați de la mine doar binele, iar ceea ce este greșit în ceea ce mă privește să vă fie doar un exemplu de „Așa nu“. Le mulțumesc și celor care mă detestă gratuit, chiar celor răi care mi-au arătat cât de nocivi pot fi, pentru că de la ei am învățat cum nu ar trebui și cum să nu-mi doresc vreodată să fiu.

Iar tuturor vă doresc să fiți mereu sănătoși, fericiți, iubiți și înconjurați de oameni buni!

Cu drag și prețuire,
Irina Binder

ASTA SUNT EU

CARMEN VOINEA-RĂDUCANU

Cândva, într-o altă carte, le scriam prietenelor mele, cititoarele mele, cuvinte rupte din inima mea – și exact aceasta este esența scrierilor mele din cartea de față:

Draga mea dragă, știu câte dureri mici sau mari viețuiesc în lumea unei femei, sunt pe-acolo și eu, printre ele, de mână cu tine. Și tot ce-ți spun ție mie îmi spun zi după zi: nu te mai întrista pentru ceea ce nu poți schimba și, tocmai de aceea, nimic din toate cele rele nu trebuie să-ți spargă inima în cioburi mii și să-ți înnegureze ochii. Nu-ți mai urla disperarea în perne. Nu mai plânge pentru toate cele nedorite, întâmplate însă.

Spune-ți mereu, repetă-ți la infinit și dincolo de el: „Sunt un dar. Neprețuit, poate. Subevaluat, sigur! Însă unic. Sunt cea mai frumoasă făptură pe care am găsit-o în lume. Sunt, dincolo de nori, cel mai viu colorat și mai așteptat curcubeu. Iar cine nu mă vrea sigur nu mă merită!"

Îmi place să cred despre mine că sunt o prietenă pentru mulți oameni. Și-mi doresc să vă fiu și vouă la fel, tot o prietenă. Una cu care puteți rezona în multe puncte sau deloc în altele, dar care vă dorește un ocean de bine, așa cum binele l-a visat, l-a căutat, l-a susținut și l-a invocat mereu pentru toți dragii ei.

Îmi doresc ca frânturile de viață pe care le-am însăilat pentru ochii și inima voastră să vă arate, deloc abrupt, căi pe care le-am străbătut eu sau alții în ani trăiți cu bucurie sau melancolie, cu zâmbete sau lacrimi, dar din care cu siguranță am ieșit mai înțelepți cu toții. Și, sper eu, mai buni.

Astfel că, frumos și urât, adevăr sau minciună, înălțare sau decădere, moralitate și imoralitate, iertare și osândă, iubire și ură, loialitate și trădare, sinceritate și fățărnicie, dulce și amar, toate s-au răspândit și-au umplut filele din cartea vieții și a imaginației mele. Și am socotit că ar putea fi povață pentru aceia dintre noi care sunt dispuși nu numai să rămână pe gânduri în urma unor trăiri și ispitiri experimentate de alții, ci să și schimbe la sine ceva în bine.

Așa cum am făcut-o și în celelalte două cărți ale mele, *Visătorii nu mor niciodată* și *Binecuvântate ne fie dorurile*, apărute tot la Editura For You, și pentru această carte mi-am descătușat sipetul cu amintiri ținute prizoniere în timp, am evocat întâmplări din experiențele mele, dar și pe unele pe care le-am aflat din viața altora – și am croit astfel un veșmânt din cuvinte, pentru a vă îmbrăca partea aceea de inimă care încă se plimbă dezgolită și vulnerabilă prin lume.

Și am mai făcut-o și pentru a-mi reaminti cum a fost viața mea alături de prietenele mele bune sau rele, dar pe care le-am crezut la un moment dat la fel de adevărate. Și pe care le-am iubit așa cum m-am priceput eu și așa cum se povestește că ar fi iubirea.

Știindu-vă asemenea mie, oameni ca toți oamenii, nici mai buni și nici mai răi, m-am gândit că mă voi confesa unor inimi-pereche, unor femei ca mine. Unor prietene. Iubitelor mele prietene. Pentru că asta sunt eu, cea din rândurile mele, și mai ales pentru că am înțeles la timp că există ceva mai mult decât ceea ce sunt astăzi: ceea ce pot deveni mâine.

Vă mulțumesc, doamne de dor și leac! Vă rămân mereu recunoscătoare!

A voastră prietenă,
Carmen Voinea-Răducanu

SUNT EXACT CINE VREAU EU SĂ FIU!

Irina Binder

Nu mai pretindeți de la mine să fiu altcineva decât cine sunt. Nu voi fi niciodată cine își doresc alții să fiu, chiar de va fi să plătesc prețul chinuitor al singurătății.

Știu, trăim într-o epocă în care toată lumea caută să vândă o imagine cât mai imaculată despre sine, sperând că ea îi va asigura buna funcționare în societatea asta, care, cu cât este mai defectă, cu atât mai multă perfecțiune pretinde.

Ei bine, eu nu caut să vând o altă imagine a mea, una prefabricată, falsă. Asta sunt: cu bune, cu rele, cu de toate. Sunt un om cu trăiri extreme, cu greșeli, cu temeri, cu slăbiciuni și cu rătăciri omenești.

Nu am fost, nu sunt și nu voi fi niciodată un etalon de moralitate, nu sunt un om perfect, dar îmi doresc și mă străduiesc să evoluez, să-mi depășesc limitele. Dar nu pentru a deveni un produs al societății, ci pentru mine și pentru acei oameni din viața mea care contează cu adevărat și pentru care însemn ceva important.

Nu aspir să fiu iubită de toată lumea. Nu am încercat niciodată să par nici mai bună, nici mai umană, nici mai etică, nici mai credincioasă și nici mai principială decât sunt. Istoria vieții mele cuprinde și fapte care nu îmi fac cinste, și alegeri proaste, și rătăciri, și tot felul de vinovății omenești. Dar nu cred că pot fi acuzată de fapte reprobabile. În plus, nu cred că există un om atât de imaculat încât să mă poată arăta cu degetul.

Pentru orice greșeală pe care am făcut-o a existat o conjunctură care a dus la înfăptuirea ei. Dacă am mințit sau am tăinuit ceva, a fost pentru a mă proteja de curioși, de indiscreți și de cei care, în loc să își trăiască viața lor, caută să o trăiască pe a altora, jucându-se de-a Dumnezeu și manipulând destinele altora.

Iar dacă am greșit cu ceva, singura căreia i-am făcut rău am fost EU.

*

Nu îmi pasă cum mă vede lumea, fiindcă știu foarte bine criteriile superficiale după care se pun etichetele. Nu mă supăr atunci când unii se grăbesc să mă judece, pentru că știu deja că cel mai mult și mai aspru judecă și bârfesc tocmai aceia care mă cunosc cel mai puțin și tocmai aceia care nu sunt cu nimic mai presus decât mine din punct de vedere moral.

Nu mă afectează judecățile de „valoare“ care se emit asupra mea, nici agresivitatea cu care unii caută să-mi facă rău sau chiar să mă distrugă. Și nu mă tem de aceia care încearcă să-mi facă rău, fiindcă știu că un om rău va fi întotdeauna mai slab decât mine. Știu foarte bine, pentru că am înțeles la vreme că oamenii slabi nu pot mai mult decât să judece și că numai oamenii puternici au capacitatea de a înțelege, de a tolera, de a ierta și de a ajuta la evoluția altora.

Nu-i datorez lumii decât respectul și nu cred că mă poate acuza cineva de lipsă de respect. Dar nu mă voi justifica în fața nimănui pentru alegerile mele, pentru felul în care îmi administrez viața și pentru omul care aleg să fiu.

Mă puteți înțelege sau nu, mă puteți simpatiza sau nu, mă puteți aproba sau dezaproba, mă puteți iubi sau chiar mă puteți detesta. Mi-e totuna. Nu depind de simpatia, aprecierile, aprobările și iubirea lumii și nici nu mă hrănesc cu ele. Nu sunt avidă după complimente, fiindcă acestea nu mă ajută nici să fiu mai fericită, nici să ating un prag superior al evoluției mele ca ființă. Complimentele și adulațiile nu mă iau în brațe noaptea, nu îmi alină singurătatea, nu îmi șterg lacrimile, nu mă fac să mă simt mai frumoasă sau mai bună atunci când oglinda mea, conștiința, îmi spune că sunt urâtă și nedemnă de calitatea de om.

Nu fac niciun efort ca să mulțumesc lumea. Nu mă irosesc încercând să dovedesc că am, că pot, că știu, că sunt.

Mai devreme sau mai târziu, într-un fel sau altul, probabil că voi dezamăgi. Voi dezamăgi ori de câte ori voi alege să fiu EU și să îmi trăiesc viața după bunul meu plac. Voi dezamăgi ori de câte ori voi refuza să fiu persoana care își doresc unii să fiu. Voi dezamăgi ori de câte ori nu voi spune doar ceea ce place auzului și gâdilă orgoliul.

Îmi asum tot ceea sunt și ce fac. Dar nu îmi cereți să fiu alta. Sunt așa cum sunt pentru că așa îmi doresc să fiu. Dacă am ceva, bun sau rău, înseamnă că asta merit să am.

Cei care mă iubesc au parte de toată iubirea și de prețuirea mea. Cei care mă detestă au parte doar de indiferența mea. Nu îmi voi degrada niciodată sufletul urând pe cineva.

Purtați-vă cu mine așa cum considerați că merit. Și, nu, nu mă aștept să fiți obiectivi și nici să vă purtați echitabil. Și, cum alegerea vă aparține, eu nu o să vă judec, fiindcă nu eu sunt cea care duce povara nemulțumirilor voastre și nici cea care va plăti în locul vostru pentru faptele voastre, dacă ele vor fi nedemne.

*

Mai important decât felul în care se poartă lumea cu mine este felul în care mă port eu cu ea. Mai importantă decât părerea lumii despre mine este imaginea pe care o văd în oglindă, acea imagine cu care apar mereu în fața lui Dumnezeu, dimpreună cu faptele mele, cu frumusețea sau cu urâțenia mea, cu bunătatea sau cu răutatea mea, cu tot ceea ce însemn atunci când spun „Și ne iartă nouă greșelile noastre, precum iertăm și noi greșiților noștri"...

Uneori, să îi înțelegem pe ceilalți și să îi acceptăm cu minusurile lor, cu neputințele lor, cu absența lor înseamnă atât de mult!... Înseamnă să-i iubim necondiționat. Ce ne-am face oare dacă Dumnezeu ne-ar cere socoteală pentru cât Îl neglijăm și Îl dezamăgim?

GÂNDURI RĂZLEȚE

Carmen Voinea-Răducanu

Căutăm obstacole în loc să căutăm magie, vedem ziduri în loc să vedem stele, purtăm ochelari de cal în loc să purtăm cireșe-cercei la urechi, visurile în buzunarul din dreptul inimii și curcubeul în priviri. Prețuim lucrurile în loc să-i prețuim pe oameni, trăim în trecut în loc să trăim clipa de față, iubim timid și cu frică în loc să iubim dezlănțuit și încrezător, aplaudăm superficialitatea în loc să aplaudăm profunzimea, plângem pentru fleacuri în loc să plângem de fericire, ne bucurăm rar în loc să ne bucurăm în fiecare moment, ne îndoim de existența miracolelor în loc să ne îndoim de existența răului. Ne ascundem sufletul de cei dragi în loc să-l ascundem de cei străini și stăm pe loc în loc să înaintăm.

Oare de ce facem totul de-a-ndoaselea?

*

Vi s-a întâmplat vreodată să le prezentați cu inima deschisă o prietenă/un prieten altor prieteni și aceștia să rezoneze așa de bine unii cu ceilalți, încât la un moment dat să vă treziți că ați rămas fără niciunii? ☺ Ba chiar, după ce s-au cunoscut datorită vouă, să-și dea seama că nu mai corespundeți pretențiilor pe care le au și, uneori, trădându-vă încrederea, să se coalizeze împotriva voastră, eliminându-vă fără pic de remușcare din mai nou formatul lor cerc? Uitând pe bune că la baza nașterii proaspătului lor grup a stat ori o facere de bine (a voastră!), ori chiar bucuria (tot a voastră!) de a vă avea toți prietenii la un loc, reuniți și, astfel, devenind cu toții mai puternici...

Mie, da. De multe ori. Chiar de prea multe ori, încât mă întreb ce-am făcut greșit de fiecare dată când am pățit-o: i-am creditat cu prea multă prietenie, i-am înnobilat cu prea multă încredere și pe unii, și pe ceilalți, crezând că au un caracter rafinat, plin de eleganță și demnitate?

Într-un fel anume, sigur am dat-o de gard atunci când le-am făcut cunoștință. Sau am ridicat vreun zid care-i despărțea unii de ceilalți...

Iubirea deschide fiecare poartă, indiferent cu câte lacăte este zăvorâtă.

REFUGIU ÎN LUMEA VIRTUALĂ

IRINA BINDER

V-ați gândit vreodată că lumea virtuală o fi ea lume, dar că viața virtuală nu este deloc o viață? Că ne-am lăsat cuceriți de așa-zisa „realitate“ pe care ne-am construit-o în virtual și i-am dăruit timpul nostru și multe sentimente, uneori aruncându-le în neant, rareori câștigând ceva benefic în schimb?

Dacă ne-am scutura puțin de amăgiri, poate că lucrurile s-ar așterne pe un făgaș normal, poate că toate clipele vieții noastre ar fi mult mai pline de bucurie și mai puțin de rătăciri și confuzie, așa cum pățim de cele mai multe ori când navigăm în apele unor aparențe lipsite de substanță, fără să încercăm măcar să schimbăm ceea ce poate fi schimbat.

Vă îndemn cu toată dragostea doar să lăsați deoparte iluziile frumoase, să nu vă mai mulțumiți cu floricele, cafeluțe, povești și prăjiturele virtuale, ci să vă luați inima în dinți și să-i întâlniți măcar o dată pe cei merituoși care v-au devenit prieteni în mediul virtual, pentru a-i îmbrățișa și pupa cu adevărat, pentru a le auzi vocea, râsul, pentru a le înțelege emoțiile din privire, acele emoții pe care cuvintele așternute de tastatura unui computer nu le pot reda niciodată, oricât de frumoase ar fi. Să vă oferiți unii altora flori reale, parfumate și colorate, să beți o cafea adevărată împreună, una proaspăt râșnită și fierbinte, să vorbiți ochi în ochi, ca de la suflet la suflet, și să vă bucurați de gustul adevărat al prăjiturilor făcute cu dragoste și cu ingrediente adevărate, nu croite din fotogramele unui modern aparat de imortalizat clipa.

Vă mai îmbii să ieșiți dintre cei patru pereți ai casei, fiindcă natura abundă în sănătate și frumusețe, pentru că în afara zidurilor între care ne ascundem nu sunt pericole, ci viața adevărată, plină de gust și savoare, viața care ni s-a dăruit și care merită trăită, apreciată la adevărata ei valoare și, mai ales, iubită.

Vă mai povățuiesc, întotdeauna cu același drag, să vă ridicați mai des privirea din telefon și tabletă atunci când sunteți în mijlocul lumii, fiindcă ratați tot extraordinarul pe care îl oferă o ieșire din sine și din realitatea virtuală: natura, oamenii, frumusețea cerului, zâmbetele copiilor, privirea animalelor, ciripitul vioi ai păsărelelor, splendoarea multicoloră a florilor, trunchiurile puternice ale copacilor, susurul frunzelor în bătaia vântului, muzica sublimă a curgerii apelor repezi ale unui pârâu de munte...

Cred că a petrece timp în lumea virtuală este cu adevărat benefic doar când există un echilibru corect între ea și realitate și când *device*-urile sunt folosite cu dreaptă măsură, dar și cât se poate de constructiv, de îmbucurător pentru suflet, de folositor pentru minte, pentru setea omenească de a evolua, de a învăța. Mi se pare trist că rețele precum Facebook și Instagram au devenit o modalitate de a ucide timpul, care este totuși cel mai prețios bun al nostru... Există oameni care susțin că nu au timp să citească o carte, să meargă la un spectacol de teatru sau la un concert, să iasă la iarbă verde sau la o cafea cu prietenii, dar petrec ore în șir pe Facebook sau Instagram, nefăcând nimic bun și frumos pentru sufletul lor. Există oameni care pretind că nu au prieteni cu care să iasă sau cu care să se întâlnească, dar se izolează în casă și se complac în prietenii virtuale, nesigure și, din păcate, construite pe un fundament nerealist, destinat să se prăbușească la cea mai mică adiere de vânt. Știu că nu toate prieteniile virtuale sunt la fel, dar cele nevulnerabile sunt în realitate cele mai puține – vă rog să nu uitați asta și să alegeți ce e corect pentru voi.

Văd cu regret cum din ce în ce mai mulți oameni se retrag în lumea virtuală și se amăgesc că trăiesc în realitate... Însă este doar irosire de timp, de visuri, de șanse și de viață. Nu știu de ce tot mai mulți oameni – de toate vârstele – aleg iluzia virtualului în defavoarea veridicității existenței reale. Pentru că am devenit prea comozi și ni se pare dificil să trăim cu adevărat? Sau experiențele de viață triste și dezamăgirile ne fac să fim temători și precauți? Ori ne lăsăm dominați de prejudecăți?

Nu știu, mi-e frică să nu greșesc emițând o judecată în acest sens. Dar am observat, ca ființă ancorată în realitatea ambelor lumi, că ne simțim adeseori mult mai în siguranță în spatele monitoarelor, nejudecați după falsele valori ale societății în care trăim, nerespinși de către cei care îi apreciază pe oameni după criterii superficiale, că, astfel, putem rămâne mai puțin expuși riscurilor de a fi răniți și abandonați. Am cumpănit și am înțeles că uneori ne ascundem în lumea virtuală fiindcă acolo am reușit să ne construim identități pe care le considerăm mai frumoase și mai atrăgătoare decât ceea ce am izbutit să clădim în realitate, acolo unde locuiește adevărul despre personalitatea noastră palpabilă. Însă, dragii mei prieteni și cititori, asta este atât de greșit! Oare cum de am uitat – în acest joc de-a v-ați ascunselea – că suntem atât de vii și de frumoși, că avem atâtea de dăruit și de arătat lumii și, mai ales, că suntem atât de dependenți de apropiere, de căldură sufletească, de iubire?...

Mi-ar plăcea să cred că lumea virtuală este și va rămâne doar un loc unde să petrecem timp de calitate, cu oameni minunați pe care avem șansa să-i cunoaștem cândva în realitate, un loc unde să împărtășim lucruri și emoții frumoase, de unde să învățăm unii de la alții, de unde să înțelegem și să extragem doar informația valoroasă – dar nu singurul loc unde să socializăm cu semenii noștri, nu un refugiu unde să ne alinăm și să ne păcălim singurătatea, nu un loc de ucis timpul, poate cel mai prețios dintre bunurile ce ne-au fost dăruite.

Lumea virtuală este într-adevăr o lume, dragii mei dragi. Una aparent vie, care trăiește, respiră, iubește, urăște, râde și plânge, cade și se ridică, iartă și merge înainte. Dar viața virtuală NU este o viață...

Extraordinarul este acum și aici. În clipa de față, în tot ce avem, în oamenii de lângă noi. Extraordinarul e în viața trăită, nu în acele momente la care visăm și pe care le plănuim mult timp, sacrificând ceea ce suntem, ceea ce avem și timpul atât de prețios, netrăit...

Îți doresc să ai o zi extraordinară!

DE CE NU NE MAI SUNTEM DE AJUNS?

IRINA BINDER

Am constatat cu tristețe că oamenii nu-și mai sunt de ajuns unii altora. Spun asta fiindcă îi văd din ce în ce mai des împreună în diverse locuri, dar, în loc să comunice, să-și vorbească, să se privească și să se bucure unii de alții, sunt preocupați de telefoane.

În restaurante, pe terase, la spectacole, pe stradă sau în natură, vezi oameni stând unii lângă alții ca niște străini care doar împart mese, locuri, încăperi și... atât. Nu emoții, nu bucurie, nu învățături...

Oare chiar nu mai avem ce să ne spunem? Eu am prieteni cu care, atunci când mă întâlnesc, deși vorbim ore și chiar zile întregi, când ne despărțim rămânem cu senzația că nu ne-am spus tot ce aveam să ne spunem, că ne-ar mai fi trebuit timp ca să ne bucurăm unii de alții.

Totuși, la un moment dat, am comis și eu greșeala de a-l face pe un om să se simtă singur alături de mine. Eram pe o terasă cu iubitul meu și l-am surprins privindu-mă într-un fel aparte, în timp ce luasem telefonul mobil să verific dacă am primit răspuns la un mesaj.

L-am întrebat de ce mă privește așa și mi-a spus:

— Pentru că mi-e dor de tine.

— Dar sunt aici, i-am zâmbit eu dulce.

— Nu ești, mi-a răspuns.

Avea dreptate. Nu eram cu el, eram în lumea virtuală, căreia unii dintre noi au ajuns să-i aparțină mai mult decât lumii reale.

Mă aflam într-o zi pe coridorul unei clinici și am văzut ceva care m-a întristat. Un bătrân cu fiica lui așteptau să intre la o consultație, cred. El îi vorbea femeii, dar aceasta era foarte atentă la telefon. Stătea pe Facebook și derula postările de parcă erau mai interesante decât ceea ce-i spunea tatăl ei. La un moment dat, bătrânul - care părea obosit și bolnav -, a întrebat-o ceva, iar ea i-a răspuns răstit, după care și-a văzut în continuare de telefon.

M-am gândit atunci că puteam fi eu cu tata, pe care azi aș da orice să-l mai am și să-mi mai vorbească. Îmi venea să merg la ea și să-i spun că ar trebui să-i acorde atenție, să se poarte frumos, fiindcă va veni ziua în care-i va fi foarte dor de el...

Paradoxal, deși avem atâtea căi de comunicare (SMS, Whatsapp, Messenger, e-mail etc.), nu mai comunicăm cu adevărat unii cu ceilalți. Și, pentru că nu mai comunicăm între noi, nu ne mai cunoaștem. Poate de aceea ne grăbim să ne iubim, ca mai apoi să ne grăbim și să ne uităm unii pe alții.

Mă întristează să văd atâția străini împreună... Oameni care în loc să se privească, să se țină de mână, să se îmbrățișeze și să-și împărtășească emoțiile și visurile sunt atât de distanți.

Și, atunci, de ce mai avem nevoie unii de alții? Doar ca să ne amăgim că avem companie? Pentru că am impresia că suntem mai singuri împreună decât separați unii de alții...

Încerc să-mi imaginez ce s-ar întâmpla dacă omenirea ar rămâne o vreme fără internet. Știu, pare o tragedie de neînchipuit, dar poate fi mai tragic decât să te trezești dintr-odată singur în viață, fără prieteni, fără familie, fără niciun om cunoscut? Eu cred că ar fi o bună oportunitate ca oamenii să învețe din nou să fie împreună, să se bucure unii de alții și să-și fie de ajuns atunci când au șansa să se întâlnească și să fie unii lângă ceilalți.

Oamenii minunați pe care-i vei cunoaște vor fi un dar de la Dumnezeu. Prin oamenii pe care ni-i trimite, El ne arată cât de mult ne iubește. Să-i prețuim și să-i păstrăm – va fi numai câștigul nostru.

ALTE GÂNDURI RĂZLEȚE

Carmen Voinea-Răducanu

Am văzut la televizor o emisiune în care un cuplu – de americani, desigur – își căutau o casă. Bineînțeles, pretențiile erau mari. Dacă oamenii aceia ar fi nevoiți să trăiască în modestele noastre apartamente de bloc, într-o săptămână s-ar spânzura de lustră.

Ea, fără să fie vreo prințesă încoronată, are gura deformată de o silă suverană și de o neîntreruptă nemulțumire, e plină de ifose, privește totul de sus și tace mult; el e un bărbat plăcut, zâmbitor, simpatic, volubil și amabil cu agenta imobiliară, o doamnă în vârstă. Când vorbește, rar și scurt, ea îi pune la punct pe amândoi, pe agentă și pe bărbată-su. Iar în restul timpului, fața ei e toată numai o strâmbătură, mânjită de un dezgust total și definitiv. El este plin de înțelegere când ceva nu e în regulă la casele pe care le vizionează, caută soluții, subliniază calitățile respectivelor imobile și, în rest, tot scuză cu gentilețe și eleganță aerele nevestei în fața agentei: „Știți, soția mea are standarde foarte ridicate..."

La un moment dat, o roagă și pe marea sclifosită să spună ceva, iar ea, plină de suficiență, i-o retează scurt și fără pic de educație: „Mama m-a învățat să tac atunci când nu am nimic bun de spus."

Dacă eram de față, i-aș fi spus că degeaba tace dacă nu-și schimbă și fața aia de acritură, de regină fără tron, mult prea răsfățată și plină de ea. Așa că am vorbit cu televizorul, adică singură.

Aveți să-mi dați un răspuns, căci sunt măcinată de o întrebare: fraților și surorilor, cum or sta bărbații cumsecade cu asemenea muieri needucate, pline de figuri și rele cât cuprinde?!? Nu de alta, dar numai eu cunosc o mulțime de femei civilizate, fine și bune, dar care sunt singure...

*

Cu mare tristețe, citesc pe internet cum, sub pretextul că „Deștept ca mine nu mai e nimeni, să mă pup singur de comoară ce sunt!“, există oameni care insultă la grămadă întregi mase socio-profesionale sau regionale folosindu-se în mod peiorativ de categoriile din care acestea fac parte. Exemple? Destule: coafeze, manichiuriste, casnice, pensionari, taximetriști, femei de serviciu, moldoveni, bucureșteni, munteni, olteni etc. Adică, eu sunt inteligent, iar ăia proști sunt cei enumerați mai sus.

Însă eu știu că prostia e altceva și că nu are legătură nici cu profesia, nici cu zona în care s-a născut cineva... Așa cum tot aceiași „deștepți“ spun despre cei care nu se ridică la nu știu ce nivel (și unde cred cei care arată cu degetul că se află, fără ca totuși să fie) că sunt handicapați. Sau despre o persoană efervescentă că e „un circar“, insultând astfel, grav și inconștient, oameni frumoși cu nevoi speciale ori artiști, profesioniști minunați care muncesc până la epuizare pentru arta lor.

Ne-am făcut un titlu de glorie din a le da peste nas celor din jur cu școlile pe care le-am urmat – cei mai mulți doar pentru că e la modă să ai patalamale, nu pentru că au fost captivați și real preocupați de ceea ce se întâmplă pe-acolo, crezându-se deja boieri subțiri dacă au ceva diplome atârnate pe vreun perete, doar ca să aibă ce șterge de praf și să se dea mari. Așa că dau peste bot cu ceea ce cred că numai ei știu, văzând mai mereu paiul din ochiul aproapelui, dar fiind orbi când vine vorba despre propriile metehne... sfertodocte.

Mă doare că trebuie să spun un adevăr incomod, dar pentru mine inteligența sau cultura omului rău nu valorează nimic, este nulă și neavenită. Este degeaba, atât timp cât e folosită doar pentru a distruge, pentru a umili și pentru a face pe superiorii cu ceilalți, nu pentru a mângâia în suferință și a zidi întru bunătate.

Eu prefer aristocrația bunului-simț și a decenței, indiferent de pompoasele titluri cu care s-ar împăuna cineva, care, de regulă – și viața mi-a confirmat de nenumărate ori asta –, s-a alfabetizat și „cultivat" doar pe la ceaiuri dansante sau, mai modern, pe site-urile de *social media*, din replici auzite/citite de pe la alții, învățate papagalicește și folosite complet aiurea, dar le dă cu tifla unor oameni care-și câștigă pâinea cinstit și greu și nu joacă fals un intelectualism de paradă. Așa că binecuvântat ne fie dorul de bunătate sufletească și de înțelepciune, singurele valori pe care ar trebui să le recunoaștem înaintea oricăror altele, atestate doar de hârtii...

*

Să ne iubim vârsta, indiferent care este aceea. Și să fim mereu maturi cât să știm exact ceea ce avem de făcut, să fim tineri cât să avem întotdeauna inima plină de visuri și iubire, să fim copii cât să nu ne pierdem curiozitatea aceea benefică și bucuria jocului. Și, mai ales, să acumulăm experiențe cât să știm mereu să alegem cu înțelepciune ceea ce e bun și frumos în viață. Să discernem înțelept.

Știu, sună ideal...

AI GRIJĂ CE SPUI, CE SCRII...

IRINA BINDER

În același timp cu evoluția tehnologiei au „evoluat" și mințile perverse și diabolice.

Îmi povestea o prietenă cum și-a pierdut jobul din cauză că o colegă a înregistrat-o (a filmat-o pe ascuns) cu telefonul mobil când vorbea despre șefa lor... Femeia n-a spus ceva urât sau neadevărat, povestea strict o întâmplare în care s-a simțit nedreptățită. Dar, cum șefa era orgolioasă și nu și-a asumat că gesturile ei pot fi comentate de către angajați (mai ales când îi tratează aiurea), a dat-o afară pe biata femeie. N-a contat că era o angajată bună și serioasă, nici că are copil mic, rate la bancă și că tocmai veneau Sărbătorile.

Trăim într-o epocă în care trebuie să fim foarte atenți la ce dovezi oferim. Da, dovezi, pentru că orice spunem sau scriem se poate transforma într-o dovadă care poate fi folosită împotriva noastră.

Trebuie să fim atenți la ce și cui îi dăm ceva în scris, fiindcă nu știm când cineva îi va arăta altcuiva sau tuturor cele scrise de noi, lucruri pe care le-am gândit într-un moment de slăbiciune sau de furie, cu încrederea că ne descărcam sufletul în fața unui prieten sau confident de încredere.

Trebuie să fii nebun ca, azi, la felul în care stau lucrurile, să ai curaj să bârfești pe cineva în scris... Sau să te cerți. Pentru că habar nu ai când toate cele spuse de tine vor deveni eticheta care te va descrie ca om în fața lumii.

Învățați-vă copiii să fie cu ochii în patru. Să nu se lase atrași în discuții compromițătoare și să nu răspundă la instigări teribiliste, fiindcă am văzut fetițe provocate să bea sau să facă diverse glume doar ca să le filmeze cineva pe ascuns, iar filmele au ajuns pe YouTube... O mică indiscreție se poate plăti foarte scump. Iar copiii nu au discernământ și, din păcate, au și multe exemple greșite de la care să învețe numai prostii.

Lumea devine din ce în ce mai pestriță, mai lipsită de scrupule, mai dornică să facă rău, de aceea trebuie să fim cu adevărat atenți. Ne putem aștepta să fim înregistrați când vorbim cu cineva la telefon sau chiar să fim filmați, fără să știm, când purtăm o discuție cu cineva, orice fel de discuție.

O altă prietenă mi-a povestit că o colegă de-a ei este atât de paranoică, încât, ori de câte ori iese din birou, lasă telefonul pe înregistrare – ca să asculte mai apoi ce s-a discutat în birou în lipsa ei!

Trăim într-o epocă a înscenărilor, a dării în vileag, a șantajului, a celor care divulgă tot ceea ce știu și care se folosesc de cel mai mic detaliu atunci când vor să facă rău.

Pe mine nu mă mai miră nimic. Dar am învățat că trebuie să fiu foarte precaută, fiindcă trăiesc într-o lume în care e foarte greu să mai deosebești chipurile de măști.

UNEI MAME

Irina Binder

În cartea *Insomnii* am un text care se numește „Unei fiice" și în care multe mame s-au regăsit. Textul a generat controverse și frustrări în rândul unor fiice adolescente care se simt neînțelese, controlate, îngrădite...

Am fost acuzată că nu mă pot pune în locul lor, că sunt părtinitoare. De aceea am ales să fiu și de partea lor.

Draga mea mamă,

Știu, mi-ai dăruit viața și îți sunt recunoscătoare, însă, tocmai pentru că viața este un dar, nu îl revendica, nu-mi tot reproșa că m-ai adus pe lume, nu încerca să-mi scoți ochii cu asta.

Pentru că, dacă mi-ai dat viață, atunci aceasta îmi aparține. Desigur, ai tot dreptul să-mi dai sfaturi, pentru că ai experiența vieții și știu că-ți dorești tot ce este mai bine pentru mine, însă nu-mi impune ce alegeri să fac. Sunt ale mele, înțelegi? E viața mea, sunt alegerile mele.

Nu face din mine un trofeu, nu face din mine unealta cu care îți croiești drum către scopul și ambițiile tale. Nu încerca să realizezi prin mine ceea ce nu ai reușit tu, ceea ce ți-ai dorit și nu s-a împlinit, ceea ce ai visat și nu s-a materializat în realitate.

Chiar dacă m-ai educat frumos, este posibil ca sistemul nostru de valori să fie diferit – pentru că lumea s-a mai schimbat între timp, nu știu dacă în rău sau în bine. Dar e cu siguranță diferită. Și aș vrea, dragă mamă, să trăiesc după bunul meu plac, nu după așteptările lumii, așa cum ai fost tu obișnuită. Te rog din suflet, arată-mi că îți pasă mai mult de mine decât de părerea și de gura lumii și ai încredere că voi avea eu grijă de integritatea mea fizică și morală.

Nu mă mai trata ca pe o deșucheată doar pentru că mă îmbrac altfel decât consideri tu potrivit, nu interpreta libertatea ca pe o depravare și nu-ți imagina că niște haine moderne și altfel decât aveai tu la vârsta mea îmi pot știrbi demnitatea sau îmi pot schimba caracterul.

Și te mai rog să nu-mi subestimezi inteligența și să accepți că în evoluția unui copil sunt necesare anumite etape. Așa că dă-mi voie să și greșesc, fiindcă anumite erori sunt etape necesare pentru evoluția mea.

Când mă vezi abătută, încearcă să mă mângâi; când am un eșec asupra căruia m-ai prevenit, te rog să nu-mi mai pui sare pe răni cu acel „Ți-am spus eu!", deși ai dreptate, da, mi-ai spus. Dar tot tu mi-ai spus că omul, până nu se lovește singur de pragul de sus, nu-l vede pe cel de jos.

Vorbește-mi ca celei mai bune prietene, mamă, nu răstit, ca unui dușman. Și te rog ca pe lângă critici și observații să mă și lauzi când merit, să îmi adresezi și cuvinte duioase și de încurajare – am mare nevoie de ele în lumea asta care atât de mult dezaprobă, atât de mult critică și atât de tare știe să dușmănească...

Nu mă mai compara cu alți copii, fiindcă nici eu nu te compar cu alte mame. Nu-mi mai aminti că alți copii, deși au mai puțin decât mine, învață mai bine, fiindcă nici eu nu te compar cu alți părinți care le oferă copiilor mai mult. Sunt recunoscătoare exact pentru ceea ce puteți să faceți pentru mine.

Nu-mi reaminti mereu cât de mult ai muncit și câte ai sacrificat pentru mine și nu mă mai face să mă simt vinovată pentru orice primesc de la voi sau pentru durerile tale. Știu că nu îți este ușor și cu siguranță va veni ziua când voi înțelege pe propria piele tot ce trăiești tu acum. Însă, te rog, lasă-mă să mai fiu copil, să mai fiu naivă, să greșesc, să visez aiurea, să-mi fac prieteni (poate nepotriviți, dar de la care să învăț cum să nu *fiu), lasă-mă să mă bucur de adolescență, să nu am încă griji de oameni mari, să mă simt protejată și în siguranță, să mă bucur de acest „acasă" de care îmi va fi atât de dor cândva...*

Fii cea mai bună prietenă a mea, draga mea mamă! Iar dacă uneori nu-ți spun totul, nu este pentru că te subestimez sau pentru că nu am încredere în tine, ci pentru că vreau să te menajez, să nu te încarc și mai mult, conștientă că orice durere a mea ar fi un supliciu pentru tine.

Și să știi că, deși uneori nu-ți spun asta, sunt conștientă de eforturile pe care le faci pentru mine, dar și de renunțările tale ca să-mi fie mie bine.

Îmi doresc mult să nu te mai neglijezi. Să nu uiți că ești și femeie, nu doar mamă, că ai și drepturi, nu doar îndatoriri. Mi-ar plăcea să văd că îți oferi momente de relaxare, că te bucuri și tu, că te răsfeți, că îți permiți din când în când câte o zi în care să faci doar ce vrei și ce-ți place – și toate astea fără să te simți vinovată.

Te rog, iartă-mă pentru toate grijile, pentru toate emoțiile, pentru tot stresul care vine la pachet cu un copil. Iartă-mă pentru toate „Mulțumesc"-urile pe care nu ți le-am spus, pentru toate momentele în care fără să vreau te-am făcut să crezi că nu te respect sau că nu te prețuiesc.

Nu-ți pot promite că voi fi un copil perfect, dar îmi doresc să fiu. Sper mereu să nu te dezamăgesc și visez ca într-o zi să fii mândră de mine.

Tu pentru mine ești perfectă și inima care-mi bate în piept, bucată din inima ta, te va iubi cu fiecare bătaie a ei, până la sfârșit.

Fiica ta, pentru totdeauna

Fiecare suflet are nevoie să se dăruiască, să se mărturisească, să iubească. Fiecare suflet are nevoie de cineva căruia să-i arate partea frumoasă a inimii sale, cineva căruia să-i spună despre visuri, despre dureri, fără teama de a fi judecat sau expus răutăților... Fiecare suflet tânjește după apropiere, după înțelegere și iubire.

PRIETENE BUNE, PRIETENE RELE

Carmen Voinea-Răducanu

Am întâlnit multe soiuri de femei în toată viața mea de până acum, mai bune sau mai rele. Iar doamnele de vârsta mea știu ce spun, fiindcă nu am pretenția că le-am trăit doar eu pe toate. Ba chiar mai mult, știu sigur că multe dintre voi se vor regăsi în povestea mea, indiferent de vârsta pe care o aveți.

Așa cum am mai scris, prietenele din viața mea au fost, mai bune sau mai rele, cu inima caldă și bună, de leac, de așezat pe răni. Sau dintre acelea a căror apropiere mi-a produs leziuni greu de vindecat. Și mi-au fost alături, și unele, și celelalte, pe termen scurt sau nelimitat, după cum m-a dus pe mine puterea inimii și-a minții, dar mai ales după cum s-au aliniat planetele și întâmplările care ne-au ținut aproape sau ne-au îndepărtat. Pentru că un lucru e sigur: dintre toate cele pe care le-am trăit alături de ele, am înțeles să iert la vreme, dar am și fost iertată, la rândul meu, când am greșit.

Dar alteori nu m-am putut amăgi că am uitat răul care mi s-a făcut și, din această cauză, nici nu am reușit să trec peste episoade dureroase. Uneori, știți bine, iubirea pentru cei de lângă noi îmbracă forme nebănuite și stranii: iertăm ceea ce pare de nescuzat și nu reușim să găsim explicații pentru lipsa noastră de îngăduință legată de fapte aparent banale și oarecum justificabile. Fiindcă rănile invizibile sunt cele mai complicate și cu adevărat greu de vindecat, iar cicatrizarea lor depinde și de iubirea celorlalți, și de înțelegere, și de trecerea lină a timpului. Dar mai ales de puterea noastră de a accepta și de a ierta răul care ne-a fost făcut.

Nu am avut multe prietene cu adevărat bune în toți anii mei de viață de până acum, iar azi probabil că le număr pe degetele de la o singură mână – și-mi mai și rămân câteva fără un nume. Dar, când le-am găsit, toate bucuriile au fost mai intense avându-le alături și toate durerile s-au stins cu mai multă ușurință avându-le lângă mine. Iar de câteva ori mi-au risipit îndoielile și grijile și m-au mângâiat pentru toate durerile suferite din tot felul de cauze.

Cineva, probabil lovit rău de oameni, dar și foarte înțelept, spunea cândva: „Pentru a avea un prieten, trebuie să mai închizi din când în când câte un ochi, dar pentru a-l păstra, trebuie să-i închizi uneori pe amândoi.“ I-aș da dreptate 100%, pentru că nu există oameni perfecți, cum nici noi nu suntem – așa că de ce am pretinde de la alții ceea ce noi înșine nu putem fi?

Dar, în același timp, am înțeles cu vremea că prietenele mele pot fi oricum, dar nu ar trebui să aibă defectele acelea ticăloase, care ar îndepărta până și un sfânt din preajma lor. În plus, deși credem întotdeauna că le cunoaștem suficient de bine, mie una mi-ar plăcea ca prietenele mele să mă surprindă din când în când cu câte o calitate rară și tocmai de aceea neprețuită, minunată, oricâte defecte ar avea în general – cu excepția acelora despre care am scris deja, cele mârșave.

În ceea ce mă privește, să țin la prietenele mele și să le susțin din toate puterile, ignorându-le rătăcirile și slăbiciunile, poate fi o provocare interesantă, verificându-mi astfel forța de a-mi depăși limitele, de a înțelege și, de ce nu?, chiar și probându-mi puterea de a ierta. Pentru că cine n-ar iubi un om plin doar de calități și lipsit de imperfecțiuni? Dorindu-mi să devin încetul cu încetul înțeleaptă, dacă s-o putea!

Îmi doresc aceleași lucruri și din partea lor pentru mine, dacă este cu putință. Fiindcă și eu sunt doar un om, nu o statuie a bunătății, a tuturor valorilor și a virtuților omenești.

Mi-ar mai plăcea ca prietenele mele dragi să știe că nu am averi ca să le răsplătesc pentru prietenie și că toate comorile pe care li le pot dărui sunt doar acelea pe care le-am adunat în inimă și le-am pitit în sufletul meu, precum ascundeau corsarii de odinioară sipetele cu nestemate și prăzi bogate. Și le-aș mai spune că, deși le iubesc așa cum sunt și pentru ceea ce sunt, întotdeauna am văzut mai departe și am învățat să descopăr în sufletul lor ceea ce pot să devină, varianta lor cu adevărat câștigătoare. Și am făcut tot ce mi-a stat în putere ca să le fiu alături nu când erau minunate, ci atunci când erau cel mai greu de iubit.

Cât despre prietenele rele, hm... Oare cine n-a pățit-o, fie și măcar o dată în viață? Cine nu a avut o prietenă invidioasă? Sau una egoistă? Ori manipulatoare, imatură, narcisistă, negativistă, Știe-Tot, Fă-doar-ca-Mine și, mai ales, cea rea până în măduva oaselor? Sau cea care are câte puțin din toate cele de mai sus...

Prietenele acestea sunt genul distructiv – cu ele însele și, mai ales, cu tine. Sunt acelea care-și clădesc prieteniile pe principiul acela nesănătos (pentru ceilalți) în care totul li se cuvine lor și doar lor, în care tu devii un fel de apendice sau o marionetă în mâinile lor, una umilă, neiubită, neînțeleasă, neapreciată. Și nefolositoare – atunci când te revolți și uiți că doar ele trebuie să conducă relația dintre voi, relație care nu a avut niciodată de-a face cu egalitatea și respectul reciproc. Sau prietenia.

Nu că le-aș fi împărțit pe categorii, dar clasificarea neprietenelor s-a făcut de la sine...

Prietena negativistă, cea care vede mereu drobul de sare că stă să pice de pe sobă în creștetul ei, cea pentru care nu răsare niciodată soarele, cea pentru care nu crește iarba nici măcar primăvara, cea pentru care s-au inventat toate nefericirile și nenorocirile. Și numai ca să se abată grămadă peste capul ei. Te umpli de bube când auzi numai lucruri rele din gura ei, nici măcar o singură dată n-ai să vezi la ea vreo urmă de optimism...

Prietena egoistă și plină de ea, care-și dorește un fan club, nu prietene autentice, cea care așteaptă doar elogii și pentru care critica, fie și bine intenționată și mereu adusă între patru ochi, e un afront personal. Cea care știe doar să ia, niciodată să dăruiască, cea care se crede Soarele și pentru care prietenele sunt doar planetuțe care gravitează în jurul ei. La prima abatere, să fiți sigure că vă jos de pe orbită și, dacă se enervează, vă dă afară chiar și din Univers.

Prietena invidioasă, cea care suferă de o sumedenie de complexe și frustrări și pentru care, orice ați face, bine nu va fi niciodată. Care nu vă apreciază indiferent de realizări, care nu se bucură de împlinirile voastre, de parcă i-ați fi răpit ceva ce i s-ar fi cuvenit doar ei.

Sau prietena machiavelică, manipulatoare și care, orice-ar fi, își urmărește scopurile și interesele personale, fiind dispusă la orice sacrificiu și gata să renunțe pentru asta și la prietenie, și la bani, și la onoare, și la adevăr. În mintea ei se urzesc mereu scenarii în care ea este câștigătoarea rolului principal – și a celorlalte avantaje, materiale sau morale. Iar tu ești doar o unealtă care-i servește scopurilor, de obicei o coadă de topor cu care-și decapitează adversarii sau fraiera care scoate castanele din foc doar cu mânuțele ei. Cu alte cuvinte, o prietenă care te folosește doar ca ea să se poată fofila și să nu-și asume vreo responsabilitate.

Nu vă spun să o luați la fugă dacă ați identificat cumva printre prietenele voastre câte ceva din belelele pe care tocmai le-am descris. Pentru prietena egoistă, lecția de viață ar fi altruismul, dacă aveți suficientă iubire și răbdare să o învățați drumul corect prin viață și prietenie. Pentru cea invidioasă, lecția este un exercițiu de admirație, spre care o puteți îndruma, ajutând-o să înțeleagă că succesul altcuiva nu înseamnă în niciun caz eșecul ei. Pentru cea negativistă, optimismul și răbdarea; pentru cea imatură, echilibrul, ce îi va aduce maturitatea în tot ceea ce este important.

Dar să nu uitați că încercările voastre de a le aduce pe drumul cel bun au o limită și să nu vă irosiți la infinit bătând la porți închise. Uneori, astfel de comportamente definesc o persoană și asta e dificil de schimbat, din păcate. Sau chiar imposibil.

Însă, peste toate, revenind la prietenele minunate pe care le avem, să nu uităm că măreția prieteniei constă în faptul că uneori poți iubi un om de care nu ești legat prin sânge așa cum te iubești pe tine. Ba poate chiar în plus, fiindcă de foarte multe ori uităm să ne iubim pe noi înșine, dar nu uităm cât de mult le iubim pe prietenele noastre.

Prieteniile adevărate chiar există, nu sunt doar himere, iar atunci când le întâlnim, suntem cele mai fericite femei, suntem complete, de parcă abia atunci descoperim un reper important din viața noastră, în lipsa căruia ne simțeam pustiite. Și cât de minunat este să ne fim sprijin emoțional una alteia, să ne motivăm reciproc, să ne fim exemplu! Și întotdeauna să fim egale.

Să fim o singură inimă în două trupuri, aceasta ar trebui să fie esența prieteniei. Și ce altceva este un astfel de sentiment dacă nu geamănul altuia la fel de înălțător: al iubirii!

LASĂ-L SĂ PLECE

IRINA BINDER

Atunci când un om drag încearcă să ți se smulgă din suflet, lasă-l să plece! Nu insista să-l oprești, nu te opune și nu încerca să-l convingi să rămână – e alegerea sa și, atunci, lasă-l să plece.

Dacă mângâierile tale nu-l mai alină, lasă-l să plece.

Dacă e nevoie de argumente și de justificări pentru a-l îndupleca să nu te părăsească, dacă trebuie să-l convingi că-l iubești, lasă-l să plece.

Dacă nu mai contează nimic din ceea ce vă unea cândva, dacă s-a transformat din iubitul tău în stăpânul tău, lasă-l să plece.

Dacă nu se mai grăbește să vină la tine, dacă nu mai simte nevoia să-și împartă bucuriile, tristețile și visurile cu tine, lasă-l să plece.

Dacă simți și înțelegi că ai devenit doar un rău necesar pentru el, lasă-l să plece.

Dacă pentru a te iubi trebuie să fii altfel, să devii altcineva, lasă-l să plece.

Dacă trebuie să inventezi jocuri necinstite pentru a-i redeștepta interesul, dacă trebuie să faci pe inabordabila ca să-i captezi din nou atenția fiindcă el e atras doar de răceala ta și de joc, nicidecum de tine, cea adevărată și îndrăgostită, lasă-l să plece.

Dacă trebuie să îi cerșești atenția și mângâierea, dacă nu te mai face să te simți frumoasă și dorită, lasă-l să plece.

Dacă nu te mai privește ca la început, dacă ochii lui au devenit seci și goi când se uită înspre tine, atunci lasă-l să plece.

Dacă durerile tale îi sunt indiferente, dacă nu te mai ascultă, dacă nevoile tale îi par niște poveri, lasă-l să plece.

Dacă trebuie să-l chinui, să-l pui pe jar, să-l fierbi și să-l torturezi cu artă numai ca să nu i se urce la cap că-l iubești, lasă-l să plece.

Dacă inima lui nu mai bate cu putere în preajma ta, dacă este indiferent că te afli lângă el sau departe de el, lasă-l să plece.

Dacă iubește doar „iubirea“ și felul în care poate să cucerească femei, demonstrând doar ce bărbat este el, lasă-l să plece.

Dacă nu-ți mai observă zâmbetul, dacă îl enervează prezența ta, dacă e iritat de lacrimile tale în loc să ți le șteargă cu un sărut, lasă-l să plece.

Dacă nu mai vrea să privească în aceeași direcție cu tine, dacă toate valorile pentru care l-ai iubit la început au dispărut ca prin farmec, lasă-l să plece.

Dacă îți dă semne că nu te mai dorește, dacă ai înțeles deja că în viața lui există acum altă femeie, lasă-l să plece.

Dacă îți vinde doar speranțe deșarte, dacă nici nu te vrea și nici nu te alungă, lasă-l să plece.

Dacă ți-a spus deja că nu te mai iubește, nu-l implora, nu te agăța de el, chiar lasă-l cu adevărat să plece.

Lasă-l să plece, redă-i libertatea aceea pe care acum crede că a pierdut-o alături de tine, fericirea aceea pe care simte că nu o mai obține în brațele tale. Deschide-i larg ușa casei și a sufletului și condu-l până în prag cu un zâmbet plin de dragostea aceea pe care i-ai dăruit-o mereu cât timp ați fost împreună. Lasă-l să plece și să rămână cu o imagine a ta de femeie demnă, caldă și frumoasă, senină și înțeleaptă, așa cum erai când l-ai cucerit. Lasă-l să plece cu amintirea ta în prag urându-i noroc și fericire, surâzătoare și enigmatică, fluturând o batistă.

Și, după ce ai închis ușa în urma lui, plângi. Plângi atât cât ai nevoie, plângi mult, dar nicio lacrimă în plus. Apoi, șterge-ți obrajii, limpezește-ți privirea ca să poți vedea cât mai bine și cât mai departe, îmbracă cele mai frumoase haine, machiază-te subtil și gingaș, apoi ieși în lume zâmbitoare, privind cu încredere înainte, dincolo de orizont. Undeva, cândva, vei întâlni un om cu o inimă frumoasă, iubitoare și caldă, care abia așteaptă să-i deschizi ușa sufletului tău...

Lasă-l să vină!

Nimeni nu are obligația să ne facă fericiți, dar nici dreptul să ne facă nefericiți.

O ZI DOAR PENTRU TINE

IRINA BINDER

Avem cu toții nevoie de o astfel de zi. O zi în care să ne dedicăm nouă și doar nouă, 100%. O zi fără alergătură, fără nervi, fără calcule, fără tensiuni, fără gânduri rele și fără nimic din ceea ce nu ne face plăcere.

O zi în care să nu ascultăm niciun reproș și în care să nu ne învinovățim pentru nimic. O zi fără întrebări și fără justificări, o zi în care să ne fim suficienți nouă înșine.

O zi în care să facem totul pentru ca fiecare clipă să fie frumoasă și senină, fără să ne gândim la nimic în afară de bucuria noastră de a trăi. O zi în care să facem numai ce ne place și nimic din ceea ce „ar trebui". O zi în care „neapărat" să fie pus doar lângă „Trebuie să mă bucur".

Da, o zi a bucuriei. O zi de răsfăț absolut, o zi în care să fim regele/regina propriei vieți. Stăpânii absoluți ai fiecărei clipe, pe care este obligatoriu să ne-o dorim și să ne-o facem fericită.

Recunosc, nu de multă vreme îmi ofer astfel de zile. Cu ceva timp în urmă, până să conștientizez cât de importantă sunt eu pentru mine, mă simțeam vinovată când îmi acordam o zi întreagă, trăind-o doar pentru mine. Nu mă puteam bucura pe deplin de pacea și de relaxarea atât de necesare fiecăruia dintre noi, binemeritate de fiecare dintre noi, fiindcă mă copleșeau sentimente de vinovăție față de lucrurile nefăcute, față de acelea pe care le pusesem deoparte și față de oamenii care aveau așteptări de la mine.

Fiindcă, da, multă vreme i-am pus pe ceilalți pe primul loc. Eram mereu dispusă să alerg pentru ei, să mă implic în numele lor, să fiu la dispoziția tuturor, să-mi dăruiesc timpul și energia oricui avea nevoie. Mă neglijam în favoarea altora, de cele mai multe ori cu bună știință, nicidecum din inerție, ci întotdeauna dintr-un spirit de solidaritate, identificându-mă cu problemele tuturor.

Cum se întâmplă adesea, adeseori mi s-a reproșat că nu am făcut destul sau chiar că nu am făcut nimic, iar când nu am mai putut – din motive obiective – să fiu alături de cineva, când am fost nevoită să refuz pe careva, am văzut cum este dată uitării toată dăruirea mea din trecut. Fiindcă este de ajuns să spui „Nu“ o singură dată ca oamenii să uite că odinioară ai spus „Da“ mereu.

Însă toate acestea s-au întâmplat până la un moment dat, pentru că, într-o zi, mi-am dat seama că nu am nicio datorie să-i mulțumesc pe ceilalți și că îmi fac mie o mare defavoare și o imensă nedreptate dacă-i mulțumesc pe alții neglijându-mă sau uitând de mine. Și am învățat, încetul cu încetul, să spun „Nu“, să-mi gestionez altfel relațiile și timpul, să cântăresc bine lucrurile înainte de a mă arunca și în foc pentru alții.

Azi, nu mi se mai pare o impertinență din partea mea (ar fi chiar culmea!) sau o extravaganță (e tare trist că grija pentru sine a devenit ceva ieșit din comun!) să îmi acord o zi numai pentru mine, chiar dacă am atât de multe responsabilități și îndatoriri. La început, poate era doar o zi la câteva luni, dar cu timpul am învățat să-mi chibzuiesc timpul și problemele astfel încât acea zi să se întâmple măcar o dată pe lună, dacă nu o dată pe săptămână – da, asta ar fi ideal.

Știu că merit cu prisosință o zi în care să mă bucur de ceea ce îmi place, de relaxare, de o plimbare în aer liber, de o cafea aromată și de o prăjitură delicioasă, de o carte bună, de o baie parfumată, de un film frumos, de un dialog plăcut cu oamenii dragi, de brațele primitoare, confortabile și mângâietoare ale omului care mă iubește.

Am nevoie să respir, să gândesc în liniște, neinfluențată de nimeni și nedistrasă de problemele altora. Sufletul meu are nevoie de un răgaz pe care nu i-l voi mai refuza niciodată. Am nevoie să-mi realcătuiesc inima din bucățelele împrăștiate peste tot, la oamenii pe care-i iubesc și, uneori, din păcate, la aceia care nu vor aprecia niciodată nici eforturile și nici măcar sentimentele mele...

Dacă aș putea să vă învăț ceva pe fiecare în parte, atunci aș vrea din toate puterile mele să vă arăt cum să vă faceți timp pentru voi, dar și să faceți alegeri bune. Cunosc multe femei care se irosesc, care trăiesc prea puțin, care au uitat că viața nu presupune doar să muncești la serviciu și acasă, că, da, e important să ai o carieră, o casă curată, o familie îngrijită și armonioasă, însă fără a-ți neglija propria persoană.

Este foarte important să vă oferiți timp și bucurie pentru voi, pentru a vă răsfăța într-un salon de înfrumusețare, pentru a vă plimba în aer curat, pentru a petrece timp de calitate cu oamenii dragi, pentru a citi, pentru a viziona un film pe gustul vostru, pentru a merge la un concert... Și sper să vă oferiți, măcar din când în când, câte o zi doar pentru voi.

CÂND UNUL IUBEȘTE ȘI CELĂLALT SE LASĂ IUBIT

Carmen Voinea-Răducanu

Mi-a fost mereu silă de abuzul sentimental și emoțional pe care l-am întâlnit în iubire. Indiferent că era vorba despre iubirea dintre un bărbat și o femeie sau despre aceea care se naște între doi oameni, indiferent de sexul lor, dintr-un profund sentiment de prietenie.

Și am detestat întotdeauna vorba aceea care ne atrage atenția cu un soi de înțelepciune amară că într-o relație, de orice natură ar fi ea, „Unul iubește și celălalt se lasă iubit". N-am suportat-o pentru că lipsa aceasta de onestitate și decență în orice tip de legătură creată între oameni și imortalizată într-o concluzie devenită deja populară nu a adus niciodată vreun bine major în viața protagoniștilor, de oricare parte a baricadei s-ar fi aflat ei: a celor care iubesc sau a celor care, cu trufie și cu aroganța că li se cuvine totul și orice, doar primesc iubire. Ba chiar iau cu ambele mâini ceea ce, pe drept, nu ar fi îndreptățiți absolut deloc să primească.

Numai că niciunul dintre aceia care fac parte din categoria oamenilor care, în nemăsurata lor mărinimie și disprețuitoare superioritate, se lasă iubiți, fără să prețuiască ceea ce li se dăruiește și fără a fi recunoscători pentru norocul lor, nu înțelege niciodată la timp că până și iubirea are un termen-limită. Dincolo de care se așterne liniștea și nu mai rămâne decât o tăcută și amară indiferență sau un fel de tristețe în colțurile gurii mute. Sau, pe alocuri, în unele cazuri, acolo unde rănile refuză să se vindece, de multe ori chiar infecții urâte născute din dezgust și dispreț – asta după ce omul care a crezut în prietenie, care a iubit din toată inima și a cărui dragoste a fost călcată în picioare escaladează toate etapele dificile ale suferinței sufletești și se pierde în uitare timpul acela al plânsului cu nasul înfundat în pernă sau în batistă și al „De ce"-urilor naive, chiar nătânge.

Dar să nu dea Domnul Dracu' să se sfârșească iubirea unui om care a fost folosit cu nerușinare! Să nu dea naiba să se trezească la realitate cel care a fost cu adevărat prieten și ale cărui sentimente au fost tratate cu lipsă de considerație și care, în plus, în batjocură, a fost folosit și mințit!

Pentru că cel care-și dăruiește inima cu sinceritate nu este nici mototol, nici slab; poate că e blajin din fire sau chiar mai impetuos uneori, dar cunoaște prea bine atât bunătatea, cât și iertarea. Iar iubirea pe care o simte sufletul lui este un dar pe care nu mulți l-au primit de la ursitoare – fiindcă nu toți merită să fie îngeri întrupați pe Pământ. Dar omul acela care a înțeles ce e prietenia nu este prost, să fim bine înțeleși.

Omul care îi iubește pe oameni cunoaște zâmbetul și nevoia, își dăruiește haina de pe el unui necunoscut întâlnit în toiul unei ierni aprige și îi întinde bucata de pâine pe care o ține în mână celui mai flămând ca el. Omul bun empatizează cu fiecare suflet aflat în suferință, face din umărul lui reazem pentru frunți străbătute de gânduri, iar în pieptul hainelor sale face așternut cald pentru lacrimi reci. Și, nu, omul acela nu este deloc prost!

Omul care iubește are întotdeauna o vorbă bună la îndemână, are de oferit îmbrățișări dătătoare de putere și mângâiere, atât în vorbe blânde, cât și așternută în podul palmelor, pentru cei bătuți de soartă. Dar nu este prost!

Omul sincer și care dăruiește mereu iubire știe să plângă dimpreună cu tine sau să te facă să râzi când ți s-a aninat o lacrimă în vârful genelor. Știe să te îmbărbăteze și să-ți întindă o mână atunci când nu mai poți să te ridici de la pământ și are harul de a te îndruma pe calea bucuriei, a iertării și a bunătății sufletești. Și te împinge către evoluția ta ca om chiar și atunci când tu ai orizontul mărginit. Să știi de la mine, asta cu siguranță nu înseamnă că este prost!

Omul sincer și care iubește este om de leac pentru toate durerile și pentru fiecare rană pe care viața și semenii tăi ți le-au săpat în inimă, ți le-au crestat în fiecare rid și în colțul fiecărui ochi încercănat. Este parcă de-un sânge cu tine și te primește în sufletul lui cu generozitate, dăruindu-ți tot ce are mai bun.

Dar nu profita de el! Nu trăi cu impresia că este un nătărău, că e slab și ușor de dus de nas, că poate fi manipulat și călcat în picioare până la infinit și o palmă mai sus. Nu-l răni, nu-l umili, nu-l jigni, nu-l desconsidera și nu-l folosi cu nesimțire și tupeu. Nu-i insulta și nu-i confunda modestia cu slăbiciunea minții și nici inocența și puritatea inimii cu lipsa unei judecăți mature.

Chiar dacă a rămas neatins de prefăcătorie sau ipocrizie, asta nu înseamnă că nu ar intui că lumea nu-i este asemenea, că nu ar înțelege că bunătatea și iubirea nu există în inima tuturor. Nu înseamnă că nu și-a dat seama că oamenii sunt diferiți și că, în timp ce unii luptă zi de zi să devină mai buni, alții trăiesc în credința de nestrămutat că sunt perfecți, că răutatea e omenească și că, orice greșeală ar face, e pardonabilă. Nu înseamnă că omul bun nu știe prea bine că trufia s-a expandat în unii atât de mult, încât nu a mai lăsat loc de bine sau de smerenie – despre care nici că a putut fi vreodată vorba în viața, faptele și gândirea lor.

Omul care te iubește nu a dorit niciodată ca tu doar să te lași iubit, ci a visat să întorci, la rândul tău, către lume bunătatea și iubirea pe care ți le dăruiește – nu neapărat către el, atât de mare e frumusețea inimii sale. Dar pe el, dacă se poate, să-l onorezi măcar cu un strop de sinceritate. Nu să-i întorci neapărat o iubire fără de sfârșit, cu venerație și dedicație 100%, sau un bine inegalabil, nemaivăzut și nemaiîntâlnit.

Un prieten adevărat nu are pretenția de a primi de la tine în mod egal ceea ce ți-a oferit cu bucurie și fără să-ți scoată ochii. Pentru că nu și-a făcut calcule meschine, nu a gândit nicio clipă „Dau ca să-mi dai". Și își oferă cu generozitate și haina de pe el pentru tine, de obicei atunci când ai cea mai mare nevoie de ea și când nimeni nu ar face asta pentru binele tău. Când gerul tuturor iernilor s-au abătut peste sufletul tău.

Un prieten adevărat îți va întinde mereu umărul său pe care să plângi nestăvilit, te va îmbrățișa sincer și cu toată căldura, va avea întotdeauna o vorbă bună pentru tine și-ți va reda zâmbetul pierdut cu o glumă care să te scoată dintr-o stare proastă. Și te va face să râzi și să plângi în același timp, uitând astfel de toate cele rele.

Dar nu-i confunda bunătatea cu prostia, nu profita cu nepăsare de sentimentele lui, nu-l răni, nu-l călca pe cap, nu-ți bate joc de prietenia pe care ți-a dăruit-o cu brațele inimii deschise, sincer și fără calcule meschine. Nu căuta să-l umilești, nu-i juca demnitatea sub bocanci!

Omul bun care te iubește cu toate defectele tale, prietenul adevărat și rar întâlnit, știe că și o simplă privire directă ar merita și o așteaptă de la tine, nu una trecută mai întâi de toate prin ochii reci ai unei măști. Nu a sperat în niciun caz să te folosești de el și de sentimentele lui fără rușine, fiindcă nu o atenție măsluită și prefăcută e ceea ce-l împlinește, nu pentru asta ți-a dăruit sufletul său. Pentru că simte adevărul, intuiește înșelăciunea, nu e atât de redus cum crezi tu, cu mintea ta îngustă, cu inima ta falsă. Dar, da, e drept: este om și visează la o privire omenească, onorabilă. O așteaptă, că nu e perfectul perfecților încât să nu spere la gratitudine. La urma urmei, cine a decis că, atunci când aștepți recunoștință, ești imperfect?... O privire directă, atât își dorește. Corectă. Simțită în adâncul inimii. Cu ajutorul căreia să-i dai respectul care i se cuvine. Să-l privești drept în ochi. Curat. Asta visează, speră, așteaptă. Dacă poți, dacă ai de unde să-i dăruiești așa ceva. Nu-l face să plângă, nu-l face să sufere pentru că te-a iubit ca pe un om bun. Fiindcă să-ți mai spun ceva: prietenii nu plâng pentru că nu au demnitate, pentru că ar fi lași sau chiar proști. Ci plâng de prea multă tristețe, dintr-o prea mare durere.

Iar dacă știi că nu porți o astfel de iubire și o asemenea prietenie în inimă pentru el, mai bine pleacă. Iar dacă, fără inimă fiind, insiști să fii un nenorocit, îți mai spun o dată: du-te naibii, dispari! Mergi la cei ca tine și stai lângă ei! Dar fii măcar o singură dată cinstit și plin de bunăcuviință. Te va iubi și pentru asta. Că așa sunt cei care țin cu adevărat la tine, chiar și dincolo de greșeli: înțelegători până la capătul prieteniei, oricare și oriunde ar fi acela. Și-atunci, tu de ce ai fi un gunoi cu ei?

Să nu fii niciodată prea sigură de dragostea semenilor tăi. Nu într-atât de sigură încât să nu mai faci niciun efort să o păstrezi, crezând că ți se cuvine.

CELOR CARE MI-AȚI FOST: RĂMÂNEȚI CU BINE!

Irina Binder

Unii nu sunt capabili să înțeleagă că, dacă te înstrăinezi de ei, ai un motiv. Și, în loc să caute adevăratul temei pentru care te-ai îndepărtat, își închipuie tot felul de bazaconii, interpretând rolul victimei, simțindu-se nedreptățiți și acuzându-te că nu ai fost capabil să le fii prieten, că te-ai schimbat, că nu ești omul care păreai a fi...

Vreau să vă împărtășesc ceva despre aceia de care m-am înstrăinat doar pentru că au ales să rămână prieteni cu oameni care mă dușmănesc și care s-au purtat cu mine altfel decât am meritat. Însă vreau să fie clar de la bun început că, desigur, niciun om nu este dator să îmi rămână alături. Nu am forțat alegerile nimănui, mi-am dorit ca oamenii să îmi fie prieteni doar din convingeri proprii. Mai ales că niciodată nu am încercat să-mi cumpăr prieteni făcând uz de înșelăciuni, pretextând a avea valori pe care nu le am. Ba chiar, riscând poate să-i pierd, mi-am asumat tot ceea ce însemn, arătându-mă exact așa cum sunt, cu bune și cu rele.

Am vorbit deschis despre nedreptățile care mi s-au făcut, fără a umbla prin spatele nimănui cu intrigi ticăloase și fără a încerca să le stric imaginea celor care mi-au făcut rău, fără exagerări și fără să pozez în cea care a fost jertfită, o victimă nevinovată. Fără intenția de a distruge relațiile dintre prietenii mei și cei care nu îmi mai sunt prieteni. Am expus de fiecare dată doar faptele, așa cum s-au petrecut, și le-am putut dovedi întotdeauna. Pentru că prietenii trebuie să fie sinceri, nu?

După ce am arătat cum s-au purtat unii cu mine, câțiva dintre prietenii comuni au ales să fie neutri (spun ei). De fapt, au ales să rămână alături de ambele părți: un fel de „Și cu slănina în pod, și cu sufletul în Rai". Adică și cu mine, dar și cu cei care mi-au făcut rău. Doar că eu refuz să accept asta. Ori alături de mine, ori alături de celălalt. Știu, nu am dreptul să condiționez, dar am dreptul să aleg.

Eu nu pot concepe să fiu prietenă cu un om care i-a făcut rău unui prieten dintre ai mei. Nu pot fi prietenă cu un om care are un caracter îndoielnic, în care nu pot avea încredere. Așa gândesc, așa spun, așa fac. Între cel bun și cel rău (dovediți a fi astfel prin faptele lor, desigur), îl aleg mereu pe cel bun, chiar dacă cel rău nu mi-a făcut mie personal niciun rău. Încă. Cred că asta e doar o chestiune de timp, fiindcă mi s-a dovedit de multe ori că aceia care îi fac rău cuiva i-l vor face oricui. Fiindcă cine nu are caracter își va arăta adevărata față de îndată ce un om nu-i mai este util în atingerea scopurilor proprii.

Eu îmi iubesc prietenii. Că așa sunt construită: nu pot relaționa fără iubire. Iar dacă iubesc un om, nu pot fi indiferentă la nedreptățile care i se fac, nu pot ignora faptul că i se face rău și nu îi mai pot privi cu ochi buni pe cei care nu s-au purtat corect cu el. Așa sunt eu, repet.

Și-atunci, e firesc să mă întreb de ce prietenii mei ar alege să rămână alături de oameni care mi-au făcut rău, nu-i așa? De ce, în ciuda dovezilor pe care le aduc, ei sunt indiferenți la mitocănia cu care am fost tratată de către prietenii comuni și le tolerează caracterul mizerabil? Răspunsul? Este simplu: pentru că sunt indiferenți la suferința mea, fiindcă nu îmi respectă drepturile și nu mă prețuiesc cum s-ar cuveni. Despre iubire nici nu mai spun... Nu îndrăznesc să o invoc în cazurile acestea.

Nu cred în oameni care fac compromisuri de dragul aparențelor. Nu cred în oameni care nu au verticalitate și care nu sunt onești. Nu cred în oameni care admit nedreptăți și scuză caractere infecte. Nu cred în prietenia și nici în iubirea celor nepăsători la nedreptățile care mi se fac. Nu cred în prieteniile care nu au la bază principii morale sănătoase, reciprocitate și încredere. Iar fără încredere eu nu pot relaționa.

Cred cu adevărat, în schimb, că oamenii care se aseamănă se adună. Acesta este motivul pentru care mă înstrăinez de cei care se adună cu oameni care mă dușmănesc, care m-au nedreptățit, care au caractere urâte.

Am pretenția de la prietenii mei să mă cunoască. Cum și eu cred că știu cine sunt ei. Să înțeleagă și să fie convinși că sunt omul care spun că sunt, să știe ce calități și ce defecte am. Să nu se îndoiască atunci când le expun niște fapte și să nu mă acuze, indirect, de intenții mârșave și de dorința de a le strica relațiile de prietenie. Mi se pare degradant să strici relațiile dintre oameni, dar asta nu înseamnă că voi face compromisuri și că voi ascunde fapte care m-au nedreptățit. Mai ales că detest ipocrizia și prefăcătoria. Iar oamenii pot alege de partea cui doresc să fie, în funcție de valorile după care se ghidează și de principiile după care aleg să-și conducă viața.

Am ajuns de câteva ori să fiu detestată de cei cu care am încheiat relații de prietenie, iar ei, incapabili să se privească obiectiv, cinstit, se victimizează și aruncă vina asupra mea... Da, așa este, recunosc, sunt vinovată! Dar singura mea „vină" este că am ales să mă protejez de dezamăgiri și că am considerat că e benefic pentru mine să nu mă irosesc și să nu mă iluzionez cu prietenii închipuite.

Autoanalizându-mă acum, pe acest subiect, o să vă spun că, dacă am hotărât să renunț la anumiți oameni, nu a fost pentru că sunt rea, rece și renunț ușor la prieteni și nici pentru că nu știu să tolerez, să iert și să încerc să le mai dau o șansă (deși nu cred în a doua șansă!) celor care mi-au greșit; nici pentru că mă cred perfectă (fiindcă nu sunt), ci pentru că nu pot relaționa cu oameni cu care nu am în comun aceleași principii morale, care nu împărtășesc aceleași valori în care cred.

Acesta este răspunsul meu pentru toți cei care se întreabă de ce m-am înstrăinat de ei.

Și, da, îmi pare rău. Dar, oricât am încercat, nu mai pot să cred în voi. Nu pot să mai cred în prietenia voastră, nici în sinceritatea voastră și nici în intențiile voastre bune cât timp vă asociați cu oameni care mă dușmănesc, care mi-au făcut rău și care au un caracter îndoielnic...

Fiindcă cine se aseamănă se adună. Indubitabil.

Să mulțumim pentru tot ceea ce avem, pentru tot ceea ce suntem și să fim iubire, bucurie și ajutor pentru cine putem. Doar așa putem fi recunoscători pentru darurile primite

În lumea mea ideală se face totul cu iubire și, cine știe, poate că într-o zi mă voi trezi în mijlocul lumii mele ideale....

10 TIPURI DE PERSOANE CARE NU-MI PLAC

IRINA BINDER

1. **Îngâmfații.** Nu mi-au plăcut niciodată aroganții, cei care privesc lumea de sus și care afișează mereu un aer superior. Culmea este că majoritatea îngâmfaților pe care i-am cunoscut sunt doar niște închipuiți.

2. **Lăudăroșii.** Indiferent cu ce se laudă: cu ce au, cu ce sunt sau cu relațiile lor, lăudăroșii mi se par penibili și cred că suferă de sentimente profunde de inferioritate, altfel nu ar simți mereu nevoia să le arate altora că au, că sunt, că știu, că pot, că... ceva. Orice. Le sugerez să reflecteze la următoarea frază: „A te lăuda cu lucrurile și relațiile tale înseamnă a recunoaște cât valorezi fără ele.“

3. **Ipocriții și prefăcuții.** Din păcate, nu sunt scutită de ei... Au fel și fel de fețe, cu care sunt convinși că păcălesc. Defilează cu bune intenții, sunt lingușitori, necinstiți și alunecoși.

4. **Oportuniștii și profitorii.** Cei care caută în orice situație și în orice relație ocazii de a-și atinge vreun scop. Cei care nu știu decât să ceară și să ia cu ambele mâini, dar care nu oferă niciodată. Sau, dacă oferă, dau numai mărunțiș, cu care să-și salveze reputația și să nu pară zgârciți și datori.

5. **Curioșii și indiscreții.** Curiozitatea este bună doar atunci când te ajută să înveți ceva și să evoluezi, aceea e chiar minunată. Dar curiozitatea legată de intimitățile altora și indiscreția cu care unii te întreabă câți bani câștigi și alte lucruri care nu-i privesc mi se par dezgustătoare. Eu nu mai răspund de mult la curiozitățile altora, cu atât mai mult cu cât nu am nicio curiozitate de acest fel urât și lipsit de eleganță. Și pot trăi foarte liniștită și fără să știu toate bârfele de budoar despre cunoscuții mei sau, la fel de trist, despre necunoscuți.

6. **Colericii și certăreții.** Mă irită la culme cei care strică mereu pacea și armonia în orice grup și care țin cu tot dinadinsul să-și impună punctul de vedere și să li se dea dreptate, cei care nu-și pot controla apucăturile agresive și limbajul.

7. **Paranoicii și cei care suferă de mania persecuției.** Nu știu dacă există oameni mai obositori decât cei obișnuiți să se victimizeze mereu, cărora li se pare întotdeauna ba că nu te porți cum trebuie, ba că nu le dai destul. Sau cei care trăiesc cu impresia că ai ceva împotriva lor și care te obligă neîncetat să te justifici și să-ți dovedești loialitatea și dragostea. Eu am renunțat de mult să le mai fac jocul... Prefer să mă distanțez.

8. **Cei care au mereu așteptări.** Mă refer la cei cărora, deși nu le datorezi nimic, au tot felul de așteptări și de pretenții. Aceștia trăiesc cu impresia că li se cuvine totul și că le ești dator. De obicei, sunt veșnic nemulțumiți. Și ajunge să-i refuzi o singură dată ca să te dușmănească.

9. **Nerușinații.** Aici intră mai multe categorii de oameni, de la cei care cer favoruri fără pic de rușine până la cei care se poartă necivilizat, care te pun în situații penibile și nu te respectă.

10. **Impostorii.** E plină lumea de ei. Impostura socială a devenit un fel de obicei. Îl dezaprob pe orice impostor care păcălește lumea, indiferent cu ce scop.

SCRISOARE CĂTRE FOSTELE MELE PRIETENE

CARMEN VOINEA-RĂDUCANU

Judecați-mă atunci când sunteți fără de pată. Ridicați piatra când ați atins perfecțiunea din toate punctele de vedere, dar mai ales pe cea morală și spirituală – asta dacă o fi cu putință. Nu mă folosiți pentru a vă descărca frustrările, pentru a vă oglindi în existența mea neputințele, păcatele, neîmplinirile, orgoliile, lipsurile, aroganțele și erorile, pentru că mi-ajung ale mele și-mi sunt suficiente.

Lăsați-mă să-mi petrec timpul pe care mi l-a hărăzit soarta așa cum pot eu mai bine, nu vă mai amestecați în viața mea doar ca să mă doborâți – așa cum ați făcut de atâtea ori, spre marea și muta mea durere. Și uimire. Nu, nicidecum ca să faceți ceva bun pentru mine – cum ar fi fost să mă ajutați să-mi corectez greșelile sau să îmi întindeți o mână atunci când eram la pământ. Ori, mai mult, să mă ridicați de-acolo și să-mi faceți vânt să mă înalț, să-mi împrumutați din forța voastră ca să pot să-mi regăsesc știința plutirii, a pierdutei aspirații către înalt.

Da, știu că nu sunt deloc perfectă. Credeți că nu am înțeles deja asta despre mine? În plus, nici nu mi-aș dori să fiu, probabil că aș arăta ca un monstru în lumea asta atât de colorată, atât de nonliniară, dar perfectibilă până acolo unde Dumnezeu și-a așezat harul divin și unde nu mai e nimic de făcut, fiindcă orice s-ar așterne în plus n-ar face decât să ruineze Creația Sa.

Eu chiar știu cum sunt, m-am acceptat cu puținele mele bune și multele mele rele. Și, ce e mai important, am înțeles că nu sunt așa cum vă credeți voi a fi, așa cum lăsați să se înțeleagă că v-ar fi croit Atotputernicul: superioare altora, deasupra tuturor. Numai că, ce să vezi, chiar nu sunteți perfecte – și nici voi nu ar trebui să vă doriți asta. Că vă considerați astfel e doar o chestiune de perspectivă, a voastră. Una eronată, dar îmbunătățită de indulgența cu care vă analizați și pe care nu o puneți nicio clipă la bătaie când vă furișați privirile cercetătoare și răutăcioase către mine și către altele. Și nu vă mai amăgiți cu gândul că sunteți niște comori, când tot ce-ați clădit în viața voastră a fost țesut din intrigi josnice, niciodată pe temelii durabile și cinstite și de prea puține ori prin truda și vrednicia voastră, ambele fiind doar fațade fragile, pulbere aruncată la derută în ochii naivilor.

Ce e mai important, însă, ați uitat. Sau nu ați știut niciodată – și-atunci mă văd nevoită să mai fiu încă o dată dureros de sinceră cu voi. Dragile mele foste prietene, atunci când o femeie este rea cu alte femei, cum sunteți voi, nu e vreo dovadă că ar fi minunate și nici desăvârșite. Ba dimpotrivă. Oare de ce nu luați în calcul și asta când vă psihanalizați cu atât de puțină știință și fără talent și încercați să ne convingeți cât de extraordinare sunteți voi și cât de mărunte și neînsemnate suntem noi?

O să-mi spuneți că și eu sunt rea acum. Cu voi. Poate că sunt, privind lucrurile din perspectiva voastră, deși nu fac altceva decât să fiu tăios de sinceră și am curajul să vă spun ceea ce gândesc despre voi, fără ipocrizia aceea diplomatică pe care n-am reușit să o învăț. Și pe care nici nu-mi doresc să o aflu vreodată, nu m-aș visa nici în coșmaruri să vă fiu asemenea.

Fiindcă voi niciodată n-ați fi spus cuiva ceea ce vă scriu vouă, dar asta nu pentru că ați fi bune. Ci pentru că sunteți doar fățarnice, calculate și dornice de răzbunare. E suficient să întoarcă omul cu spatele la voi ca să vă dați ochii peste cap a scârbă sau să-l înjunghiați. Nu aveți nici curajul și nici demnitatea de a vă uita în ochii victimelor pe care le-ați hăituit cu o ură bine dosită în spatele unor zâmbete mieroase.

Dacă aș mai dori să am vreodată de-a face cu voi, deși categoric nu o sper și nici nu mi-o doresc, v-aș spune că v-am iertat. Fiindcă așa este, chiar am făcut-o; deși imperfectă, cum sunt, sentimentul acesta s-a lăsat greu așteptat în ceea ce vă privește. Și, recunosc, că doar nu-s neprihănită și nici înger, mi-a fost greu să o fac, să vă dăruiesc ceea ce cândva credeam că nu meritați: clemență și înțelegere. Dar m-am gândit că în mare parte nici măcar nu conștientizați răutatea asta a voastră; felul prostesc în care vă dirijați veninul stă mărturie doar a unui orgoliu la fel de inferior calitativ precum vă este și caracterul.

Iertați-mă că sunt atât de directă și lipsită de menajamente, mă știți doar. Deși, stau și mă întreb, oare chiar m-ați cunoscut vreodată? Am început să mă îndoiesc. Vedeți, așa cum am știut mereu despre mine, repet, sunt o nulitate la capitolul diplomație și nici nu am pretins vreodată că asta ar fi vreo calitate, fiindcă nu este. E doar un defect îngrozitor, de care azi, la vârsta mea, și folosindu-mă de asta ca de o armă de apărare, parcă nici nu aș mai vrea să scap. Mi-e bine cu el, am învățat să conviețuiesc cu lipsurile mele, mă accept cu tarele mele cu tot și mă rog să fiu iertată în Ceruri dacă am greșit nedorind să mă schimb.

Așa că nu vă amăgiți că aș minți și că, dacă sunt atât de francă, este exclusă iertarea. Deși sunt sinceră și deschisă și ceea ce m-ați obligat să văd în voi nu e chiar minunat, eu chiar v-am iertat pentru toată suferința sufletească pe care mi-ați provocat-o, chiar dacă nu așa ar părea privind lucrurile superficial. Dar asta nu înseamnă că nu știu cum sunteți sau că nu am voie să vă descriu așa cum v-ați arătat mie. Sau că iertarea mea v-a preschimbat brusc în niște sfinte, doamne curate sufletește, neîntinate caracterial. Nu, iertarea mea nu vă poate poate ajuta în sensul acesta, așa ceva doar voi puteți să faceți, numai voi vă puteți schimba.

Numai că, din păcate pentru sufletul vostru chinuit de frustrarea profundă că sunteți niște femei oarecare, fără mintea sclipitoare sau frumusețea pe care vi le-ați fi dorit întru umilirea deplină a suratelor voastre, nu o veți face. Pentru că nu aveți forța să discerneți între adevăr și minciună, între bine și rău, între cinste și dezonoare, între ipocrizie și sinceritate. Astfel că nu o să înțelegeți vreodată cine sunteți cu adevărat, fără să vă mai mințiți că ați fi așa cum vreți să apăreți în ochii oamenilor și cum îi înșelați cu viclenie că ați fi. Ca să-ți recunoști păcatele și să-ți accepți greșelile trebuie să fii o femeie curajoasă și puternică, dar voi sunteți exact opusul: lipsite de tărie, debile moral și lașe.

Nu v-am judecat mai sus, fostele mele prietene, să nu credeți asta, nu sunt atât de simplistă în gândire. Nu mai judec de multă vreme pe nimeni și iau oamenii exact așa cum sunt. Și totul e mult mai ușor: rămân lângă cei buni, mă retrag din calea celor răi. Nu, doar v-am privit cu uimire după ce vălul de fum sub care vă acopereați sufletul s-a destrămat și risipit.

Și, ca să fiu sinceră până la capăt, îmi pare nespus de rău pentru voi, pentru toată noblețea de a fi oneste și modeste pe care o pierdeți, alungând astfel toate persoanele sincere și frumoase din preajma voastră, dar și iubirea pe care v-au dăruit-o cândva cu simplitate, curat, din toată inima. Și de care v-ați folosit cu nerușinare și nepăsare, de parcă vi s-ar fi cuvenit supunerea fără crâcnire a sufletelor tuturor, ca niște mărinimoase regine care le făceau o favoare acelora care, iubindu-le cu sinceritate, voiau să le atingă măcar mantiile prețioase.

La un loc cu iertarea, la final, vă voi face și un dar: știu că suferiți, știu că vă doare că v-am părăsit, știu că nu v-ați așteptat să am puterea asta, dar și norocul să vă descopăr mârșăviile, știu că o să vă usture toată viața distanța și tăcerea dintre noi. Dar nu pentru că ați fi ținut la mine sau fiindcă ați fi prețuit prietenia, încrederea și iubirea mea. Și nici pentru că aș fi o comoară. Ci pentru că după mine a venit întunecarea. Asta e nefericirea voastră. A coborât peste voi ca un lințoliu bezna prieteniilor cu femei ca voi: rele, ipocrite, mincinoase și care vor doar să vă folosească. Fiindcă viața știe cel mai bine să tune ca să vă adune – și asta vi s-a întâmplat și vouă.

Și vi se va întâmpla în continuare. Știți prea bine ce vreau să spun: acum orbecăiți în negura aceea pe care ați chemat-o peste voi, în care bâjbâiți căutând să vă salvați ca să puteți evolua cu adevărat, nu fals, și în care nu mai găsiți o prietenă loială care să vă îndrume pașii spre lumină și frumos, spre încredere și bucurie, spre cinste și demnitate, spre simplitate și adevăr.

Iar darul meu de final e unul banal, poate, dar este așa cum pot și știu eu să fac: iertați-mă și voi că nu am știut să îmbrac în haine prețioase cusute cu minciuni veninoase adevărul în ceea ce vă privește.

Și un sfat, în numele a tot ceea ce am crezut cândva că ne leagă: faceți-vă un bine suprem, e pentru voi și numai pentru voi, fiindcă știu cât sunteți de egoiste și n-ați împărți nimic cu alții... Schimbați-vă. În bine. Puteți, dacă vreți cu adevărat. Dacă ați înțeles. Dacă vreți să faceți un salt uriaș de la pământul pe care vi se târăște sufletul bolnav până la stelele printre care ar putea pluti, sănătos și liber.

Semnătura mea pe această scrisoare nu mai contează, dar e bine să v-o readuc în memorie pentru ultima dată: o prietenă care a crezut în voi și v-a iubit. Enorm. Dar nu suficient cât să vă iubească și pentru voi, care vă urâți atât de tare...

RUȘINE

Irina Binder

Într-o zi, când mă întorceam acasă, am întâlnit pe scara blocului în care locuiam atunci o femeie care făcea curat. Am salutat-o, iar când mi-a răspuns, am observat că plângea. Nu pot trece nepăsătoare pe lângă cineva care plânge, de aceea am întrebat-o dacă se simte bine și dacă o pot ajuta cu ceva. Mi-a mulțumit privind în jos și mi-a spus cu o voce stinsă că este bine.

— Dacă vă ajută să vorbiți cu cineva, eu am timp, i-am zis cu toată căldura, încurajator.

M-a refuzat, rugându-mă doar să-i dau puțină apă în găleata pe care o folosea la spălatul scărilor. Am chemat-o în casă, i-am pus apă în găleată și am întrebat-o dacă nu vrea totuși să stea măcar un minut, să se liniștească. S-a așezat pe un scaun în bucătărie și i-am oferit un pahar cu apă.

— Nu vreți, totuși, să vorbim? Poate vă ajută dacă vă descărcați sufletul..., am insistat, văzându-i tristețea și știind că, atunci când ai cui să-ți descarci sufletul de poveri, lucrurile parcă devin mai simple, mai ușor de rezolvat.

Femeia a băut din apă și m-a privit timidă.

— Băiatul meu are azi cursul festiv și eu nu m-am dus să fiu alături de el, pentru că îi este rușine cu mine, fiindcă sunt femeie de serviciu, mi-a spus ea cu voce scăzută și cu o tristețe apăsătoare în glas.

Deși nu sunt o fire care se pierde ușor, probabil că mi-a înghețat expresia feței. M-am adunat repede și am încercat să o liniștesc. I-am vorbit despre generația de acum, pentru care imaginea din ochii altora este foarte importantă, explicându-i că trăim într-o lume care s-a îndepărtat de adevăratele valori și că nu ar trebui să se necăjească prea mult pentru cum merg lucrurile acum, fiindcă va veni vremea când toate se vor așeza în ordinea firească: copiii se maturizează, înțeleg cine și ce contează cu adevărat și își reconsideră atât ideile, cât și, în mod automat, prioritățile. Speram că argumentele mele o vor liniști, însă ea plângea din ce în ce mai tare.

— Nu am avut altă posibilitate, l-am crescut singură și numai eu știu cum, mi-a spus ea printre lacrimi, parcă scuzându-se că nu e mai mult decât ceea ce este.

Mi-a frânt inima. Cum să liniștesc o mamă privată de bucuria de a fi alături de copilul ei într-o zi atât de importantă?

— Cu banii din măturat l-am ținut la școală și l-am făcut om. A terminat printre primii, pentru că mereu a fost un copil bun și deștept. Am renunțat la tot ca să aibă el tot ce-i era necesar, am muncit și ziua, și noaptea... Fac curat în case, am lucrat în trei schimburi, noaptea fugeam într-un suflet să văd dacă era bine, că-l lăsam singur în casă. Nu știe el nimic... Mi-am făcut datorii ca să-i iau costum – și nici nu știe asta... Nu mi-am luat o haină nouă de ani de zile, le cârpesc și le port așa...

Sperând că se va liniști dacă vorbește, dacă aruncă afară tot ce o întristează și se mângâie cu tot ceea ce o face să uite de necazuri, i-am cerut detalii despre fiul său, iar femeia, cu ochii înlăcrimați, dar și strălucitori de mândrie, l-a lăudat, scoțându-i în evidență cele mai frumoase calități. Vorbind despre el, privirea tristă i-a devenit blândă și iubitoare, iar în voce îi simțeam dragostea atât de profundă de mamă dezamăgită, căreia i se făcea o mare nedreptate. Mi-a arătat o poză cu fiul ei, pe care o ținea în buzunarul de la piept al halatului.

— De când era mic țin o poză de-a lui la inimă, mi-a spus.

Și-atunci, oricât încercasem să mă țin tare, mi-a fost imposibil să îmi mai opresc lacrimile.

Probabil că simțea nevoia să se destăinuie, pentru că, după ce s-a pornit să vorbească, mi-a mărturisit și cât a suferit în viață și cât de singură se simte. Își dedicase viața unicului copil, pentru care a muncit din greu, neglijându-se, iar acum copilul ei se rușina cu ea, pentru că făcea curat pe scările blocurilor.

— Înțeleg că vă doare, i-am zis, încercând să fiu puternică și să-i dau și ei din forța mea. Dar fiul dumneavoastră nu a vrut să vă rănească. Sunt sigură că-i lipsește prezența mamei într-un moment atât de special din viața lui. Cred că a vrut să vă protejeze de privirile disprețuitoare ale celorlalți. Fiul dumneavoastră trăiește în societatea asta modernă, în care oamenii sunt comparați între ei și unde se pun etichete după niște valori... lipsite de valoare. Uneori, privirile celor care judecă în acest fel sunt ca niște cuțite înfipte în inimă. Iar fiul dumneavoastră nu cred că a vrut să vă rănească, ci doar să evite o suferință pe care n-ați fi meritat-o.

Am încercat să o conving că nu ar trebui să se simtă complexată doar pentru că este femeie de serviciu, pentru că și aceasta este o meserie onorabilă, că nu putem fi toți manageri, medici, profesori, iar cei care au meserii mai puțin apreciate nu ar trebui să se desconsidere ca oameni și nici să se simtă inferiori – tocmai pentru că sunt meserii dificile și pe care nu le poate face oricine, mai ales cei care nu iubesc munca.

— Valoarea unui om se află în sufletul său și în faptele sale. Dumneavoastră sunteți un om la fel de important ca oricare altul de pe lumea asta. Sunteți mamă, ce rol poate fi mai onorabil pentru o femeie? Iar fiul dumneavoastră nu vă iubește mai puțin doar pentru că sunteți femeie de serviciu. Chiar dacă acum e influențat de societate și de mediile pe care le frecventează și nu își dă seama că greșește, va înțelege mai târziu și va trage o învățătură din asta. Sunteți mama lui și tot ce are pe lume. Încercați să vă bucurați pentru el, chiar dacă nu sunteți acolo, doar îl aveți în inimă, nu-i așa? i-am spus.

Femeia m-a urmărit atentă, transformându-și treptat expresia chipului.

— Cât de bună sunteți, domnișoară! Cred că Dumnezeu v-a scos azi în calea mea.

Am stat de vorbă cât a dorit ea și m-am bucurat văzând că i-am schimbat percepția asupra acelei situații, atât de dramatice pentru ea. Am rugat-o să îmi promită că nu se va mai desconsidera niciodată, că, atunci când va mătura și cineva va trece pe lângă ea, nu va mai lăsa privirea spre pământ, ci va privi înainte cu demnitate. Demnitatea omului care muncește și care își câștigă traiul cu eforturi și cinste.

Nu voi înțelege niciodată de ce noi, oamenii, trebuie să trăim astfel de complexe. De ce trebuie să ne jenăm dacă nu am urmat un liceu de prestigiu, dacă nu avem studii, dacă nu avem o meserie bine văzută, să ne rușinăm de faptul că nu avem o casă luxoasă și obiecte apreciate de oamenii care nu văd mai departe de valoarea materială... Nu funcțiile sau lucrurile pe care le avem ne definesc.

Am cunoscut oameni extraordinari atât în clasa socială „înaltă", cât și printre oamenii de rând, modești, așa cum am cunoscut oameni lipsiți de valori și de omenie deși fac parte din familii cu pretenții sau dețin funcții importante.

Fiecare destin e diferit, iar noi nu trebuie să judecăm un om după alegerile făcute în viață, pentru că nu știm conjuncturile care l-au adus acolo unde se află.

Niciodată nu ar trebui să te jenezi cu tine cât timp ești un om cinstit și bun. Și este inadmisibil să îți fie rușine cu ființa care ți-a dat naștere și care ți-a dăruit totul!

Sunt sigură că mulți dintre oamenii valoroși ai lumii au fost crescuți de oameni simpli și că și datorită acestora au ajuns unde se află. Minunați erau acei părinți și bunici cu mâini muncite, buni și credincioși, care ne-au ajutat să devenim oameni!

Nimeni dintre cei în fața cărora încercăm să ne construim o imagine bună nu se va bucura de reușitele noastre așa cum se bucură părinții noștri și nimeni nu va suferi mai mult decât ei atunci când vom avea necazuri.

Eu cred că fiecare om este special, frumos și valoros în felul său, că fiecare suflet deține comori nebănuite și că ar fi putut ajunge oricât de sus ar fi dorit dacă viața, alegerile, conjuncturile și oamenii de care a depins ar fi fost altfel...

Și mai cred că fiecare om merită același respect, aceleași șanse la fericire, același drept la iubire indiferent ce meserie are, cum arată, cine este și ce lucruri are...

Iar dacă te rușinezi cu mama ta, înseamnă că te rușinezi cu tine – fiindcă mama îți bate în piept, inima ta e bucată din inima ei...

Nu uita în nicio clipă a vieții că ești minunat, că meriți tot ce-i mai frumos și că ești făcut din Duh Sfânt și Iubire.

NERECUNOȘTINȚĂ...

Irina Binder

Oamenii nu își vor aminti de cât de mult le-ai dat, ci doar de lucrurile pe care ți-a fost imposibil să le oferi.

Nu își vor aminti de câte ori ai spus adevărul, ci doar că ai mințit o singură dată.

Nu își vor aminti de câte ori ai fost prezent când au avut nevoie de tine, ci doar de unica dată în care ai lipsit.

Nu își vor aminti de câte ori ți-ai deschis sufletul în fața lor, ci doar de momentele rare în care ai îndrăznit să îți protejezi secretele.

Nu își vor aminti că i-ai făcut să râdă de multe ori, ci doar că într-o zi – doar una singură – i-ai făcut să plângă.

Nu își vor aminti că i-ai mângâiat când aveau nevoie de alinare, ci doar că au primit lovituri închipuite atunci când nu le-ai cântat în strună.

Nu își vor aminti de renunțările tale în favoarea lor, ci doar de momentele în care ai fost nevoit să-i refuzi.

NEPRIETENA

Carmen Voinea-Răducanu

De exemplu, o femeie care, deși se declara a-ți fi mai ceva decât o soră, te-a lăsat, zâmbind perfid în sinea ei, să defilezi prin oraș cu pantalonii rupți în fund, deși ai întrebat-o și ai rugat-o să vadă dacă nu cumva e ceva în neregulă cu tine, când ai simțit că au cedat cusăturile. Ea te-a asigurat cu o voce calmă că totul e perfect, dar, când ai ajuns acasă, ai văzut că simțiseși bine: pantalonii pocniseră la îmbinări și erau cât se poate de rupți.

Sau tot o prietenă, cândva, a strigat în gura mare, în public, chipurile grijulie, că ai un muc uscat pe nas, făcându-i pe toți să-și întoarcă privirile spre tine, să se uite ciudat, curioși să afle cine e proasta aia neglijentă și râzând pe înfundate. Deși prietena ta ar fi putut să te atenționeze discret, la ureche, să te cureți – sau, cu altă ocazie, să-ți ștergi urma creionului de machiaj adunată inestetic în colțul intern al ochiului, de parcă aveai urdori. Prietena ta s-a gândit ea bine și a făcut alegerea să vorbească tare, de așa manieră încât să audă toată lumea din jurul vostru că te afli într-o situație delicată.

Și, dacă tot veni vorba, să nu uităm că mai există genul acela de prietenă care postează compulsiv pe conturile de socializare fotografii în care sunteți împreună, deși tu ai ieșit ceva mai bine ca dracu' în pozele respective, dar ea, ce întâmplare fericită!, arată mirobolant.

Sau fazele acelea când alte doamne și domnișoare – dar neapărat dintre acelea pe care le credem prietene – vorbesc în dodii și neapărat în gura mare despre cât sunt ele de nefericite că s-au îngrășat un kilogram pe când tu ai deja 30 peste greutatea normală și-ți vine să-ți iei câmpii, asta în timp ce de la mesele de-alături toată lumea aude fiecare silabă. Ați înțeles despre ce e vorba, nu-i așa?

Ei bine, explicați-mi și mie: care e satisfacția unor astfel de „prietene“ când fac asemenea lucruri care o pun pe altă femeie – mai ales prietenă – într-o situație jenantă? Ce le mână în luptă? Atât de frustrate să fie încât doar înjosind-o cu bună știință pe o altă femeie să se simtă deasupra ei? Atât de complexate să fie? De ce ar proceda în acest fel o persoană educată și care ține la tine?

Vă întreb pe voi, fiindcă eu, una, nu reușesc să pricep cum le funcționează mintea celor care aleg să facă așa ceva, nu văd care e câștigul lor dintr-o situație ca cele descrise mai sus. Își imaginează că, procedând așa, devin ele mai bune decât aceea pe care încearcă să o umilească? Că devin mai elegante, mai frumoase, mai interesante, mai fără cusur în ochii celorlalți dacă o pun într-o situație ridicolă pe cea de alături?

Mi s-a întâmplat și mie de câteva ori în viață să am parte de astfel de amice „binevoitoare“ și „săritoare“, care au ținut morțiș să mă facă de mirul lumii exact când nu era cazul. Nu am înțeles niciodată care a fost motivul pentru care au făcut-o și singurele răspunsuri pe care le-am găsit au fost cele legate de frustrările și complexele pe care le încercau în prezența mea, dar și de o crasă lipsă de educație și considerație în primul rând față de ele însele, nicidecum față de mine. Pentru că un astfel de comportament spunea totul despre ele, nicidecum despre mine.

O femeie care alege să se folosească astfel de o situație dezavantajoasă în care se găsește cineva se descalifică din start în ochii unui om care gândește, nu numai în ochii mei, indiferent dacă sunt victimă sau doar spectator la o astfel de întâmplare. Și, oricât de civilizat m-aș comporta cu persoana aceea în viitor, un lucru e sigur: sufletul meu nu se va deschide în fața ei niciodată și va sta la distanță, fiindcă încrederea mea a fost distrusă pentru totdeauna. Și nu aș putea niciodată să fiu prietenă cu cineva pentru care nu am pic de respect, de comportamentul căruia mă rușinez sau în care nu mă pot încrede.

Să nu faceți așa ceva, doamnele mele! Nu vă ajută cu nimic să înjosiți un om și e cu atât mai trist dacă încercați asta cu o prietenă, cu un om care ține la voi și care primește astfel o lovitură grea, pe care o va resimți până în adâncul inimii sale care vă iubește. Nu numai că veți răni un om, dar vă veți păta și voi obrazul, pentru că veți deveni urâte, meschine, rele și de evitat pe viitor.

Nu așa veți fi mai bune decât acelea pe care încercați să le minimalizați, nu astfel vă faceți remarcate – decât în sensul cel mai jenant cu putință.

O prietenă nu te va pune niciodată pe o poziție de inferioritate, nici prin cap nu-i va trece să te desconsidere într-o astfel de manieră. O prietenă nu te calcă în picioare pentru a-și atinge scopurile personale, nu se urcă pe tine ca să ajungă mai rapid la plafon și nici nu te înjosește într-o situație în care se simte în avantaj, când întrevede oportunitatea de a face asta cu ușurință. Dar ce spun eu „prietenă“.... Niciun om bun, străin fiind de tine, nu va face asta vreodată...

Cu toate acestea, oare cine nu a întâlnit măcar o dată în viață o astfel de... neprietenă?

EU, MIE, AL MEU!

Irina Binder

Când unii raportează totul la „Eu“, atunci totul este numai despre ei, despre ce și cum se simt ei, despre ce li se întâmplă lor, despre ce le place sau nu lor, despre ce îi doare pe ei și despre nevoile lor, despre ce grozavi sunt ei... Și îți dai seama de îndată că ai „deranjat“ cu ceva și că ești mic și neînsemnat pentru ei...

Nu va mai conta nimic din ceea ce ai făcut bun și-ți vei vedea toate străduințele aruncate la gunoi. Și te vei trezi taxat pentru chestii ridicole, pentru care te vor face să te simți ca un nimeni bun de nimic. Lamentări de doi lei, demne de oameni egoiști, care, raportând totul la „Eu“, nu se mai gândesc că poate ai și tu durerile tale, că poate și pe tine te-au deranjat lucruri pe care nu te-ai grăbit să le reproșezi. Că poate meriți alt tratament din partea lor.

Și uite așa mai înveți o lecție – despre cum să nu le mai dai totul unor prieteni și să nu mai pui nimic la suflet... Și o înveți plângând singur.

JUDECĂȚI

Irina Binder

Ce simplu este să condamni o femeie care îndrăznește să își cunoască drepturile, care nu se abandonează nefericirii, care își recunoaște înfrângerile atunci când eșuează în relația ei de iubire – și care pleacă...

E simplu să participi ca un simplu spectator la drama ei, să comentezi de pe margine viața femeii despre care nu știi nimic, dar crezi că știi, bazându-te pe clișee insipide și penibile, dar și pe reguli universale, nescrise, inventate doar de dragul aparențelor...

Suntem contaminați de spiritul polițienesc și vorbim cu o lipsă de pudoare aproape inconștientă despre alegerile altora, judecând noi că sunt greșite, țesând povești imaginare despre ce ar fi putut face acea persoană „dacă"... Dacă tu ai fi fost în locul ei, mai ales. Dar nu ai fost. N-a fost nimeni, a fost doar ea.

Pentru că nu tu ai trăit cu „băiatul bun" pe care îl compătimești că l-am părăsit. Nu tu ai cunoscut gustul singurătății și al separării de ideal, nu tu te-ai trezit prizonieră într-o lume în care te simțeai străină, într-o viață atât de diferită de ceea ce ți-ai propus, de ceea ce ți s-a promis, de ceea ce meritai...

Da, unele dintre noi au limite de visare și amăgire și cunosc dureros de bine valoarea unui compromis. Unele dintre noi știu că viața lor le aparține, că nu datorează niciunui om o viață netrăită, că merită mai mult decât să tânjească după povești frumoase care nu vor exista niciodată alături de omul căruia s-au grăbit să i se dăruiască, în care s-au grăbit să creadă... Și care le-a înșelat toate așteptările.

Unele dintre noi au o perspectivă logică asupra familiei și știu că aceasta este doar o iluzie frumoasă atunci când trăiești doar jumătăți de măsură.

Și, nu, nu e ușor să te desprinzi de tot ceea ce ai clădit, de tot ceea ce ai visat, de tot ceea ce iubești, fiindcă ruptura de un om nu destramă și sentimentele. Îți trebuie multă forță și mult curaj... și timp...

Și nici ușor nu e să înfrunți judecățile lumii, privirile iscoditoare și consolările prefăcute...

Să nu te întristezi că alții te vorbesc de rău! Mai bine bucură-te și mulțumește-I lui Dumnezeu că nu ești atât de meschină, haină și limitată cum sunt ei.

BILETE CĂTRE NICĂIERI

CARMEN VOINEA-RĂDUCANU

Toate dorințele noastre călătoresc, cu sau fără de bagaje, dar la braț cu tot felul de speranțe – de cele mai multe ori unele mai absurde decât altele. Cum este aceea cu nemurirea, nu? Sau cu tinerețea fără bătrânețe. Și cumpărăm aproape în fiecare zi bilete spre nicăieri, plătind fără să crâcnim prețul anticipat pe care viața ni-l prezintă la decontare.

Murim încet în toate clipele pe care le traversăm scrutând un orizont tern, lipsit de strălucirea visurilor noastre pline de avânt, de parcă viața ar fi doar închipuirea de a fi binecuvântați cu minime bucurii și cu majore așteptări. Am ajuns la performanța de a ne putea cumpăra voiaje înspre stele, dar aproape niciodată către miezul lucrurilor, spre centrul universului din noi înșine – deși nu întotdeauna ajungem la înaltul cerului și nu mereu ne atingem cu mâinile sau cu sufletul ținta (poate țărmul acela de mare tânjit cu disperare după naufragiul fiecărei Stele a Speranței).

Ți se spune obsedant, clar, pe silabe: „Stai de-par-te! Nu te a-pro-pi-a!“ De parcă visurile de A FI ard, topesc orice materie vie și orice gând, orice pas făcut spre împlinire. Iar aceasta este o formă de abuz emoțional, exact ca atunci când oamenii nu-ți sunt nimic mai mult decât ceea ce te fac și cum te fac să te simți, dar pretind de la tine luna de pe cer. Și atunci, sfâșiat între neputință și disperare, asculți tocmai îndemnuri care nu fac decât să-ți sporească haosul existențial, fără să ajungi să împlinești nici măcar ceea ce ți se cere imperios, darămite ceea ce-și dorește din răsputeri sufletul tău...

Piedici avem mii, dar cine vine să-ți spună că în drumul către menirea ta, către bunătate, către împlinire, către frumusețe și vis transformat în realitate ai nevoie fără de tăgadă de adevăr, recunoștință, iubire, lumină și iertare? De sinceritate și dragoste de bine, de înțeleaptă alegere pentru misiunea ta? Nu, nu prea vine nimeni să o facă, pentru că mulți nu știu care este esența divină a trecerii noastre prin viață și, de cele mai multe ori, pentru că oamenii confundă verbul „a fi“ cu „a avea“, la întrebarea „Tu cine ești?“ răspunzând aproape invariabil cu „Eu *am cutare*“...

Și e total greșit. Nu, NU AVEM. Nu deținem. Doar SUNTEM. Iar în urma noastră poate rămâne iubire cu o singură condiție: să fim iubire. Să fim adevăr și lumină.

Tu ești? Tu cine ești dincolo de zbaterea ta de zi cu zi de a acumula cât mai multe bunuri? Câtă iubire, lumină și adevăr îți curge prin vene laolaltă cu sângele? Și, de fapt, câtă minciună, cât arivism, câtă trădare, lăcomie și indiferență răspândești în lume, punând o piatră de hotar definitorie între tine și ceea ce va conta odată ajuns la destinație?

Dar atunci când cumperi biletele către nemurire, draga mea prietenă, nu uita că mesajele pe care le trimiți în Univers se vor întoarce precum un bumerang exact la tine, în viața ta. Așa că fii în miezul tău ceea ce-ți dorești să ți se întâmple și vei avea parte de tine multiplicată până la Bine! Astfel, nu vei alege să ai, ci să devii.

Nu paria pe calea ușoară, ci îndreaptă-ți toate speranțele și luptă din toate puterile pentru a ajunge pe Calea Adevărului.

Nu alerga după materie, pentru că spiritul se va îndepărta de tine, lăsând cât mai mult loc liber bucuriilor de suprafață, lipsite de valoare și profunzime.

Nu te urca într-un carusel de bâlci plin de amețitoare amăgiri, fandoseală, șmecherie și poleială, căci vei coborî la final într-o viață cu sclipiciul sărit exact în locurile esențiale și care, astfel, va ieși în evidență jenant, precum unghiile unor pretinse doamne, gheare scociorâtoare decojite de lacul strălucitor.

Nu apleca urechea la vorbăria plină de viclenie și văicăreala fără cap și fără coadă care ți se insinuează perfid în urechi. Viața ta este mai mult decât o bârfă ieftină și o minciună nemiloasă, nerușinată și croită prost.

Nu-ți învrăjbi semenii și nu-i ridica pe unii împotriva celorlalți, pentru că, atunci când semeni vânt, nu vei culege decât furtuni care te vor lăsa în urmă devastată și din ce în ce mai singură.

Nu-i săpa groapa altuia, pentru că, din fericire, pământul e rotund precum roata, iar legile fizicii și ale principiilor morale rotesc întâmplările independent de voința ta – asta înseamnă că hăul te va ajunge din urmă, mai devreme sau mai târziu, și se va căsca fix sub tălpile tale.

Nu-ți așeza pe chip măști făcute să încânte ochii celor care nu știu cum să privească. Negura se va risipi la un moment dat, iar vălul se va ridica chiar și de pe cea mai încețoșată și naivă privire.

Nu-ți îmbrăca neputințele în straiele urii, căci nu este nimeni vinovat în afară de tine pentru limitele pe care nu le poți birui. Nu te răzbuna pentru tot ceea ce nu ești pe cei care sunt exact ce visezi tu că ai merita să fii.

Nu te erija în Judecătorul Suprem al existenței altora – nu ești decât un bulgăre de tină care și-a uitat apartenența la neant și-atât.

Nu-ți trăda aproapele. Iuda, vânzătorul și iubitorul de arginți, s-a ascuns bine printre apostoli, dar a sfârșit prin a fi exact cine era în adâncul său: o ființă nedemnă, de ocară peste veacuri.

Nu mai împroșca cu venin înspre aceia pe care-i consideri mai slabi și mai lipsiți de noroc decât tine fiindcă știi că nu au puterea să riposteze. Nu face rău cu bună știință, amintește-ți că cine ridică sabia de sabie va pieri. Și, mai ales, amintește-ți mereu de legea atracției universale, de faptul demonstrat că întotdeauna vei chema înspre tine exact ceea ce trimiți înspre alții, iar biletele către nicăieri – pe care ai dat din coate ascuțite ca lamele de pumnal să le obții – nu te vor purta spre libertate, ci doar înspre o altă robie, cea a vinovăției fără de sfârșit și fără de iertare, a singurătății sau a falselor prietenii, a îndepărtării de ceea ce ți-a fost dăruit ca misiune: bunătatea sufletească fără de rezerve, iubirea, lumina și adevărul. „Binele și răul sunt conceptele pedagogiei lui Dumnezeu față de oameni." Nu ar fi păcat să fi trecut prin viață și să nu fi înțeles nimic din ceea ce ne-a spus Petre Țuțea? Nu rupe niciodată puntea dintre tine și Dumnezeu. Altfel, te vei trezi condamnat să rămâi un suflet etern rătăcitor, pierdut fără scăpare și fără putința de a zări la orizont vreun Far al Bunei Speranțe. Un călător singur și neiubit printre cei pe care i-a nesocotit, pe care i-a lovit, pe care i-a înșelat, i-a mințit, i-a prigonit, i-a vândut, de care s-a folosit și pe care i-a înjosit cu o aroganță pe care a crezut-o a fi calitate umană, nu blestem.

Și, atunci, doar FII. Fii Bunătate, fii Iubire, fii Adevăr și fii Lumină. Gândește-te că ești o coală albă, pură, pe care ai libertatea să o așezi în mașinăria de scris a eternității și să tipărești acolo, pe ea, o proclamație despre ființa pe care a plămădit-o Dumnezeu cu tot ce e mai bun și mai frumos pe lume. Un manifest despre tine.

NU TOȚI ȘTIU CUM SĂ SE DESPARTĂ

Irina Binder

Calitatea unui om se poate vedea și după felul în care vorbește despre cei din trecutul lui. Poate de aceea n-am ascultat niciodată cu plăcere bârfe despre „fosta"/ „fostul" - prietenă/prieten, iubită/iubit, soție/soț. Fiindcă știu deja că se exagerează întotdeauna cu detaliile menite să-i strice imaginea celuilalt și să-l plaseze pe plângăcios în postura de victimă. Pentru că așa e de când lumea: în situații de criză, cum ar fi o despărțire, oamenii slabi devin răi și se coboară... sub nivelul mării. Și nu-și pot stăpâni dorința de răzbunare.

Îmi amintesc de o discuție în care un tip vorbea foarte urât despre ex-iubita lui. I se plângea unei prietene că „fosta" era o nenorocită, înșirându-i toate defectele posibile pe care le poate avea un om.

— Măi, băiete, tu acum vrei să mă convingi că ai fost chior sau prost? l-a întrebat prietena mea, amuzată.

Tipul respectiv a amuțit. Nu-i venea să creadă că nu era compătimit. Văzând stupoarea de pe fața omului, prietena mea a adăugat:

— Dacă după atâția ani ai numai lucruri urâte de spus despre femeia cu care ai stat, înseamnă că ai fost chior dacă n-ai văzut cum este ea cu adevărat. Ori ai fost prost că ai acceptat-o. Și să știi că nu e o mândrie să fii prost. Și nici să vorbești de rău pe cineva de care te-ai despărțit. La urma urmei, ai mâncat cu ea la masă și ați dormit în același pat ani la rând, ce naiba!

Și i-a închis gura. Probabil că omul s-a dus la altă fereastră să-și cânte fals serenada, adică să se plângă de fosta, de femeia oribilă care merita disprețul tuturor. Totuși, mai târziu s-a însurat cu ea...

Desigur, am văzut nu numai iubiți și iubite, ci și prieteni care s-au bălăcărit și care, după un timp, s-au împăcat...

Cert este că unii oameni nu știu să se despartă. De fapt, majoritatea oamenilor nu știu să se despartă civilizat. Și nu-și pot continua viața dacă nu-l discută vehement pe celălalt, împroșcându-l cu venin și noroi. Orgoliile rănite nasc fel și fel de povești. Iar naivii ascultă cu gura căscată și-l compătimesc pe cel care se plânge cât de bun și de perfect a fost el, cât de mult s-a dedicat și s-a dăruit, ca până la urmă să-i fie înșelate așteptările. Ai fost bun? Atunci fii bun până la capăt. Oamenii buni știu să piardă cu demnitate și fără să facă uz de bârfe grosolane.

Ați văzut cât sunt de dezagreabili cei care merg pe la emisiuni de televiziune și povestesc despre relațiile lor, încercând să denigreze persoanele de care s-au despărțit? La fel de urâți sunt și cei care duc povestea mai departe...

Mă oprește, într-o zi, o cunoștință și-mi spune:

— Am auzit că te-ai certat cu Cutăreasca.

— Eu nu m-am certat. Pur și simplu, am ales să nu mai fim prietene, i-am răspuns.

— Dacă ai ști ce spune despre tine...

— Nu mă interesează. Eu știu sigur că nu are ce spune rău despre mine. Dacă ea vorbește aiurea, vorbește despre ea, nu despre mine.

— Eu știam că minte... Știu câte ai făcut pentru ea și ce fel de om ești...

Da, cred! Dar ți-a plăcut totuși un zvon negativ, l-ai ascultat cu nesaț. Și nu ai fost deloc pornită să-i dai peste nas celei care mă bârfea și s-o întrebi dacă, din toată perioada în care am fost prietene, n-are nimic bun de spus despre mine...

Să recunoaștem: suntem mai receptivi la lucrurile negative decât la cele frumoase...

Oamenii care încearcă să-i strice reputația cuiva o fac fie pentru că așa își descarcă ei furia, fie pentru că au ca scop să îl facă pe acel om să nu mai fie credibil în fața celorlalți. Pentru că se simt în pericol, știind că le pot fi date în vileag caracterul îndoielnic și lucrurile compromițătoare pe care le-au făcut și care, dacă s-ar afla, le-ar strica imaginea imaculată pe care se străduiesc să o mențină. Și, cu mintea lor micuță, dar diabolică, se apucă și-l ponegresc pe cel care știe adevărurile compromițătoare despre el. Scornesc fel și fel de minciuni menite să îl facă pe omul acela să nu mai fie deloc plăcut, admirat, ascultat, deci nici credibil, în fața lumii. E măsura lor disperată de siguranță. Jalnic, nu? Demn de oamenii primitivi... Numai că acum folosesc cuvinte, nu bâte.

Pe mine mă amuză aceia care ascultă toate bârfele și nu trec prin filtrul rațiunii informațiile. Mai mult de-atât, le transmit mai departe. E ca și cum au călcat în ceva mizerabil și duc murdăria pe covoarele tuturor... Ei bine, pe covorul meu, nu! Fiindcă nu permit. Eu nu ascult bârfe despre foste și foști, indiferent dacă vorbim despre simple prietenii sau despre relații de iubire. Știu deja că adevărul fiecăruia este diferit și că se exagerează foarte mult din dorința de a da o altă amploare lucrurilor. Iar văicărelile acestea sunt atributul oamenilor slabi, care suferă de mania persecuției și care au nevoie de cineva să le valideze calitățile și să le confirme că sunt victime. Nu intru în astfel de jocuri, nu mă interesează.

Te-ai despărțit de cineva? Continuă-ți viața și taci. Nu te ajută deloc să-l discreditezi pe omul cu care ai încheiat o relație. Dimpotrivă: decazi. Pentru că nu este o mândrie să vorbești de rău un om cu care ai împărțit o parte din viață, indiferent cum v-ați despărțit. Iar bârfitorii nu le pot lăsa o impresie bună decât persoanelor de o calitate îndoielnică.

Dacă ești un om cu adevărat de calitate, îți porți durerile în tăcere și te respecți într-atât încât să nu devii mai mizerabil decât acela pe care încerci să-l defăimezi.

Cuvintele pe care le-ai rostit azi le-au făcut bine sau rău acelora care le-au auzit? Gândește-te bine la asta când declari, orgolios, că ești un om bun...

SĂ-I SPUN CĂ O ÎNȘALĂ?

IRINA BINDER

În urmă cu patru ani, o prietenă de-a mea s-a măritat. Apoi, eu și toți prietenii noștri am asistat înmărmuriți la depersonalizarea ei lentă, dar sigură.

Părinții au crescut-o ca pe o floare (oricât de provincial ar suna expresia asta). A fost a fată cuminte, a învățat bine, a terminat o facultate și a făcut un masterat. Putea să aibă un job bun dacă iubitul ei nu ar fi intervenit ca un buldozer în viața ei.

— Păi, firma X îți trebuie ție? Dă-i încolo de bani [cam 1 500 de euro lunar], aia e viață, să fii mereu prin delegații, să pleci în străinătate, să nu stai cu mine?!

Așa că ea a renunțat la un serviciu foarte bun, la șansa de a-și construi o carieră frumoasă. A găsit un alt loc de muncă, plătit cu vreo 2 000 de lei pe lună (asta până și-ar fi găsit „ceva mai bun"). Și a tot renunțat la multe dintre lucrurile care-i plăceau, fiindcă trebuia să se limiteze la cei aproximativ 3 300 de lei, venitul lor lunar pus la un loc.

Și am început să o văd cum se schimbă. Nu coafor, nu manichiură... Aceleași haine pe care le știam de mult. Ce să iasă în oraș? Visuri!

— Păi, noi avem bani de ieșit în oraș? îi zicea iubitul...

Însă el fuma 500 de lei pe lună, băga benzină de vreo 300, ieșea cu băieții (să vadă și el un meci într-un bar...) de vreo 300 de lei pe lună, mai mânca ceva în oraș – și salariul lui era ca inexistent. Ea plătea chiria, facturile și se străduia să întrețină casa, dar și pe bărbatul care o iubea nevoie mare...

Cu timpul, din cauza lui, prietenii ei s-au îndepărtat.

Știu, nu e bine să te bagi în relația cuiva. N-aș face asta niciodată, însă nu pot să tac atunci când văd lucruri care nu mi se par normale. Nu încerc să conving pe nimeni, nu impun nimic, îmi spun doar părerea. Iar mama prietenei m-a rugat plângând să discut cu ea, să îi deschid ochii.

— I-am dat bani de ziua ei, să își ia și ea niște haine, ai văzut-o cum umblă. Și i-a luat lui telefon de 20 de milioane! mi-a spus mama disperată.

Când i-am zis prietenei mele că nu îmi place de el, a sărit ca arsă.

— De ce nu îți place?

— Pentru că îl întreții. Pentru că nu e responsabil și pentru că nici măcar nu te-a lăsat să lucrezi la firma unde ai fi câștigat destul cât să poți întreține și toată casa, și pe el, și să vă permiteți măcar o vacanță... Sau măcar să-ți iei și tu o pereche de pantofi decenți.

Da, a durut-o aluzia mea la balerinii ei prea tociți...

Mi-a explicat atunci, foarte convinsă, că iubitul ei nu ar suporta ca ea să fie plecată câte o săptămână prin țară sau prin alte țări. El, care nu era niciodată acasă! Iar dacă era acasă, stătea ca un bibelou. Zăcea toată ziua la televizor sau pe internet și nici nu o vedea în timp ce ea trebăluia de zor prin casă. Ea îl aștepta ca o soție iubitoare, iar el o trata ca pe o servitoare. Cu ochii mei am văzut niște reacții pe care nu le-aș fi acceptat de la un bărbat nici dacă acela ar fi fost singurul de pe planetă.

Am intrat cu ea în casă într-o seară, iar omul ei nici măcar nu ne-a salutat. Ea l-a întrebat cu teamă dacă e supărat, iar el, fără s-o privească, i-a spus iritat că doar îi este foame fiindcă pe ea a durut-o undeva că în casă nu mai e pâine.

— Ba e pâine, dragul meu, te-ai uitat acolo în...

Însă el a început să urle și să izbească în pereți, reproșându-i că ea a ascuns pâinea într-un loc pe care el n-avea cum să-l vadă, deși era fix sub nasul lui.

N-am înțeles niciodată ce a găsit la bădăranul ăla, care a tratat-o mereu fără pic de respect. Odată, când am ieșit în oraș, el i-a luat paharul în care ea avea apă și i-a spus:

— Iau și eu ăsta, să îmi pun niște cola, că nu mai beau vin.

Adică i-a luat paharul din care ea urma să bea, fără să o întrebe... I-a băut toată apa și, foarte relaxat, și-a turnat cola. Nu i-a putut cere un pahar ospătarului, ci a preferat să o lase pe ea fără pahar...

„Auzi, mi-ai călcat și mie tricoul ăla?“ „Auzi, nu mergem și noi pe la mă-ta să mâncăm o ciorbă, că văd că nu te-a învățat și pe tine să faci.“ Cam așa i se adresa el...

Când mi-a spus că se mărită cu el, mi-a venit să plâng. Nu puteam să cred că, după doi ani de relație, nu se săturase de bădărăniile lui și de viața lipsită de sens și de perspective trăită alături de el. Oricât îmi doream, nu aveam dreptul să intervin. I-am spus din nou că poate n-ar trebui să se grăbească, dar am înțeles repede că aveau nevoie de banii adunați din darurile de nuntă.

Cu banii, și-au cumpărat tot ce a vrut *el*. Evident. Un televizor mai mare, un laptop de fițe ca el să se poată juca. Prostii. Iar ea se transforma pe zi ce trece din fata frumoasă și cochetă pe care o știam într-o femeie insipidă, inodoră, ștearsă. Muncea mult, alerga la piață, seara făcea curat, călca, gătea și cădea lată până a doua zi, când o lua de la capăt. Fără nicio bucurie.

Într-o zi, l-am văzut pe el pe o terasă din centrul Brașovului. Reacția lui m-a făcut să cred că l-am surprins într-un moment neplăcut. Era la masă cu încă un bărbat și cu două femei. Puteau fi colegi, nu m-am gândit la ceva aiurea.

Ultimele ieșiri cu ei doi, la aniversări și la iarbă verde, m-au făcut să-mi dau seama cât de nefericită este ea. Și tristă. El era neatent și o folosea cu nesimțire: „Iubire, îmi tai și mie niște cărniță, că io mă joc cu băieții aicea“ sau „Iubire, adu-mi și mie o bere“. N-am văzut niciun moment tandru între ei, nu l-am văzut vreodată să fie atent cu ea.

— Cum de te-ai schimbat în halul ăsta? am întrebat-o, nedumerită.

— Cum m-am schimbat?

— Nu vezi? Nu mai ai grijă de tine, nu mai ai ambiții, te limitezi la o viață anostă, nu te distrezi, nu faci nimic din ceea ce îți place, din ceea ce odinioară te făcea fericită. Nu mai ai grijă de tine, dai impresia că te detești, nu alta!

Și i-am reamintit cât de mult se îngrijea înainte, cât de frumos trăia, cum mergeam împreună la teatru și la concerte, cum își dorea mașină și visa să călătorească...

După un timp oarecare trecut de la nuntă, am aflat că el o înșală. Nu m-a mirat. L-am întâlnit întâmplător pe stradă și l-am întrebat. Direct, de la obraz.

Mi-a replicat, cu un aer de cocalar, să-mi văd de treaba mea, „că prea i-ai îmbârligat creierii lu' nevastă-mea“. Și care, mai nou, *din cauza mea* se plânge că nu și-a mai luat de mult o bluză, că nu își mai permite un parfum de calitate, că s-a săturat numai de muncă la serviciu și de muncă acasă, că se simte nerespectată și neiubită și că numai eu îi bag prostii din astea în cap.

— Bă, o înșeli sau nu? i-am retezat-o scurt. Că eu am aflat tot și să știi că o să-i spun și ei ce știu.

— Dacă îi spui, îi zic că știi de mult, nu de-acum. De când m-ai văzut pe terasă, dar că nu i-ai spus nimic pentru că nu ești o prietenă așa de bună cum te crede ea, mi-a întors-o idiotul, cu un rânjet larg pe fața aceea de vierme, care cerea pumni.

Da, m-a lăsat mască... Și am început să mă întreb ce ar trebui să fac? Să-i zic ei totul?

Dacă-i spuneam ce știu, era posibil ca el să o fi convins deja că nu era adevărat, iar ea avea să mă urască. Sau era posibil ca el să-i fi povestit (așa cum m-a amenințat) că eu știu de mult și că i-am ascuns adevărul. Însă dacă nu aș fi făcut-o, ea ar fi continuat să trăiască – de fapt, să supraviețuiască nefericită – lângă el.

M-am decis să-l dau în vileag și să divulg ce știu, chiar dacă ea m-ar fi detestat. Dacă aveam s-o văd cândva fericită cu altul, un bărbat care să o merite și care să nu o limiteze, alături de care să își construiască o viață frumoasă, atunci merita să mă deteste. Dacă puteam să-i redau astfel libertatea și fericirea, atunci merita să plătesc prețul.

Și i-am spus. Răspunsul ei?

— Știu de multă vreme.

— Așa, și? De ce mai stai cu el?

— Pentru că îl iubesc.

Asta e.

Trebuie să ai puterea să pleci din locuri în care nu te mai regăsești și să te separi de oamenii cu care nu mai rezonezi, care te limitează sau care te schimbă într-un mod nedorit. Trebuie să schimbi ceva, altfel toate dependențele acestea te vor schimba și te vor limita pe tine.

SINDROMUL STOCKHOLM

Carmen Voinea-Răducanu

Am avut destule relații de prietenie în care am fost mințită, învăluită în aburii necinstiți ai unor sentimente de reciprocitate practic inexistente. Ca și voi, de altfel, că n-oi fi fost eu singura amăgită de pe lume.

Nu știu cum se face, dar noi, femeile, ne lovim mereu de prieteniile superficiale și pasagere de parcă le căutăm cu lumânarea. Și de fiecare dată m-am întrebat, la trezire, de ce mi s-a întâmplat asta, de ce omul pe care-l iubeam, prietena mea (de fapt, e mai corect pluralul, „prietenele mele", căci n-am pățit-o doar o singură dată), nu făcea decât să se folosească de mine la turație maximă, ca de un obiect lipsit de suflet și de sentimente.

Am încercat astfel, onest, după ce norii tristeții plecau către alte zări și alte fraiere ca mine, să privesc lucrurile din mai multe perspective, nu numai din unghiul favorabil mie. Să aflu astfel adevărul gol-goluț, nu pe cel călduț și convenabil, acela în care eu fusesem de-a lungul timpului, în fiecare prietenie, zâna cea bună, iar prietenele mele au fost doar niște surori vitrege, rele, acaparatoare și cu inimă de gheață.

Așa că am luat o coală albă în față – format A4, ca să am loc să mă desfășor în toată analiza mea aproape matematică – și am împărțit-o, cinstit, în jumătate, luând lucrurile la rând. I-am alocat o parte unei prietene, o vom nota cu X – poate foarte bine să fie Maricica sau Catinca ori Ilinca, însă am luat un singur exemplu, doar una dintre multele întâmplări „prietenești“ din viața mea, din păcate. Sau poate că nu, poate că au fost lecții necesare și cu siguranță am învățat, dureros, de fiecare dată câte ceva. Și am păstrat pentru mine cealaltă parte a colii albe, pentru ca lucrurile să fie făcute metodic și conform cu toate legile morale, să nu mă las furată cumva de subiectivism și să mă protejez, nici măcar instinctiv.

Prietenia noastră, adică a mea cu X, a început firesc, obișnuit, cam cum încep toate relațiile dintre oameni, așa am notat în partea mea curată de realitate. Nu știu ce m-a atras către ea, ce potrivire de gânduri, de idealuri, de zâmbet sau de vorbe, nu mă întrebați. Și în partea ce reprezenta adevărul din punctul ei de vedere am fost tentată să scriu la fel, uitând pentru o clipă că, de la bun început, abia mă observase, tratându-mă oarecum cu un soi de mărinimie, măsurându-mă de la tălpi și până-n creștet, de parcă și-ar fi spus „Treacă de la mine, hai să mai intre și «asta» în viața mea, că nu se știe la ce-mi va folosi vreodată relația cu una ca ea“.

După ce lucrurile au evoluat între noi de la o amiciție oarecare la prietenie (sau cel puțin așa credeam eu, fericită peste poate), am observat destul de tardiv că, în timp ce ea reprezenta pentru mine o persoană importantă, eu rămăsesem pentru ea doar o „asta“, adică una dintre cele multe din mulțime, o oarecare. În timp ce eu aveam disponibilitate 100% pentru ea și nevoile ei, ea nu avea pentru mine timp nici măcar 5%, chiar 0% de cele mai multe ori.

În vreme ce eu găseam mereu câteva ceasuri pe care le-aș fi petrecut cu bucurie împreună cu ea, prietena mea era mereu ocupată cu orice altceva – care era, evident, presant și nu putea fi în niciun caz contramandat. În timp ce mie îmi păsa și mă dădeam de ceasul morții să știu cum îi merge și ce i se întâmplă, bun sau rău, ea nu avea niciodată în minte întrebarea „Dar tu, măi, asta, prietena mea, tu ce mai faci, îți este bine, îți este rău?".

În vreme ce eu eram mereu prezentă când avea nevoie să-și descarce sufletul de poveri, ea nu era niciodată lângă mine când sufletul meu striga după ajutor. În timp ce eu mă bucuram pentru fiecare reușită a ei, ea trecea cu nepăsare peste ale mele, fără să le observe, fără să le vadă, fără să fie fericită alături de mine sau pentru mine. Sau poate că le omitea intenționat, am avut și astfel de semnale. Ori poate că reușitele mele erau necazul ei că și mie îmi poate merge bine. În timp ce durerile ei îmi însângerau inima, durerile mele se nășteau și se consumau doar în sufletul meu, între patru pereți, fără șansa de a avea pe cineva alături de care să reușesc să le alung departe de mine.

Eram o prezență discretă lângă X atunci când era înconjurată de prietenii ei, nu-i invadam spațiul, nu-i luam aerul, nu o țineam, cu gelozie, numai pentru mine și nici nu mă strecuram cu dibăcie pe sub pielea prietenilor pe care-i avea ca să pot, apoi, să-i trec pe numele meu. Pentru că nici n-ar fi fost normal sau frumos să o fac. Ea, însă, când prietenii mei erau aproape, se insinua printre ei, băgându-se cu viclenie pe sub pielea lor. Fiind fermecătoare – ori străduindu-se să fie –, reușea aproape de fiecare dată să mi-i „fure". Numai așa, de amuzament. Ori pentru că i-ar fi putut servi cândva vreunui scop. Sau pentru că de ai ei se plictisise. Sau nu prea-i avea, grupul ei fiind doar de cunoștințe avantajoase... pentru ea. Poate că cei care-i trecuseră prin viață se lămuriseră la timp și o abandonaseră pustiului din sufletul ei.

Apoi, am aflat și că îmi răpește oameni dragi, amuzată că poate să o facă și că-i iese jocul, în plus șoptindu-le mereu conspirativ la ureche ca nu cumva să-mi spună că s-au împrietenit pe la spatele meu... Am înțeles, târziu, că pentru ea e doar un soi de exercițiu de forță, pe care-l șlefuiește numai ca să-mi arate cine e șefa în raportul dintre mine și ea, nu că i-ar fi fost neapărat dragi oamenii aceia și că fără de ei viața i-ar fi fost un deșert nemărginit.

Iar într-o bună zi, la ceva vreme după aceste întâmplări, mi se dezvăluie faptul că prietenii mei nu mai erau de mult ai mei și că, cel mai probabil, nici nu fuseseră vreodată oamenii dragi despre care credeam că țin cu sinceritate la mine. Deveniseră prietenii ei, iar pe mine mă abandonaseră, ba chiar găseau de cuviință, atunci când erau împreună, să mă și bârfească, în cel mai josnic mod. Ca tacâmul să fie complet, mai lipsea ca prietena mea dimpreună cu prietenii ei, foști ai mei, să fie uimiți la un moment dat că, ce întâmplare!, și eu îi cunosc pe toți.

Încetul cu încetul, lucrurile s-au deteriorat semnificativ, iar relația dintre noi – o voi numi încă „prietenia noastră" – a înregistrat chiar o curbă descendentă. Inevitabil, au început să apară și fisurile în masca pe care o avea atașată de chip, prin care prietena mea își arăta fața aceea pe care o avea în realitate și pe care, la început, calculat și viclean, reușise să o pitească foarte bine.

Cu mine, tot nu era nimic de făcut: o iubeam. Da, cu toate lipsurile și defectele ei, că așa sunt unii oameni din categoria cărora fac parte și eu: iubim un om mai ales atunci când e cel mai greu de iubit, când îi vedem și părțile urâte. Și ne consolăm, filosofic, încă o dată, că cine e fără de păcat n-are decât să arunce piatra, dar și că ce ușor ar fi să trăim într-o lume perfectă, cu oameni fără de cusur, pe care oare cine nu i-ar putea iubi?...

Iar graficul și-a continuat traiectoria descendentă, pentru că relația cu ea a început să alunece spre umilințe venite din partea ei, pe care le-am înghițit cu ochii aplecați, spre minciuni spuse în fața mea cu zâmbetul pe buze și unde eram folositoare doar ca martor, pentru ca ceea ce spune să pară credibil. Nu a mai durat mult până să ajungă la țipete, la vorbe urâte și jignitoare. Doamne, și cât de mult îmi place să țipe cineva la mine! Mă dau în vânt după asta! Și mai ales ador să fiu jignită, umilită, înjosită...

A început să li se plângă altora de povara care-i devenise relația dintre noi și cât este de mărinimoasă că nu-mi arde un șut în fund, ba chiar se preocupă de soarta mea cu gust de fiere. Uitând, la un moment dat, că destinul meu putea fi și o consecință a faptului că-mi pusesem tot sufletul la dispoziția ei, că doar era prietena mea. Dar nu mai conta... Ceea ce durea rău era doar inima mea franjurată de tristețe și dezamăgire.

Coala format A4 e deja plină, mai am puțin și iau încă una la rând, dar mă opresc. Ce rost ar mai avea?

Iar acum să trec în jumătatea mea de realitate două cuvinte: „Sindromul Stockholm". Sindromul acela ciudat în care cel abuzat nu mai poate trăi fără de abuzatorul său. În cazul meu, am amplificat fericită micile semne de bunătate venite din partea prietenei mele, crezându-mă iubită, dar și simțindu-mă captivă, crezând că din vina mea trăiesc tot ceea ce mi se întâmplă și, mai ales, că mă confrunt cu o lipsă de perspectivă în prietenie și în relațiile pe care le am cu ceilalți oameni. Și, ca o adevărată victimă, am devenit hiperatentă la nevoile ei și ignorantă în privința propriilor nevoi. Iar ruperea de ea a fost tot mai grea pentru mine, întrucât simțeam că aș pierde singura relație pozitivă din viața mea – cea pe care, în mintea mea, o construisem cu abuzatoarea.

Am tras linie și am înțeles unde a fost vina mea. Și nu era una mică. Îmi era clar: prietena mea s-a lăsat cu mărinimie iubită de mine și, la rându-i, m-a iubit... în felul ei. Fără să vreau să divaghez de la subiect, trebuie să vă spun că asta e o altă vorbă pe care o detest și pe care nu reușesc să o înțeleg deplin. Trebuie să mai recunosc și că nu pot să pricep și pace bună cum o fi să „iubești în felul tău" și că există atâtea feluri de iubiri cam câți oameni sunt. Iubirea parcă era unică, nu-i așa?

Și, indiferent dacă îmbracă forme diferite, tot iubire rămâne și acel sentiment care se naște între prieteni, adică afecțiune puternică, admirație și respect pentru celălalt, atașament sufletesc, grijă pentru persoana iubită, renunțare la sine de foarte multe ori, bunătate nemărginită, lipsa oricăror calcule meschine. Iubirea suferă de naivitate și habar nu are ce e aceea concurență și ambiție atunci când este vorba despre omul pe care-l iubești, pentru că, de cele mai multe ori, prietenii privesc în aceeași direcție, au aceleași năzuințe, aceleași aspirații, aceleași calități și însușiri, ba chiar și aceleași defecte uneori.

Iubirea pentru un prieten nu cunoaște înțelesuri ascunse. Și toate vin de la sine, nimic nu e forțat, nimic nu e prestabilit. Când vin. Dacă vin. Dacă nu, poate că n-ar trebui niciodată să forțăm mâna destinului, să obligăm soarta atunci când ne băgăm singure pe gât un om sau altul.

Să fim mai circumspecte, iubitele mele prietene! Să nu ne azvârlim cu totul în izvorul prieteniei, pentru că de cele mai multe ori apa e foarte rece și s-ar putea ca sufletul să ne intre în hipotermie când ia contact cu o inimă înghețată și lipsită de căldura sentimentelor curate și oneste.

Să așteptăm cu răbdare ca viața să ne aducă în cale prietenele acelea bune de pus pe rană, decente, simple și, da, sentimentale, așa cum suntem și noi. Să nu mai decidem că tot ce zboară se mănâncă și că oricare fată sau femeie poate fi prietena noastră, sufletul nostru pereche – căci nu-i așa, din nefericire. Să așteptăm până când înțelegem că împărtășim aceleași idealuri legate de prietenie, legate de viață, de felul de a trăi, de a simți și de a face lucrurile. Să ne lăsăm sufletul să aștepte semnale corecte, care nu dispar la prima pală de vânt. Și niciodată și în niciun caz să nu mai acceptăm să fim victime în numele prieteniei.

RĂUTATEA ESTE CEL MAI GRAV HANDICAP OMENESC

Irina Binder

Întotdeauna am considerat că un om împăcat cu sine, mulțumit de el și de toate împlinirile sale, senin, bun, moral și cu o viață normală, binecuvântată în toate formele ei, care curge firesc înspre bunătate și iubire pentru el și semenii lui, nu are timp de prostii, nu se preocupă să distrugă ori să semene intrigi, nici să răspândească vorbe rele și grele, să împrăștie venin și să împroaște cu noroi, ci își vede înainte de viața lui și respectă atât existența, cât și alegerile celorlalți. Un om bun nu urăște și nu umblă cu mizerii, nu are timp de lucruri care nu i-ar face cinste, ci este ocupat cu a le dărui bine și mângâieri celor dragi, dar și acelora care au nevoie de ajutor...

În schimb, cei care le dedică timp și energie lucrurilor degradante, împrăștiind bârfe, provocând certuri și născocind motive pentru a le tulbura pacea și a le strica reputația altora, sunt doar niște oameni singuri, frustrați, vexați, complexați, slabi, speriați, lipsiți de lumină sufletească și de bunătate. Și, mai mult de-atât, sunt sărăciți de cele mai frumoase calități umane și lipsiți de dragoste – pe care nu o primesc și nu o dăruiesc. Și oare de ce? Oare nu e vina lor, oare nu au alungat iubirea nepreţuindu-i pe ceilalți?! Neiubindu-se nici măcar pe ei. Persoanele acestea nefericite sunt, din păcate pentru ele, ființe care au decăzut de la calitatea de om, care nu se mai prețuiesc și nu se mai respectă nici măcar cât să-și păstreze demnitatea. Din păcate pentru ele.

Iar eu, cândva, înainte să înțeleg cum sunt structurați și cum funcționează astfel de oameni, sufeream, căutam să înțeleg de ce acționează murdar și mă supăram pe ei... Acum, din fericire pentru inima mea și pentru confortul meu psihic, doar îi compătimesc și sper că vor reuși să-și învingă toate slăbiciunile și să devină persoane cu intenții onorabile, demne, să merite respectul și dragostea de care depinde atât de mult sufletul lor singur și bolnav... Fiindcă răutatea este o boală corozivă pentru suflet. Și numai un om care se detestă profund se intoxică singur și își irosește darurile pe care le-a primit de la viață, abandonându-se răului și urâtului din sine.

Și am decis ca în niciun caz să nu mai ripostez la atacurile lor, căci am înțeles că de ei nu trebuie să mă apăr eu: o face Dumnezeu prin îngerii Săi, care mă ocrotesc de tot ceea ce e rău. Însă e trist că pe astfel de oameni nu-i poate apăra nimeni de ei înșiși, fiindcă își sunt cei mai mari dușmani, fiindcă înăuntrul lor locuiește, înainte de orice sentiment de ură pentru ceilalți, răul față de propria persoană, lipsa de considerație pentru viața și sufletul lor, complexe de inferioritate care-i macină, disperarea adâncă pentru că alții au reușit acolo unde au dat ei greș, neputința de a se ridica după un eșec și de a o lua de la zero cu mai multă determinare.

Așa că, din ziua în care am priceput cum funcționează dreptatea divină și ce sens au comportamentele aparent ilogice ale unor astfel de oameni, înstrăinați până și de iubirea pentru sine, am știut și că n-am să mă mai tem niciodată de cei răi. Fiindcă răutatea înseamnă slăbiciune, nu putere. Înseamnă cădere, nu mărire. Și este o înfrângere, niciodată o victorie. Pentru că, dacă nici tu nu te iubești, cum ai vrea să te poată iubi alții? Cel mai mare dușman al omului rău este întotdeauna el însuși.

Iar cu cât un om mă urăște mai tare, cu atât mai mult îmi întărește convingerea că se simte inferior mie și că se simte slab în fața mea – și asta am învățat în toți anii mei de viață. Astfel de lipsuri mă fac să îl tratez cu toată compasiunea, chiar dacă se așteaptă să îi răspund cu aceeași ură. Fiindcă răutatea are întotdeauna o cauză: invidie, prostie, frustrare, complexe de inferioritate sau chiar boli psihice.

Nu vă panicați în fața acelora care vă dușmănesc și care încearcă să vă facă rău. Nu-i dușmăniți și nu vă băgați în luptele lor murdare. E mai onorant să pierzi o luptă rămânând OM decât să o câștigi decăzând de la calitatea de om. Oricum, la un moment dat dușmanii vor obosi și vor avea propriile necazuri, propriii dușmani care să le tulbure liniștea. Fiindcă nimic nu rămâne neplătit în viața asta. Primești ce oferi, ai ce meriți.

Atunci când se vor întreba de ce li se întâmplă vreo nenorocire, sper să-și dea seama că nu fac decât să achite nota de plată pentru tot răul pe care l-au făcut altora, pentru toate suferințele pe care le-au provocat.

Benjamin Franklin spunea: „Orice începe la mânie se termină în rușine.“ Sau, cu alte cuvinte, viața acelor oameni va urma traiectoria aceea descendentă ce coboară spre neant. Iar dacă nu vor face ceva cu sufletul lor, nu vor avea parte de avântul pe care îl dă iubirea și împăcarea ca să poată atinge stelele...

TU EȘTI MAI MULT DECÂT AI

Irina Binder

A te mândri cu lucrurile tale înseamnă a recunoaște cât valorezi fără ele.

Un lucru prețios învățat de la tatăl meu a fost să nu încerc să ies în evidență cu lucrurile pe care le am.

Într-adevăr, așa este: lucrurile de calitate ne ridică stima de sine. Însă am observat în societatea de azi că este mult exagerată tendința de a epata. Predomină o dorință excesivă de a etala lucruri, care mai de care mai frumoase, „superioare" din toate punctele de vedere, cu falsa impresie că obiectele scumpe pe care le posedăm ne vor asigura o imagine bună în fața lumii. Cât de greșit!

Îmi aduc aminte de o experiență din copilărie. Trebuia să merg la aniversarea unei fetițe. Având toată familia în Germania, am fost un copil norocos, răsfățat, copleșit cu lucruri foarte frumoase pe care nu și le permitea oricine și la care, pe atunci, mulți copii doar visau. Așa că mi-am ales pentru petrecerea la care urma să ajung cele mai extravagante hăinuțe și bijuterii pe care le aveam și, mai mult decât atât, am vrut să iau cu mine și o păpușă pe care, în vremurile acelea, niște părinți cu venituri mici sau medii nu și-ar fi permis să le-o ofere fetițelor lor – și poate că nici cei cu o situație materială bună, având în vedere că păpușa era adusă de rudele mele din Germania și nu se găsea în România.

Tata știa că fetița la care urma să merg creștea într-o familie modestă și că la ziua ei vor veni copii care nu aveau tot ce aveam eu, de aceea mi-a cerut să îmbrac alte haine și să las păpușa acasă. M-am supărat foarte tare atunci, fiindcă eram obișnuită să îmi lase libertatea să aleg ce îmbrac sau ce fac. Ba chiar i-am spus că nu mai merg nicăieri dacă nu mă lasă să iau păpușa cu mine.

— Vrei să te dai mare cu ce ai? m-a întrebat tata cu blândețe, dar cu o oarecare dojană în glas.

— Nu! am spus, deși era clar că asta voiam să fac.

— Ba da. Vrei să te dai mare. Vrei să arăți că ai lucruri pe care ceilalți copii nu le au. Vrei să îi sfidezi. De ce?

— Nu, nu vreau asta. Vreau doar să fiu îmbrăcată frumos și să am cu ce să mă joc acolo, am zis eu, dar vocea îmi scăzuse în intensitate, căci mă simțeam prinsă cu mâța-n sac.

— Ai să te joci acolo cu ce se joacă toți copiii. De ce vrei să fii mai presus de ei datorită hainelor tale deosebite și păpușii tale unice? Te simți mai bine așa, când ești deasupra tuturor datorită unor lucruri? Te simți mai importantă? Mai frumoasă? Vrei ca lumea să te privească altfel și să te invidieze? Sau crezi că fără haine frumoase și fără păpușa ta specială lumea nu te apreciază suficient?

— Nu, nu cred asta...

Apoi am tăcut. Tata pusese punctul pe „i" - înțelesese adevărul bine ascuns ori poate neștiut nici măcar de mine, doar intuit: probabil că simțeam nevoia să fiu deasupra tuturor, să fiu invidiată, apreciată mai mult decât erau ceilalți, să le fiu superioară cumva, prin ceva, nu conta cum și în ce fel s-ar fi întâmplat asta.

A fost nevoie de o lecție înțeleaptă și plină de iubire din partea tatălui meu ca să mă facă să înțeleg că nu este decent să defilezi în fața oamenilor cu lucruri frumoase doar pentru a-i pune în inferioritate. Și că în viitor va trebui să învăț să fiu apreciată pentru ceea ce sunt, nu pentru ceea ce am.

— Dacă un om își permite doar o felie de pâine cu ceapă, tu nu mânca șuncă în fața lui – decât dacă ai destul cât să împarți cu el, mi-a mai spus tata atunci.

Nu am uitat și nu am să uit niciodată această frază...

Privesc azi în jurul meu și constat că lumea este împărțită în două: cei care au poate prea mult și-și etalează bogăția în ochii tuturor și cei care nu au mare lucru și sunt frustrați, simțindu-se inferiori. Nu, dragii mei, nu e bine! Cei care nu au bani sau lucruri de valoare nu sunt mai prejos de cei bogați, pentru că nu bogățiile materiale ne definesc și ne validează ca ființe, ca oameni, ca minuni. Așa cum am spus mereu, comorile adevărate ale unui om se află în sufletul lui, în mintea lui, în iubirea pe care le-o poate dărui celorlalți, în binele pe care-l poate face în jurul său.

Da, este trist că punem etichete, că ridicăm la stele și așezăm pe prima treaptă a podiumului false valori, că unii dintre noi respectă un om mai mult decât pe altul doar pentru că unul dintre ei are bani și posibilități materiale superioare celuilalt. Ba chiar și alor noastre. Un copil care locuiește într-un apartament simplu de bloc sau într-o căsuță oarecare de la țară nu va fi niciodată mai prejos de un copil care stă cu părinții într-o vilă cu piscină. O femeie cu haine și bijuterii scumpe nu va fi niciodată mai frumoasă decât o femeie obișnuită, împodobită doar cu bunătatea și iubirea pe care o emană în jur. Un om care deține lucruri și obiecte de preț nu va fi niciodată mai deștept, mai bun, mai valoros decât aceia care, din punct de vedere material, au puține sau nu au nimic.

Și mă uimește și dezamăgește în egală măsură faptul că părinții își încurajează copiii, poate inconștient, să facă paradă cu obiectele scumpe pe care le au. „Cum să nu-i iau cutare lucru? Vede la ceilalți, se va simți inferior..." Inferior ar trebui să se simtă cineva dacă nu are educație, dacă e murdar, dacă se comportă urât, dacă are apucături rușinoase, dacă nu știe să vorbească ori dacă nu are suflet bun, nu pentru că nu are telefon de ultimă generație, mașină de fițe sau haine de firmă. Faptul că nu are obiectele pe care și le dorește ar trebui să îl motiveze să învețe, să muncească și, da, abia apoi să dobândească ceea ce vrea. Și poate că un copil ar trebui să se simtă prost atunci când pretinde un telefon care costă câteva sute de euro în timp ce părinții lui nu se îndură să își cumpere pentru ei o haină sau încălțări noi.

Să nu se înțeleagă greșit: îi respect enorm pe oamenii care au reușit să acumuleze prin muncă mai mult decât alții și care, în același timp, nu scot în evidență, cu superioritate, ceea ce au, care își poartă lucrurile cu eleganță, fără a privi de sus spre cei mai puțin avuți. În același timp, mă doare sufletul pentru copiii și adulții care privesc cu jind la cei avuți și care se desconsideră doar pentru că viața nu le-a oferit și lor aceleași șanse ca și celor bogați. Din păcate, aceste pseudovalori pun în umbră multe persoane autentice, iar dacă alegem cu ochii, nu cu sufletul, orbiți poate de strălucirea efemeră a unor bogății materiale, atunci să nu ne mai mirăm că oamenii ne dezamăgesc...

Un lucru cu adevărat prețios învățat de la tatăl meu a fost să nu încerc să ies în evidență prin lucrurile pe care le am. Niciodată. Fiindcă nu am nevoie de ele pentru a-mi valida personalitatea, fiindcă nu ele mă vor ajuta să evoluez și nici nu-mi vor conferi calități pe care altfel nu le am. Fiindcă lucrurile și banii nu-mi vor aduce iubirea și respectul celor din jur, după cum lipsa lor nu-mi va diminua calitățile pe care mi le-a dat Dumnezeu ori pe care le-am dobândit prin educație și lucrând cu mine însămi.

Poate că lucrurile de calitate ne bucură și ne produc plăcere, inducându-ne o stare de bine ce are ca efect secundar faptul că ne crește stima de sine, dar există și o capcană aici, cea a orgoliului fără limite. Din păcate, tendința de a epata a devenit aproape o obsesie în societatea de astăzi: predomină o dorință uriașă de a etala o bunăstare în exces, obiecte neînsuflețite care mai de care mai extravagante, făcute special pentru a lua ochii și pe care le considerăm superioare când suntem debusolați și avem repere greșite...

Din nefericire, se pare că oamenii au devenit sclavi ai unei societăți cu reguli eronate, ai unei lumi îndrăgostite cu precădere de posesiuni, o lume în care cel mai des uităm de importanța și esența a ceea ce suntem. Iar când persistăm prea mult timp în aceste convingeri, nu mai putem coborî din caruselul amețitor, trăind cu falsa impresie că bunuri vremelnice ne vor asigura o imagine câștigătoare în fața lumii, că ne vor aduce la schimb respect și dragoste, prietenie și fericire. Cât de greșit!

Suntem frumoși fără să avem anumite lucruri, fără un statut social important, fără povești fabuloase, fără tot ceea ce ne denaturează imaginea reală – aceea pe care o vedem în propria oglindă atunci când nu mai trebuie să arătăm nimic, fiindcă nu mai avem niciun scop de atins...

FEMEILE CARE NU MĂ REPREZINTĂ

CARMEN VOINEA-RĂDUCANU

Am o problemă cu femeile rele. Știți genul acela de femeie căreia îi iese veninul prin ochi? Specia aceea căreia nu i-ai greșit cu nimic – e un fel de-a spune, căci ai greșit totuși, pentru că i-ai intuit mocirla din suflet – și, totuși, te-ar sfâșia dacă legislația n-ar fi suficient de aspră și n-ar impune purtarea de niscaiva botnițe?

Special legat de astfel de creaturi, spuneți-mi dacă voi, ca femei, ați întâlnit-o vreodată pe surata aceea care te insultă numai când se uită înspre tine și care ți-ar măslui toate noroacele – mici, puține, nu contează! – numai pentru a-ți ucide zâmbetul? Eu, da. Nu deseori, spre marea mea șansă, dar e suficient fie și măcar o dată-n viață. Doamnele de acest fel fac aproape cât toți dușmanii mici și mari luați la pachet.

Ei bine, problema cu aceste femei nu e că sunt rele doar cu tine, adevărata nenorocire este că sunt pur și simplu rele. Rele cu oricine și, mai ales, *at the end of the day*, cu precădere sunt rele cu ele însele. Nici măcar ele nu înțeleg că tocmai de aici le vin de fapt și frustrările lor adânci și nefericirea, neîmplinirea și lipsa a tot ceea ce e curat, minunat și cu adevărat binecuvântat în viață: o relație normală și sinceră cu oamenii din jur și, nu în ultimul rând, cu ființele de același gen cu ele, cu celelalte femei. N-ar recunoaște pentru nimic în lume că suferă de ipocrizie cronică, dar argumentează, în schimb, palid și neconvingător, că omenirea e plină numai de farisei și că ele s-au dat după ceilalți, altfel n-ar fi supraviețuit. Cunoașteți genul, nu-i așa?

Femeile acestea li se consideră superioare tuturor și oricui, n-au scrupule pentru a-și atinge scopul, n-au nicio ezitare dacă mijloacele de care fac uz până la capătul drumului nu sunt tocmai ortodoxe. Pentru că, dacă au strivit în calea lor alte ființe, asta e doar o lege a naturii, unde peștele cel mare îl înghite pe cel mic, iar ele, de acolo, de sus, din cerul pe care în complexul de supraom și-l arogă cu tupeu, pot. Orice. Iar forța aceasta merge exercitată asupra oricui, oricând, indiferent de motivație.

Adevărul e că femeile acestea suferă. Pentru că niciodată n-ar recunoaște că ele poartă întreaga vină pentru propriile erori și se simt fără de prihană atunci când, ulterior, le plouă torențial cu bobârnace peste cap, pe care viața le revarsă peste cocurile lor cu generozitate – ca plată *post factum*. Ori, poate, pentru că viața lor ajunge să se identifice prin mimetism cu ceea ce poartă în inimă, instinctul îndreptățindu-le să creadă că asta le va servi la autoapărare și fără să înțeleagă că agresorul principal din viața lor sunt chiar ele însele. Pentru că Universul este perfect echilibrat și întoarce către fiecare dintre noi exact ceea ce purtăm în inimă, exact ceea ce dăruim, exact ceea ce suntem. La urma urmei, exact ceea ce merităm. Așa și cu noi, ceilalți: nu este niciun fel de blestem ancestral ceea ce ni se întâmplă – nu vorbim despre lucrurile care țin de cursul firesc al vieții, desigur –, ci doar o consecință firească a ceea ce am risipit pășind în trecerea noastră prin viață: fie zâmbete sincere și petale de trandafiri, fie cuie și lame ascuțite de cuțit. Pășim, așadar, pe ceea ce am semănat și construit: iarbă presărată cu flori fragile și delicate de nu-mă-uita sau mlaștini alunecoase, nisipuri mișcătoare, hățișuri pline de capcane perfide și ruine periculoase.

Am cunoscut, cândva, o astfel de femeie. Inteligentă peste medie, nu cea mai frumoasă, dar nici cea mai urâtă din lume, cu realizări mărunte, aproape inexistente, și cu ghinioane de mare anvergură. O ființă cât se poate de obișnuită, fizic vorbind, și care-ar fi putut să fie chiar plăcută dacă ochii ei otrăviți nu ar fi îndepărtat imediat din preajmă-i pe orice om care știe să citească în suflete.

Cum nu toți avem acest al șaselea simț, unii s-au apropiat chiar nepermis de mult de ea și, evident, și-au ars aripile, dar aceasta este cu totul și cu totul altă poveste, una deloc agreabilă și pe care nu are rost s-o expun acum și aici. Dar alții, printre care și eu, în ziua aceea am stat la o parte, mulțumesc Domnului!

Pentru că, din prima clipă când mi-am îndreptat ochii înspre ea, m-am lovit de o privire sfredelitoare, plină de acreală și suficiență. Și cum putea să-mi placă felul în care mă privea pe sub gene, cu viclenie, cu o superioritate care nu-și avea locul și rostul în ambianța prietenească în care s-a produs prima noastră întâlnire și unde se presupunea că suntem toți egali și fără niciun fel de gânduri ascunse unul față de celălalt?

Mi-a înțeles imediat pasul înapoi și dorința de a mă îndepărta de ea cu viteză – și nu mi-a iertat-o. Probabil că și în ziua de azi consideră că eu ar fi trebuit să joc cu diplomație rolul omului de lume și să mă fi apropiat, orice i-aș fi citit în inimă. Pentru că ea știe prea bine ce gândea privindu-mă. Iar pentru că nu am făcut-o, m-a urât din prima clipă. Pentru că nu i-am acordat atenția superioară pe care ea încercase să-mi sugereze că o merită înaintea celorlalți, pentru că nu m-am lăsat păcălită de vicleșugurile ei, pentru că nu m-am lăsat cucerită nici măcar de inteligența ei etalată ostentativ – semn de imensă prostie și de maximă nesiguranță, în opinia mea.

Doar că eu prefer întotdeauna un om cu mai puține foi sub care-și ascunde sufletul. Prefer un om nefericit unuia care-și joacă împlinirea în mod fals. Prefer simplitatea și căldura unui dialog onest între suflete, unde niciunul nu e mai presus decât altul, unde nimeni nu are ceva de demonstrat celuilalt și lumii întregi. Îi prefer pe oamenii lipsiți de fățărnicie, care zâmbesc cu toată ființa lor, fără gânduri ascunse încolțite în ochi, furișându-se cu perfidie.

Iar de la o femeie cer infinit mai mult de-atât. Pentru că poate. A fost creată să fie bună...

Cândva, cineva care se credea mai deștept decât mine – și cred că, pe alocuri, chiar și era – mi-a aruncat ofensator, în plin obraz, o zicală plină de subînțelesuri: „Decât cu prostul la câștig, mai bine cu deșteptul în pierdere." Desigur, eu fiind prostul în situația respectivă... „OK", mi-am zis. Ce poți să faci când onestitatea îți este percepută ca prostie, iar ipocrizia este ridicată la rang înalt, pe aceeași treaptă cu inteligența? Cine dorește să stea lângă cei „deștepți" (a se citi „alunecoși, diplomați, ipocriți și farsori"), nu are decât să piardă – pe termen lung sau scurt, treaba lui! Lucru care i s-a și întâmplat, de altfel, și persoanei cu zicala.

Iar tu, Carmen, n-ai decât să pleci mai departe, fără să încerci să schimbi ceva din adevărul păgubos și greu de zdruncinat al celuilalt – fiindcă este al lui, e felul său de a vedea lucrurile. Și nu vrea să accepte că din alt unghi, al tău, lucrurile se văd categoric altfel. Pleacă, încercând să continui să fii același om prost pe mai departe – și chiar extrem de departe de aceia care gândesc astfel despre tine.

Întorcându-mă la oile noastre, așa mi-am spus în minte și eu când am cunoscut-o pe acea femeie, numai că mi-am ajustat proverbul pe măsura mea, pe felul meu de a gândi și de a acționa: „Decât cu deșteapta asta fără caracter în câștig, mai bine de o mie de ori în pierdere cu cei ca mine." Adică proști, fiindcă-i musai să respectăm cumva și zicala, dar vă invit să citiți ce trebuie: timizi, cinstiți, fără urmă de ipocrizie, cu suflete deschise etc. Da, eu sunt astfel și chiar știu cine și cum sunt. Dați-mi voie să fiu mândră de mine. Pentru că pot și am cu ce!

Din ziua aceea, femeia inteligentă și rea m-a sabotat încontinuu și, folosindu-se mercantil de toate mijloacele, inclusiv de puterea pe care o avea asupra celorlalți, chiar dacă mulți erau deja lămuriți asupra caracterului ei. Eram mereu „uitată“ când era vorba despre vreo listă de promovare, când era vorba despre laude, despre merite, despre vreo acțiune de grup. Nu pentru că mi-ar fi fost șefă sau colaboratoare, căci nu-mi era absolut nimic, ci doar pentru că putea să mă saboteze de la distanță și mai ales, știu sigur, pentru că era ferm convinsă că eu nu voi afla niciodată.

Numai că știți cum e: uleiul se ridică mereu la suprafață, n-ai cum să-l ascunzi pe fundul apei. Și-am aflat. Tot. Și mai ales că am avut perfectă dreptate în ceea ce o privește, chiar de la prima vedere: era și a rămas rea. Tare rea!

Însă, mă cunoașteți bine, sunt o optimistă incurabilă și nici întâlnirea cu o astfel de muiere nu m-a vindecat de credința că oamenii, în majoritate, sunt frumoși, generoși, plini de căldură și merită întreaga mea încredere – în special femeile, ca dovadă că de-o viață întreagă femeile de bună factură mi-au fost mereu prietene sincere și cu adevărat le-am fost și mi-au fost alături. Sau le-am cunoscut și mi le-am apropiat mereu pe cele bune ca pâinea caldă.

Confirmarea că nu greșesc mi-a venit într-o zi, când Sarah Jessica Parker, o actriță faimoasă pe toate meridianele, a îngenuncheat cu o plecăciune splendidă în fața unei alte femei celebre, poate chiar mai cunoscută decât ea: Nadia Comăneci. Îi recunoștea și îi aplauda, cu o generozitate de copiat de către multe dintre noi, toate meritele, toată munca, tot efortul și geniul sportiv – fiindcă, nu-i așa, nu vorbim nicio clipă despre superioritate. Nu a îngenuncheat în fața unei femei superioare ei, ci în fața unui om absolut remarcabil, în fața fetiței de odinioară care a scris cu demnitatea, munca și efortul ei o pagină de istorie unică în gimnastica mondială.

Oamenii de calitate nu se simt niciodată datori în fața orgoliului lor să-i umilească pe alții. Pentru că nu se cred mai presus de nimeni și de nimic pe lumea asta, pentru că înțeleg că există loc sub soare pentru fiecare, deoarece știu că orice om este egalul altuia și că, uneori, există chiar oameni mai buni ca ei, în multe privințe. Recunosc aceasta, fac o reverență și sunt fericiți că i-au cunoscut.

Bunătatea sufletească a unui om este inegalabilă, iar generozitatea sa este de neprețuit. Acestea constituie cheia succesului în viață, chiar dacă drumul nu e ușor și durează. Nu săpând și minimalizând meritele cuiva vom atinge împlinirea, nu insultând printr-un comportament ireverențios, nu călcând pe ceilalți vom ajunge departe, nu ridicând la rang înalt impostura și minciuna doar pentru că adevărul i-ar așeza pe oamenii pe care nu-i agreăm în locul care li se cuvine. Nicidecum. Ci fiind onești cu toată lumea, inclusiv cu cei care nu ne sunt pe plac (pentru că nu ne-au făcut pe plac). Apropiindu-ne mereu de cei drepți, făcând tot posibilul ca invitabili în universul nostru să rămână mereu doar cei de-o simțire cu noi, nu leprele, nu ariviștii, nu noii Dinu Păturică, nu cei cu venin în ochi și-n inimă, nu ipocriții. Mai ales dacă suntem femei și dacă printre ei, cei răi sau buni, există și femei.

Iar când nu ne tratează cu respect și bunăcuviință, când ne insultă și ne agresează, este ideal să nu ne coborâm principiile la un nivel inferior, răspunsul nostru perfect să poată fi doar unul singur: să continuăm să urcăm, să mergem către zările noastre senine, acolo de unde vedem lumea mereu îmbrăcată în lumină.

Dragile mele, să nu uităm că femeile sunt și ar trebui mereu să fie doar bucurie și bunătate, că numai ele știu să culeagă surâzătoare și visătoare stelele de pe cer și să și le prindă în păr. Și tot ele sunt acelea care le zâmbesc mereu oamenilor și vieții. Iar pe mine doar aceste minuni de femei mă reprezintă.

Puterea unui om vine din blândețea și bunătatea sufletească cu care își împodobește fiecare zi a vieții și cu care onorează fiecare ființă întâlnită în cale.

MAME

Irina Binder

Ar trebui să ne gândim mai des la MAMELE noastre. La ele, cele care ne-au dat și viața noastră, și viața lor toată. Din prima noastră clipă până în ultima lor clipă.

Ele, ale căror singure bucurii sunt bucuriile noastre, ale căror singure visuri au mai rămas visurile noastre.

Ele, care simt nefericirea noastră ca pe o moarte lentă.

Ele, care așteaptă oricât, care înțeleg orice și care iartă totul. Ele, care uită că le-am dezamăgit de îndată ce le îmbrățișăm.

Ele, pentru care abia dacă găsim puțin timp.

Ele, cărora ne destăinuim toate ofurile, dar pe care nu avem timp să le ascultăm. Ele, pe care le facem să se simtă ca niște tâlhari când vin să ne viziteze, acuzându-le fie și numai în gând că ne invadează casa și intimitatea.

Ele, la care ne răstim uneori și cu care nu avem răbdare, în timp ce cu străinii suntem foarte atenți și buni.

Ele, cărora le ducem lucrurile de care nu mai avem nevoie... „Îi duc asta lu' mama, se va bucura." În timp ce pentru străini cheltuim bani grei ca să le dăruim tot ce este nou și tot ce e mai bun.

Ele, care ne servesc cu bomboanele păstrate pentru noi, pe care tot de la noi le-au primit cândva, dar de care nu s-au îndurat să se bucure.

Ele, de la care plecăm cu sacoșe pline cu mâncare, pentru care s-au istovit o zi întreagă, cu toată dragostea de care sunt capabile.

Ele, care n-au fost răsfățate de bărbații lor, care prea rar au primit flori și recunoștință și cărora unii le strică până și bucuria zilei de 8 Martie, luând-o în derâdere și dorind să o facă să dispară din calendare și din inima noastră.

Ele, cele cărora le cerem atât de mult și cărora le oferim atât de puțin.

Ele, ale căror greșeli le ținem minte toată viața, dar ale căror mii de dovezi de iubire le uităm mereu.

Ele, pe care le muncim, cărora le dăm copiii să ni-i crească, fără să ne întrebăm de unde au încă atâta putere și răbdare când noi nu rezistăm nici măcar câteva ore.

Ele, pe care le obligăm să ne iubească în tăcere și de la distanță, acuzându-le că sunt prea grijulii și posesive când se apropie de noi.

Ele, care așteaptă înspăimântate vești de la noi, care nu dorm nopțile de grija noastră.

Ele, care ne ascund durerile și temerile lor, care ne întâmpină mereu zâmbind bucuroase, de parcă n-ar fi cunoscut vreodată durerea și spaima.

Ele, pe care, inconștienți și egoiști, le facem să simtă și să creadă că nu mai au nimic de oferit. Iar sentimentul de inutilitate le distruge până și ultima fărâmă din dorința de a mai trăi.

Ele, care nu-și doresc să ne deranjeze sau să ne fie povară, care își doresc uneori să fie invizibile, dacă s-ar putea.

Ele, ale căror mâini au forma iubirii.

Ele... uitate, neglijate și de mulți abandonate...

Ele, pe care învățăm prea târziu să le prețuim și să le arătăm iubirea noastră.

Ele... pe care le căutăm cu flori pe sub iarbă și pe sub zăpezi...

VIAȚA E FRUMOASĂ CÂT TIMP NU-ȚI FACI GRIJI PENTRU NIMICURI!

Irina Binder

„Părerea despre un om
depinde de distanța de la care îl privești.“
Ben Jonson

Pe mine nu mă mai interesează de mult timp cine nu mă place sau cine mă urăște. Chiar nu are relevanță – câtă vreme știu că îmi văd de viața mea, că sunt un om corect, că nu nedreptățesc pe cineva, că nu am datorii la nimeni, că nu-i aduc prejudicii nimănui. Știu că am dreptul să trăiesc după bunul meu plac și că nu trebuie să-i cer nimănui aprobarea pentru alegerile mele.

Dacă la început credeam că trebuie să mă apăr și să mă justific în fața acelora care mă percepeau/judecau greșit, acum știu că asta este o mare irosire de energie și de timp. Fiindcă unii sunt pur și simplu fie proști, fie ușor de manipulat și cred fiecare gogomănie. N-au decât.

Eu pot trăi foarte bine și fără să fiu plăcută de toată lumea, iar dacă unii înoată în confuzie, n-au decât!

Vorba cuiva care m-a văzut explicând-mă și apărându-mă în fața unui om care mă acuza că-i insult pe oamenii care mă dezaprobă (lucru total neadevărat!): „Dacă te-ar acuza cineva că de fapt nu ești femeie, ci bărbat, ce ai face? Te-ai dezbrăca să îi arăți adevărul?“

La fel se întâmplă cu orice acuzație, inepție sau intenție de a instiga lumea împotriva mea: nu-mi pasă și nu fac niciun efort să mă justific, ar fi doar o încercare de a mă apăra în fața unor oameni și surzi, și orbi, care nu vor să accepte un adevăr aflat în afara minciunii lor.

Îți dai seama, la un moment dat, că este o mare prostie să te explici atunci când observi că cineva are o părere greșită despre tine, mai ales dacă acea părere i-a fost influențată de vreo bârfă pe care i-a livrat-o cineva care nu te place. Mi s-a întâmplat – și nu numai o dată – să aflu că anumite persoane au crezut zvonuri negative răspândite de cei care și-au făcut un scop din a-i defăima pe oamenii pe care nu-i suportă. Bârfitorii, bieții de ei, se iluzionează cu gândul că pot, cu ajutorul câtorva zvonuri denigratoare, să-i facă nefericiți pe cei care sunt ținta urii lor și că „nefericirea“ acestora le va aduce lor bucurie și împlinire.

Am avut, uneori, tendința să vin cu contraargumente, să arăt calitatea îndoielnică a persoanelor care au lansat la adresa mea tot felul de calomnii menite să îmi păteze reputația. Totuși, dorința de a rămâne o doamnă a câștigat în fața impulsului de a-mi apăra imaginea. Nu poți rămâne imaculat cât timp te întinzi în noroi.

Așadar, nu m-am irosit și nu am decăzut. N-am intrat în mocirla nimănui, nu am dus războaie, nu m-am justificat, n-am încercat să deschid minți și suflete încuiate.

Nu mai simt de multă vreme nevoia să-mi apăr reputația într-o lume care crede orice zvon, într-o lume oarbă, subiectivă, ușor de manipulat și incapabilă să judece obiectiv.

Am deja destulă experiență de viață încât să știu că numai proștii ascultă cu gura căscată zvonuri, bârfe și minciuni și își formează păreri în funcție de ceea ce spun gurile rele. Iar cum eu nu am loc pentru proști în viața mea, prefer ca aceștia să creadă orice îi ține departe de mine.

În același timp, oamenii cu discernământ știu ce să creadă și ce nu și nu pot fi duși de nas de către bârfitori, care cred că pot păcăli pe toată lumea, și nici de către nefericiții care cred că vor fi fericiți numai dacă le tulbură liniștea altora. Eu știu deja că apucăturile acestea deviate sunt niște probleme grave, așa că îmi stârnesc doar milă.

Nimicurile acestea lumești nu-mi strică pacea sufletească... M-am obișnuit și sunt imună. Așa cum unii sunt imuni la iubire, eu sunt imună la ura lor. Însă mă flatează preocuparea lor obsesiv-compulsivă față de persoana mea.

Sper ca fiecare dintre voi să-i percepeți pe aceia care vă urăsc la fel cum îi percep eu și să nu le acordați nici timp, nici energie și nici vreun pic de importanță. Fiți imuni la răutate și păstrați-vă seninătatea!

BANII MEI, BANII TĂI, BANII NOȘTRI

Carmen Voinea-Răducanu

O chema Viorela. Un nume mai potrivit pentru femeia aceea plăpândă și delicată nici că putea să existe, dacă-i vedeai ochii de un albastru întunecat, violaceu, exact ca al frumoasei flori de câmp căreia-i purta numele. Însă, ușor triști.

Nu că era o femeie nefericită, chiar nu era astfel. Dar nici fericirea nu o dădea afară din ea însăși. Ducea și ea o viață călâie, așa, ca a oricărui om pe care-l vezi la fiece pas și pe care-l uiți imediat, în general fără să-ți stăruie în minte mai mult de câteva clipe. Dar, în particular, când cineva îi surprindea privirea albastru-indigo, rămânea dus pe gânduri, ca și cum nu-și putea explica ceva ciudat care necesita niște răspunsuri urgente. Altfel, doamna noastră era și ea un om ca toți oamenii.

Vi, cum îi zicea toată lumea, știrbindu-i misterul ascuns în frumusețea diafană a numelui ei, era în schimb mama desăvârșită a trei băieți, trei iezi-cucuieți. Născuți toți cam târzior, după ce femeia, căreia la un moment dat ceasul biologic îi ticăia în cap cu ticăloșie și-n fiecare celulă cu insistență, colindase spitale, mănăstiri și biserici, se căutase pe la o sumedenie de doctori și se rugase la toți sfinții mai importanți și potriviți cu nevoile ei – învățată de bine de către preoți și câteva măicuțe cu har.

Poate chiar un miracol fuseseră sarcinile ei: prima la 42 de ani, a doua la 44 și ultima la 45 de ani. Cine să știe asta și cum să demonstrezi ceva mai presus de rapoarte și fișe medicale? Cert e că Vi își împlinise cea mai aprigă dorință, aceea de a avea copii, la vârsta când alte femei își iau gândul să mai procreeze și când, încetul cu încetul, se instalează în comoditatea unei vieți deja bine ticluite – chiar dacă, din punctul de vedere al acelora care nu cred în nucleul pe care-l reprezintă familia și stabilitatea ei, o astfel de viață este lipsită de sens și perspective.

Marian, soțul ei, un bărbat-stăpân de felul lui, deloc un tip amabil sau simpatic, ci mai mult morocănos și taciturn, după ce la începutul crizei soției se lăsase târât pe la tot felul de clinici și făcuse o droaie de analize, o lăsase mai apoi în plata Domnului, să facă așa cum o tăia capul, aproape indiferent dacă Viorela o să-l facă tată la peste 40 de primăveri sau nu. Dacă venea un copil, era bine; dacă nu ar fi venit, era tot așa. Se obișnuise cu viața lor monotonă și plină de tabieturi și chiar începuse să-i placă liniștea aceea posomorâtă din casa lor, nederanjată de nimeni și nimic.

Oricum, el, domnul director și acționar de firmă, pleca zi de zi, dimineața devreme, la biroul lui întunecat dintr-o făbricuță din aceasta de tip nou, mică și cu asociați străini. Și se mai întorcea acasă când afară deja se însera. Asta vara, fiindcă iarna era noapte de-a binelea. Schimba absent câteva cuvinte cu soția lui, apoi urca la etajul vilei lor, în dormitor, urmărea canalele de sport și adormea buștean, în timp ce Vi, din salonul cochet și modern de la parterul vilei lor impozante, conversa ore în șir la telefon cu prietenele sau cu mama ei. Și, cum obișnuia să se culce târziu, casnică fiind, ca să nu-l deranjeze, mergea într-un alt dormitor, tot la etaj – că, deh!, casa era mare și goală, iar între pereții ei adăpostea multe tăceri știute, dar mai degrabă neștiute de careva.

Viața lor se însuflețea doar în weekenduri și când nu petreceau în familie. Marian avea gașca lui de prieteni, cu care se simțea nemaipomenit, cu care programa partide de vânătoare și pescuit, iar în compania băieților se simțea ca peștele în apă. Și Vi o tândălea la rândul ei prin cafenele și restaurante *chic*, pierzându-și vremea cu amicele mai vechi sau mai noi, vorbind în general despre nimic: tendințe în modă, bârfe de oraș, diete și operații estetice ori aducându-și aminte de vremurile bune ale tinereții lor de fete frumoase și cu o bogată viață sentimentală.

Cu toate că Marian câștiga suficienți bani cât să asigure tot confortul atât pentru el, cât și pentru soție, generozitatea nu prea-l dădea afară din casă și, uneori, când pretențiile Viorelei i se păreau deșănțate, chiar dacă nu erau deloc astfel la nivelul înalt la care chiar el pretindea că s-ar afla familia lui, găsea de cuviință să-i scoată pe nas faptul că el muncește și că ea nu, că soțiile deștepte ale prietenilor lui fac o grămadă de bani și că ea nu, că alte cucoane câștigă bani frumoși cot la cot cu bărbații lor și că ea nu produce nici măcar una de-un leu. Și că ea doar cheltuie aiurea și cu nemiluita pe tot felul de prostii – prostiile fiind de cele mai multe ori aprovizionarea casei sau alimentarea cu benzină a mașinii ei. Prostiile lui adevărate nu se puneau la socoteală, pentru că el putea să facă ce dorea, atât timp cât doar el așeza pâinea pe masă.

În urma ironiilor și reproșurilor lui, Vi se umfla de plâns fie de una singură, fie căinându-și cu perdea soarta lipsită de noroc la vreo prietenă mai simțitoare și sensibilă la necazurile ei – și cu care programa imediat o escapadă la vreo mănăstire, unde auzise ea că e o icoană făcătoare de minuni care ar putea s-o ajute să nu mai piardă nicio sarcină, iar Maica Domnului să o miluiască dăruind-o cu o minunăție de copil.

Cum-necum, minunea s-a întâmplat și Vi, la 42 de ani, l-a adus pe lume pe primul băiat, un bărbățel dulce și drăgălaș, intrând și ea astfel în rândul mamelor – dar și familia ei în rândul lumii. Pentru că în cercul lor era la modă să fii mamă, să ai preocupări de mamă și neapărat să ai și un anturaj de mame. Desigur, cu bone filipineze sau cu femei bune la toate pe lângă casă.

Apoi, ca un făcut, miracolele nu s-au mai oprit: au venit pe rând al doilea, apoi chiar și al treilea băiat. Când cei doi soți au decis împreună să se oprească, era clar că o zgâtiuță de fată nu avea de gând să mai apară. Iar o casă cu patru băieți, la o adică, și cu un soț i se păruse și ei a fi deja prea mult, așa că a pus frână. Dumnezeu și Sfânta Fecioară îi ascultaseră rugile fierbinți, devenise mamă, trei copilași erau de ajuns, patru ar fi fost prea mult, mai ales dacă n-ar fi sosit o prințesă mică pe lângă atâția prințișori.

Viorela nu greșise când își dorise cu atâta ardoare să se nască puii ei, era predestinată să fie mamă. Nu era numai ambiția de a-și ține bărbatul lângă ea sau un statut social pe care trebuia neapărat să-l bifeze, deși se gândise mereu și la lucrurile astea, dar maternitatea chiar i se potrivea. Și înflorise. Suporta mult mai bine discuțiile despre bani pe care soțul ei găsea de cuviință să le poarte uneori cu ea pe un ton care nu admitea replică, învățase instinctiv cum să facă să aibă tot ce-i trebuie în casă, dar și un soț devotat familiei. Iar de vacanțe se ocupa mereu Marian – căruia nimic nu i se părea prea scump când venea vorba despre confortul sau despre imaginea lui în grupul de bărbați potenți financiar pe care-l frecventa.

Dar lui i se părea costisitor orice, mereu, dacă era vorba despre soția lui. Chiar și dacă era vorba despre o cafea în oraș. Însă Vio, abilă și cu un talent feminin deosebit, cu toată austeritatea impusă în casă de soțul ei, chiar reușea să-și pună și ceva bănuți deoparte pentru o eșarfă Hermes sau pentru ochelari de soare Chanel, fără știrea lui. Oricum, Marian chiar habar nu avea ce accesorii sau haine poartă consoarta. Dar, în adâncul sufletului, îi păsa când o vedea bine îmbrăcată, era esențial ca lumea să noteze că nevastă-sa are de toate și e fericită.

Așa că, uneori – nu foarte des, să zicem că o dată sau de două ori pe an –, aloca niște sume minore la ce posibilități reale avea, dar numai pentru ceea ce lumea putea să vadă și să invidieze, adică să aibă și ea o poșetă sau niște pantofi de firmă, un ceas de marcă sau chiar o mașină mare și sigură pentru copii, chiar dacă nu era neapărat una de fițe. Aia cam la cincinal, poate chiar și mai mult. Cea care fura ochii era mereu a lui, domnul și stăpânul finanțelor, capul familiei. Și o schimba o dată la vreo doi, maximum trei ani, ca nu cumva să rămână de căruță în fața prietenilor și admiratoarelor din oraș.

Multe dintre amicele ei o invidiau pe Vio și viața pe care o ducea: nu muncea, avea o casă mare și frumoasă în buricul Bucureștiului, un soț bun care știa să facă bani, trei îngerași de copii, bonă internă, vacanțe exotice și numai în hoteluri de lux, hăinuțe interesante, accesorii scumpe și la modă și ducea o viață de huzur, ieșind mereu în societate, la cluburi și restaurante importante, în compania selectă a unor doamne cu vieți aranjate, așa cum era a ei, sau a unor familii pline de bani, cocoțate până hăt-departe, în vârful piramidei sociale. Vio părea a fi un model de mamă și soție de succes și toate ambițiile ei cu siguranță fuseseră împlinite.

În ziua când Viorela a sunat-o pe Cati, urlând atât de disperată la telefon încât amica ei făcea eforturi ca să înțeleagă ce se întâmplase, toată construcția șubredă a zidului din jurul fericirii ei se prăbușise, lăsând la vedere o femeie de peste 50 de ani, cu trei copii mici și răzgâiați atârnați de gât și căreia capătul tunelului îi devenise de neatins, darămite să mai fie iluminat chiar și în depărtare.

— Cati, te implor, ajută-mă! Vino urgent să mă scoți din magazinul ăsta, sunt cu băieții după mine și nenorocitul ăsta m-a lăsat baltă aici și nu am niciun leu! Și nu veni fără bani, te rog!

Fără să mai aștepte alte explicații și fără să înțeleagă mare lucru printre urletele lui Vi, secondate de țipetele zburdalnice ale copiilor, Cati și-a lăsat baltă treburile de la biroul unde lucra pe un salariu de mizerie, s-a urcat în hârbul ei *second hand* și a fugit cât a putut ea de repede la magazinul unde o chemase Vio. Unul mare, un en-gros de unde cumpărau în general firmele, nu neapărat oamenii cu bani, așa cum erau Vi și Marian.

A găsit-o pe prietena ei plânsă, răvășită toată și înecată de sughițuri, cu un cărucior de marfă în care-și urcase mezinul, încercând să-i potolească pe ceilalți doi ștrengari, care alergau de colo-colo și aruncau de pe rafturi, în cărucior, produse care le făceau cu ochiul.

— Nenorocitul, Cati, uite ce mi-a făcut! M-a lăsat în mijlocul magazinului cu toți copiii, fără un ban la mine, și s-a dus la dracu' să-l ia! Nici benzină nu am în rezervor, dacă prind ora de vârf, nici acasă nu ajung, rămân naibii pe undeva de mă fac de râsul lumii. N-am un ban, Cati! Copiii au luat din rafturi pufuleți, ciocolățele, apă, napolitane, le-au desfăcut, au mâncat și am pus ambalajele în cărucior să le plătesc la casierie, dar cu ce? Mi-a aruncat în față cu dispreț, mie, soția și mama copiilor lui, că, dacă vreau bani de shopping – de când mâncarea și detergenții se încadrează la categoria shopping?!? –, n-am decât să mă duc pe centură să-i fac singură! Că oi găsi eu un tirist pasionat de babe stafidite... Și a plecat râzând de mine, ca ultimul mitocan, fată dragă, cu destrăbălații lui de prieteni și cu niște curve tinerele în weekend, lăsându-mă aici, așa cum mă vezi... Cică să-mi fac singură banii pentru casă, că el s-a săturat să ne întrețină – asta după ce tot el, ticălosul, gelos ca Othello, nu m-a lăsat niciodată să merg la muncă după ce ne-am luat, că lucram și eu, ca orice om, pe vremea când ne-am cunoscut. Spunea că ce-o să zică lumea? Că n-are bani și mă trimite la serviciu, în loc să fie bărbat, stâlpul casei? Cati, Cati, ce mă fac eu, Cati? Dacă mă părăsește? Unde mă duc să stau cu trei copii? Garsoniera mi-am vândut-o de mult, banii s-au dus în vila familiei, că eram la început, el nu câștiga prea bine pe-atunci, știi bine. Și la fel și toți banii pe care-i aveam pe când lucram în imobiliare, toți s-au dus în casa noastră și în familie. Cati, unde mă mai angajez eu la vârsta asta, de unde bani să pot lăsa copiii cu cineva, iar eu să mă țin de un program de lucru? Îți dai seama, Cati, ce nenorocire e pe capul meu?

Cati o privea înmărmurită. Nu reușea încă să proceseze tot ce-i spunea învălmășit și printre sughițuri amica ei, cu ochii umflați de plâns și machiajul scurs în dâre negre pe obraji, cu poșeta Valentino trântită în cărucioșul metalic de cumpărături. Ca să o liniștească, îi mângâia mecanic brațul pe care se odihnea relaxat un Rolex de câteva mii de euro și-i privea degetele fine, fără să vadă inelul de logodnă cu un diamant de o mărime nerușinată, așezat confortabil lângă verigheta bătută și ea în diamante. Părul Viorelei, aranjat la cei mai scumpi stiliști din oraș, zăcea acum căzut peste fața pe care încerca să și-o ascundă, speriată că, totuși, vreun cunoscut ar fi putut să o surprindă în halul ăsta de disperare.

— Cati, știu că n-am fost mereu cea mai bună prietenă pentru tine, știu că te-am neglijat, știu că ai meritat mai mult de la mine și, luată de val, te-am dat uitării de multe ori. Și te rog să mă ierți pentru toate. Dar îmi era și frică să mă văd cu tine, știind ce situație materială ai, nu puteam să-ți cer să frecventezi locurile în care merg eu și, ca să fiu sinceră, că acum știi realitatea în care trăiesc, mi-ar fi fost aproape imposibil să achit doar eu notele de plată, că-mi controla Marian și ultimul firfirel. Iar acasă la noi, cu toți figuranții lui de prieteni și nevestele lor, nu te-ai fi simțit în largul tău...

Iartă-mă, dacă poți, știu că ți-am greșit. Dar ești singurul om căruia nu mi-e rușine să-i spun ce trăiesc cu adevărat. Știu că nu o să mă judeci, n-o să râzi și n-o să-i spui nimănui adevărul despre viața mea „perfectă". Scoate-mă din impas, ajută-mă să ajung acasă cu copiii, să le cumpăr și ceva de mâncare și să nu mă fac de râsul lumii la casierie. Am acasă niște bani ascunși, de care nemernicul nu știe. Îi țineam să-mi cumpăr și eu o pereche de cizme Gucci pe care mi le doresc de mult, că nu mai pot să ies în lume oricum, ca nevastă a lui. Vezi bine de unde mă aprovizionez pentru casă și iau totul en-gros, produsele cele mai ieftine, ca să pot să am un ban al meu de care el să nu știe și cu care să-mi satisfac micile nevoi de femeie, fără să mai cer de la el, fără să mă umilesc de fiecare dată și fără să mai stau cu mâna întinsă și când îmi trebuie un deodorant... Norocul meu că am economisit la coșniță și nu o să crăpăm de foame în vila de sute de mii de euro, până-i vine mintea la cap nemernicului...

— Viorela, nici nu se pune problema de iertare, i-a zâmbit Cati cu blândețe, îmbrățișând-o cu înțelegere și multă iubire. Doar suntem prietene, nu-i așa? Se rezolvă, liniștește-te, draga mea dragă, că i-ai speriat pe băieți. Merg cu voi, cu mașina ta, ne oprim și la o benzinărie să alimentezi, apoi mă întorc s-o iau pe a mea de aici, din parcare. Hai să cumpărăm de mâncare și ce mai ai nevoie pentru acasă, am cardul la mine.

Cati parcă o vedea pe mama ei, la o altă scară, în alte timpuri, încercând să-i explice bărbatului ei cu mințile întunecate că nu are cum să plece la cârciumă, fiindcă ultimii bani din casă i-a dat ea pe lapte pentru copilul cel mic... Și palma lui, care a zburat dur și iute, dus-întors, pe obrajii reci și palizi ai femeii înspăimântate, care-și strângea în brațe copiii ca o cloșcă, acoperindu-le capetele. Ca să nu vadă, ca să nu audă...

Dragile mele prietene, vă las pe voi să trageți concluzia. Cati a tras-o singură când, la ceva timp după episodul din magazinul en-gros și după ce Viorela i s-a mai jeluit la telefon o perioadă, a văzut-o încălțată cu niște cizme Gucci de 1 200 de euro, cu ochelari de divă, mari, negri și cu înscrisuri sclipicioase, ieșind dintr-un restaurant de lux la braț cu două neveste de milionari, prietenele ei...

Dar vă sfătuiesc ca în realitate, dincolo de filele unei cărți, să nu vă lăsați amăgite de spoiala unei vieți bune și lipsite în aparență de griji. Nu întotdeauna o bunăstare materială e însoțită și de înțelegere și fericire. După cum nici sărăcia în cuplu nu garantează o viață liniștită.

Viața este o luptă zi de zi, iar slăbiciunea și nesiguranța construiesc împreună cel mai bun teren pentru ca un abuzator să-și molesteze psihic victima. Ridicați-vă pe munca și puterile voastre, câștigați-vă singure banii pentru un trai decent, nu așteptați cu mâna întinsă nici măcar la soțul vostru.

Femeile sunt puternice și își pot croi o existență decentă fără ajutorul unui bărbat, pot câștiga singure tot ceea ce le este necesar, ba chiar își pot oferi o viață foarte bună. Nu lăsați să treacă pe lângă voi anii tinereții sperând că veți întâlni un Făt-Frumos generos și falnic precum bradul, care abia așteaptă să intre în viața voastră, să vă dea cardul și să vă poarte pe brațe până la adânci bătrâneți și până la bancomat!

Existența femeilor de genul Viorelei nu este neapărat fericită decât dacă o privești de la distanță, fiindcă doar aparent au lumea la picioare. Cele mai multe dintre ele sunt profund neîmplinite, singure, triste, speriate și nefericite – oricât de multe bunuri ar avea. Fiindcă respectul de sine a dispărut de mult din sufletul lor, iar umilințele pe care multe dintre ele le înghit – de la cei care, din soți sau iubiți, s-au transformat în stăpâni cruzi – le-au distrus încetul cu încetul și ultima fărâmă de încredere în sine, în ceea ce sunt și ceea ce pot, le-au întunecat existența și le-au retezat și demnitatea și încrederea în forțele lor. Cât despre iubire, au uitat deja cum e și că li s-ar cuveni... Așa că posesiunile lor devin lipsite de importanță, câtă vreme nu le mai aduc niciun fel de bucurie...

E drept că basmele cu prinți fermecători or fi fost cândva adevărate, că, de n-ar fi fost, cică nu s-ar fi povestit, dar se pare că prin poveștile astea există și elemente fantastice, supranaturale...

Prin urmare, învățați să vă purtați singure de grijă chiar și atunci când aveți o familie. Nu așteptați niciodată ca portofelul bărbatului vostru să vă asigure micile lucruri care vă sunt necesare, nu cereți bani de la el pentru fiecare nevoie feminină, importantă sau doar un moft – chiar dacă el, la început, vă promite că veți fi fericite stând acasă, fără să vă spetiți muncind. Fiți demne, respectați-vă, lucrați și câștigați-vă singure banii! Numai visurile pe care veți reuși să vi le împliniți prin munca voastră și cu onoare, demnitate, ambiție și sacrificiu au valoare, iar într-o zi veți înțelege pe deplin cât de important a fost să aveți mereu fruntea sus și ochii neaplecați cu umilință. Învățați-vă binele!

Doar așa veți fi mândre de voi, libere și vă veți face respectate și de către bărbatul pe care-l iubiți, și de către restul lumii. Și mai ales de către voi însevă.

ÎNTR-O ZI, OBOSEȘTI ȘI RENUNȚI SĂ MAI LUPȚI PENTRU BINELE ALTORA

Irina Binder

Atunci când te-ai săturat să tragi de unii oameni și să le dorești binele mai mult decât și-l doresc conștient ei înșiși, când înțelegi, în sfârșit, că acel bine pentru care lupți mai mult decât ei nu se face totuși cu forța și că anumite persoane nu vor să evolueze și să trăiască mai frumos atunci când este posibil – și întotdeauna este! –, când îți dai seama că mentalitatea unora este imposibil de schimbat și, în consecință, când decizi să-ți vezi de treaba ta și să fii indiferentă la alegerile altora, ți se va spune că te-ai schimbat. Că, ce să vezi?, surpriză: brusc, nu mai ești aceeași prietenă, nu mai iubești la fel, ai devenit egoistă, te-ai distanțat, nu-ți mai pasă.

Ba chiar o să-ți auzi vorbe cum că te-ai fi ajuns și că stai cu nasul pe sus, numai printre nori, că ai uitat de vechii prieteni, că faci pe importanta. Unii vor căuta chiar și alți vinovați pentru retragerea și indiferența ta, fiind geloși pe cei care sunt mai apropiați de tine. Pentru că, da, se știe și e clar: cei de lângă tine sunt vinovați de răcirea relației. Pentru că sigur-sigur ți-au cucerit inima cu tertipuri mișelești. Iar în inima ta, minusculă fiind biata de ea, ce să vezi? Nu a mai rămas suficient spațiu și pentru alții...

Așa că, gata, cu asta și-au așezat pacea în suflet, s-au liniștit. Ei sunt fără pată, ceilalți sunt vinovați. Alții. Mereu și de fiecare dată alții. Fiindcă, nu-i așa, e mai ușor să arunci povara culpei în spinarea altora decât să-ți asumi curajos propriile greșeli. În felul acesta, oamenii care te-au făcut să te îndepărtezi de ei nu vor lua niciodată asupra lor erorile pe care le-au comis și mai ales faptul că exact acest fel de a gândi și de a se comporta te-a adus la saturație.

Și, astfel, tristă pentru neputințele lor, dar și împăcată că ai încercat să-i susții chiar și când totul era în van, ai decis dintr-odată să încetezi să mai tragi de ei. Pentru că lupta cu morile de vânt are un sens până la un moment dat, după aceea intervine ridicolul. Ei oricum nu vor pricepe că ai obosit și că, într-un sfârșit, ai înțeles că eforturile tale sunt zadarnice și chiar nu merită să te irosești aiurea. Nu vor înțelege nici cât de mult le-ai dorit binele și nici cât ai luptat pentru ei, chiar și atunci când, în indolența lor, trebuia să-i împingi de la spate. Pentru că ei consideră că li se cuvine orice – de obicei, totul.

Numai că, într-o zi, chiar obosești. Rămâi parcă fără aer și te copleșește un sentiment de inutilitate și revoltă. Pentru că, tot încercând să le faci un bine unor oameni indiferenți chiar și la propriile nevoi, parcă ai uitat de tine. Ai uitat de binele și de nevoile tale. De liniștea ta, de seninul și confortul pe care-l merită din plin zilele tale și sufletul tău. Și înțelegi încă o dată, poate mai mult ca oricând, că schimbarea nu poate veni niciodată din afară, ci numai din sine. Iar când prietenii noștri nu o conștientizează, degeaba le dorim binele dacă nu și-l doresc și ei. Așa că rămânem cu gustul amar al înfrângerii, cu senzația că, deși am luptat singuri pentru ei, din nou am ajuns pe locul doi.

Că așa se întâmplă uneori: unii oameni te aduc în starea aceea în care să nu mai vrei vreodată să convingi pe cineva că greșește, că poate mai mult și că merită mai mult... Și te dai la o parte. Sătul de toate, dar nu învins. Pentru că perdanți sunt doar ei.

Fiecare om are dreptul să facă tot ceea ce crede de cuviință, însă dacă am tăcea mereu când vedem ceva nelalocul lui, cum ar arăta lumea? Ești dator să spui ce nu este bine, iar ceilalți sunt liberi să aleagă, la rândul lor, dacă vor schimba ceva în bine sau nu. Dar tu ți-ai făcut datoria.

O FEMEIE NU ESTE FEMEIE DACĂ NU ARE COPII. DAR CE E?

Irina Binder

Voi, doamnelor care ați făcut copii, care vă bucurați de împlinirea pe care a adus-o în viața voastră maternitatea, aveți tot dreptul să fiți mândre, să vă lăudați, să vă strigați fericirea în cele patru zări, să scrieți nonstop despre copiii voștri și poate chiar să dați sfaturi despre cum ar trebui crescuți și îngrijiți – deși cred că fiecare mamă știe lucrurile acestea, chiar și cele aflate la început de drum, pentru că instinctul matern funcționează și la ele, chiar dacă nu au o mamă sau o bunică să le sfătuiască ori nu au citit cărțile de parenting la modă. Aveți dreptul chiar să fiți abuzive, compulsive și obsesive cu părerile voastre despre cum ar trebui alăptat un copil, despre cum să fie ținut în brațe, îmbrăcat, spălat, crescut, hrănit, îngrijit, dădăcit, educat și tot așa.

Însă, doamnelor, dați-mi voie să vă aduc aminte, în cazul în care ați uitat, că NU aveți dreptul să fiți RELE cu semenele voastre care nu au copii. Sau care au avut și i-au pierdut. Ce ziceți, v-ați gândit vreodată la asta când le jigneați pe femeile care nu au copii? V-a trecut măcar o secundă prin minte că o asemenea nenorocire s-a întâmplat să se abată peste sufletul lor? Și, oricât defilați ca mame perfecte, unice și irepetabile, lipsa de considerație față de cele care n-au fost binecuvântate cu un copil sau cărora destinul le-a răpit viața copiilor pe care i-au avut vă trădează și vă face urâte.

Regret că trebuie să v-o spun, dar nu sunteți deloc perfecte sau frumoase când loviți în alte femei. Ba chiar sunteți rele, egoiste și de evitat. Da, vă spun cu sinceritate că unele dintre voi exagerează, poate chiar fără să-și dea seama – sper. Și sunteți deja incomode, dar și ridicole în disperarea de a arăta cu orice preț că nu există mame mai bune ca voi, deși lumea merge înainte de mii de ani și datorită mamelor către care priviți cu dispreț și despre care credeți cu aroganță că nu vă seamănă și că le sunteți superioare.

Afirmați cu emfază, de parcă le-ați ști pe toate, că o femeie nu este femeie dacă nu are copii. Sau că, dacă nu ești mamă, trăiești degeaba. Vă judecați semenele, vă arogați dreptul de a emite verdicte, decideți, puneți ștampile. În numele cui? Cine v-a dat acest drept? Cine vă credeți? Dumnezeu?

Vă spun cu tristețe că, în ochii mei, nu faceți altceva decât să vă purtați ca niște țânci răzgâiați și egoiști, inumani și inconștienți, care defilează cu vanitate și cu o prăjitură în fața unui copil mort de foame, doar ca să-i facă în ciudă...

Doamnelor, fiți decente! Fiți... mame până la capăt, adică ființe altruiste, bune ca pâinea caldă, exemple pozitive pentru toată lumea și mai ales pentru pruncii pe care i-ați adus pe lume. Bucurați-vă de copiii voștri și fiți cât puteți voi de fericite, dar... mai ușor cu afirmațiile ostentative, răutăcioase și negândite, menite doar să lovească în sufletul altor femei. Lăsați-le să se bucure pentru voi în pace pe acelea care nu cunosc gustul împlinirii voastre, pe care o aclamați nonstop, deși nu sunteți singurele mame de pe pământ. Nu le stricați și această măruntă și neînsemnată mângâiere...

REGRETELE NU VINDECĂ TRECUTUL

Carmen Voinea-Răducanu

Poate că vă mai amintiți legenda biblică a nevestei lui Lot. Cea care a părăsit în fugă Sodoma dimpreună cu soțul ei și cele două fiice ale lor, conduși fiind către munți de doi îngeri, pentru a fi astfel salvați de pârjolul și distrugerea din temelii a cetății blestemate.

Povestea spune că femeia lui Lot nu a ascultat sfatul îngerilor, care le-au spus, lor și celor două fiice, să nu-și întoarcă nici măcar o singură dată capul pentru a privi în urmă. S-a uitat înapoi spre cetatea în flăcări – și, atunci, s-a transformat într-un stâlp de sare...

Doar că eu nu m-am gândit decât târziu, foarte târziu la această istorioară cu tâlc, după ce privisem înapoi ani în șir. Și stâncă de sare am rămas în tot acel răstimp... Fără să înaintez către salvarea mea: viitorul. Blocată într-un prezent care mi se părea fără sens în lipsa trecutului după care tânjeam, după care plângeam, pe care-l regretam amarnic. Fără să înțeleg că nici lacrimile și nici regretele mele nu mutau limbile ceasornicelor îndărăt și că pierd ani prețioși din viață bătând pasul pe loc, fără să mă scutur de durere, ci retrăind-o de fiecare dată cu aceeași copleșitoare intensitate.

Mi-am însușit lecția trecutului fără de întoarcere când, deschizând Biblia într-o zi în care aveam nevoie de confort sufletesc, mi s-a așezat privirea exact pe rândurile care spuneau povestea soției lui Lot. Parcă mi s-a ridicat un văl opac și întunecat de pe ochi. Și îmi aduc aminte că am zâmbit după ce mi-am revenit din șoc – probabil că, în ziua aceea, unul dintre îngerii mei păzitori mi-a condus mâinile atunci când am deschis cartea sfântă.

Azi, celălalt înger mi-a dictat pe scurt aceste rânduri, amintindu-mi din nou povestea. Și înțeleg și de ce: pentru că multe dintre voi au nevoie să lase trecutul trecutului. Să lase în urmă tot ce nu mai poate fi schimbat, tot ce nu se mai poate întoarce. Să mulțumească pentru tot ce-au trăit cândva, bun sau rău, și să-și continue drumul către munți. Către creste. Către ceea ce urmează să trăiască. Să meargă înainte pe Calea lor, spre înalt. Să-și șteargă picăturile de sare în care li s-au transformat lacrimile și să zâmbească privind către ceea ce le așteaptă înainte. Cu tot curajul, cu toată bucuria, cu toată credința.

Pentru că zâmbetele, împăcarea și speranța vindecă trecutul, nu regretele.

NU MAI AM TIMP

Irina Binder

Nu mai am timp să regret ce am făcut, ce n-am făcut, ce am spus și ce nu am spus...

Nu mai am timp să îmi încarc sufletul cu răutățile lumii, să mă împovărez cu gânduri negative și probleme închipuite.

Nu mai am timp de flecăreală inutilă și nici să mai stau în preajma oamenilor pesimiști.

Nu mai am timp să plâng după oameni care m-au părăsit și după oameni care nu au știut să mă iubească și nici măcar să mă prețuiască.

Nu mai am timp să mă întorc pe drumuri pe care le-am abandonat.

Nu mai am timp să aștept după oameni indeciși, care nu știu ce vor.

Nu mai am timp să mă lamentez, să îmi invoc mereu trecutul, eșecurile și greșelile.

Nu mai am timp să alerg după iluzii și nici să mai visez visurile altora.

Nu mai am timp să mă las folosită, mințită, înșelată, trădată și rănită.

Nu mai am timp să mă cert, pentru că nu mai am timp să mă împac.

Nu mai am timp să plec, pentru că nu mai am timp să mă întorc.

Nu mai am timp să fiu cine vor alții să fiu și nici să uit cine sunt.

Nu mai am timp să mă încarc cu frustrări, nici să mă simt neimportantă, detestată, respinsă și nedorită.

Nu mai am timp să-i urăsc pe aceia care nu mă suportă, pentru că sunt prea ocupată să-i iubesc pe aceia care țin la mine.

Nu mai am timp să ascult zvonuri despre mine, critici, reproșuri și păreri subiective.

Nu mai am timp să mă justific și nici să fac eforturi ca să dovedesc cine și cum sunt.

Nu mai am timp să aștept în fața unor uși închise.

Nu mai am timp să rămân în locuri unde nu sunt dorită și unde nu am niciun rost.

Nu mai am timp să sacrific ceea ce sunt doar pentru ca unii mă vor diferită.

Nu mai am timp să-i ascult pe aceia care încearcă să mă descurajeze, nici să-i las pe alții să îmi organizeze viața.

Nu mai am timp să amân să trăiesc așa cum vreau.

Nu mai am timp să aștept fericirea! Am doar timp să o trăiesc.

MULȚUMESC PENTRU TOT CE AM ÎNVĂȚAT!

Irina Binder

Când se întâmplă să privim în urmă și când încercăm să ne amintim ce ne-a bucurat, ce ne-a supărat, ce realizări am avut, ce eșecuri etc., știm oare să fim obiectivi, să adunăm ceea ce ne definește, să bifăm ceea ce am acumulat între timp, dar și ceea ce am lăsat în spate, lucruri care ne trăgeau în jos ca un balast? Reușim să fim mulțumiți de noi?

De câte ori mă retrag în mine, sunt recunoscătoare pentru tot ce am trăit frumos, pentru tot ce am realizat, dar mai ales pentru tot ceea ce am învățat, fiindcă întotdeauna am ales să-mi însușesc lecțiile primite, atât din experiențele altora, cât și din ale mele.

Ca și acum, când mă gândesc din nou la trecut...

Am învățat cât de fragilă este viața, cât de ușor poate pleca un om și câtă durere, teamă și singurătate poate lăsa în urma lui.

Am învățat că niciodată nu suntem pregătiți să fim părăsiți definitiv de cei dragi, dar nici să-i părăsim... Și cât de important este să facem lucrurile la timp, să spunem ceea ce simțim în momentele importante, să nu rămână în urma noastră lucruri nerezolvate și incertitudini.

Văzând cum au pierit oameni tineri, am înțeles că fiecare clipă de viață trebuie trăită cu bucurie și recunoștință, că nicio plăcere nu trebuie amânată, că trebuie să fim senini și împăcați cu noi înșine, așa cum ne îndeamnă și Rugăciunea seninătății:

> *Doamne, dă-mi seninătatea de a accepta lucrurile pe care nu le pot schimba, curajul de a schimba lucrurile pe care pot să le schimb și înțelepciunea de a ști să le deosebesc. Și, astfel, să trăiesc prezentul fiecărei zile, bucurându-mă de prezentul fiecărei clipe, acceptând greutățile ca pe o cale care mă conduce spre pace...*

Am învățat și că nu sunt cu nimic mai bună decât un om care greșește dacă nu-l ajut să evolueze. Dar și că unii oameni nu pot fi schimbați, că ești dator cu a încerca să-i ajuți să o facă, dar și că trebuie să știi când să renunți, că lupta cu neputințele și încăpățânarea lor este zadarnică.

Am învățat că doar eu îi pot alege obiectiv pe oamenii care să facă parte din viața mea și că în niciun caz prietenii mei nu pot și nu trebuie să facă asta.

Am învățat să caut motivația din fiecare greșeală, în loc să mă grăbesc să judec și să-l abandonez pe omul care a greșit. Și că nu toate greșelile ascund intenții rele, iar unele ascund de fapt multă suferință, dureri și temeri, care îl derutează pe om și-l fac să o apuce pe un drum care nu duce către nimic bun – nici pentru el, nici pentru cei din jurul său.

Am învățat să accept și lipsa recunoștinței celorlalți și să mă mulțumească doar gândul că am făcut un bine și că am dăruit.

Am învățat că, atunci când cineva îmi face un rău, nu eu sunt victima, ci acela care m-a rănit. Un om puternic nu poate fi victima unui om slab, iar cei care fac rău sunt oameni foarte slabi, lași, mărunți.

Am învățat că iubirea nu obligă și nu îndatorează și că gelozia este doar o dovadă de egoism și neiubire. Scopul iubirii este, mai întâi de toate, fericirea și binele celuilalt.

Am învățat să plec fără uși trântite și fără vorbe grele, conștientă că reproșurile nu-mi alină durerile și nu schimbă nimic. Și am învățat să plec imediat ce nu mă mai regăsesc într-un loc sau lângă cineva care-mi aduce mai multă nefericire decât fericire.

Am învățat să spun „Nu“ și să nu mă mai simt vinovată atunci când nu-i pot mulțumi pe toți.

Am învățat că, atunci când ai încredere în tine și ești pe deplin mulțumit de persoana ta, nu mai simți nevoia să-i dovedești lumii cum ești, cine ești și ce ai. Nevoia de validare dispare și trăiești după bunul tău plac. Ești tu: senin și mulțumit, conștient că nu ești nici lucrurile pe care le ai, nici cine spun unii că ai fi. Și ești fericit așa cum te cunoști: gras, slab, cu riduri, cu freza vraiște, în trening sau în ce te simți comod și chiar nu ai niciun complex de inferioritate. Știi deja că tot ce ai mai valoros și mai frumos se află în inima ta.

Am învățat să mă iubesc mai mult. Tu?

PRIETENA MEA, A TA SAU A NOASTRĂ?

Carmen Voinea-Răducanu

Nu știu la alții cum e, dar, mai nou, în relația cu prietenele mele accesele de gelozie nu mi se arată niciodată. Poate pentru că... nu există? Gelozie, nu prietenie! ☺ Sau poate că nu mai sunt eu genul atât de interesant care dă motive serioase pentru crize? Ori e posibil ca prietenia cu mine să nu mai fie în ultimii ani izvorâtoare de pasiuni? ☺ Ori fiindcă am reușit să găsesc echilibrul acela perfect în care pot să împac și lupul, și capra, și varza, reușind să trec apa cu fiecare, pe rând, ba chiar și împreună, fără ca prin alegerile mele să înlesnesc vreo încăierare istorică sau isterică ori vreun – Doamne apără! – festin pantagruelic.

Glumesc, bineînțeles! Însă, vorbind serios acum, cred că, până la urmă, să poți să ai mai multe prietene și ele între ele să se prețuiască una pe cealaltă și să se accepte reciproc este o chestiune de alegere înțeleaptă și de gestiune realistă și bine proporționată a relațiilor. Dar nu e obligatoriu să se întâmple așa, oricât am fi noi de echilibrate, fiindcă asta nu înseamnă că toată lumea ne seamănă și că toate gândim la fel.

Totuși, nu de puține ori, în anii mei mai tineri am trăit experiențe traumatizante în câte un „comitet“ dintre acestea, cu câte trei-patru prietene, din care cu onor făceam parte. Și care și-ar fi scos ochii una alteia dacă nu le-ar fi oprit litera legii sau vreun dram de rațiune rătăcită, nu se știe prin ce miracol, în căpuțurile lor. Dacă două dintre ele se mai acceptau una pe cealaltă, era minune. Dacă nu (mult mai probabil), era groaznic: fiecare, pe rând, mi se plângea de cealaltă și, dacă nu se plângeau, demonul bârfei le dădea târcoale și nu se lăsa până nu le prindea în mrejele lui și nu le învăluia tiptil și subtil, dar ajungând la un moment dat până la sufocare. Am bănuit mereu că ceea ce-mi auzeau mie urechile referitor la prietena noastră se întâmpla și în sens invers: și ea auzea despre mine cam aceleași lucruri de la cea dispusă la orice numai să semene ceva zâzanie și sământă de scandal între noi...

Îmi amintesc și-mi vine să râd și azi când una dintre noi, de exemplu, la cafenea, se ridica de la masă ca să meargă să-și pudreze năsucul, iar celelalte o urmăreau cu ochi critic. În urma ei se dezlănțuia iadul. Voalat, chipurile drăgălaș, categoric spre binele celei bârfite altfel cu nesaț: ba că s-a îngrășat, ba că parcă-și calcă chinuit pe ochi când are tocuri, ba că rochia nu are un model care să-i avantajeze silueta.

După ce am experimentat câteva astfel de scene, îmi amintesc că mă lovea groaza dacă trebuia să plec de la masă. Mi-era teamă că forța gândurilor negative îndreptate asupra mea mă va dezechilibra și-mi voi suci gleznele sub privirile lor ucigașe, căzând cât eram de lungă și de lată în văzul lumii, cu poalele ridicate indecent până în cap. Cred că atunci am învățat să stau cu un pahar de frappe sau limonadă în față cu orele, doar gustând cu înghițituri mici, de spaimă că, dacă ingerez prea multe lichide, voi fi nevoită să mă ridic de la masă... ☺

Așa cum scria și Irina în unul dintre textele ei dragi mie, există prietene pentru care monopolul asupra noastră este vital, e ceva fără de care nu pot trăi liniștite, de parcă ne-ar fi trecut în proprietatea lor. Dar asta fără să ne întrebe dacă și noi ne dorim asta... Și nu pentru că existența le-ar fi lipsită de oameni care să țină la ele, ci, așa, dintr-un prea mare egoism, dintr-un simț al stăpânirii, al folosirii depline a unui „bun“. Expandat până la absurd, până la nefiresc, mă gândesc eu.

Și mă tem că nu greșesc deloc, pentru că unele femei s-au obișnuit să-și trateze prietenele ca pe televizorul propriu, iar voința lor acționează asupra acelora ca o veritabilă telecomandă: tu faci doar ce spun eu, pentru că așa vreau eu pentru tine, ceea ce dorești tu este neimportant pentru mine. Mai rămâne să completeze cu „Executarea!“ și instrucția e gata. În plus, doamnele respective sunt fericite doar dacă devii jucăria lor – atenție, una de care se vor plictisi la un moment dat, ca orice copil capricios. Prietene-stăpâne, cu alte cuvinte.

În plus, există și acel soi de amice care nu pot accepta că sufletul nostru are o capacitate suficient de generoasă pentru a găzdui în adâncuri mai multe prietenii, mai multe ființe, toate dragi, toate minunate în felul lor. Și mai multe moduri de a ține la cineva. Ori mai multe persoane față de care inima noastră să simtă bucuria de a le sta prietenește alături. Sunt prietene care nu pot admite în ruptul capului că există și alte ființe în preajma noastră în afara lor, persoane pe care le putem iubi fără ca lucrul acesta să ne sărăcească sentimentele pentru ele. Ba chiar și că această diversitate umană și de caractere poate, printr-un algoritm interesant, chiar să ne facă să le iubim și mai mult, mai profund, taman pe ele.

Femeile geloase pe prietenele prietenelor lor nu sunt deloc o specie rară, pe cale de dispariție, ci chiar pe cale de expansiune, am pățit-o nu o dată și să vă ferească Moș Crăciun de gelozia lor! Sunt în stare de orice, numai să te facă să renunți la restul prietenelor, ca să te poată acapara în întregime. Prietena ta nu va deveni niciodată și a lor, nu va fi niciodată „a voastră“ – pentru că în inima acestor femei există un sentiment de posesiune feroce și oricine se apropie de persoana pe care ele doresc să pună monopol și să o ia în stăpânire va fi decapitat, ciuruit, forfecat, făcut țăndări, praf, pilaf, zdrențe.

Știți ce m-am întrebat mereu? Oare cum or fi prietenele-stăpân în relațiile lor de iubire cu un bărbat, dacă pentru o miză mai puțin esențială (deși nu este!) scot la bătaie armamentul greu din dotare? Bieții lor bărbați! ☺

Refuz să cred că există femei rele pur și simplu. Pentru că știu cu siguranță că există femei atât de subjugate propriei lor neputințe, încât, orbite fiind, pierd din vedere exact esența feminității lor: bunătatea sufletească.

SUFERI SAU PLECI. AI DE ALES

IRINA BINDER

Când am ajuns la prietena mea acasă, m-a întâmpinat încruntată și a început să se văicărească plină de nervi – așa cum făcea de obicei, eram obișnuită deja. De data aceasta, era furioasă pe sora iubitului ei. Am încercat să o liniștesc, dar ea trântea obiecte și bombănea întruna.

— Doamne, tu chiar te legi de orice motiv ca să-ți strici dispoziția? i-am spus, nedumerită.

Ca și cum nu m-ar fi auzit, și-a continuat pledoaria despre cea care o supărase.

Văzând-o cât este de înverșunată și de agitată, mi-am amintit că o visasem în noaptea aceea. Dar n-a fost un vis, ci un coșmar. Un coșmar despre cum uitasem să merg la ea și alergam disperată pe scările blocului, care nu se mai terminau, ca să pot ajunge la ușa ei. Mi-am dat seama atunci că prietena mea chiar este un om de coșmar.

Ani de zile m-a torturat. Mi-a chinuit sufletul în fel și chip și mi-a testat răbdarea, toleranța și bunătatea. I-am îndurat toate mofturile, toate nemulțumirile, toate toanele și multe, multe reproșuri. Fiindcă îmi reproșa orice: ba că nu-i spuneam nu știu ce ar fi vrut ea să știe, ba că nu o sunam când avea ea chef, ba că nu o chemam când ieșeam cu alți prieteni – oameni care nu o voiau sub nicio formă în preajma lor, de-aici și omisiunile mele.

M-a cuprins brusc un sentiment ciudat de oboseală și de lehamite. Dintr-odată, n-o mai vedeam ca pe o prietenă, ci ca pe o teroristă. Nu-mi plăcea deloc ceea ce simțeam. Sufletul meu își dorea cu disperare să nu piardă o prietenă, dar înțelegeam în același timp că ea nu-mi fusese niciodată prietenă, că doar eu i-am fost ei.

S-a mai calmat și s-a dus să se îmbrace ca să plecăm în oraș, iar eu m-am așezat pe canapeaua din sufragerie, sfârșită, de parcă tocmai terminasem cursa din acel coșmar în care alergam pe scări. Filmul prieteniei noastre mi se derula cu repeziciune prin minte, dar fără prea multe secvențe frumoase. Erau puține momentele în care era și ea bucuroasă sau mulțumită și prea multe acelea cu ea încruntată, furioasă, vorbindu-mi de sus și criticându-mă. De câteva ori, mă făcuse să plâng și-mi aminteam indiferența ei la lacrimile mele.

„Doamne, de ce am îndurat atâtea? De ce am pierdut atât timp cu ea?", mi-am tot repetat în minte. Timp în care am fost dispusă să-i stau alături și să-i ascult toate poveștile despre persoanele pe care nu le plăcea. Fiindcă ea nu plăcea pe nimeni. Avea ceva de criticat la oricine: la mama ei, la bunica ei, la vecini, colegi, la iubiții pe care i-a avut, la surorile, frații și mamele iubiților ei... Uneori, aveam impresia că urăște pe toată lumea. Și pe mine. Evident că și pe mine, altfel nu mi-ar fi criticat fiecare pas și fiecare gest, nu mi-ar fi reproșat toate nimicurile și nu mi-ar fi pus în cârcă lucruri de care nu mă făceam vinovată.

Mi-am amintit ce scandal mi-a făcut odată doar pentru că nu-i spusesem că era aniversarea unui prieten comun. Mi-a făcut morală și mi-a spus că a „durut-o enorm" că nu m-am gândit să o anunț și pe ea. Pentru un asemenea fleac s-a simțit trădată și s-a victimizat în fel și chip și mi-a scos ochii timp îndelungat.

Toată prietenia noastră a însemnat pentru mine numai justificări. Avea niște crize paranoice de toată spaima și mă acuza tot timpul că nu îmi pasă de ea, că nu vreau să o invit când ies în oraș singură sau cu alți prieteni, că nu-i povestesc tot ce era curioasă să afle, chiar dacă lucrurile acelea nu o priveau – sau poate că erau secretele altora și nu aveam cum să le împărtășesc cu ea...

Îmi veneau în minte tot felul de scene pe care le făcuse de-a lungul timpului. Și m-am văzut pe mine străduindu-mă de fiecare dată să-i ofer totul, să o fac să se simtă bine, iubită, fericită. Fiindcă o iubeam cu toate păcatele ei și empatizam ca toanta cu toate durerile ei închipuite. Am făcut mereu cum i-a plăcut ei și am uitat complet de confortul meu sufletesc sau de plăcerile mele.

Ea nu se bucura de nimic. Iar dacă ea nu se bucura, găsea de cuviință să le strice și altora bucuria. Era tot timpul concentrată doar asupra lucrurilor pe care nu le avea sau care nu-i plăceau. La plimbare, la masă, oriunde, lumea trebuia să-i asculte ofurile, cu care-i încărca pe ceilalți negativ și de la care nu lua nici măcar o dată pauză.

Nimeni din anturajul meu nu o plăcea. Toți mă întrebau de ce accept în viața mea o persoană atât de negativistă și de urâcioasă. Dar eu mă încăpățânam și o țineam înainte că ea este prietena mea. O prietenă extrem de posesivă, obsedată de control, egoistă, cu așteptări aberante, care mă persecuta și-mi tulbura pacea sufletului dacă nu-i convenea ceva.

— Hai să mergem, sunt gata, mi-a spus prietena mea, întrerupându-mi brusc gândurile.

— Eu nu mai merg nicăieri, m-am trezit răspunzându-i.

Simțeam nevoia să fug de acolo, să fiu cât mai departe de ea. Prietena mă privea contrariată și aveam impresia că, dintr-un moment în altul, va sări spre mine ca o pisică sălbatică să-mi scoată ochii.

— Cum adică nu mai mergi?

— Pur și simplu. Mi-am dat seama că nu vreau să merg în oraș cu tine. Nu-mi face nicio plăcere să petrec câteva ore auzindu-te cum te văicărești pentru orice prostie, cum îi vorbești pe toți de rău, cum reproșezi încontinuu ceva cuiva. Inclusiv mie. N-am chef de tine și de frustrările tale. N-am chef să mă mai încarc negativ doar pentru că tu ești o inadaptată și o urâcioasă.

— Ești nebună la cap? Ce te-a apucat?!

— Nu m-a apucat nimic. Dar, vezi tu, lumea asta nu e doar despre tine. Nu e doar despre ceea ce vrei tu, nici despre ceea ce-ți place doar ție și ce ți se cuvine numai ție. Nu e despre mofturile tale absurde. Lumea asta este și despre mine, și despre ceea ce vreau eu și, mai ales, despre ceea ce merit eu. Iar eu nu merit o prietenă ca tine. De fapt, ca să știi adevărul, tu nu meriți o prietenă ca mine. Așa că adio! Să nu mă mai cauți niciodată. Regret fiecare clipă pe care am petrecut-o în preajma ta. Regret fiecare minut în care, în loc să mă bucur de soare, de ploaie, de mâncare, de clipe senine, de vacanță și de oameni, eu am detestat totul doar pentru că tu vedeai ceva greșit în tot. N-am amintiri frumoase cu tine și n-am învățat nimic bun de la tine. Mi-am pierdut timpul degeaba. Să fii sănătoasă și fericită!

I-am spus din hol ultima replică, apoi am închis ușa în urma mea. Am închis acolo o parte din viața mea, un capitol pe care nu-mi mai doream să mi-l amintesc.

Este adevărat, pe drumul spre casă am plâns, fiindcă nu-mi era ușor să renunț, dar, totodată, îmi simțeam sufletul ușor. După câteva zile, am observat cât de bine îmi este fără ea. Fără reproșurile ei, fără privirile ei urâcioase și tăcerile apăsătoare care-mi transmiteau că o supără ceva la mine și care mă făceau să mă simt lângă ea ca un om de nimic. Eram liniștită.

Desigur, ea nu a înțeles de ce am ales să nu mai fim prietene. S-a lamentat și li s-a plâns prietenilor comuni că am părăsit-o fără niciun motiv, cu toate că ea m-a iubit. S-a văicărit dând vina pe mine, că oricum asta știa să facă cel mai bine.

Doar că eu nu am simțit niciodată că m-ar fi iubit, dimpotrivă. Am simțit tot timpul că nu sunt destul de bună pentru ea, că îmi va fi imposibil să o mulțumesc vreodată, că sunt o pacoste, nu o bucurie. În preajma ei, m-am simțit tot timpul sub lupă, neputincioasă, tristă și singură. Iar prietenia înseamnă altceva.

Un prieten nu-ți inspiră neliniște și teamă, ci pace și siguranță. Prietenia nu înseamnă posesivitate. În preajma unui prieten, te simți liber, liniștit și fericit. Prietenii nu te transformă în animalul lor de companie sau în bufonul lor, nu au pretenția să le fii mereu la dispoziție pentru toate prostiile și să le faci mereu pe plac. Prietenii nu concurează cu tine, nu te fac să te simți vinovat dacă ai mai mult și nici inferior dacă ai mai puțin. Prietenii nu te fac să te simți inutil, nedorit, neiubit, lipsit de valoare. Prietenii nu te irosesc, nu abuzează de bunătatea ta și nu te folosesc ca să-și aline singurătatea sau ca să-și atingă scopurile. Prietenii te respectă, nu te umilesc și nu te expun ridicolului. Prietenii nu uită tot ce ai făcut bun de îndată ce i-ai deranjat cu ceva. Prietenii nu te dușmănesc de îndată ce nu le faci jocul și nu le aplauzi derapajele.

DE CE AȘ VREA UN PRIETEN CA TINE?

Irina Binder

Cunoașteți și voi oameni pe care vă străduiți să-i evitați? Mă refer la cei toxici, care vă încarcă negativ, veșnic nemulțumiți, clevetitori, bombănitori, indispuși, răutăcioși, care au mereu ceva de reproșat și de criticat, care vă condiționează mereu, vă limitează și vă minimalizează?

Nu că m-ar alina în vreun fel să știu că aveți și voi asemenea persoane prin preajmă, din contră, însă vreau să știu dacă la mine trag toți. Poate că fac eu ceva greșit, poate că am ceva care-i atrage... Aș corecta asta, dar trebuie să descopăr unde este eroarea mea, unde există un scurtcircuit care-i adună pe toți lângă mine.

Mi-a spus o prietenă dragă că doar eu sunt vinovată pentru purtarea unor prieteni, că prea le-am dat nas și i-am învățat prost, că nu i-am pus la punct la timp și că le-am permis să mi se urce în cap. Și... cam are dreptate. Știți cum e omul: îi dai un deget, iar el...

Doar că eu am obosit. Poate credeți că exagerez, că mă răsfăț, dar vă rog să mă credeți că mă simt epuizată psihic. Am ajuns să mă tem de unii oameni, de reacțiile lor, de energiile lor negative, să fug de ei, să simt nevoia să mă protejez, să nu mai fiu „radiată" de otrava pe care o răspândesc în jurul lor.

Și am obosit să-i educ. Am obosit să-i motivez pe toți, să-i ajut să se ridice, să le deschid ochii, să-i învăț să fie recunoscători pentru ceea ce au, să vadă și partea frumoasă din oameni și din lume, dar și partea plină a paharului, nu doar ceea ce nu le place. M-am tot rugat de ei să fie mai puțin critici, să fie mai buni și mai îngăduitori, să nu se mai compare mereu cu alții, să nu mai concureze prostește cu cei din jur...

Am avut o discuție cu o prietenă de care m-am distanțat. A vrut să avem un dialog cu cărțile pe față, să înțeleagă de ce nu o mai vreau în viața mea. I-am spus cu sinceritate că este toxică pentru mine, că sunt indispusă după fiecare întâlnire cu ea, că timpul petrecut împreună nu este timp de calitate pentru mine, ci irosit. Pentru că nu-mi aduce nimic bun și nici eu nu pot fi ceva benefic pentru ea de vreme ce, după atâta amar de timp de când ne frecventăm, nu a învățat nimic pozitiv și frumos de la mine. Și i-am mai spus că nu mai pot să-i ascult nemulțumirile legate de orice și de oricine.

Evident că nu a fost pregătită pentru adevărurile pe care i le-am spus. Este prea orgolioasă ca să-și recunoască defectele și mi-a arătat și după discuția pe care am avut-o cu ea că nu este dispusă să se schimbe. Din păcate, pentru toate eșecurile și greșelile ei caută mereu alți vinovați.

Nu i-a plăcut când i-am zis că alături de ea mă simt mereu sub lupă, că mă deranjează cum, de fiecare dată când ne întâlnim, mă cântărește din priviri și mă interoghează dacă am mai slăbit sau dacă m-am îngrășat, dar niciodată nu m-ar întreba simplu, omenește, ca o prietenă căreia îi pasă, dacă sunt fericită sau nu. Niciodată. I-am subliniat și că nu-mi place că este geloasă pe alte prietene, deși ea nu este dispusă să-mi fie alături așa cum îmi sunt ele, și că, în loc să se bucure de ceea ce am, ca un prieten sincer, mereu îmi spune „Păi, da, că tu îți permiți!".

I-am mai subliniat cum îmi reproșează mereu că nu o sun, deși ea nu mă sună niciodată, și cum nu mă simt liberă când sunt lângă ea, pentru că trebuie să-mi cântăresc fiecare cuvânt de teamă că se va supăra – fiindcă suferă și de mania persecuției și trăiește mereu cu impresia că toată lumea are ceva împotriva ei. I-am zis că sunt mereu stresată în preajma ei pentru că se poartă urât cu alți oameni (cu angajații din restaurante, de exemplu) și mă pune în ipostaze penibile. Nu i-am menționat și că nu mi se pare normal că este prietenă cu persoane care mă dușmănesc și care s-au purtat urât cu mine, fiindcă, în opinia ei, dacă aceștia nu i-au greșit ei cu nimic, atunci nu are motive să-i excludă...

Probabil că trebuia să-i mai zic și asta, dar m-am oprit. Ceva îmi spunea că oricum e în zadar, că-mi pierd timpul încercând s-o ajut să înțeleagă cum mă simt, după ce o fac să se privească prin ochii mei.

Nu a recunoscut nimic, bineînțeles. Zadarnic i-am dat exemple despre purtarea ei. Nu-și mai amintea ce a spus sau ce a făcut și a concluzionat că sunt eu prea fițoasă și absurdă. Că cer prea mult de la ea, care e doar un om.

Oare chiar sunt? Oare chiar am așteptări prea mari de la oameni? Oare cer mai mult decât ofer? Îmi doresc foarte mult să nu credeți că nu m-am analizat sau că trăiesc cu impresia că eu sunt perfectă. Am încercat mereu să fiu prietena pe care îmi doresc și eu să o am, mi-am respectat prietenii și le-am respectat alegerile, le-am protejat cu sfințenie secretele, le-am înțeles neputințele, m-am străduit să fiu un bine în viața lor, am dăruit ce am avut și cât am putut, am suferit când nu am reușit să mulțumesc pe cineva, am iertat de fiecare dată vorbe negândite și reacții nepotrivite, i-am înțeles pe cei care nu s-au purtat echitabil, nu am reproșat, nu am revendicat, nu m-am victimizat. Dar am și eu limitele mele de suportabilitate și toleranță, iar când prezența cuiva devine neplăcută, când întâlnirea cu cineva mă lasă sleită de puteri și încărcată negativ, când nu mă mai regăsesc lângă anumiți oameni, când simt că se abuzează de bunătatea mea, am dreptul să mă retrag.

Fiindcă... de ce aș vrea un prieten ca tine? De ce aș vrea în viața mea pe cineva care mă pune de multe ori în situații ridicole, care-mi strică bucuria unui prânz, care are mereu ceva de criticat și de comentat?

De ce aș vrea alături un om pe care nu-l interesează ce simt și căruia nu-i pasă de părerea mea?

De ce aș vrea pe cineva care ține ca un expert contabil evidența lucrurilor pe care le-a făcut pentru mine și care se poartă de parcă i-aș fi încontinuu datoare, cu toate că i-am oferit mereu și mai mult și fără a avea așteptări, mai ales că nu i-am cerut niciodată nimic?

De ce aș vrea în casa mea oameni care vin doar ca să-mi facă inventarul lucrurilor, care, în loc să mă privească pe mine, analizează fiecare obiect în parte și-l comentează, îl evaluează și îmi dau senzația că au venit la un muzeu sau la un magazin, nicidecum la un prieten?

De ce aș vrea să am alături oameni geloși, care nu sunt capabili să se bucure dacă altcineva mă iubește?

De ce aș vrea să am un prieten care mă instigă împotriva altor prieteni și care mă avertizează mereu că voi fi trădată de unul sau de altul, stricându-mi fiecare bucurie?

De ce aș vrea oameni incapabili să mă respecte, să-mi respecte alegerile și prietenii?

De ce aș vrea oameni de la care nu am nimic bun de învățat și care sunt prea orgolioși ca să învețe ceea ce ar putea învăța bun de la mine?

De ce aș vrea în viața mea oameni care nu-și cunosc lungul nasului, care sunt indiscreți, obraznici și au spirit polițienesc?

De ce aș vrea în preajma mea oameni care sunt imposibil de mulțumit, care sunt nerecunoscători și au pretenții absurde?

De ce aş vrea în viaţa mea oameni pe care nu-i deranjează când alţii îmi fac vreo nedreptate, când mă insultă şi mă rănesc?

De ce aş vrea în viaţa mea oameni care mă obligă mereu să mă justific pentru orice spun, care nu suportă un refuz şi care mă fac să mă simt mereu vinovată pentru că nu le pot face pe plac?

Ei bine, se pare că am găsit un răspuns corect: EU sunt problema... Fiindcă nu sunt destul de bună pentru voi, dragii mei.

Ca urmare, m-am tot gândit şi răs-gândit şi mi-am dat seama că soluţia câştigătoare pentru ambele părţi este să vă fac un bine şi să mă retrag înainte să vă fac şi mai nefericiţi. Şi asta se va întâmpla. Aşa că vă doresc să aveţi prietenii pe care-i meritaţi, la care visaţi, care nu comentează niciodată, care nu ripostează, care vă încurajează şi vă aplaudă când greşiţi, care vă spun doar ceea ce vă place să auziţi, care acceptă orice trădare, orice nemernicie, lipsa sincerităţii şi, mai ales, lipsa iubirii.

La final, mi-ar plăcea să-mi răspundeţi, unul câte unul, la o ultimă întrebare: tu ai vrea un prieten ca tine?

FAMILIA

Carmen Voinea-Răducanu

Greu am înțeles vorba aceea cu „Rudele ți le dă Dumnezeu, prietenii ți-i faci singur". Nu pentru că interconexiunile creierului meu ar fi mai lente, ci pentru că mi-era imposibil să pricep că oameni de același sânge pot fi răi unii cu alții, că se pot minți, că-și pot întoarce spatele unii altora, că se pot trăda sau înșela unii pe ceilalți, ba chiar că se pot urî unii pe alții. Și că niște străini pe care-i cunoști într-un anumit moment al vieții pot fi mai cinstiți și te pot iubi mai mult decât cei cu care ești unit printr-un miracol divin la naștere.

Sufletul meu refuza să primească informația că cineva de care te-a legat Dumnezeu undeva – în cartea Lui din Ceruri, să zicem – poate să-ți fie inamic sau, la fel de rău, să fie indiferent la ceea ce ți s-ar putea întâmpla urât, nepăsător la disperarea ta. Și, cu toate acestea, am întâlnit nu una, ci o mulțime de situații când un om străin a fost mai săritor la necaz și mai apropiat sufletește decât cei de-un neam cu noi, cei prin venele cărora curge același sânge cu al nostru.

Dar tot familia rămâne suportul nostru principal atunci când totul se clatină și stă să se prăbușească în mii de fărâme. Tot gândul la familia noastră, mai bună sau mai rea, ne dă puterea și încrederea să mergem înainte. Și este cea la care ne raportăm mereu atunci când toate reperele noastre par a se clătina îngrijorător și, amețite, riscă să-și piardă echilibrul. Familia este întotdeauna cea de care ne agățăm cu îndârjire și, când e cazul, căreia încercăm să-i reparăm construcția șubrezită, chiar și atunci când temelia ei ar avea nevoie de o subzidire. Chiar și atunci când ei între ei – soți, copii, părinți sau bunici – nu mai știu ce se întâmplă în sufletul celorlalți membri și când vina tuturor problemelor cade pe unul singur: soacra o învinovățește pe noră sau arată cu degetul spre ginere, soțul o crede vinovată pe soție sau invers, copiii pe un părinte sau altul, bunicii pe copiii deveniți adulți sau pe nepoți.

Până la urmă, ca în aproape toate situațiile, adevărul e undeva la mijloc și bine-ar fi ca fiecare să-și identifice problemele și, împreună, toți componenții acestui nucleu să lupte ca să remedieze fiecare neajuns. Fiindcă, din fericire, la necaz, oricare dintre ei tot în familie își va căuta și își va găsi refugiul salvator, gonit înapoi către celula din care face parte de către toate tristețile, grijile și necazurile vieții. Până la urmă, în ciuda tuturor divergențelor, tot în familie își vor regăsi pacea, înțelegerea, respectul și iubirea de care au atât de multă nevoie ca să înfrunte vicisitudinile cotidiene.

Cineva mai deștept ca mine spunea cândva că numai familia te pune față în față cu oameni care nu sunt întotdeauna pe gustul tău, cu care ai relații apropiate, de suflet, și cu care altminteri, dacă nu ți-ar fi fost rude, poate că nici nu ai fi interacționat vreodată. Cu care poate chiar ai fi evitat să te cunoști. Or, iată o adevărată provocare! Cum să împaci felul tău de a fi, de a gândi și de a simți cu oameni având trăiri și caractere atât de diferite de ale tale? Cam la asta ne obligă familia și asta ne învață: să fim toleranți cu defectele celorlalți, să-i acceptăm dincolo de erori și neputințe, să-i iertăm și să mergem înainte alături de ei, până la capăt, în pofida tuturor diferențelor ce ne despart și în numele iubirii ce ne unește, uneori inexplicabil.

Numai că, din fericire, tot viața ne ajută cu o completare la legăturile noastre de familie. Completare fericită care stă numai și numai în puterile noastre. Și astfel apar în Calea noastră cei care nu sunt de un sânge cu noi, cei pe care îi vrem și care ne vor ca tovarăși de drum. Cei care ne iubesc și pe care-i iubim, cei care ne acceptă așa cum suntem și pe care-i acceptăm așa cum sunt, cei cu care suntem pe aceeași lungime de undă și cu care reușim să cântăm în armonie simfonia vieții, cei care ne doresc și pe care-i dorim în viața noastră: prietenii.

Vedeți că totul are o rezolvare? Vedeți că „Rudele ți le dă Dumnezeu, prietenii ți-i faci singur“ are cu adevărat acoperire în realitate și că înțelepciunea populară, cea care a născocit multe ziceri, are în adâncul ei și logică, și simțire? Vedeți și că ne învață tot – dacă avem ochi să vedem și urechi să auzim?

Așa că, dragile mele prietene, să nu uităm niciodată că familia este o școală în care învățăm lucrurile esențiale, ca niște elevi conștiincioși: acceptarea, respectul și iubirea. Dar, în același timp, este și cea în care-i putem învăța pe copii, la rândul nostru, când devenim din învățăcei dascăli, ceea ce este esențial pentru devenirea lor ca oameni: unitatea la bine și la greu, îngăduința față de tot ceea ce nu e conform cu gândirea și sentimentele noastre, precum și să dăruim iertarea pentru greșelile altora așa cum ne iertăm și nouă metehnele.

Atunci când vrei să trăiești într-o lume mai bună, mai frumoasă, mai onestă și mai tolerantă, trebuie să te întorci la familie – școala care ne învață toate acestea și chiar mai mult decât atât: să iubim viața cu toate ale ei și să o ducem mai departe.

CÂND „TREBUIE" DEVINE CEEA CE TREBUIE

IRINA BINDER

A sosit momentul să termin cu nesfârșitul „Trebuie!" care mi-a dominat viața, care mi-a adus doar neliniște, nemulțumire și disconfort.

Dezamăgită de multitudinea de „Trebuie!" pe care nu i-am putut onora, sătulă de sentimentele chinuitoare de neputință, de reproșurile celor care au avut așteptări nerezonabile de la mine, dar și de lipsa de recunoștință față de toate străduințele mele, mi-am dat seama că, de fapt, NU trebuie nimic din ceea ce nu-mi place, nu pot și nu sunt. Că NU trebuie să mă simt obligată față de ceilalți și că NU trebuie să fac nimic din ceea ce nu vreau cu adevărat. Că NU trebuie să trag de mine, să îmi transform viața într-o continuă sârguință de a rezolva tot și de a-i mulțumi pe toți.

Nu trebuie să răspund afirmativ tuturor solicitărilor și așteptărilor celorlalți și nu trebuie să trăiesc mai mult pentru alții decât pentru mine.

Nu trebuie să joc teatru pentru a mă face plăcută și nu trebuie să fiu în rând cu lumea – în sensul cel mai rău cu putință – pentru a fi acceptată.

Nu trebuie să demonstrez nimic nimănui – niciodată.

Nu trebuie să mă justific pentru alegerile mele, pentru relațiile mele, pentru felul în care îmi cheltuiesc banii, pentru felul în care trăiesc, pentru momentele în care nu am chef, nu vreau și nu pot nimic.

Nu trebuie să fac niciun compromis, nu trebuie să înghit ceva ce nu pot digera, nu trebuie să accept ceea ce nu se potrivește cu valorile mele. Și, nu, nu trebuie să iert la nesfârșit și nici să-i acord încă o șansă cuiva care și-a distrus toate punțile către mine, cuiva despre care consider că nu o merită.

Nu trebuie să fiu prezentă în locuri unde nu îmi doresc să fiu, lângă oameni care mă încarcă negativ și cu care nu rezonez în niciun fel.

Îmi amintesc cum o prietenă mi-a spus că merge la nunta cuiva cu care știam că nu are relații prea bune. Am întrebat-o de ce merge la acea nuntă și mi-a răspuns: „Pentru că trebuie."

Ba nu trebuie! Nu trebuie să mergi doar pentru a salva aparențele. De fapt, nu trebuie să salvezi nicio aparență. Nu merită nimeni timpul tău irosit. Și nu merită nimeni să joci teatru, să porți măști, să te prefaci. Trebuie să știe dacă nu-l placi și dacă nu-l vrei în viața ta. Trebuie să știe unde îi este locul în raport cu tine și care-i este lungul nasului. Trebuie să știe dacă nu s-a purtat cum se cuvine, dacă nu îți merită respectul și prietenia.

Și nici mie nu trebuie să-mi fie frică să spun ce gândesc, să-i fac observații cuiva și să îi corectez pe alții – de teamă că le voi leza orgoliile.

Nu trebuie să accept niciun comportament deviat, nu trebuie să ascult păreri și bârfe despre mine sau despre alte persoane. Nu trebuie să accept să fiu pusă în situații penibile, care mă dezonorează.

Nu trebuie să ascult nemulțumirile și văicărelile nimănui.

Nu trebuie să mă simt vinovată când nu am timp pentru alții, iar ei nu trebuie să se supere, ci ar trebui să se bucure că îmi fac timp pentru mine.

Nu trebuie să trimit mesaje cu urări dacă nu am nici vreme, nici dispoziția să o fac, iar cei care nu primesc mesaje de la mine nu trebuie să se supere, să se simtă neimportanți, uitați, neiubiți, ci trebuie să privească dincolo de aceste banalități. Și anume la prietenia profundă care ne leagă, la purtarea mea de-a lungul legăturii noastre de prietenie. Răspunsul nu se află într-un simplu mesaj de complezență.

Nu trebuie să ofer și să primesc cadouri. Prietenia înseamnă mai mult decât a ne dărui lucruri.

Nu trebuie să mă amestec în problemele și dramele altora, nici să-i împac pe cei care au divergențe.

Nu trebuie să spun mereu „Da", ci am dreptul să spun „Nu" ori de câte ori așa simt.

Nu trebuie să mă simt datoare să ajut pe oricine sau să-i ofer orice oricui.

Nu trebuie să suport toanele și ifosele nimănui și nu trebuie să las pe nimeni să-mi tulbure pacea sufletului. Nu trebuie să suport nicio obrăznicie, nicio calomnie și nicio nedreptate.

Nu trebuie să accept posesivitatea și gelozia nimănui.

Nu trebuie să depind de nimeni și nimeni nu trebuie să depindă de mine.

Nu trebuie să-mi fie teamă de nimeni și de nimic, nici de faptul că unii oameni mă percep eronat, nici de ceea ce aș pierde, nici de cei care n-o să mă mai dorească în preajma lor.

Nu trebuie să le mai deschid ușa casei mele celor care au plecat trântind-o și nu trebuie să fiu dispusă să-i primesc înapoi pe cei care m-au părăsit și care se întorc crezând că sufletul meu are buton de „Pauză".

Nu trebuie să țin post sau să devin vegetariană fiindcă așa vor alții, dacă nu simt cu adevărat că asta îmi doresc.

Nu trebuie să slăbesc doar pentru că unii au ceva împotriva celor care nu au măsuri de manechine.

Nu trebuie să grăbesc nimic și nu trebuie să mai amân să fac ceea ce-mi place sau să devin ceea ce-mi doresc să fiu.

Nu trebuie să fac curat în casă dacă nu am chef și nu trebuie să mă simt vinovată că aleg să fac ceva care-mi place, care mă relaxează și mă bucură, în loc de îndatoririle casnice.

Ne impunem singuri foarte mulți „Trebuie!" – din cauza unor automatisme și obișnuințe preluate de la alții. Din cauza unor setări și proiecții eronate.

Ajunsesem să nu mă mai pot bucura de nimic, să bat grăbită din picior atunci când eram la coafor, pentru că exista un „Trebuie!" urgent, care nu era neapărat prioritatea mea. Ajunsesem să mă simt vinovată pentru o oră de somn în plus, pentru o prăjitură mâncată, pentru că nu reușeam să sun pe cineva, pentru orice ratare și pentru că renunțam la un plan care nici măcar nu era al meu...

Eram mereu agitată, obosită, anxioasă, nemulțumită, vinovată. Prețul plătit a fost sănătatea proprie, neglijența în ceea ce mă privește și valuri de reproșuri de la cei nemulțumiți de mine.

Mi-am dat seama că am trăit o viață plină de falși „Trebuie!", care nu au avut nicio legătură cu ceea ce am vrut și am fost eu. Și am înțeles că TREBUIE să schimb asta, că a sosit, în sfârșit, timpul ca acel „Trebuie!" să devină cu adevărat ceea CE trebuie. Și că trebuie doar să fiu și să fac așa cum vreau eu, nu așa cum vor alții.

Trebuie să fiu liberă, autentică și fericită.

Trebuie să refuz tot ce nu-mi doresc, ce nu-mi place și ce nu-mi face bine.

Trebuie să mă bucur oricând vreau de o cafea bună și de o prăjitură, conștientă de valoarea clipei, fiindcă doar clipa este certitudine.

Trebuie să dorm când vreau și cât vreau și, dacă am chef, pot să-mi fac duminică dintr-o zi lucrătoare.

Trebuie să-mi cumpăr ceea ce-mi doresc de îndată ce am șansa să o fac, fiindcă nu am siguranța că voi căpăta altă ocazie să mă bucur de acel lucru.

Trebuie să mă bucur de parfumul preferat chiar și când stau în casă și, de ce nu?, chiar și când fac curățenie, mai ales că știu parfumuri încă nedesfăcute care n-au mai apucat să fie folosite de aceia care le-au păstrat pentru ocazii speciale...

Trebuie să port ce-mi place, să mă îmbrac așa cum mă simt confortabil, fără a ține cont de modă, de așteptări sociale și de alte prostii comerciale.

Trebuie să tai de pe listă toate sarcinile și planurile care nu-mi reflectă prioritățile reale și binele propriu.

Trebuie să iubesc pe cine vreau și cum vreau, dar mai întâi de toate trebuie să mă iubesc pe mine.

Trebuie să spun atât cât vreau și cât consider că ar trebui să știe fiecare din sufletul meu și, da, trebuie să-mi protejez intimitatea, iar uneori să-mi ascund fericirea și să mă bucur doar eu de ea, să nu mi-o tulbure invidia sau nefericirea unora.

Trebuie să mă trezesc în fiecare zi zâmbind și să fiu recunoscătoare pentru tot ce am, pentru toată iubirea de care am parte.

Trebuie să-mi declar sentimentele doar atunci când simt și să nu-l transform pe „Te iubesc“ într-un răspuns automat.

Trebuie să plec de lângă oricine mă descurajează și mă întristează. Și de lângă aceia pentru care nu pot fi o bucurie sau ceva bun.

Trebuie să-mi ofer liniștea de care am nevoie și oamenii buni care mă inspiră, care mă bucură și care mă motivează.

Trebuie să evit orice rău și să fac bine atât cât pot – și niciodată în defavoarea mea.

Trebuie să-mi ofer viața pe care o merit, fiindcă aceasta îmi aparține și am tot dreptul să o trăiesc așa cum vreau.

Trebuie să fiu pregătită oricând de plecare și, atât cât se poate, să las ceva frumos în urma mea...

Îmi doresc să te gândești și tu cât mai serios la cel mai prețios bun al tău: timpul. Da, cel mai prețios, dar și acela pe care îl irosești cel mai ușor... Ieși din rutină și acordă-ți cele mai frumoase șanse, căci timpul nu stă în loc pentru nimeni. Preschimbă-l în bucurie!

NU LUMEA TRĂIEȘTE ÎN LOCUL TĂU...

Irina Binder

— Nu trăiești cu lumea și nu trăiește lumea în locul tău, mi-a spus tata când mi-am făcut pentru prima dată griji legate de părerea oamenilor din jur.

Oamenii din jurul tău sunt doar niște spectatori. Ei asistă la spectacolul vieții tale și nu are nicio importanță dacă le place sau nu cum îți trăiești zilele. Important e să-ți placă ție, fiindcă ai tot dreptul să faci alegeri după bunul tău plac, cât timp trăiești după principii morale sănătoase.

Iar părerea lor despre existența ta nu este importantă. Fiindcă nu ceilalți trăiesc în locul tău, nu ei își vor asuma responsabilitatea pentru deciziile tale și nu ei vor plăti pentru greșelile tale. Nu ceilalți se vor bucura de reușitele tale și nu ei vor suferi în locul tău. Nu ei îți vor purta durerile și nu ei îți vor plânge dezamăgirile și neputințele. Nu ei trăiesc în locul tău, așa cum, la sfârșit, nu ei vor muri în locul tău.

Oamenii pot aproba sau dezaproba felul în care îți trăiești viața, însă nu uita că ei sunt doar niște simpli spectatori. Fiindcă numai tu, nu alții, îți trăiești viața ta, cu bune și cu rele, cu bucurii și cu dureri.

Este o mare irosire să îți duci clipele raportându-te la cutumele societății, scrise sau nescrise. Totuși, așa ne trăim viața de foarte multe ori. Fiindcă ne dorim să fim acceptați de lume și ne temem de prejudecățile și de gura ei slobodă. Poate de aceea ne refuzăm multe dintre lucrurile pe care dorim să le facem și nu trăim chiar după placul inimii noastre. Ne simțim vinovați și inconfortabil atunci când îndrăznim să fim diferiți și ne este teamă să ne asumăm anumite alegeri, de parcă am avea nevoie de aprobarea lumii pentru felul în care ne administrăm viața. Și de parcă lumea ar avea dreptul să ne impună reguli – ba că e prea devreme pentru ceva, ba că e prea târziu pentru altceva, ba că e prea mult, ba că e prea puțin...

Părerea mea este că prejudecățile sunt semne de incultură și de provincialism, în cel mai urât sens al cuvântului. Așa că de ce am ține cont de ele? Avem tot dreptul să ne trăim viața cum vrem, avem tot dreptul să facem alegeri după bunul nostru plac și după nevoile noastre. Și chiar nu trebuie să fim mereu în consens cu întreaga omenire.

Întotdeauna vor exista spectatori care ne vor dezaproba când vom îndrăzni să fim diferiți și când ne vom arăta cu defectele și calitățile noastre firești și naturale, dar care nu sunt conforme cu obiceiurile lor. Însă asta nu ar trebui să ne descurajeze sau să tulbure bucuria alegerilor noastre...

Fii liber, pentru că viața ta îți aparține doar ție, niciodată altora – și în niciun caz lumii!

IUBIREA NU E DE VÂNZARE

Carmen Voinea-Răducanu

Fără să judec pe nimeni și vreodată alegerile altora, întotdeauna m-a întristat gândul că, de când e lumea lume și omul om, femeile au fost educate să caute statutul social și confortul financiar în relația cu un bărbat. Da, din nefericire, cu mult mai mult decât au fost învățate să caute iubirea. Să facă tot posibilul ca să-și găsească siguranța zilei de mâine chiar și alături de un om pentru care nu au niciun sentiment de dragoste, fiind învățate că, în timp, în conformitate cu zicala „Pofta vine mâncând", poate vor simți ceva la un moment dat, de la un sentiment de prietenie până la respect și, de ce nu?, poate cândva și un soi de drag – ca atunci când, vorba aia, te atașezi și de un câine, darămite de un om (mă rog, sau așa ceva).

Astăzi, însă, lucrurile ar trebui să stea altfel: femeile au devenit egalele bărbaților în multe și, în afară de acel statut social a cărui importanță încă dăinuie în datinile și în mintea oamenilor, din punct de vedere financiar și-au câștigat de mult independența.

Cu toate acestea, nu de puține ori am întâlnit mame sau bunici care-și sfătuiau fetele să o mai lase încolo de iubire, că e mult mai important ca bărbatul să aducă banii în casă și să pună pâinea pe masă, în timp ce ele cresc roadele ~~contractu~~... ăăă, pardon, iubirii lor. „Că amoru′ trece, fata mamei, ăla se duce de nu se mai vede, dispare unde a înțărcat mutu′ iapa și dup-aia cu ce mai rămâi dacă nu sunt copilașii? Grija pentru ei să-i vezi mari și altceva nimic."

Și cu sufletul fetelor cum rămâne? Cu nevoia lor de a fi iubite? Cine a decretat că iubirea e musai să plece? Unii cărora li s-a întâmplat așa, probabil. Și de ce-ar trebui ca la baza unei familii să fie orice altceva în afară de dragoste?

Chiar dacă îndrăgosteala și flăcările s-ar stinge, de ce-ar trebui ca un cuplu să rămână împreună doar pentru ca să-și ridice copiii pe picioarele lor? Adică sufletul lor nu contează? Viața lor nu are importanță? Și-apoi, de ce focul n-ar mai putea fi reaprins? Respectul, înțelegerea, prietenia și afecțiunea nu pot fi punctele acelea importante din care – cu atenție și grijă, cu nostalgia a ceea ce a fost la început, cu dorința de a reînvia sentimentele de odinioară – să pornească din nou scânteia?

Doar șantajul să fie soluția? „Stai cu el, mamă, că bărbați mai găsești, dar nu și tată pentru copii" sau „Ce dragoste, care dragoste? Am rămas împreună să-i vedem mari pe ăștia mici". Iată fraze pline de resemnare și tristețe pentru adulții care-au uitat că iubirea e motorul ce duce viața mai departe, că e sentimentul care a născut și a purtat omenirea până azi, în al treilea mileniu, că lipsa ei din sufletul oamenilor a născocit războaie și a înfrânt câteodată binele.

N-am trăit șansa de a avea un copil. Dar dacă l-aș fi avut, l-aș fi povățuit să fie bun, pentru că bunătatea nu este prostie, să iubească tot, chiar dacă iubirea doare uneori, pentru ca astfel iubirea să-l iubească la rândul ei. Dar și ca totul să-l iubească. Să rămână puternic și încrezător în forțele sale prin orice furtuni l-ar purta destinul, să se îndrepte cu înțelepciune și curaj atunci când se dezechilibrează, să se ridice cu încăpățânare și demnitate de fiecare dată când cade. Să aibă grijă de cei neajutorați, să respecte viața sub toate formele ei, să nu se lase condus de frică și dominat de orgolii. Să fie drept cu drepții – și drept și cu strâmbii, acordându-le măcar circumstanțe atenuante. Să fie onest, loial principiilor sănătoase și independent. Să nu-și trădeze sufletul, să nu lase niciodată iubirea să moară, să-și asculte și inima, nu numai rațiunea.

Și toate acestea indiferent dacă ar fi fost fată sau băiat. Și, neapărat, l-aș fi îndrumat să se căsătorească din dragoste.

Nu ne putem ascunde de Iubire, deși încercăm s-o facem, din diverse motive. Mai ales când suntem răniți, deși tocmai atunci îngerii deschid Cerurile pentru inima noastră.

DA, E MAI TÂNĂR DECÂT MINE!

IRINA BINDER

Faptul că unii oameni dezaprobă relațiile în care o femeie are un partener de viață mai tânăr denotă că au o gândire limitată. Din punctul meu de vedere, desigur. Doar că mi-ar plăcea ca punctul meu de vedere să fie punctul de vedere al majorității, iar oamenii să-și dezvolte puțin abilitățile logicii. Ca să nu mai vorbesc despre cele ale bunului-simț...

Cine spune că femeia nu poate avea un partener mai tânăr decât ea? Ce lege universală interzice asta? Și cine stabilește diferența de vârstă admisă dintre parteneri? Mă întreb: oare cu sute de mii de ani în urmă, când oamenii nu aveau documente care să le ateste vârsta, când habar n-aveau câți ani au, cum își alegeau partenerii? În anumite privințe, cred că era mai bine ca lucrurile să nu evolueze atât de mult. Ca să nu mai vorbesc despre actele care îi leagă pe doi oameni... Știu, îi voi dezamăgi pe mulți, dar eu nu cred în ele. Fiindcă am convingerea că nu hârtiile îi leagă pe oameni, ci dragostea. Hârtiile doar obligă și sunt numai o formalitate.

Dar să revenim la vârstă. Am mai spus-o și o voi repeta: vârsta cronologică n-are nicio treabă cu vârsta spiritului. Cunosc fete tinere, abia trecute de 20 de ani, care sunt foarte îmbătrânite, lipsite de orice strălucire, fără de viață, așa cum am norocul să cunosc doamne trecute de 60 de ani care sunt pline de bucuria de a trăi, cu un spirit tânăr și dornice să descopere lumea, să învețe lucruri noi, să exploreze încă locuri pe care nu le cunosc, însetate de frumos și care nu se rușinează de câteva riduri de expresie, nu se consideră ridicole purtând haine vesele și tinerești, cărora nu li se pare nepotrivit să lege prietenii cu persoane tinere.

Unii oameni se îmbătrânesc singuri doar pentru că trăiesc raportându-se la vârsta cronologică. Își impun tot felul de restricții și își reprimă sentimente și dorințe întrucât țin cont de prejudecăți și de gura lumii. Și, de obicei, își trăiesc toată viața între „E prea devreme" și „E prea târziu" – și ratează atâtea posibilități și atâtea trăiri minunate!

Când vine vorba despre diferența de vârstă dintre parteneri, mentalitățile demne de „radio șanț", de Evul Mediu și chiar de un provincialism desuet văd cu ochi răi aceste relații și emit tot felul de teorii, una mai greșită decât alta. Una dintre ele ar fi că femeile aleg parteneri mai tineri fiindcă aceștia nu au personalitate și sunt ușor de condus. Greșit! Da, tinerii pot fi educați, pot fi încă formați, dar nu conduși. O femeie matură, care știe ce vrea, nu va alege un bărbat supus, fără personalitate, ci un bărbat puternic, responsabil, matur și protector, pe care să îl respecte și lângă care să se simtă în siguranță. Un alt mod de gândire vulgar și prostesc ar fi că femeile își aleg parteneri mai tineri pentru performanțele lor sexuale. Ha, ha!

Oare de ce lumea nu gândește că femeia care are un partener mai tânăr este și se simte mult mai tânără decât vârsta biologică pe care o are? Și că s-a îndrăgostit de el pentru că pur și simplu este bărbatul la care a aspirat, cel care face parte din profunzimea ei sufletească, omul care o împlinește și alături de care se simte femeie, liberă, copilă, frumoasă, plină de viață, adorată?

Din păcate, lumea va condamna mereu ceea ce este diferit, ieșit din tipare, ceea ce nu se conformează cutumelor nescrise ale societății. Dar, în același timp, din fericire, iubirea nu e mereu rațională, de aceea există și femei care nu renunță la dragoste și la o viață trăită frumos, în ciuda părerii acelora care le vor arăta cu degetul pentru că au un partener de viață mai tânăr.

În iubire nu există nici prea tânăr, nici prea bătrân, nici diferențe prea mari. Și, tot din fericire, nu există nicio lege, omenească sau divină, care să le interzică oamenilor să se iubească și să își trăiască viața împreună. Există doar prejudecăți.

Ar trebui să ne asumăm cu mai mult curaj vârsta, ridurile, imperfecțiunile fizice și să ne arătăm minunatul suflet! Să-i arătăm lumii adevărata frumusețe și să nu mai încurajăm superficialitatea.

Cel mai mare obstacol în calea unei reușite este frica. Renunță la teamă și la prejudecăți și crede în tine! Poți orice – pentru că meriți orice visezi.

CÂND IUBIREA DEVINE UN SUPLICIU

IRINA BINDER

Iubirea unora, indiferent că vorbim despre o relație de iubire sau despre o prietenie, este de dorit până când te sufocă. Până când ajunge să te streseze, până când te obosește, până când te obligă să te justifici și să convingi mereu, până când te face să te simți vinovat că nu poți oferi mai mult. Până când îți fură liniștea. Până când te îngrădește și te face să nu te mai simți liber. Până când, în loc să te atragă, te gonește și te face să-ți dorești depărtarea și singurătatea.

Iubirea nu e posesivă, nu reproșează, nu revendică drepturi, nu este egoistă. Nu cere bătând iritată din picior.

Iubirea pentru celălalt nu e despre tine, ci despre el. Despre binele lui, despre liniștea lui, despre fericirea lui. Despre ceea ce vrea el, despre ceea ce este el.

Iubirea nu se strigă în gura mare, ci ni se arată prin fapte mici, prin înțelegere, toleranță, răbdare, bunătate și lipsă de egoism... Când e iubire.

IUBIREA NU ESTE OBLIGAȚIE!

Carmen Voinea-Răducanu

Ah, iubirea! Iubirea aceea înflăcărată care nu te lasă noaptea să dormi, care-ți luminează ochii odată cu primele raze ale soarelui, care-ți pune o strălucire divină pe chip, care-ți subțiază talia și-ți face glezna de balerină! Iubirea, această Alpha și Omega a vieții noastre, motorul ce ne pune în mișcare speranța și ne poartă înainte chiar și atunci când, în suferință fiind, ne-am trânti cu fundul de pământ ca niște copile răsfățate, refuzând să mai facem vreun pas către viitor. Iubirea, mereu și pentru totdeauna iubirea!

Numai că, ce să vezi, niciun foc nu arde veșnic, iar dragostea, din când în când, are prostul obicei să ne lase baltă exact când ne așteptăm mai puțin. Sau să ne lovească cu vârful săgeții lui Cupidon drept în inimă când nouă numai de ea nu ne arde. Este imprevizibilă. Vine și pleacă după bunul ei plac, iar noi rămânem țintuite în loc, tot cu gândul la ea – de ce a venit sau de ce a plecat, de ce mi s-a întâmplat mie, era a mea, ba nu era, nu pleca, ba du-te. Și multe „De ce?", „De ce?", „De ce?"...

Iubirea se întâmplă pur și simplu. Chiar și celor mai puțin dornici să o experimenteze, chiar și celor care n-au crezut vreodată în ea până nu au întâlnit-o, chiar și celor care, răniți profund, au jurat că nu mai vor să aibă vreodată de-a face cu ea. Numai că... niciodată să nu spui „niciodată". Iubirea pare o ființă capricioasă, alintată peste măsură, cu o personalitate explozivă și face numai ce-o taie capul, fără să asculte de sfaturile nimănui, fără să respecte nicio regulă. Când vine, asta e: vine și nu mai e nimic de făcut. Iar când pleacă, la fel: se duce și gata.

Iar când ne lovește pe noi, femeile, impactul este devastator. Pentru că e atotputernică, așa cum suntem și noi, de altfel. Parcă se ciocnesc două fronturi atmosferice vrăjmașe, două forțe supranaturale. Și, atunci, iubim...

Nu ne putem opune, deși uneori ne dorim asta. Iubim și-atât. Deși ne e teamă de suferințe și de finaluri dureroase. Ne sperie și un nou început. Dar iubim. Cu toată dăruirea și puterea inimii noastre. Cu toată ființa, cu bunele și cu relele noastre. Ne dăruim inima și ne-așternem pe tăvi de argint întreaga viață, ofrande pentru acela pe care-l iubim. Aproape cu inconștiență, aproape fără logică, fără de principii – pe care oricum le uităm dacă rațiunea noastră e în vacanță. Și, de obicei, chiar este – are concediu prelungit atunci când inima dictează normele.

Ne construim visuri și castele de nisip pe plaja însorită pe care ne-o imaginăm ca fiind viitorul, alături de acela pe care-l adorăm. Ba chiar îi vizualizăm și pe copiii aceia frumoși pe care-i vom avea împreună. Iar în filmul pe care ni-l facem în capul nostru golit de logică, viața alături de jumătatea noastră perfectă este – cum altfel? – la fel de perfectă ca el. Și ca noi, femeile îndrăgostite.

Numai că poteca aceasta a iubirii este îngustă și uneori traversează ape adânci și prăpăstii fără fund. Și-atunci înțelegem, uneori brutal, că, totuși, iubirea nu este obligație. Pentru niciuna dintre părți: nici pentru noi și nici pentru el, prințul nostru fermecător. El nu este obligat să ne iubească așa cum îl iubim noi. Sau *pentru că* îl iubim noi. Și nici nu este obligat să ne împărtășească visurile. Sau să ne construiască acel castel mult dorit. Ori să-și dorească acei copii perfecți, bucăți rupte din amândoi – din părțile noastre ideale, desigur.

Iubirea nu vine la pachet cu nicio regulă, cu nicio datorie. Cum nici ei nu ne pot impune iubirea lor, nici noi nu le-o putem impune pe a noastră. „Da, dar eu îl iubesc atât de mult! El de ce m-a mințit, de ce aud că are pe alta?"

Oare? Chiar ne-a mințit el? Oare nu ne-am mințit singure atunci când am considerat că, iubindu-l, el este dator să ne întoarcă aceleași sentimente? Oare așteptările noastre extinse la ceea ce nu stă în puterea noastră nu sunt un soi de obligație a celuilalt față de noi? Pe care, să fim bine înțelese, omul chiar nu o are! De ce ar fi altcineva responsabil pentru ceea ce simțim noi pentru el? El nu are propria inimă și sentimente independente de voința sau putința lui?

Poate că el ne-a iubit cândva, dar într-o zi s-a îndrăgostit de alta. Poate că nu a vrut să se întâmple asta, așa cum nici noi poate nu ne-am dorit să ne îndrăgostim de el. Dar săgeata aceea controlată de Cupidon l-a atins, iar el nu a mai reușit să-și înfrâneze simțămintele. Pentru alta, da, desigur.

Un lucru e cert: iubirea nu este obligație. Ea vine și pleacă din inima fiecăruia după bunul ei plac. Azi e aici și mâine s-a transformat în scrum. Acum ne umple inima, iar mâine se revarsă în afara noastră, luând-o pe alt drum. Iar cel iubit nu este proprietatea noastră, așa cum am văzut că-și imaginează destui oameni.

Ar trebui să fim fericiți, atât, atunci când iubirea vine, ne îmbrățișează și dansează cu noi. Ba chiar și-atunci când pleacă – pentru că a fost, pentru că ni s-a întâmplat, pentru că ne-a trăit și pentru că am trăit-o. Pentru că ni s-a dat, pentru că ni s-a luat. Pentru că am iubit și am fost iubiți. Pentru că suntem vii și pentru că iubirea se poate întoarce oricând la noi.

A IEȘI SINGURĂ ÎN LUME NU ÎNSEAMNĂ CĂ EȘTI SINGURĂ...

Irina Binder

...Așa cum „împreună în lume“ nu înseamnă neapărat „împreună și în viață“.

Atunci când ieși cu un grup de prieteni la vreo aniversare sau la un eveniment și nu ești însoțită de partenerul de viață, dai naștere la tot felul de suspiciuni și comentarii (ca să nu mai zic de bârfe și presupuneri), de parcă a ieși singură în lume este un handicap.

Când ieși singură fiindcă tocmai te-ai despărțit de omul iubit, ești fie criticată pentru instabilitate, fie compătimită pentru nereușita relației, fie interogată cu privire la motivul despărțirii. Și, de cele mai multe ori, ești privită cu o compasiune patetică, de parcă ai fi rămas invalidă.

Desigur, aproape de fiecare dată te umpli de amărăciune și te indispui, fiindcă devine agasantă indiscreția celorlalți și preocuparea lor față de viața ta intimă. N-ai niciun chef să dai explicații, să răspunzi curiozităților, să te justifici și să-ți expui durerile, ca să se holbeze toți la ele. Orice ți-ar spune ceilalți ca să te consoleze și orice sfaturi ți-ar da, nimic nu-ți alină singurătatea, nu-ți închide rana încă proaspătă și nu-ți rescrie diferit povestea care tocmai s-a sfârșit. Subiectul doar te chinuie și te indispune, cu toate că ai ieșit să te relaxezi și să te simți bine.

Atunci când ieși undeva singură deși ai un iubit, deja li se pare suspect. Înseamnă că îl ascunzi. Sau că el este un încrezut care nu vrea să iasă cu prietenii tăi. Sau că nu vă înțelegeți bine și că te neglijează. Mai sunt și variantele primitive de genul „Ți-e rușine cu el" sau „Îi este rușine cu tine", „Nu vă mai înțelegeți", „N-avem noi față pentru fițele lui".

La un moment dat, sătulă de compătimiri după relații încheiate și de tot felul de judecăți de „valoare" la adresa celor pe care i-am iubit, am învățat să îmi ușurez situația și să îmi protejez cu sfințenie viața privată. Curiozitatea celorlalți, părerile lor spuse fără decență și fără discernământ m-au determinat să nu mă mai grăbesc să li-l arăt tuturor pe omul cu care-mi împart viața. În felul acesta, îmi fac un mare bine: nu mai trebuie să mă explic cu privire la fericirea sau nefericirea mea.

— Dar de ce-l ascunzi, dragă, pe iubitul tău? De ce nu-l aduci să-l vedem și noi? am fost întrebată într-o seară, când am ieșit singură în anturajul unor amici.

Îl ascund așa cum îmi ascund și fericirea, dragă. Nu simt nevoia să defilez cu iubitul meu, nici să mă laud cu el. Nu-l car după mine la întâlniri doar de dragul de a le satisface curiozitatea unora. Nu simt nevoia să îmi validez relația de iubire în fața lumii și nici să mă aliniez la normalitatea societății – în fine, la ceea ce crede ea că ar fi normal.

Iubitul meu nu este un obiect de decor și nu este un trofeu. Noi știm să fim împreună și să ne bucurăm unul de celălalt atunci când trebuie. Nu simțim nevoia să stăm agățați nonstop unul de celălalt. Nu ne folosim unul de altul pentru a ne satisface anumite capricii, nu ne irosim timpul unul altuia.

Am învățat să mă bucur de ieșirile în societate și fără a-mi căra iubitul după mine, mai ales dacă ies în locuri și cu oameni care n-au nimic de-a face cu preocupările lui. Prefer ca el, în timpul când eu ies singură, să petreacă timp de calitate împreună cu prietenii lui, să facă ceea ce-i place, nu să semneze condica de prezență într-un loc în care nu se regăsește. Eu n-o să fiu nefericită dacă omul iubit nu este lângă mine tot timpul, însă aș fi foarte nefericită dacă el ar fi nefericit alături de mine.

Văd destule cupluri împreună peste tot, deși este evident că nu se simt bine împreună. Văd prea des perechi care se ceartă prin magazine de parcă s-ar detesta, doar pentru că se încăpățânează să meargă musai împreună la cumpărături. Îi compătimesc pe bărbații care pufăie plictisiți prin magazine, în timp ce iubita analizează preț de jumătate de oră vreun rujuleț și adulmecă 42 759 de parfumuri. Văd adesea bărbați așteptând inutil (cu orele) în mașină sau pe coridoarele saloanelor cât timp ele se coafează. Văd bărbați pe post de bibelouri în grupuri de femei (doar pentru că unele nu vor să iasă neînsoțite) și asistând la discuții femeiești despre diete și alte minunății neinteresante pentru bărbați (în timp ce și ele se simt stingherite de prezența lor), așa cum, nu numai o dată, am văzut câte o femeie într-un grup de bărbați, stând prin baruri pline de fum, doar pentru că este geloasă și posesivă și nu înțelege că și el are nevoie de timp doar pentru el, asistând astfel plictisită la discuții despre fotbal, mașini și alte chestii care o fac să spună din când în când: „Iuuubiii, mai stăm muuult?“

Eu și iubitul meu ne spunem mereu unde urmează să ieșim și decidem de comun acord dacă mergem singuri sau împreună, fără a ne supăra unul pe celălalt. Fiindcă noi nu ne iubim egoist, nici superficial. Noi nu am transformat relația într-un cumul de obligații și pretenții – și facem mereu împreună tot ce este cu adevărat important pentru noi și pentru relația noastră.

În concluzie, părerea lumii atunci când ies singură n-are nicio importanță pentru mine. Îl iubesc mai mult pe omul cu care-mi împart viața decât iubesc părerea lumii.

Iar ceea ce nu știu unii este că, dacă iubitul meu nu mă ține mereu de mână și nu se află mereu pe scaunul de alături, asta nu înseamnă că nu e cu mine. Este mereu cu mine fiindcă îl port în inimă. Îl simt în fiecare bătaie a inimii mele.

Oamenii nu sunt proprietățile altor oameni, bărbații nu le fac un favor femeilor dacă stau cu ele, iar femeile nu le fac un serviciu bărbaților dacă stau cu ei. Nu ne prefacem mărinimoși, nu stăpânim. Iubim sau nu, atât.

BĂRBATUL DE LÂNGĂ TINE TE REPREZINTĂ

Irina Binder

O prietenă mi-a cerut părerea despre iubitul ei, asigurându-mă că opinia mea contează mult pentru ea. Ideea e că, dacă nu-ți place să auzi adevărul, atunci ultimul om căruia ar trebui să-i ceri părerea sunt eu. Nu menajez pe nimeni, niciodată. Sunt lipsită de tact și de diplomație sau, mai precis, de ipocrizie. I-am spus amicei mele doar atât:

— Draga mea, părerea mea despre el este, de fapt, părerea mea despre tine, fiindcă bărbatul de lângă tine te reprezintă. Și, sincer, nu am o părere prea bună.

N-aș fi vrut să intru în detalii, dar ea a insistat, deși vedeam că vorbele mele au căzut peste ea ca un ciocan. Voia să știe ce nu îmi plăcea la iubitul ei și i-am spus ceea ce am observat cu ocazia celor câteva întâlniri din grupul nostru.

Desigur, prietenei mele nu i-a căzut deloc bine ceea ce, insistând, mă forțase să-i spun.

— Ție chiar nu-ți scapă nimic?! Exagerezi! mi-a replicat, la un moment dat.

De fapt, chiar nu am exagerat cu nimic. Și știu că, după ce ei îi va mai trece din îndrăgosteala orbitoare, anumite apucături ale iubitului ei, pe care acum le trece cu vederea, o vor deranja. Eu i-am enumerat doar câteva exemple, pe acelea pe care mi le-am amintit, printre care limbajul trivial și lipsa de maniere la masă.

— Scuze, draga mea, că nu se poartă ca la Palatul Buckingham! mi-a replicat prietena, rănită în orgoliu și, evident, deranjată de ceea ce auzise.

N-am înțeles niciodată de ce o bună educație este considerată o ciudățenie și e luată drept exagerare. Nu vorbesc aici despre emancipare dusă la extrem, ci despre bunul-simț pe care ar trebui să îl aibă orice persoană atunci când mănâncă la aceeași masă cu alții. Și mi se pare revoltător că unii nu știu că nu este frumos să fumezi în timp ce alții mănâncă, doar pentru că ei și-au terminat mai repede mâncarea. Sau că nu știu că nu este normal să bea dintr-o sticlă care nu este numai a lor, doar pentru că le este lene să ceară sau să-și aducă un pahar.

Mi se pare lipsă de educație ca la masă să tratezi platourile și castroanele ca și cum ar fi doar ale tale și să-ți introduci furculița linsă de tine în toate alimentele, ca să contaminezi cu saliva ta toate mâncărurile. Există linguri de servire cu care să îți pui în farfuria ta, iar dacă nu există, ceri. Și nu discutăm doar despre sila de a mânca după un om străin, ci și despre igienă. Așa ceva nu se face nici măcar în familie, darămite între oameni străini.

I-am amintit prietenei mele de o cină la care am fost invitați și unde iubitul ei și-a înfipt furculița în toate castroanele, făcându-i pe ceilalți să nu se mai atingă de acele salate.

— De ce nu i-ai spus?! mi-a reproșat ea indignată.

Păi, de ce nu i-ai spus tu, draga mea?! N-ai văzut ce face? De ce să-ți educ eu iubitul, de ce să-i fac eu observație? Ca să se simtă ofensat? Ca să te superi tu că-ți umilesc bărbatul? Pe tine te reprezintă, nu pe mine. Pe mine doar mă incomodează cu lipsa lui crasă de educație – și asta doar pentru că ești prea comodă ca să te implici și să ți-l educi.

I-am mai spus și că nu mi-a plăcut felul în care o tratează pe ea, având ca exemplu o seară când i-a spus „Mai adu-mi o bere". Fără niciun „Te rog frumos". Ea mânca și a sărit ca arsă pentru a-i aduce prințului o bere, că el avea slugă și nu se putea deplasa să-și ia singur.

Nu am intrat în alte detalii, mai ales că i-am sesizat subiectivitatea. Ea nu voia părerea mea sinceră despre iubitul ei, ci avea nevoie să-l laud. Dar nu am avut ce aprecia la iubitul ei bădăran, lăudăros, neatent, needucat. O fi băiat bun în sinea lui, o iubi-o, dar eu nu pot să-mi dau cu părerea decât despre ceea ce văd, despre purtarea lui în societate.

Am observat că nicio femeie – dar absolut niciuna – nu suportă să spui ceva negativ despre bărbatul de lângă ea, iar femeile orgolioase îți aruncă și câte o replică de genul „Nu trăiești tu cu bărbatul meu!". Este adevărat, dar purtarea unora îi afectează și pe cei din jur, iar pe ele le pune într-o ipostază nefavorabilă.

Nici eu nu am întâlnit în viață doar bărbați de tipul gentleman. Am avut și eu de înfruntat apucături de tot felul și orgolii, m-am străduit să le scot unora din cap ideea că este *cool* să fii grobian și să le ții hangul prietenilor când se poartă ca pe stadion, să-i conving că nu numai papagalii sunt manierați, să le scot din cap ideea că a respecta o femeie înseamnă a fi sub papuc, să-i fac să priceapă că, atunci când te comporți ireproșabil ca bărbat și ca om, te respecți în primul rând pe tine. Iar dacă nu am avut cu cine, am renunțat. Dar un lucru e sigur: nu aș putea sta lângă un bărbat pe care nu-l pot respecta, nici lângă un bărbat care să mă schimbe pe mine în rău. Am văzut adesea femei care s-au schimbat radical când a apărut un bărbat în viața lor, au renunțat la obiceiurile lor bune și au făcut tot felul de compromisuri nefavorabile pentru ele.

Să ajuți un om să evolueze presupune un pic de implicare și efort. E musai să ieși din zona de pisiceală și confort, să tulburi uneori armonia de cuplu – dacă îți dorești un bărbat de calitate, cu care să nu te rușinezi, ba chiar de care să fii mândră. Unii bărbații trebuie disciplinați, la fel cum trebuie disciplinați și copiii. Așa cum ne reprezintă aspectul lor exterior, hainele îngrijite și igiena, la fel ne reprezintă și purtarea lor. Formăm un întreg. Iar dacă ne asumăm calitățile lor bune – cu care ne mândrim –, trebuie să ne asumăm și apucăturile lor care lasă de dorit și să-i ajutăm să înțeleagă că anumite lucruri nu le fac cinste.

Așadar, dragile mele, eu consider că noi, femeile, suntem vinovate dacă bărbații de lângă noi nu sunt așa cum ar trebui să fie.

Noi suntem vinovate dacă bărbații noștri folosesc un limbaj trivial în prezența noastră, a prietenilor și chiar a copiilor, dacă sar imediat să înjure și insultă de îndată ce au un conflict, dacă sunt cocoși în trafic, în magazine și în alte locuri publice. Fiindcă noi le încurajăm apucăturile grobiene, în loc să-i îndemnăm la un comportament blând și civilizat.

Noi suntem vinovate dacă bărbații noștri sunt lipsiți de maniere și de eleganță în comportament, dacă ei merg înaintea noastră pe stradă, dacă în restaurant se așază primii, dacă își comandă lor înainte de a se ocupa de comanda noastră și dacă ne pun în ipostaze care nu ne fac cinste.

Noi suntem vinovate dacă bărbații noștri beau peste măsură și se fac de rușine la petreceri.

Noi suntem vinovate dacă bărbații noștri sunt ridicoli, fiindcă noi le alimentăm orgoliile și râdem ca toantele de apucăturile lor care lasă de dorit.

Noi suntem vinovate dacă bărbații noștri nu se îngrijesc, dacă se culcă fără să facă duș, dacă ne pupă duhnind a bere și dacă ne mângâie cu mâini aspre.

Noi suntem vinovate dacă bărbații noștri nu ne respectă munca și eforturile, dacă ne tratează ca pe niște obiecte casnice, fiindcă nu-i învățăm să-și asume și ei din responsabilități.

Noi suntem vinovate dacă bărbații noștri sunt leneși, limitați și lipsiți de ambiții.

Noi suntem de vină dacă bărbații noștri ne tratează mai mult ca pe niște obiecte sexuale decât ca pe niște femei iubite. Ei văd în noi ceea ce le arătăm chiar noi.

Noi suntem vinovate dacă bărbații noștri nu ne respectă intimitatea, programul și tabieturile, fiindcă noi renunțăm adesea la confortul propriu ca să le facem lor pe plac și să le fim la dispoziție.

Noi suntem de vină dacă ne pierdem identitatea și personalitatea doar pentru că bărbații de lângă noi ne impun gusturile, preferințele și mentalitatea lor.

Noi suntem de vină dacă bărbații noștri nu ne respectă, dacă ne tratează cu superioritate, dacă ne pun în ipostaze umilitoare și se poartă de parcă am depinde de ei.

Noi suntem de vină dacă bărbații noștri își vorbesc de rău fostele iubite, fiindcă-i ascultăm curioase și încurajăm o asemenea purtare, deoarece ne place să auzim că fostele erau „nașpa", deși asta nu ne face nici nouă onoare și nici nu ne așază pe o treaptă superioară lor.

Noi suntem de vină dacă bărbații noștri sunt lăudăroși, dacă vorbesc mai mult decât fac și dacă așteptăm mult și bine după promisiunile pe care le-au încălcat.

Noi suntem de vină dacă, deși avem un loc de muncă și ne câștigăm existența, de multe ori nu avem niciun ban în portofel, iar bărbatului de lângă noi nu-i pasă de siguranța noastră, de demnitatea noastră, de necesitățile noastre.

Noi suntem de vină pentru minusurile lor comportamentale, fiindcă banalizăm educația și ideea de bărbat respectabil și demn.

Bărbații de lângă noi trebuie să fie mai mult decât „frumoși, deștepți, romantici și cu bani". Trebuie să fie educați, respectabili, responsabili, atenți, prezenți, implicați. Trebuie să avem alături de noi bărbați demni de respect, iar dacă ei n-au venit la pachet cu toate calitățile care să-i facă niște bărbați compleți, e datoria noastră să-i ajutăm să devină așa cum ar trebui.

Dar să nu uităm că, atunci când ne dorim domni lângă noi, trebuie să fim și noi doamne. Bărbatul nu se educă folosind apelative de genul „prostule“, „măgarule“, „porcule“, nici insultându-i și învinovățindu-i familia și prietenii. Nu se educă în public, umilindu-l. Bărbatul se educă doar cu iubire și cu respect. Se educă fiind un exemplu bun pentru el, un exemplu pe care să-și dorească să-l urmeze. O țață nu va reuși niciodată să formeze un domn.

Sper că te respecți suficient cât să nu-i permiți nimănui să te trateze ca pe un nimic. Sper că te iubești destul încât să stai mai degrabă singură decât cu cineva care trăiește cu impresia că are dreptul să te trateze altfel decât cu dragoste și respect!

FERICIREA LOCUIEȘTE ÎN NOI

CARMEN VOINEA-RĂDUCANU

Emma primise de la viață Oscarul, dar habar nu avea, orbită fiind de nefericirea cronică de care suferea în adâncul inimii. Parcă lipsise de la ceremonia care-i celebra la superlativ împlinirile, bucuriile, fericirea. Sau... să zicem că nu era antrenată suficient pentru ridicarea corespondenței și că ratase sosirea și deschiderea plicului care o înștiința de această nominalizare. Și apoi, ca o consecință firească, primise „Absent" de la solemnitatea oficială, extraordinară, prin care ar fi intrat în posesia statuetei prețioase.

Oricum, chiar și dacă ar fi aflat la vreme că e iubită de noroc, Emma nu stătea niciodată răbdătoare să despice hârtia de împachetat în care erau frumos ambalate darurile primite de la soartă, de la cei din jur, de la Sfântul Duh și de la orice altă entitate superioară. Căci așa era ea: se împiedica mereu de micile neajunsuri inerente fiecărei existențe și le transforma în drame epice, uitând de bucuriile unice din lucrurile simple, precum faptul că era sănătoasă și că nu-i lipsea nimic.

Iar acestea chiar erau toate darurile de care ar fi avut nevoie ca să fie fericită și împlinită. Ori poate nu le avea chiar pe toate, pentru că nu vedea partea plină a paharului – da, da, sigur ăsta era chiar singurul dar care-i lipsea.

Fusese o fetiță fericită, avusese o copilărie senină, plină de dragostea celor din jur. Și nu-i lipsise nici măcar belșugul, ceea ce este o treabă destul de rară în ecuația multor existențe. Vorba aceea, crescuse hrănită fiind cu lingurița de argint. Apoi, ajunsese la o adolescență așijderea, fericită și ea – și tot fără să știe ce sunt lipsurile, de orice natură ar fi fost ele, sufletești sau existențiale.

Mai apoi, a devenit o tânără puternică, încrezătoare, plină de sănătate, frumusețe, inteligență, ba chiar și de succes. Fiecare țel pe care și-l propusese și pe care ulterior l-a dus până la capăt o purtase până pe culmile acelea greu de escaladat ale împlinirii. Se îndrăgostise exact de persoana potrivită, iubirea îi fusese împărtășită, născuse doi băieți sănătoși, veseli și frumoși, cariera ei urcase mereu pe trepte pe care nici nu și le-ar fi imaginat tangibile, cu atât mai puțin ușor de atins.

Și, cu toate acestea, Emma era tabloul nefericirii. Nu-și credea niciodată ochilor când se privea în oglindă, cum că ar fi chiar ea acea frumusețe care se vălurea dintre ape. Dacă-și rupea vreo unghie, transforma toată întâmplarea într-o dramă de proporții uriașe. Dacă avea o întârziere legată de un scop pe care și-l propusese, era încă o tragedie. Dacă unul dintre copii lua un calificativ inferior celui maxim, dacă soțul se întorcea pe partea cealaltă în somn pentru că-i amorțise brațul, mintea ei le transforma pe toate în dificultăți insurmontabile și în crize de nefericire. Și, cum Emma nu era niciodată mulțumită, cu timpul începuse și transformarea fizică: colțurile gurii i se trăseseră în jos, ochii își înlocuiseră strălucirea de altă dată cu luciri tăioase și reci, astfel încât nemulțumirile ei să fie vizibile cu ochiul liber și nimeni să nu se mai îndoiască vreodată de dramele pe care le trăia cu toată ființa.

Încasase rând pe rând premiile cele mai mari de la loteria vieții și visurilor. Cu toate acestea, uitând că nemulțumitului i se cam ia darul, continua să se considere urâtă, săracă, bolnavă, neîmplinită, neiubită, ghinionistă. Și își născocea și motive care să vină în sprijinul a ceea ce afirma despre sine, omițând să le vadă pe cele care o situau în tabăra opusă, a celor frumoși, bogați, sănătoși, împliniți, iubiți și norocoși.

Nefericirea, ca o a doua piele, o luase în stăpânire, o învăluise în aburii ei otrăviți. Și probabil că n-ar mai fi părăsit-o niciodată dacă n-ar fi sunat ceasul acela universal care ne anunță, nu amenințător, ci doar nemilos și implacabil, lovindu-ne cu ácele sale peste ochi, că e momentul să ne deșteptăm și să ne venim în fire o dată pentru totdeauna.

Nimerise în orfelinatul numit modern „Centrul de plasament X". Nu din întâmplare, ci pentru că participa împreună cu ceilalți părinți la un eveniment caritabil susținut de școala unde învățau copiii ei. Făcuse multe lucruri de felul acesta – pentru că trebuiau făcute și pentru că toată lumea se mobiliza, nu pentru că ar fi conștientizat vreo clipă că ajutorul ei este prețios, important și poate să le aducă un plus copilașilor lipsiți de familie.

Numai că în ziua aceea, în fața ei, din corul copiilor care cântau cântecele pentru invitați, o fetiță de vreo șase anișori o fixase cu niște ochi mari și întunecați și nu-și mai dezlipise privirea de la ea. La început, Emma a crezut că i se pare sau că ceva din înfățișarea ei o atrăsese pe cea mică. Dar, de câte ori își întorcea ochii către copilă, observa că e fixată. Nu zâmbea, nu scotea niciun cuvânt, doar se uita înspre ea. Nici măcar nu cânta în cor laolaltă cu ceilalți copii.

Emma nu reușea să deslușească semnificația privirii fetiței, nu știa ce înseamnă, ce-ar vrea să-i transmită sau să-i comunice și nici ce să creadă. Iar la final, când momentele artistice ale micuților luaseră sfârșit, a mers direct către ea, încercând să-i facă o bucurie, să-i dăruiască ei cadourile pe care le adusese. A întrebat-o fără efort, dar cu o voce pe care nu și-o recunoștea, adică plină de căldură și foarte prietenoasă, cum o cheamă. Dar nu a primit niciun răspuns. A mângâiat-o pe creștet cu drag, dar, la fel, în ochii copilei expresia nu s-a schimbat. A scos din geanta de voiaj burdușită de cadouri o păpușă nouă și foarte frumoasă, o rochiță roz cu volane, ouă de ciocolată. Nimic. Fetița continua să o privească fix, fără să se bucure, dar și fără să se plângă, de parcă ceva nu ar fi convins-o.

— Vreau să fii fericită, a auzit apoi brusc o voce de copil șoptindu-i la ureche.

— Poftim?

Emma s-a ridicat brusc în picioare. Fetița nu părea să fi deschis gura. Cine-i vorbise?

— Deschide ochii, privește la darurile pe care le-ai primit și apoi în jurul tău. După aceea, uită-te din nou la tine. La inima ta bună, învelită în deznădejde, a continuat vocea.

Emma o privi fix pe fetiță și ar fi putut să jure că nici nu-și mișcase gura și nici nu-i adresase vreun cuvânt. Și-atunci de unde veniseră cuvintele acelea mult prea pretențioase pentru anii ei? Îi era limpede că nu i se pare, era convinsă că nu aude voci. O copilă îi vorbise, doar că nu știa cine și unde se afla aceasta.

A privit înmărmurită în ochii limpezi și frumoși ai fetiței din cor, încercând să deslușească misterul care o atrăsese spre ea de la bun început, apoi s-a răsucit în toate părțile, crezând că va găsi o altă orfană pe lângă ea – cea care-i vorbise. Însă toți copiii, fete și băieți, își desfăceau fericiți și gălăgioși cadourile, ea era ultima lor grijă, darămite să-i șoptească vorbe adânci. S-a întors apoi iar către fetița care o intrigase, dar aceasta nu mai era, parcă se făcuse nevăzută. Iar păpușa dispăruse odată cu ea.

A plecase și Emma imediat, fără să-și mai găsească locul, cu mintea numai și numai la ochii puștoaicei, negri ca o noapte cu eclipsă totală de lună, hipnotici. Geanta plină cu daruri rămăsese în urmă, le făcuse semn doamnelor de la

Centru să o ia și să facă ce-or crede ele de cuviință cu tot ce era înăuntru.

Însă, chiar de a doua zi, ceva a făcut-o să sară din pat ca un arc. S-a dus iar la Centrul de plasament. Ochii fetiței o urmăriseră peste tot: la serviciu, la baie, în somn. Îi avea în minte chiar și când verificase lecțiile băiatului cel mare. Asta în timp ce vorbele pe care le auzise cu o zi în urmă, poate doar în mintea ei, se repetau fără încetare.

Copila cu ochi adânci ca un cer văduvit de aștri părea că o așteaptă. Și ar fi putut să jure că-i zâmbise complice. N-au făcut nimic și aproape că nu și-au vorbit. Doar au stat față în față, privindu-se în ochi, lăsându-și sufletele să se bucure de momentele acelea de pace. Dar, la sfârșitul vizitei, fetița i-a mângâiat părul și a luat-o de mână, iar asta a făcut-o fericită pe Emma. Fericită cu adevărat, o simțea și în ultima ei fibră. Știa asta, de parcă fericirea locuise mereu în inima ei, chiar dacă ea uitase mereu asta.

Emma s-a întors acasă zâmbind încontinuu, parcă prostește, iar când a pregătit cina pentru familia ei, a fredonat și a însăilat câțiva pași de dans, invitându-și băiatul cel mic la vals. Se simțea foarte fericită și nici măcar nu-și dădea seama cum se născuse în ea starea aceasta atât de stranie, senină și plină de bucurie, complet nouă pentru ea, cea veșnic încruntată, nemulțumită și cumva furioasă pe toată viața ei și pe întreaga lume.

De a doua zi, vizitele la casa de copii, la copilița tăcută cu ochi negri, au devenit parte a programului ei normal de viață, înainte sau după orele de la birou. Iar în restul timpului plutea, plină de veselie mereu, fericită și zâmbitoare. Emma descoperea cu uimire și încântare în fiecare zi viața și bucuria de a trăi, de parcă se trezise dintr-un somn adânc care o cuprinsese la naștere și din care nu reușise să se dezmeticească ani lungi și grei la rând.

Când s-a apropiat perioada concediului, a hotărât să-și anunțe soțul că vor avea un oaspete mic pe toată perioada vacanței, punându-l în fața faptului împlinit și devoalându-și astfel secretul. El i-a mângâiat mâinile și i le-a sărutat supus, acceptând cu bucurie în familia lor minunea care-i preschimbase soția dintr-o ființă rece într-una solară, mereu cu zâmbetul pe buze. Iar băieții, aflați la vârsta când fetele doar le încurcă jocurile și sunt numai pietre de moară agățate de picioarele lor, au ridicat din umeri, dar și-au dat totuși OK-ul, mulțumiți că mama lor pare fericită să aibă în casă și o fată, nu numai bărbați.

Iar vacanța a fost cea mai reușită din toată viața lor de familie. Niciun nor nu le-a umbrit bucuria de fiecare zi, nicio clipă nu le-a dispărut zâmbetul de pe buze, niciunuia dintre ei. Se înțelegeau de minune unii pe ceilalți, dar și pe ei înșiși, jocurile erau mai animate, clipele de bucurie erau mai profunde, descoperind zi de zi un motiv de fericire.

Când s-au întors acasă, decizia tuturor de a o adopta cu acte în regulă pe Ileana în familia lor a venit firesc, de la sine. Iar în ziua în care toate formalitățile au fost îndeplinite, privindu-se în oglindă, Emma a constatat că fața ei arăta cu totul altfel de cum o știa: colțurile gurii îi erau ridicate într-un zâmbet care părea că devenise perpetuu, pielea îi era strălucitoare, iar ochii, negri ca ai Ilenei, emanau cea mai profundă iubire, cea mai binefăcătoare căldură. Chipul ei devenise expresia vie a fericirii.

Deznădejdea dispăruse complet din sufletul Emmei. Lăsase locul liber pentru „fericire“, un cuvânt care îl poate înlocui pe oricare altul din toate dicționarele scorțoase și precise ale limbilor lumii, dar și din toate sufletele reci și disperate de pe pământ.

NEFERICIREA CA MOD DE VIAȚĂ

Irina Binder

Se pare că trăim într-o epocă a conflictelor. Este îngrijorător și trist. Trist că există atât de multă adversitate, atâta preocupare pentru ceartă. Și îngrijorător fiindcă dorința de răzbunare și intrigă tinde să guverneze chiar și mințile pe care le considerăm luminate.

Este trist că există atât de mulți oameni toxici, care-i contaminează și pe alții cu negativismul și cu răutatea lor.

În ceea ce mă privește, am încercat să-i înțeleg pe cei nevrotici, dominați de emotivitate și instincte barbare, blocați în obsesii nesănătoase și în lamentări inutile și necâștigătoare. Nu am reușit. Le pot înțelege anumite momente de furie, anumite abateri de la normalitate, dar în niciun caz stăruința și preocuparea obsesiv-compulsivă pentru oamenii pe care nu-i plac. Nimic nu mi se pare mai trist decât să-ți faci un mod de viață din a te certa, din a demola, din a bifa în fiecare zi câte o răzbunare și câte o faptă rea.

Cei veșnic și febril preocupați de persoanele pe care le urăsc sunt cei mai nefericiți oameni. Ei nu-și găsesc pacea niciodată. Nu au bucurii normale, ci doar plăcerea maladivă de a produce suferință și disconfort, de a le face rău altora, de parcă asta le-ar aduce lor un mare bine.

Din nefericire, ei nu conștientizează că au probleme grave și că se supraevaluează fals și ridicol. Au o părere despre sine total disproporționată față de valoarea lor reală, se cred superiori din punct de vedere moral, invulnerabili, sunt autosuficienți și sfidători. În realitate, sunt slabi, temători, complexați. Știm cu toții că tocmai sentimentul insecurității îi face pe oameni răi.

Cu toate acestea, n-am să înțeleg niciodată de ce unii sunt mai dispuși să fie răi decât buni, pentru că o doză de insecuritate avem cu toții la urma urmei, nimeni nu este ferit de o astfel de încercare. Dar de ce unii sunt mai dispuși să se certe și să disprețuiască, să urască și să le provoace rău altora în loc să trăiască în pace și iubire?

Există ambiții mai frumoase decât să fii veninos și să otrăvești lumea cu urâtul din tine. Există și altceva de făcut decât să-ți urmărești obsesiv „rivalii“, decât să instigi, să bagi intrigă, să insulți și să blestemi. Există și alte sentimente în afară de mânie, invidie, ură, răutate. Există și fericire, și bucurie, și încredere, și frumusețe. Dar nu poți fi fericit cât timp te hrănești cu amărăciune, incriminare și trivialitate. Nu poți fi fericit cât timp scopurile tale sunt mărunte și mizerabile. Nu poți fi fericit cât timp ești resentimentar și incapabil să scapi pașnic de balastul de ură adunat în tine.

Dar poate că, așa cum unii aspiră la fericire, unii aspiră la nefericire. Până la urmă, este și acesta un mod de viață. E dreptul lor să aleagă.

VINE O ZI ÎN CARE TE IERȚI...

IRINA BINDER

Vine o zi în care te ierți. Pentru că a sosit clipa în care te-ai înțeles și te-ai acceptat așa cum ești. Te ierți pentru tot ce nu ai reușit să fii, dar și pentru ce ai fost deși nu ar fi trebuit să fii. Te ierți pentru că, inconștient și fără să vrei, ți-ai fost cel mai mare inamic.

Te ierți pentru că nu te-ai iubit așa cum ai fi meritat, că i-ai iubit mai mult pe alții, că ai iubit mai mult altceva decât pe tine însăți.

Te ierți pentru că ai avut alte așteptări de la oamenii care te-au rănit, pentru că nu ai avut puterea să-i ierți, pentru că i-ai alungat sau i-ai părăsit în loc să îi fi ajutat să fie mai buni.

Te ierți pentru că n-ai avut destulă putere să renunți la orgoliu și ai preferat să te răzbuni.

Te ierți pentru toți cei care nu te-au iubit așa cum ai avut nevoie, pentru cei care nu au reușit să te primească alături de ei.

Te ierți pentru că teama de singurătate și nevoia de a iubi și de a fi iubit te-au ținut prizonier în relații otrăvitoare și alături de oameni nepotriviți.

Te ierți pentru tot ceea ce ți-ai refuzat, crezând că așa le va fi altora mai bine.

Te ierți pentru amânări și așteptări, pentru tot ce nu ai spus la timp și pentru tot ce te-ai grăbit să spui deși ar fi trebuit să taci.

Te ierți pentru că ai iubit vinovat sau pentru că, de frică, nu ai iubit.

Te ierți pentru că n-ai avut curaj să fii tu însăți, să trăiești liber și asumat, să-ți recunoști slăbiciunile și înfrângerile.

Și atunci te privești cu duioșie, te înțelegi și îți devii, în sfârșit, cea mai bună prietenă. Și te ierți.

Învață din greșeli, iartă-ți slăbiciunile, lasă regretele să treacă împreună cu ziua de azi și fă-ți planuri pentru mâine! Adună-ți visurile și nu le mai abandona. Renunță la teamă! Poți orice, pentru că tu, cea care te privești acum în oglindă, ești unică, irepetabilă. Ești Cineva și poți fi cineva extraordinar!

ȘANSA NOASTRĂ E MEREU BUNĂTATEA SUFLETEASCĂ

CARMEN VOINEA-RĂDUCANU

Este o lume ciudată aceasta în care trăim: ne promite o tinerețe mai lungă, o viață mai veselă și mai lipsită de griji, aparatură performantă care ne ușurează munca sau chiar se spetește în locul nostru. Se angajează să ne ofere tratamente inovatoare, haine mai multe care ne fac să credem că suntem mai evoluați, mai buni și mai frumoși, hrană diversificată și gustoasă despre care credem și că e mai sănătoasă, vacanțe oriunde pe planetă, care ne dau sentimentul că știm totul despre pământul pe care trăim.

Este o lume în care aparent totul e mai bun, mai nou, mai strălucitor – și ne punem încrederea, de cele mai multe ori orbește, în toate visurile pe care aceasta ni le vinde.

Însă noi, parcă nerecunoscători, continuăm să avem nevoie de acel unic lucru pe care nu-l putem cumpăra vreodată de la ceilalți sau de oriunde: iubirea. Iubirea aceea fragilă și mai prețioasă decât aurul și toate nestematele la un loc. Iubirea în toate formele ei: compasiune, înțelegere, devotament, toleranță. Iubirea, acel dar neprețuit care îi dă sens vieții noastre, de la început până la sfârșit, susținându-ne în tăcere, din umbră, durabil și fără să aștepte vreodată răsplată.

Și, cu cât oamenii ne întorc spatele mai tare, cu atât mai mult tânjim după ei, cu atât mai rău ne scufundăm sinucigaș în tristețe și deprimare, judecând la snop omenirea după modelul câtorva exemplare nereușite.

Să nu mai facem asta niciodată! Fiind buni, oamenii care ne seamănă ne vor găsi și se vor uni cu noi, în bucurie și împlinire. Pentru că pădurile vii au întotdeauna mai mulți copaci falnici decât uscături...

I-ai zis astăzi unui om drag cât de mult îl prețuiești? Fă-o! Iar mâine ia-o de la capăt cu altcineva. Și tot așa, în fiecare zi a vieții tale. Nu, nu pentru a-i face pe ei fericiți, deși îi vei face. Ci pe tine.

SĂ TAC?

Irina Binder

Am considerat întotdeauna că a fi prieten presupune, înainte de orice, a fi sincer și bine intenționat. Presupune a le dori binele oamenilor cărora le ești prieten și a-i ajuta să se îndrepte dacă ceva nu e în regulă, să evolueze, fiindcă mereu există loc de mai bine în viața noastră.

Ei bine, eu tot mai cred asta și voi muri crezând asta, doar că îmi voi schimba puțin atitudinea față de anumiți oameni, așa-ziși „prieteni", din păcate, care nu suportă să fie învățați, corectați, ajutați – nici măcar atunci când comportamentul lor lasă de dorit. Și, pentru că în mintea lor dăinuie ideea că sunt perfecți, cei care nu înțeleg că nu e deloc așa au o problemă. Însă voi rămâne indiferentă, încetând să-mi mai fac probleme pentru ei – știm cu toții că binele nu se face cu forța.

Din păcate, n-au înțeles că sunt sinceră cu ei, cum sunt în general, pentru că și eu, întotdeauna, mi-am dorit în viața mea oameni sinceri, care să nu îmi spună doar ceea ce mi-ar plăcea să aud, care să nu mă flateze inutil și care să mă ajute să cresc, să ating treptele superioare ale evoluției mele. Să-mi spună sincer atunci când consideră că greșesc ori când sunt ridicolă, să mă încurajeze când e cazul, dar și când – și dacă – pot îmbunătăți ceva la mine. Și să-mi spună MIE, nu altora, ca bârfă. Să mă învețe ceea ce știu ei, să nu mă mângâie părintește pe cap atunci când nu am dreptate.

În consecință, m-am purtat cu oamenii din jurul meu așa cum mi-am dorit să se poarte ei cu mine. N-am făcut complimente gratuite, iar dacă am observat ceva greșit la un om, i-am spus lui, direct, cu drag și cu intenția de a-l ajuta să se corecteze, nicidecum pentru a-mi demonstra superioritatea. Până la urmă, învățăm unii de la alții. Și eu am învățat, la rândul meu, de la alte persoane și mi se pare firesc să transmit mai departe ceea ce știu. Asta nu înseamnă că vreau să fac pe deșteapta, nici că intenționez să mă amestec în viața cuiva sau că vreau să fac abuz de prietenie. Numai că, de multe ori, intențiile mele nu au fost înțelese corect...

În același timp, sensibilitatea și irascibilitatea celor care nu suportă să le faci observații atunci când greșesc mă fac să mă întreb: oare nu cumva sunt eu cea care greșește, oare nu ar fi mai bine să tac? Să nu mai fac observații atunci când văd că o persoană face vreo gafă? Să îi las pe toți să fie așa cum sunt și cum vor să fie? Să nu mai fiu prietena incomodă care „le știe pe toate“ și care spune mereu ceea ce gândește? Să-i las să fie ridicoli, needucați și ignoranți atunci când sunt astfel? Să mă protejez de discuții inutile și obositoare, de tendința unora de a se victimiza și de dușmăniile celor care suferă de mania persecuției – cei care au impresia că fiecare observație cu intenție bună este, de fapt, un atac?

Oare să tac atunci când văd femei ridicole, bădărane, nefeminine, care trântesc pahare pe masă așa cum trântesc tractoriștii halbele la birt? N-au decât să bea direct din sticlă și, dacă vor, să și râgâie. Să scoată rujul la masă în restaurant și să se rujeze imediat după ce au mâncat, în fața tuturor. Tata m-a învățat că, pentru a mă da cu ruj, trebuie să mă deplasez până la toaletă, altminteri e un gest vulgar. La fel este și cu suflatul nasului. Sau cu folosirea scobitorii, chiar dacă este „admisă“ folosirea ei pe sub mână. Este admisă oare? Și, dacă da, se cade oare? Este un gest elegant? Sunt chestii intime, care nu se fac în public. Și, din fericire, locurile publice sunt prevăzute cu băi unde te poți scălâmbăi în oglindă cât vrei.

Să tac atunci când voi auzi pe cineva spunându-i ospătarului „Adu-mi și mie...", chiar dacă mi se pare o lipsă de respect față de omul care servește? Fiindcă acesta nu este sclavul nimănui, iar cel servit nu este superior ca să-și permită o asemenea impolitețe.

Să tac atunci când unii se vor isteriza în restaurant pentru că nu vine nimeni să ia comanda la masă și să nu le spun că, în mod normal, ospătarul n-ar trebui să vină să ia comanda dacă n-a închis toată lumea meniurile – asta însemnând că lumea încă nu s-a decis ce să comande? Să tac atunci când, deși nu s-a așezat pe masă mâncarea tuturor, cei care și-au primit porțiile se năpustesc asupra lor ca niște copii nerăbdători, cu impolitețe față de ceilalți care sunt de față?

Să tac atunci când, într-un restaurant unde au fost invitați, unii se vor trezi să facă cine știe ce comparații cu alte restaurante? Unde cică porțiile erau mai mari, mâncarea era mai bună, muzica era mai aleasă și muștele care zburau erau mai de rasă – făcându-l pe acela care i-a invitat să se simtă penibil și jenat că invitații lui sunt nemulțumiți de locul în care i-a adus?

Să tac atunci când voi vedea bărbați comandând înaintea femeilor, fără să-i intereseze ce își doresc să comande doamnele și fără a face mai întâi comanda pentru ele?

Să tac atunci când unii vor fuma în timp ce alții mănâncă? Să tac atunci când cineva va arunca o țigară sau gunoaie pe jos, în natură?

Să tac atunci când voi vedea persoane vorbind tare în locuri publice, atrăgând atenția asupra lor și deranjând? Să tac și când vreun meltean vorbește urât în prezența copiilor? Să tac atunci când prietenii mei vor sta călare pe telefon în prezența mea, făcându-mă să mă simt în plus sau invizibilă?

Să tac atunci când cineva vorbește peste mine, întrerupându-mă?

Să tac și când voi vedea femei înjosite de bărbații lor? Și când voi vedea cupluri certându-se în public?

Să tac atunci când văd că o prietenă face combinații vestimentare nefericite, care dau senzația că s-a răsturnat dulapul peste ea? Să tac și când voi vedea pe cineva cu pantofii murdari sau cu etichete încă lipite pe tălpile lor?

Să tac atunci când am să văd pe chipul frumos al unei prietene un machiaj strident, prost aplicat sau o manichiură neîngrijită?

Să tac și când voi vedea prieteni încălțați cu șlapi în restaurante elegante sau pe cineva descălțându-se sub masă?

Chiar așa: cine sunt eu ca să le fac observații altora? Și de ce aș crede eu că le știu pe toate mai bine ca alții?

Să tac numai ca să am liniște și ca să nu-i întorc pe toți împotriva mea?

Să tac pentru că unii vor prieteni care să le gâdile orgoliul, nu prieteni incomozi ca mine, dar cu intenții bune?

Ei bine, nu o să tac!

ÎN AȘTEPTAREA BĂRBATULUI PERFECT...

IRINA BINDER

Se pare că toate merităm „bărbați de bărbați“, frumos ambalați, educați, pedanți, responsabili, bogați, cu simțul umorului, tandri, romantici, buni soți, tați minunați, amanți versați, bucătari talentați și *whatever*... Iar noi nu trebuie să facem niciun efort ca să-i merităm, fiindcă ni se cuvin deja prin definiție, doar așa, pentru că suntem femei.

Iar dacă nu-i găsim pe feții frumoși gata pregătiți să ne ofere relația de basm și viața perfectă, mai bine stăm singure. Uite-așa, că nu facem niciun compromis. E mai bine singure decât să adormim în brațele unui tip modest, obișnuit (clar cu defecte și minusuri), care are doar un job obișnuit, care este un om bun și blând, însă nu ne poate oferi neapărat toate lucrurile la care visăm (poșetuțe, excursiuțe, diamantuțe, hăinuțe de firmuță, spa-uțe, mașinuțe, plus luna de pe cer). Dar care ne poate iubi și ne poate face fericite, alături de care putem să evoluăm, să construim, să trăim frumos, senin, pur și simplu.

Așa că așteptăm. Că doar colcăie lumea de bărbați perfecți pentru noi, frumos împachetați și crescuți de mamele lor special pentru noi, prințesele! Iar noi avem oricum tot timpul din lume, nu?

În acest timp, există totuși și femei mai puțin pretențioase, mai puțin pline de ele, mai puțin preocupate de părerea lumii și mai mult preocupate de viața lor. Femei care trăiesc prezentul și care nu-l așteaptă pe bărbatul perfect pentru a-l iubi și a se lăsa iubite. Sunt acele femei care n-au nevoie de lucruri prețioase și de statut social înalt pentru a se îndrăgosti și pentru a fi fericite. Sunt acele femei care nu adorm singure, de a căror fericire se bucură cineva și ale căror lacrimi le șterge un bărbat. Sunt acele femei dispuse să se simtă ale cuiva. Și, nu, nu sunt deloc femei proaste sau cu ambiții limitate, ci au o altă scară de valori și așteptări mult – dar mult! – mai realiste. Sunt acele femei care nu așteaptă după iluzii frumoase și care au aspirații mai înalte decât să primească totul de-a gata. Femei care nu-și pun viața la mezat, nu-și vând existența în numele unei bunăstări iluzorii. Poate de aceea ele devin cea mai frumoasă variantă a lor și contribuie la evoluția bărbatului din viața lor, ajutându-l să devină un om de calitate, un tată minunat și prieten pe viață...

Ele știu că frumusețea, bunătatea și valoarea se cultivă cu iubire, nu cresc pe câmpii... și nu pot fi cumpărate cu bani.

NU FI MAGNET PENTRU LICHELE!

CARMEN VOINEA-RĂDUCANU

Căuta iubirea cu orice preț și, când spun asta, mă gândesc la toți ratații pe care-i oploșise sub acoperișul casei sale pustii și-i încălzise la dogoarea sufletului ei bolnav de lingoare, cu o temperatură ridicată doar de dorința nestăvilită de a fi la un moment dat fericită.

Nu învățase că i-ar fi mai bine singură decât într-o companie nepotrivită, că prietenia cu oameni cărora nu le pasă decât de ei este nocivă, așa cum e prietenia cu oameni nesinceri și ipocriți. Nu încă, dar urma să se întâmple și asta mai devreme sau mai târziu.

Avea o ciurdă de prieteni, fete și băieți, femei și bărbați, unii mai fățarnici ca alții, unii mai profitori ca ceilalți și, printre ei, când avea noroc, se mai strecura, ca un firicel de iarbă firavă printre buruieni, o ființă de bună-credință, asemenea ei, un prieten sincer care o prețuia cu adevărat și-i dorea din suflet numai bine. Dar nu se întâmpla prea des, că parcă avea pe sub piele un magnet pentru lichele.

Nu știa sub nicio formă ce este perfidia, așa că lua drept bun tot ce-i serveau aceia care profitau la maximum de naivitatea și disponibilitatea ei sufletească. Când își dădea seama că o dăduse din nou în bară, suferea întotdeauna ca un câine bătut și izgonit. Plângea mult, se întreba „De ce eu?“ și „De ce mie?“, apoi, încetul cu încetul, se liniștea. După care venea și ziua când uita cât de cât experiențele dureroase, exact suficient cât să o poată lua de la capăt cu aceeași îndârjire – și cu aceeași lealitate și candoare, din păcate pentru sufletul ei sincer, bun și, tocmai de aceea, greu încercat.

Leila încercase cu toate forțele ei să-și întâlnească jumătatea ideală. Căci de aici pleca de fapt totul. În același timp, nu-și neglija aspectul fizic, își respecta corpul și nu-și refuza nicio desfătare, fie ea cosmetică sau legată de îmbrăcăminte ori accesorii, fiindcă se respecta din punctul ăsta de vedere, măcar atât. Sondase cam toate locurile unde ar fi putut să-l întâlnească pe bărbatul visurilor ei, frecventând împreună cu gașca ei de amici de ieșeală cluburi și cafenele, locuri la modă, petreceri și evenimente aproximativ mondene. În afară de faptul că piața era invadată de femei cu mult mai frumoase, mai vesele și mai simpatice ca ea, nu aflase mare lucru din escapadele acestea, care o lăsau la final mahmură, sfârșită de puteri și încărcată doar cu deznădejde.

Se îndrăgostea des și mereu de cine nu trebuie, ca și cum cei potriviți ei ar fi decolat de ceva vreme și ar fi părăsit cu viteza sunetului și de ani-lumină planeta noastră.

Când o întrebai ce mai face, Leila dădea ochii peste cap și începea să piuie ca un cintezoi:

— Vai, păsă! Nu mai pot de dragul lui X! Cum, nu ți-am povestit despre el? Ah, am înțeles, dar nu, nu e ăla, ultima oară când ne-am întâlnit am vorbit despre Y! Câh, dă-l încolo, omul cică avea pe una, mi-a spus sigur Cutăreasca, o avea pe una cu bani, că, deh, obrazul subțire cu cheltuială se ține. Cheltuiala ăleia, evident!

Și râdea ca de o glumă foarte bună, uitând că, doar cu puțină vreme în urmă, ofta și suspina de ți se rupea sufletul când povestea despre Y, despre cât de mișto, de sensibil, de interesant, de *cool* și de sexy este tipul și cât de mahalagioaică și de îmbârligătoare e Cutăreasca, sigur îl voia pentru ea cu orice preț. Ceea ce era de la sine înțeles, dacă se adeverea că îi plătea iubirea cu bani peșin.

În fine, Leila era veșnic îndrăgostită și, de fiecare dată, și degeaba, și de altul. Ca toate îndrăgostelile astea pasagere, de club. Și țineau tot atât, adică de joi până mai apoi.

Până într-o zi, când a ajuns la concluzia că ieșirile astea la modă printre cei care n-au altceva mai bun de făcut o storc de puteri și că nu mai e bună de nimic a doua zi, mai ales că, la fiecare distracție, tequilla era și bună, și multă, iar întrecerile de dat *shot*-urile peste cap o puneau la pământ – uneori chiar la propriu. Consecința a venit, poate, și din cauza faptului că rămăsese fără job, fiindcă șefa ei ajunsese la concluzia că e veșnic obosită și nu prea mai dă randament pentru leafa durdulie care-i era virată lună de lună în cont.

Așa că Leila a rămas treptat singură, căci haita de amici de cafenele și localuri nu era dispusă să-i plătească ieșirile în oraș, chiar dacă ea-i scosese pe cheltuiala ei de multe ori din casă, pe mai toți. Că așa era ea, cu adevărat bună și generoasă, dedicată prietenilor, dându-le crezare mereu celor flămânzi. Și mai ales însetați.

S-a dat aproape singură și cu adevărat disperată cu capul de toți pereții apartamentului ei cu două camere, cumpărat cu un credit împovărător de la bancă, și, cum-necum, a ieșit la liman, găsindu-și după câteva luni un alt job în același domeniu bănos, reușind rapid să-și achite datoriile făcute în timpul șomajului, ca să fie cu ratele la zi și să supraviețuiască. Iar pe cei câțiva prieteni buni pe care-i avusese în timpul dezastrului ei și financiar, nu numai sentimental, a început să-i neglijeze puțin câte puțin, când a reluat prietenia cu petrecăreții.

Pe Mircea l-a cunoscut pe internet, pe un site celebru pentru relații, chiar în perioada după ce-și găsise iar serviciu.

El părea să întrunească toate condițiile despre care vorbea ea mereu atunci când toți o întrebau ce caută: „Să fie ceva mai frumos ca dracu', să nu fie prost de să dea în gropi și să aibă și el măcar cât am eu, dacă mai mult nu se poate", declara ea mereu filosofic.

Iar Mircea era frumușel, dar nu din cale-afară, însă, oricum, cu siguranță nu te-ai fi jenat să ieși în lume cu el. Omul avea o garsonieră proprietate personală, achiziționată de părinți când prețurile erau mai pe măsura buzunarelor românilor, primită cadou la majorat, o mașină *second hand*, dar nu chiar ultimul jaf, ci hai să zicem antepenultimul, precum și un job mulțumitor și aparent sigur – că ce mai e sigur în zilele noastre? –, cu un salariu decent, chiar dacă era doar un simplu bugetar.

S-au întâlnit de câteva ori – prima dată la o cafea, când, ca să-i treacă emoțiile, Leila a dat rapid peste cap 100 de ml de vodcă. A doua oară, s-au văzut la o pizza, când, din nou tulburată, a mai topit două halbe de bere lângă o altă vodcă mititică – „Știi, berea merge ca unsă cu pizza", i-a explicat ea. A treia oară, s-au văzut când a tras de el să meargă într-un club de *house* cu gașca ei, semn că tipul îi căzuse deja cu tronc dacă era dispusă să-l prezinte amicilor. Atunci, au comunicat mai mult prin semne, că era o hărmălaie de nedescris și aveau boxele fix în dreptul lor.

Primul avertisment că ceva nu funcționează a venit atunci când Mircea, cu gentilețe, dar categoric, a refuzat concursul de băut *shot*-uri de tequila cot la cot cu ea și cu nepricopsiții ei de prieteni, după ce mai mult adulmecase decât băuse până atunci dintr-un cocktail nealcoolizat, că era cu mașina.

Pe urmă, când distracția era taman în toi, iar Leila deja se clătina pe picioare și râdea ca proasta-n prispă și dacă-i arătai un deget – și nu ăla mijlociu –, Mirciulică i-a urlat în ureche, la concurență cu boxele, că el s-ar cam retrage către casă, că era deja 3 dimineața și-i era somn tare, că e cam obosit, fiindcă se trezise la 6 dimineața cu o zi înainte, ca să meargă la job.

Leila, enervată că-i strică frumusețe de petrecere și văzând că nu-l poate convinge să mai stea, după ce și-a lins sarea de pe mână, i-a făcut un semn seniorial că n-are decât, că-l concediază, apoi a supt o felie de lămâie, turnându-și la final încă un *shot* de tequila pe gât.

Mircea, deși nu-i convenea deloc situația, nu a făcut-o pe supăratul, ci a continuat să o caute constant, un lucru însă spunându-i clar după ieșirea de pomină: că umblatul teleleu Tănase prin cluburi nu e chiar genul lui de distracție și că o roagă să încerce și altceva alături de el: plimbări prin parc, weekenduri la munte sau la casa de vacanță de la țară a familiei lui, vizite relaxante la părinții lui sau la familia ei, la prieteni la un grătar, un joc de whist sau yamms și alte chestii mai puțin gălăgioase sau neîmbibate în alcool de proastă calitate și botezat, dar vândut la prețuri exorbitante de patroni profitori și de barmani fermecători.

Pe Leila parcă ar fi lovit-o strechea când a auzit propunerile lui.

— Mie să nu-mi încalce nimeni libertatea, că iau foc, a zbierat ea la Coca, una dintre puținele prietene adevărate pe care le avea, când aceasta aplaudase propunerile lui Mircea.

— Ce libertate îți încalcă, tu? Ce câmpi bați? Omul nu le are cu alcoolul și cu împuțitele tale de cluburi, nu văd nimic rău în asta. Preferă să vă petreceți timpul împreună, altfel decât ți-l petreci tu cu imbecilii ăia, atât.

— Adică, ce? Eu sunt o bețivă sau cum? Păi, să-și caute, soro, o cumătră din aceea cu șorț de bucătărie la brâu și batic pe cap să n-o tragă curentu', să-i croșeteze fulare și ciorapi de lânică și să-i facă fasole cu cârnați și ceafă de porc la grătar, eu nu sunt genul. Toată viața mea am mâncat la restaurant și am ieșit în cluburi sau la mall, pe mine nu o să pună căpăstru un dobitoc care vrea să mă transforme în ceva ce nu sunt, într-o tăntică.

— Leila, să mor eu dacă mai pricep ce vrei. Păi, cine se plângea că-i ticăie ceasul biologic, că e singură și că n-are cățel, n-are purcel, că vrea o familie, un cre(ș)tin pe lângă casă, să aibă pe cineva cu care să-și petreacă viața? Păi, tu ce crezi, că așa se construiește o relație adevărată, cu ieșiri nonstop, fără intimitate, fără sacrificii, cu hahalere mereu atârnate de poalele tale ca floarea de mire la butonieră? Vrei de toate, dar tu cu ce vii într-o relație? Cu „Hai la club, hai să bem, hai zi de zi la cârciumă, hai la shopping cu nemiluita"? Chiar nu te înțeleg: ba că ești singură, ba că nu renunți la libertate! se enervase și Coca. Libertate să ce? Să pierzi nopțile prin cluburi, să bei, iar a doua zi să adormi cu capul pe birou la serviciu? i le-a trântit franc, în față, prietena ei sinceră.

— Nu mă înțelegi, a început Leila să scâncească alintat. Dacă nici tu nu mă înțelegi, ce pretenții să mai am de la alții sau de la boul ăsta de Mircea?

— Nu, tu nu înțelegi, Leila. Nu mai ai 19 ani, ești ditamai femeia, ai aproape 40 de primăveri și, vorba lu' mamaie, încă un pic și împletești cosițe albe, numai vântul o să-ți mai ridice fusta peste câțiva ani. Când ești singură, te smiorcăi că n-ai pe nimeni, adică un bărbat fix cum e Mircea. Dar n-ai făcut nimic ca să nu mai fii, nu ești în stare să sacrifici nimic atunci când îl găsești. Mai ales când omul este exact ceea ce pretindeai că dorești. Tu cam ce crezi, că la club ies ăia de vor să-și găsească iubirea vieții, burlaci care abia așteaptă să se însoare? Oamenii ies ca să se distreze și asta merge perfect cu o aventură de-o seară, maximum încă una când vă mai nimeriți beți turtă și singuri într-o altă noapte. Ăia din club nu caută relații stabile, ci doar exact ceea ce pot și ei să ofere: distracție fără obligații. Nu zic, e posibil să întâlnești și dragostea aia sublimă de la prima vedere, deși m-aș cam mira, că așa sunt eu, Toma Necredinciosul. Dar zi-mi și mie: tu ce-ai făcut? Ce relație durabilă ai construit tu cu unul care te-a agățat sau pe care l-ai agățat printr-un club? Zi-mi un nume, atât. Și unde-i acum ăla care a fost lângă tine atunci când ți-a fost greu, când ți-a fost rău? Îți zic eu: nu există! Pentru că o femeie cu probleme nu există pentru unul ca ăla! Fiindcă nu vrea complicații, că îi sunt suficiente ale lui, ba chiar are de dat și la alții. Și vrea doar divertisment, atât. Când apar dificultățile, dispare băiatul! Aa, sigur că da! Dacă ai fi vreo milionăreasă, crede-mă că ai găsi „iubire“ și la ăia! Și ar face exact ce vrei tu, pentru că oricum aia e viața pe care o visează un gigolo: bani, cluburi, restaurante, băutură, plăcere și amuzament. Leila, vino-ți în fire, fetițo! Lasă caii verzi de pe pereții cluburilor, că ăia nu zboară! Și mai închide robinetul ăla care curge și îți alimentează prieteniile de conjunctură, că nu ți-au adus nimic bun. Unde erau când ai rămas fără job și fără banii pentru ratele de la bancă? Te-a ajutat vreunul? Ți-au împrumutat ăia vreun leu, te-au scos din casă când te uitai numai la pereți și la televizor fără să înțelegi ceea ce vezi? Nu? Ah, păi, bănuiam. Adică nu bănuiam deloc, eram sigură. Te privește ce faci, draga mea, dar eu, ca prietenă, îți spun că nu e bine să pierzi un băiat ca Mircea și să te plângi lângă el că nu ești liberă, când libertatea o înțelegi atât de prost.

Leila nu mai zicea nimic. Nu-i conveneau adevărurile pe care i le trântise de la obraz Coca, fără menajamente. Se simțea prinsă într-o capcană din care nu vedea nicio ieșire. Mircea era și nu era acel Făt-Frumos din basme pe care-l așteptase. Și-ar fi dorit mai mult un tip dintre aceia fermecători, mereu veseli și puși pe distracție, pe care-i întâlnea în viața ei de noapte, bărbați care păreau lipsiți de grija zilei de mâine, ocupați doar să se simtă bine și să le facă pe femei fericite, un mascul feroce și în același timp tandru și calin ca un cotoi. Să aibă suficienți bani încât să-i asigure și ei o existență lipsită de griji materiale, călătorii, distracție, shopping de firmă cu toptanul și ieșiri în cele mai *cool* și la modă cluburi, cafenele și restaurante.

Mircea era tandru și cam atât. Ah, da, și își dorea o relație serioasă. Dar, în rest, nu avea niciuna dintre calitățile care ar fi făcut-o pe Leila fericită sau îndrăgostită încât să umble pe tavan. Așa că a decis să rupă legătura cu el. Era de preferat singurătatea în locul unui partener nepotrivit. Așa se gândise ea și așa făcuse. „Iuhuu, singurătatea, dar și libertatea", bătuse ea din palme fericită, ocolind-o pe Coca și omițând să-i mai răspundă la telefon.

Și și-a reluat periplul nocturn alături de amicii ei amuzanți și cam destrăbălați, trezitul după câteva ore insuficiente de somn, băutul până nu-și mai aducea aminte cum ajunsese acasă și la birou, dimineața.

Când a lovit-o trăsnetul accidentului de mașină, încă era cu capul în nori și, dezmeticindu-se ușor la spital, unde a ajuns cu alcoolemie mare, cu fracturi multiple și traumatism cranio-cerebral minor, a cerut o vodcă să-și revină din șoc. „Am avut accident?!? Eu? Nu se poate! E imposibil!", și-a repetat zile la rând, chiar și când a auzit că șoferul mașinii în care urcase și cu care plecase de la club era și beat, și drogat. Refuza să accepte realitatea.

A început operațiile, sperând că fracturile pe care le avea o vor scuti de neplăcerile viitoare care li se întâmplă doar celorlalți. Lucru care nu s-a întâmplat, din nefericire...

De luni de zile, Coca merge cu ea de mână peste tot, la medici, clinici, fizioterapie. Iar Mircea, care a aflat totul de la Coca, s-a luptat pentru Leila, încurajând-o, interesându-se peste tot, căutând soluții și medici care ar fi reușit să o scape de nenorocirea care se abătuse peste ea: scaunul cu rotile. Ceilalți prieteni? Iubiții închipuiți? Cine mai știa ceva despre ei? Dispăruseră în ceața cluburilor pe care obișnuiau să le frecventeze împreună...

AȘTEPȚI UN CADOU?

IRINA BINDER

Cândva, în copilărie, mi-am dorit mult o păpușă anume, care era la modă pe atunci. De câte ori treceam pe lângă vitrina în care era expusă, mă uitam lung la ea și-i băteam apropouri lui tata, spunându-i cât de mult îmi place. Speram că, dacă-i tot repetam că mi-o doresc, o să mi-o cumpere.

— Dacă-ți place și ți-o dorești, de ce nu ți-o cumperi singură? m-a întrebat tata

Știa că am bani din pușculiță, dar și din „renta“ mea săptămânală, bani de cheltuială pe care-i primeam regulat dacă eram cuminte și nu cumva mă învârteam de vreo pedeapsă.

— Aștepți să ți-o dăruiesc eu? Dăruiește-ți-o singură, mi-a zis el categoric.

„Cine a mai pomenit să-ți faci singur un cadou?“, am gândit cu mintea mea de atunci. Dar tata, în ciuda așteptărilor mele, nu mi-a dăruit păpușa. Iar eu am râvnit la ea, așteptând în zadar.

Mai târziu, când am mai crescut, m-am confruntat cu o experiență asemănătoare, iar tata mi-a oferit o lecție prețioasă.

— Nu aștepta de la alții să-ți ofere lucrurile pe care ți le dorești. Oferă-ți-le singură. Nu trebuie să depinzi de nimeni ca să îți faci o bucurie sau ca să ai lucrurile ce-ți sunt necesare, mi-a subliniat el cu înțelepciune.

Și mi-a dat ca exemplu femei din anturajul nostru care nu primeau niciodată de la soții lor un buchet de flori sau un cadou de ziua lor.

Am înțeles perfect mesajul tatălui meu și m-am purtat în consecință tot restul vieții mele. Mi-am dăruit singură tot ceea ce mi-am dorit.

Îmi amintesc de o zi în care mă întorceam de la piață cu un braț plin de bujori. M-am întâlnit cu o cunoștință care m-a întrebat de la cine am primit florile, iar când i-am spus că mi le-am cumpărat singură, a părut mirată.

Ce este greșit în a-ți cumpăra singură flori – dacă acestea te bucură și-ți înfrumusețează casa? Și de ce ar trebui să-mi refuz o asemenea bucurie dacă nu există cineva care să mi-o aducă în dar?

Din păcate, aud adesea femei care se plâng că soțul/iubitul nu le face niciun cadou, nici măcar de Mărțișor sau de 8 Martie. Sau, dacă totuși o fac, dăruiesc lucruri superficiale, care nu le bucură.

Și-atunci, doamnelor și domnișoarelor, de ce nu vă cumpărați singure ceea ce vă place? Un parfum, o cremă bună, fardurile la care râvniți...

Iar dacă dorim ca bărbații noștri să ne cunoască tabieturile, gusturile, plăcerile, nevoile și dorințele, ar trebui să-i învățăm. Ei nu sunt la fel de receptivi ca noi, dar aceasta nu înseamnă că nu le pasă, că nu sunt generoși, că nu își doresc să ne facă daruri care ne aduc fericirea.

Așadar, în zilele de 1 și de 8 Martie, când sărbătorim sosirea primăverii și Ziua Femeii, oferiți-vă ceea ce vă place și bucurați-vă!

Iar dumneavoastră, domnilor, dacă sunteți soți și iubiți minunați, tați minunați sau fii minunați, dăruiți-le femeilor pe care le iubiți lucruri frumoase, care să le facă fericite. Faceți un mic efort pentru cele care vă iubesc, care vă îngrijesc, care sunt mereu prezente și atente la nevoile voastre. Ele vi se dăruiesc tot timpul, trup și suflet. Oare nu merită o bucurie prin care să le arătați prețuirea și iubirea voastră?

Apropo de ceea ce ne oferim și ce merităm, hai să vorbim și despre cât și cum investim în noi. Iată câteva idei personale care sper să vă ajute să vă limpeziți ideile.

Ei bine, cine mă cunoaște știe că sunt pasionată de parfumuri și de cosmetice. Dar nu țin cu tot dinadinsul să am produse cu nemiluita. Sunt o femeie practică și nu aș încuraja niciodată risipa. Chiar nu sunt adepta unui sertar plin de rujuri și de farduri pe care să nu le folosesc. Prefer să am două sau trei cu care să jonglez în funcție de nevoi și de situație, nu zeci care să zacă aruncate pe undeva și pe care să nu le scot la lumină nici măcar din an în Paști, lăsându-le să expire. Singura condiție pentru cele două sau trei rujuri pe care le am este să fie de calitate. Și e valabil pentru orice tip de produs.

Ei, aici apare o problemă cu care mă confrunt de mult timp: mentalitatea unor femei care consideră că nu au bani de investit în cosmetice de calitate. Prejudecăți de genul „E prea scump“ sau „Cu banii dați pe unul îmi iau mai bine două sau chiar trei“.

Eu sunt de părere că nu ar trebui să ne mulțumim cu puțin, nici cu orice, ci să aspirăm la ce e mai bun și la ce ni se potrivește. Calitatea face diferența întotdeauna, mai ales în cazul produselor care se aplică în zona ochilor, pe buze sau pe piele în general.

Da, dar calitatea costă... nu-i așa? Adevărat. Și nu numai o dată mi s-a aruncat în față afirmația deplasată și grosolană „Eu n-am banii tăi!“. O afirmație care m-a făcut să mă simt incomod și chiar vinovată, până când am stat să analizez situațiile și am mi-am dat seama că acele replici veneau tocmai de la persoane care și-ar fi permis, dar care nu știu să-și organizeze bugetul și au alte priorități.

Sunt sigură că există multe femei care trăiesc cu impresia că nu au suficienți bani pentru a investi în lucruri de calitate și care consideră ar fi o extravaganță să cheltuiască 150 de lei pe un ruj, de exemplu. Sau pe un fond de ten bun. Sau 300–400 de lei pe un parfum... Dar nu se gândesc că nu cumpără zilnic asemenea lucruri, nici că se vor folosi de ele timp de câteva luni și că, dacă ar fi să împartă banii cheltuiți pe un ruj, parfum etc., și-ar da seama că acel „mare răsfăț" a costat în jur de 20–30 lei pe lună. Exact atât. Bani pe care îi cheltuim zilnic pe țigări, pe dulciuri, uneori pe taxi, pe sucuri nesănătoase. Adică pe chestii care n-ar trebui să fie prioritare în fața frumuseții și confortului.

Cred că noi, femeile, am dobândit o mentalitate greșită, preluată de la mamele și bunicile noastre, care au fost femei de sacrificiu, au trăit numai pentru și prin copiii lor, au învățat să se sacrifice numai pentru alții și pentru casă, s-au mulțumit cu puțin sau chiar cu nimic, au trăit cu impresia că nu li se cuvine mai nimic și că sunt datoare numai să ofere, fără să ceară nimic în schimb. Femei care nu au cunoscut stima de sine, femei care au prețuit mai mult lucrurile din casă decât propria persoană.

Dar vreau să cred că acele vremuri au apus. Îmi place să fiu convinsă că doamnele de azi știu să se întrețină și că, pe lângă faptul că își îngrijesc familia cu multă dragoste și dăruire, știu să se îngrijească și ele.

Mă întristează femeile care poartă pe chip și pe mâini urmele trudei și ale renunțării la iubirea și respectul de sine... Și mă bucur că mama mea nu este una dintre ele. Aș suferi acum să știu că mi-a dat totul mie, că a sacrificat totul pentru mine și că și-a luat dreptul de a se simți frumoasă, femeie, de a se răsfăța, de a se iubi și de a se prețui. Fiindcă nicio femeie nu merită să se abandoneze, să se neglijeze și să-și refuze bucurii și lucruri firești, necesare. Prin natura sa, femeia renunță oricum la mult prea multe lucruri și mi se pare nedrept să-și refuze și dreptul de a-i păsa de ea însăși, de a se desfăta din când în când cu câte un lucru care îi este necesar și care îi și place.

M-am întristat și revoltat ori de câte ori am auzit afirmații de genul „Nu știu ce-mi face bărbatul meu dacă dau atâția bani pe un parfum“ sau „Îmi doresc și eu, dar să văd dacă mă lasă soțul să îmi iau“. Și știți de ce m-am întristat? Pentru că am auzit asemenea lucruri de la femei care muncesc, câștigându-și existența singure, dar se tem de bărbații lor – care fumează câte două parfumuri pe lună ori beau bere de tot atâția bani.

Îmi amintesc o scenă din copilărie care m-a marcat. Mama se machia, iar tata a remarcat printre fardurile înșirate pe masă un ruj în care abia se mai vedeau câteva urme de produs și în care stătea înfipt un băț de chibrit, pe post de spatulă cu care să mai scoată ce rămăsese. Tata a luat rujul și a întrebat-o pe mama de ce nu îl aruncă și de ce se chinuie cu el așa. Tata cunoștea raționamentul mamei: voia să folosească până la ultimul miligram din produsul ei preferat. Totuși, i-a spus că nu i se pare normal să se poarte ca o calică.

— Draga mea, nu ești atât de săracă încât să procedezi așa. Îți voi da bani și, te rog, insist, vreau să îți iei câte rujuri ai nevoie, dar să nu te mai văd cu resturi d-astea, i-a spus tata.

Și exact la fel a procedat și cu mine. M-a încurajat mereu să am lucruri de calitate și să mă îngrijesc.

Am primit primul meu parfum la vârsta de 14 ani. Îl foloseam cu măsură, cu teama că se va termina și voi rămâne fără. Într-o zi, când plecam undeva, tata m-a întrebat dacă m-am parfumat.

— Nu, i-am spus. Nu stric eu parfumul aiurea.

Atunci, tata m-a întors din drum, îndemnându-mă să mă parfumez și să nu fac economie, fiindcă îmi va cumpăra altul când se va termina.

— Nu pune nimic la păstrare. Azi, suntem; mâine, cine știe? Bucură-te de lucruri dacă tot le ai, m-a învățat cu înțelepciune tata.

Știu, există părinți care nu i-ar încuraja pe copiii lor astfel, de teamă că le-ar transmite idei greșite. Depinde. Un copil bine educat, crescut să aibă bun-simț și valori și să creadă în ele, nu va abuza niciodată de bunătatea nimănui și nu va trăi niciodată cu impresia că i se cuvine totul. Eu am învățat de la tata să mă prețuiesc și am dobândit mai ales ambiția de a munci pentru a avea tot ceea ce îmi doresc.

Înainte să vă interziceți lucruri care vă plac sau vă sunt necesare, gândiți-vă bine la priorități și stabiliți dacă într-adevăr sunt prea costisitoare pentru voi și nu vi le permiteți. Le admir pe femeile care spun „Mai bine nu mănânc, dar îmi iau un parfum de calitate"! Da, sunt lucruri de care avem nevoie, care ne fac fericite, de care depindem pentru a ne simți frumoase și încrezătoare. Și asta înseamnă că nu sunt deloc fleacuri. În plus, le merităm. Și, da, dacă stați puțin să vă gândiți, ele ar putea să ne fie oferite din când în când, ca semn al aprecierii și al prețuirii față de eforturile noastre neobosite de a-i înfrumuseța și îngriji pe soții noștri, pe copiii noștri, pe părinții noștri.

Eu nu îmi refuz lucruri care îmi plac și care îmi sunt necesare. Și nu o să mi le refuz niciodată. Nu stau pe gânduri dacă îmi doresc rujul Chanel care îmi place atât de mult sau alte bucurii cu care sunt obișnuită. Mi le-am cumpărat chiar și atunci când aveam salariul mic – cu eforturile de rigoare, desigur. Dar a meritat pe deplin să fac asta, pentru confortul și pentru starea mea de bine. Pentru stima pe care trebuie să mi-o port singură.

Am cunoscut femei care au amânat să își ofere tot felul de obiecte pe care și le doreau și care au murit înainte să apuce să cunoască bucuria de a le avea și de a le folosi pentru răsfățul lor...

Îmi doresc să cred că fiecare dintre voi vă veți oferi tot ceea ce vă bucură și că nu veți uita niciodată că meritați tot ce este mai bun și mai frumos.

Mâine cum ai de gând să trăiești? Ce ți-ai propus să schimbi pentru a crea cea mai frumoasă versiune a ta și pentru a trăi cât mai frumos? Pentru că Tu, cea care te privești acum în adâncul sufletului, ești tot ce ai mai de preț..

CE ÎNSEAMNĂ, DE FAPT, IUBIREA?

IRINA BINDER

Oameni perfecți? O viață perfectă împreună? Asta înseamnă? Nicidecum.

Este tocmai o legătură perfectă între oameni imperfecți... Este tocmai o viață imperfectă, dar trăită din plin și frumos împreună. Este despre dăruire, despre încercări și despre iertare. Este despre sacrificii, despre așteptări și despre renunțări la visuri... Este despre două inimi care tresar la aceleași emoții, despre ochi care plâng la unison pentru aceleași dureri, despre zâmbete care se întâlnesc și se recunosc – pentru că acele zâmbete se iubesc. Este despre amintiri frumoase adunate o viață întreagă împreună...

Iubirea este o poveste frumoasă, cu momente fericite, dar și cu momente de adâncă tristețe, cu clipe de rătăcire, dar și de regăsiri minunate. Este un drum lung și plin de neprevăzut, pe care doi oameni care se iubesc merg alături, cunoscându-se, ajutându-se, ridicându-se, mângâindu-se, sprijinindu-se, înțelegându-se, iertându-se. Iubindu-se...

Vă doresc cu toată inima să trăiți această poveste de iubire minunată, cu un sfârșit fericit, care să le smulgă lacrimi de admirație acelora care o vor afla!

ȘI, DACĂ POT SĂ IUBESC, MI-E DESTUL

CARMEN VOINEA-RĂDUCANU

Posibil, nu te-aș contrazice, draga mea. N-aș îndrăzni să mă pun de-a curmezișul iubirii nimănui, cum să o fac taman cu tine?

Dar spune-mi și mie: chiar ți-e destul Crăciunul pe care-l petreci singură între patru pereți? Că el e gelos ca un maur și n-a fost de acord să mergi la prietena aceea care te-a invitat pe la ea. Deși ea e măritată și invitații ei erau familii cu copii. Da, e drept, venea și un Moș cam tinerel, actor, tânără speranță. Probabil că de aceea s-a încordat atât de mult să stai acasă, ca nu cumva să te așezi pe genunchii hodorogului și să-i spui poezii, iar ~~băiatul~~... ăăă, scuzați, Moș Crăciun cu plete dalbe, să nu cumva să scoată din desagă vreun cadou surprinzător. Și, da, singurul pe care ai fi putut să-l primești, fiindcă iubirea vieții tale s-a scuzat că și anul acesta o să sară peste obiceiul ăsta penibil și comercial, din import. Că el nu rezonează cu astfel de prostii; că oamenii își dăruiesc unii altora iubire, nu parfumuri, cum i-ai luat tu lui. Vai, noroc că i-a plăcut, altfel ce te făceai? O dădeai în bară grav!

Dar despre Paște ce ai să-mi povestești? Că și pe ăla l-ai sărbătorit singură, spărgându-ți de capul ăla prost ouăle roșii.

Sau de pereți – și capul, și ouăle, tot aia. Mda, mă rog, n-ai fost singură: era cu tine iepurașul ăla de ciocolată pe care l-ai pus moț în mijlocul coșulețului cu ouă vopsite și cu iarbă din hârtie creponată. Aveai și morcov pentru el, pentru că tremurai la gândul că te-ai despărțit de Iubi fix cu o zi înainte, iar el era cam supărat când i-ai oferit cadoul – cureaua nu era din piele, era din țesătură, că era model sport, pentru blue jeans, iar firma de la care-ai luat-o e una fină, nu-și pune inițialele la vedere, să știe tot românul ce fiță porți. Da, a luat cadoul cu ambele mâini, dar nu i-a plăcut cum i-ar fi plăcut un model mai scump și mai fățos. Drept pentru care te-a pedepsit și nu ți-a oferit niciun dar, uite-așa, să te înveți minte pe viitor!

Hai că o să fac o ultimă încercare: în concediu de una singură cum a fost? Aaa, cum așa, n-ai fost plecată nicăieri? Tot acasă l-ai petrecut și pe ăsta? Da, da, știu. Unde să mergi fără el? Să te duci în Grecia singură și de capul tău, să te curteze cine știe ce Vasilis, Dimitris ori Adonis? Că sălbaticii ăia parcă înnebunesc când văd blonde, altfel suflete caritabile cu doamnele și domnișoarele singure, și nu mai scapă femeile fără o invitație la vreo tavernă sau la distracție, la *bouzoukia* și petale de flori luate cu pumnul din coșuri și aruncate peste ele.

Nu-mi spune, îmi imaginez că de Italia cel puțin nici n-a vrut să audă, Doamne apără și păzește! Că toți italienii ăia, Romeo, Gianni sau Alfonso, sunt niște gigoloi fără scrupule, cu o vrăjeală căreia nicio statuie a lui Michelangelo nu-i poate rezista. Te invită seara la bar la un Campari sau dimineața la un cappuccino, la prânz la paste și la cină la o pizza – și o să plouă peste tine cu o baniță de complimente: „*Bella ragazza, ma che fai, come ti chiami, sei bellissima, ti amo, ti adoro, mamma mia, andiamo a fare l'amore!*"

Da, ai dreptate, e mai bine să te duci la mama ta, la țară. E mai *safe*. Gheorghiță, Ionică sau Costică s-au însurat devreme, că așa e viața la sate, nu-s cârlani să umble teleleu prin curțile oamenilor după femei. Plus că nu dau pe dinafară de *savoir-vivre*, de maniere, așa că adio pericole dinspre partea lor. Cum? Acolo n-ai vrut *tu* să mergi? Să nu intre familia la idei când tu tot timpul te-ai lăudat că ai pe cineva pe care-l iubești și care e topit după tine? Atunci, treaba ta, na! Că el nu te-a obligat să stai acasă, închisă iar între patru pereți. E vina ta, el a fost băiat salon și nu te-a împiedicat să te relaxezi în concediu și să-ți vezi neamurile.

Da, știu, nu-mi explica, îl iubești de nu te vezi, am remarcat. Chiar nu te mai vezi deloc, de parcă n-ai exista. De parcă n-ai mai fi pe lume. În schimb, îl vezi numai pe el oriunde te-ai uita. Și vezi numai ce vrea și când vrea el.

Ei bine, speranțe urzite din iluzii, draga mea! Te rog să mă scuzi că eu văd ceea ce se întâmplă, nu ceea ce-ți spune el. Asta mai ales pentru că te prefaci că nu vezi. Cum n-ai vrut să vezi că el de Crăciun era cu soția lui și copiii la schi, în Austria, că apoi au dat o fugă și la shopping, la Viena. Nu de alta, dar mai era de vizitat și celebrul târg pentru Sărbătorile de iarnă, pe care nu l-au ratat. Unde au băut vin fiert și au mâncat cârnați și șnițel, apoi au făcut dragoste, încălziți de atmosfera relaxată de Sărbători, după ce au trimis copiii în camera lor, la culcare.

Iar de Paște am văzut din nou ceea ce tu, închizând ochii, ai mimat că nu există: au profitat din plin de oferta unei agenții de turism și au petrecut un *city break* romantic și prelungit la Paris, au luat la pas Champs Élysées, au mâncat stridii și au băut șampanie în Montmartre, au fost la un show incendiar la Moulin Rouge și desigur că au făcut și dragoste. Că erau de capul lor, ăia mici erau la mama lui, să-i răsfețe cu de toate și să se amuze cu jocul acela când cauți ouă de ciocolată împânzite prin toată grădina.

În vacanță, însă, deși erau în Turcia, la un resort de numai cinci steluțe ultra-*all inclusive*, eu am reușit să-i văd și pe el, și pe nevastă-sa. Tu nu, că erau dincolo de graniță și nu bați bine la distanță. Erau cu cățel și cu purcel, dar și cu prietenii de familie și progeniturile din dotare, o ciurdă întreagă de copilași, ai lor și ai celeilalte familii. Află, draga mea, că s-au distrat la maximum! Și-au turnat băutură și în cap, zi de zi și seară de seară, și au mâncat nonstop, de ziceai că-s sparți, Doamne apără și păzește! Dragoste? Sigur că au făcut, dar să știi, dacă te încălzește cu ceva, că numai după ce-și culcau copiii la ei în dormitor. Apoi, intrau cu un pahar de vin roșu, goi pușcă, în jacuzziul privat de pe terasa apartamentului lor cu vedere fabuloasă spre mare.

Oricum, te rog frumos să nu te superi pe mine. N-aș suporta să știu că adevărul te-a îndepărtat de mine pentru că văd bine și, mai ales, pentru că îmi pasă. Da, mie chiar îmi pasă de tine. Și ești mai mult decât o amantă, poți mai mult decât să fii o nefericită și singuratică amantă. Și meriți mai mult, meriți chiar un bărbat pe care să nu-l împarți cu alta, chiar dacă nu-ți vine să crezi. Meriți să trăiești în lumina zilei, nu ținută ascunsă în casă de ochi curioși și guri slobode – ca să nu afle soția lui. Nu meriți să numeri orele până când Măria Sa o să se îndure să treacă pe la tine, în timp ce-i spune doamnei din dotare și care-i poartă numele, o altă victimă, că are ședință sau e la un șpriț cu băieții.

Știu, poate că nu e chiar treaba mea să mă amestec în astfel de probleme de suflet. Eu sunt, așa, mai pragmatică și realistă, mai dintr-o bucată, nu sentimentală, mai... nevastă, nu fragilă și sensibilă ca tine. Însă chiar m-ai călcat pe nervi când, la toate cele de mai sus, mi-ai șoptit cu un nod în gât, de parcă n-aș fi și eu femeie și de parcă n-aș trăi pe lumea asta:

— Nuuu, nu e adevărat, nu sunt deloc vioara a doua, pe mine mă iubește. Inima lui e doar a mea, pentru nevastă-sa nu mai simte nimic, de multă vreme. Mai ales de când m-a întâlnit pe mine. Stă cu ea din obligație, pentru copii, să nu-i traumatizeze. Când vor crește, va veni definitiv la mine.

Habar n-ai ce fel de sentimente ne leagă. Tu n-ai cum să mă înțelegi, n-ai cum să pricepi ce înseamnă iubirea dintre noi și profunzimea care ne leagă, iubire în care sacrifici totul pentru persoana iubită. Pentru că „amantă“ înseamnă „femeie iubită“, da? Vine din latină și înseamnă îndrăgostire sau așa ceva, filoloago! Și mai știi ceva? Chiar dacă nu mă iubește, cum crezi tu – deși nu e deloc așa –, dacă eu pot să iubesc, mi-e destul...

Mda. Așa, carevasăzică... „Dacă eu pot să iubesc, mi-e destul...“ Ce să mai zici? Oricât i-ai dori binele, nu e suficient dacă nu și-l dorește și ea...

Și-am tăcut. Dar nu înainte să le dedic tuturor bărbaților care seamănă cu domnul din povestea mea o melodie de o rară sensibilitate, de o largă inspirație și de un imens succes. Melodie care seamănă cu ei, li se potrivește ca stil și mesaj poetic și zice cam așa:

Să iubești două femei,
Una-i mama la copii,
Alta-i pofta inimii...

Sau cam așa ceva, *excuse my french*. Pam-pam!

E CLAR: ARE PE ALTCINEVA

IRINA BINDER

Apare Prețiosul acasă, târziu. Cam târziu... Și îmi spune miorlăind răgușit, ca un motan hărtănit și scărmănat bine după o escapadă pe acoperișuri:

— Stai departe de mine, că mă apucă o răceală și nu vreau să te îmbolnăvesc.

Așadar, ciuciu pupic. Ce să mai zic? Tac. Okeyuț...

Se așază ostenit nevoie mare pe colțar și, total absent, îl fură peisajul cu ochii la o emisiune de la televizor. Eu, în schimb, pe gânduri, îl privesc atentă și întrebătoare, dar zâmbitoare. Încerc să îmi dau seama de ce sclipește el așa, mai ceva ca aurul în lumina unui soare puternic de vară... Ce să mai, strălucitor ca nimeni altul. Fiindcă – și sigur nu mi se pare – domnul meu are fața plină de sclipici. O fi el prețios, nu zic ba, dar parcă e prea de tot, între noi fie vorba.

Mda, clar că este un sidef de la vreun produs de machiaj... Pe fața lui e, așa, ca o scânteiere foarte fină, dar care insistă să iasă în evidență. Adică să-mi sară mie în ochi. Pare de pe la vreun „blaș“ sau „ilumineizăr“. Zic „Mda“ în sinea mea pentru a doua oară...

Cum stăteam așa și cugetam, mi-am adus brusc aminte că exact eu, cu gura mea, i-am spus de câteva ori că, dacă va întâlni o alta mai frumoasă, mai suplă, mai tânără, mai cu moț sau cu ce mai vrea sufletul lui, să nu fie fraier și să rămână cu mine, ci să-și vadă de drumul lui. L-am asigurat din răsputeri că-l iubesc atât de mult, încât fericirea lui e mai importantă decât să-l am lângă mine abătut și trist, obligat și nefericit, și că îmi doresc tot ceea ce este mai bun pentru el. Nu, nu glumesc.

Acum, serios, oricât de greu mi-ar fi să-l pierd, eu nu iubesc egoist, nu depind de el și de nimeni și, da, știu să iubesc atât de mult încât să mă pot bucura de fericirea lui... alături de alta. Dar după ce plâng o perioadă și consum un tir de dulciuri, desigur. Că nici eu nu-s de piatră.

Și, cu aceste gânduri în cap care nu-mi dau pace, l-am abordat direct, franc, fără menajamente.

— Ce ai pe față?

— Ce-am pe față? N-am nimic, a bâzâit el, indiferent și mofluz, trecându-și mâna peste obraji.

— Sclipești.

— Habar n-am, a ridicat el din umeri cu nepăsare. O fi de pe la asteroizii tăi sau meteoriți, ce-or fi.

Aha, se referea la pudra sidefată Meteorites Guerlain, cu care l-am disperat că nu o găseam, iar el a căutat-o prin multe magazine de profil la rugămintea mea...

— Nu are cum, mi-ai zis să stau la distanță că ești răcit. Iar eu nu sunt machiată, am gângurit suav.

— Atunci nu știu ce am, a dat el din mâini a neputință, tot cu ochii proptiți în televizor.

Se uită în continuare la emisiune de parcă viața lui toată ar depinde de ceea ce vorbesc ăia acolo.

Iar eu îl fixam mai departe, fără să-mi iau ochii de la el. Vă imaginați ce era în mintea mea, cred că e inutil să mai spun. El, impasibil în continuare, face pe nefericita victimă a răcelii. Tușește, își suflă nasul, se văicărește, se alintă, mă roagă să îi fac un ceai. „Păi, da, normal. Dar de ce nu ți-a făcut aia care te-a umplut de sclipici?!", m-am gândit eu, cu zâmbetul interior transformat într-un rânjet.

Eram răutăcioasă, deși era evident că nu se simte bine. Iar eu fierbeam în același timp cu apa pentru ceai, fiindcă nu-mi spunea o dată pentru totdeauna, bărbătește și hotărât, că trebuie să discutăm ceva. Așteptam cu înfrigurare discursul ăla despre cât de minunată sunt și bla, bla, bla, despre cum a întâlnit pe cineva și, ce să vezi, dar s-a întâmplat să bla, bla, bla. Sigur, el nu vrea să mă rănească, dar viața bla, bla, bla... și iubirea care bla, bla, bla și inimii căreia nu-i poți spune bla, bla, bla. Adică textele obișnuite, știți voi la ce mă refer, că și femeile, și bărbații le cunosc.

Dar nu. Absolut nimic. El tăcea și se uita la televizor! Uf!

— Vrei să te demachiezi? l-a întrebat candid drăcușorul din mine, fluturând mărunt din gene.

— Cum să mă demachiez? mi-a răspuns, tot cu mințile în altă parte.

— Atunci... vrei să-mi spui ceva? am insistat, tot sperând că-mi va spune adevărul.

— Da.

Răspunsul lui a căzut peste mine cu greutatea unui bolovan azvârlit de foarte sus. Acum e momentul, acum va mărturisi tot! Mă țineam cât puteam de tare.

— Iubita, nu pot veni la București cu tine în 28.

Da, era clar. Cam așa începe totul, știu eu. Sigur, are treabă băiatul! Și încă ce de treabă! A uitat că noi, împreună, de comun acord, am stabilit că, dacă unul dintre noi se amorezează fulgerător de altcineva, ne vom spune sincer adevărul și nu vom fi duali... Dar el e un laș. A promis! Și, cu toate astea, nu are curajul să-mi spună ce se întâmplă.

De nervi, îi storc o lămâie întreagă în ceai, uite-așa, ca să simtă ce simt eu... Iar după aceea mă duc în baie să mă dau cu cremă de mâini. Văd pe lavoar cutia cu șervețele din care Prețiosul meu a scos neglijent câteva și observ ceva ciudat. Șervețele sclipesc, sunt perlate. Ha?! Nu pricep: de ce ar face producătorul șervețele cu sclipici pe ele?!? Le pipăi, caut să văd dacă se ia sclipiciul, dacă rămâne pe degete. Rămâne. Se ia, logic! Am toată mâna sclipicioasă de parcă ar fi din aur, în lumina din baie... Ups!

Fug cât pot de repede în living.

— E prea acru ceaiul?! Stai, îți fac altul imediat! Îți aduc și miere! Vrei să-ți fac și o frecție? Să merg la farmacie să-ți iau vreun medicament anume, bolnăviorul meu?...

Alege să trăiești senin, în pace, armonie și iubire. Iubirea e atât de frumoasă și suntem atât de dependenți de ea!... De ce oare ne preocupă atât de mult ura și urâtul, deși ne aduc doar nefericire?

NUMAI NOI, FEMEILE

IRINA BINDER

Numai noi, femeile, suntem capabile să păstrăm flori uscate, biletul de cinema și ursulețul de pluș, pe care îl îmbrățișăm atunci când ne este dor de cineva sau când ne simțim singure.

...suntem capabile să uităm dintr-odată toate dezamăgirile atunci când omul iubit ne îmbrățișează.

...suntem capabile să așteptăm ore, zile și ani împlinirea unui vis. Să îl abandonăm, ca apoi să îl visăm din nou.

...suntem capabile să ne mutilăm sufletul acceptând nedreptăți și iertând neîncetat.

...suntem capabile să ne închidem în casă și să plângem zile întregi, ca apoi să ieșim în lume cu un zâmbet senin pe chip.

...suntem capabile să ne hrănim mult timp cu dulcile calinerii primite prea rar și poate prea puțin...

Numai noi, femeile, ne îndreptăm către fereastră de sute de ori atunci când așteptăm pe cineva drag.

Numai noi, femeile, ne dăruim și ne abandonăm total, deși suntem conștiente că există riscul să fim mințite, rănite, părăsite.

Numai noi, femeile, putem iubi și oameni care nu ne iubesc...

SĂ NU NE RĂTĂCIM

Carmen Voinea-Răducanu

Nu ne întâlneam toată ziua-bună ziua, nu eram nedezlipite una de cealaltă și nu ne sufocam reciproc, lăsându-ne mereu liber spațiul vital una alteia. Pentru că așa am pornit în prietenia noastră de la bun început – chiar dacă eu eram liberă ca pasărea cerului, fără iubit, soț, copii și fără familie, iar ea era o femeie căsătorită și cu doi copii. Cum se spune, cu obligații.

Dar, când ne regăseam, nu exista nici măcar o clipă de plictiseală între noi. Orice-am fi discutat era important, era palpitant, era vesel sau trist și ne făcea bine în egală măsură, ne descărcam desaga sufletului, ne ajutam astfel să mergem înainte, ne bucuram și ne luminam ziua una alteia. Era minunat. Era minunată!

O iubeam pe această prietenă, dar n-aș vrea să se înțeleagă că ar fi fost cumva perfectă, fiindcă nu era. Cum nici eu nu am fost vreodată – și o repet mereu, fiindcă, nu știu pentru care motiv, oamenii tot mai cred că trebuie să fie perfecți ca să poată fi acceptați, iubiți, înțeleși sau doriți.

Dar acestei femei chiar simțeam că-i pasă de mine cu adevărat. Sufletul meu știa că mă iubește la rândul ei așa cum o iubeam și eu, iar asta mă făcea să mă simt prețuită, să mă simt cu adevărat eu, cea pe care, de cele mai multe ori, o ascundeam de privirile oamenilor, din teama de a nu fi respinsă, de a nu fi judecată greșit și, de ce nu, din frica de a nu fi umilită.

Îmi cunoștea defectele, nu le aproba, dar nici nu mi le scotea pe nas, îi știam neajunsurile și o prețuiam cu ele cu tot, pentru că nu erau ceva de neiertat. Altfel între noi două nu ar fi existat prietenie și sentimentele noastre nu ar fi avut nicio legătură cu iubirea, dacă la primul defect descoperit una alteia am fi dat bir cu fugiții și nu l-am fi dezbătut, combătut și, slabe speranțe, anihilat.

— Ne vedem, Carmenuță? Poți în ziua și la ora cutare? mă întreba ea, când și când, de câte ori avea câteva ceasuri libere pe care putea să le petreacă în compania mea.

Poate că de câteva ori pe an se întâmpla bucuria revederii, să zicem de maximum șase sau șapte ori, dar asta făcea mereu întâlnirile noastre mai frumoase și discuțiile mai intense și bogate în întâmplări. Eram în stare să las totul baltă ca să mă văd cu ea și, de câteva ori, am și făcut-o, atât de drag îmi era să-mi petrec timpul în compania ei, atât de îndestulătoare erau de fiecare dată discuțiile dintre noi! Și-mi făceam plinul, astfel încât să mă satur și să-mi ajungă până la următoarea revedere, care putea fi chiar și peste câteva luni bune.

Îmi cunoștea viața, i-o cunoșteam și eu pe a ei. Nu aveam ascunzișuri, ipocrizii, plângeam în fața ei, plânsese în fața mea. Îmi mărturisise lucruri importante, așa cum fac mereu prietenele bune, iar eu, deși mai greu, într-un târziu am făcut la fel, încurajată de purtarea ei deschisă și de încrederea pe care mi-o acordase. Pentru că, să fiu sinceră, crezusem mereu că e prea bună pentru mine, că nu merit o asemenea comoară de prietenă, o doamnă, o frumoasă și o fină, o ființă înțeleaptă, curajoasă și demnă.

Nu îmi dăduse niciodată motive să cred că se consideră altfel decât egala mea – deși, vă rog să mă credeți, îmi era superioară. Cu adevărat, fără tăgadă. O admiram, o aplaudam pentru felul ei drept de-a fi, pentru bunătatea și înțelepciunea ei, pentru spiritul ei cinstit și bun. Și-mi plăcea la nebunie și pentru că mă plăcea. Pe mine! Și, nu știu de ce, pentru care motive, dar femeia aceea chiar mă plăcea, mă iubea, mă prețuia și mă considera prietena ei. Eu, modestă, sinceră și din nefericire rănită de atâtea ori de gunoaie de prietene, mi se părea că Dumnezeu fusese prea bun cu mine atunci când mi-o trimisese în dar, scoțându-mi-o în cale.

Așa a fost până la finalul prieteniei noastre, deși parcă mi-a părut un pic nervoasă și sâcâită oarecum de convorbirea noastră telefonică atunci când am vorbit ultima dată cu ea, de ziua ei. De parcă o deranjasem cu ceva, o iritasem. M-a durut rău, mi s-a părut că nu meritasem tratamentul ei cumva rece, distant, enervat, repezit. Și am tăcut, gândindu-mă că o voi întreba asta când ne vom revedea la una dintre întâlnirile noastre, că mă va suna ea, ca de obicei. Eu o sunam mai rar, ca să nu o deranjez, fiindcă ea avea o viață mereu agitată, ocupată, era pe drumuri încontinuu, chiar dacă între timp aveam și eu o familie. „Și chiar dacă nu voi apuca să o întreb", m-am gândit eu, „mă va lămuri ea, povestindu-mi singură ce i se întâmplase". Fiindcă eram sigură că nu fusese în apele ei și nu avea nimic cu mine.

— Carmenuțili, am auzit la telefon, după o lună și jumătate, vocea pierită a fiicei ei...

Iar cerul s-a prăbușit peste mine. Am înțeles imediat, am știut totul de la primul sunet. Am urlat ca un lup flămând într-o noapte pustie de iarnă. Poate o oră în șir, fără oprire. Soțul meu a fugit de la serviciu când m-a auzit la telefon, nu mă mai puteam opri...

Prietena mea plecase în zbor cu îngerii, pe care-i iubea atât de mult și dureros de frumos, poate că la fel de frumos, sincer și profund cum mă iubise pe mine. Și cum mă protejase pe mine. Și am înțeles imediat că de aceea fusese rece cu mine când am sunat-o să-i urez „La mulți ani!". Știa că, dacă ne întâlnim de ziua ei, o să înțeleg. Știa că, dacă trec pe la ea, o să-i citesc pe chip și în ochi sfârșitul. Știa că nu mai putea să-și ducă destinul și că simfonia vieții ei prea scurte s-a apropiat de acordurile finale...

Mă rog de-atunci și cerului, și pământului întreg, și tuturor zeilor știuți și neștiuți să-i fie zborul printre aștri senin, fără zbucium, fără întristare și lipsit de durere – nu așa cum i-au fost ultimii ani din viață. Și mă gândesc la ea zi de zi, de cinci ani lungi încoace...

Fiindcă există și prietene ca ea. Și, pentru că am avut norocul să întâlnesc un înger ca ea, vă rog să nu abandonați credința în prietenie doar pentru că ați întâlnit oameni pe care i-ați crezut prieteni și care nu s-au dovedit a vă fi astfel și nu v-au meritat. Oamenii frumoși există și ne pot face fericiți cu adevărat, ne pot mângâia pentru toate neșansele, ne pot prețui cât pentru o întreagă lume nedreaptă la un loc...

Nichita Stănescu spunea că „suntem ceea ce iubim". Eu aș spune că suntem doar atunci când iubim. Iubește tot și totul te va iubi.

CELOR CARE SE PLÂNG MEREU DE STAREA VREMII

IRINA BINDER

În urmă cu trei ani, în luna iulie, într-o zi splendidă de vară, am fost să cunosc o fetiță. Mi-a povestit un preot despre ea și mi-a spus că are mare nevoie de o prietenă, mai ales de una ca mine. Mulțumesc, Părinte!

M-am urcat în mașină și am pornit spre ea. Știa că voi veni și am aflat de la mama ei că m-a așteptat cu o nerăbdare de nedescris. Iar atunci când am intrat în camera copilei, am găsit-o în fotoliul în care își trăia viața. *Toată viața*. Era cu spatele la ușă, privea afară, pe fereastră. Dar, de cum am intrat în cameră, zâmbetul fetiței a luminat nu numai încăperea, ci și inima mea! Copila era o bucurie în stare pură, sufletul ei umplea toate golurile din lumea imperfectă în care trăiam.

Am stat amândouă cu fața spre fereastră și am povestit, ne-am bucurat una de prezența celeilalte, ne-am privit, ne-am zâmbit. La un moment dat, a început să plouă, iar primul meu gând a fost că am lăsat mașina cam departe, că nu am umbrelă, că voi conduce până la Brașov pe ploaie...

Lamentările din gând mi-au fost întrerupte de fetița imobilizată:

— Doamne, ce frumos plouă!

În secunda imediat următoare, cuvintele ei au adus toată ploaia lumii peste mine, trezindu-mă la o realitate pe care păream a o fi uitat de multă vreme – una unică, splendidă, minunată, precum îngerul de copil care-mi stătea alături. Am simțit în tonul ei regretul că nu putea zburda prin ploaie, așa cum văzusem mai devreme în privirea ei părerea de rău că nu poate zburda sub cerul liber... Am înțeles un suflet care se bucura de ploaie, pur și simplu. Și o priveam ca pe un miracol, unul neașteptat și binefăcător.

În ziua aceea, am înțeles cât este de minunat să plouă, să fie soare, să ningă și chiar să fie un ger nemilos – și să le simți pe toate din plin, liber, sănătos, viu! Am înțeles că fericirea mea nu depinde de starea vremii, ci doar de felul în care știu să mă bucur de tot ceea ce-mi dă viața, de ceea ce sunt, de ceea ce am și de tot ce mă înconjoară.

Am condus spre casă cu geamul deschis și am inspirat aerul proaspăt și curat al unei zile în care am înțeles încă o lecție. M-au udat câteva picături de ploaie, dar m-am bucurat de ele ca de cea mai frumoasă și nesperată întâmplare. Apoi, când cerul s-a limpezit, eliberând un soare orbitor, m-am bucurat la fel de mult. Știam că, într-o cameră mică, o fetiță înțeleaptă și frumoasă, cu suflet profund și pur de înger, privește spectacolul vieții și se bucură doar pentru atât. Doar privindu-l... Iar aripile ei erau la mine. Și am decis să fiu recunoscătoare pentru asta... Și să plutesc și pentru ea și de dragul ei.

Fiți fericiți și fiți recunoscători!

O LECȚIE FRUMOASĂ

IRINA BINDER

Mi s-a întâmplat de nenumărate ori ca, mergând cu prietenii la vreun restaurant ori terasă sau cafenea, să nu găsim masă liberă din cauza unora care ocupau spațiul fără logica firească și de bun-simț: două persoane ocupă o masă de două persoane, nu una de patru, șase sau opt locuri doar pentru că e liberă în acel moment. Ca urmare, începea deranjul penibil cu mutat/lipit mese (dacă era posibil) sau, pur și simplu, eram nevoiți să plecăm în altă parte.

Iată o întâmplare petrecută în urmă cu ceva ani, într-o cofetărie în Leipzig. În timp ce îmi savuram prăjitura și îi priveam pe trecători, un domn în vârstă, care avea în mână o farfurie cu o prăjitură, a venit în fața mea și m-a întrebat dacă îi permit să se așeze la masa mea. M-am încurcat puțin, am privit în jur, în cofetărie erau câteva mese libere... Dar am acceptat. Părea a fi pașnic, așa cum mă privea zâmbind cu toată candoarea unui copil mare.

Domnul avea pe umăr o geantă voluminoasă, pe care a așezat-o cu grijă lângă masă, apoi s-a așezat în fața mea și, cu multă eleganță, și-a mâncat prăjitura. Am făcut puțină conversație despre căldura de afară și despre cât de bune erau prăjiturile în acea cofetărie.

Când ospătarul mi-a adus și cafeaua, pe care o comandasem mai devreme, domnul de la masa mea și-a comandat un cappuccino, pe care l-a savurat cu o plăcere nemaipomenită, de parcă ar fi băut pentru prima dată o licoare destinată doar zeilor.

Am mai conversat puțin, m-a întrebat curios din ce țară sunt, iar când ospătarul a venit să-mi achit prăjitura și cafeaua, domnul mi-a spus că mă roagă să-i permit să le achite el. Nu am fost de acord, dar el mi-a zis că este plăcerea lui – și nu am putut să-i refuz zâmbetul cald și senin.

I-am mulțumit și i-am spus că sper să ne revedem cândva în acea cofetărie și să-i ofer și eu o cafea și o prăjitură, dar nu m-am putut abține să-l întreb de ce a ales să se așeze tocmai la masa mea.

— Ar fi fost păcat să ocup o masă de care se puteau bucura doi îndrăgostiți sau o familie, iar eu să ratez ocazia să am o conversație plăcută cu o domnișoară atât de drăguță.

Domnul a plecat, lăsându-mă zâmbind la rândul meu, iar eu am așteptat-o pe prietena cu care aveam întâlnire.

Probabil că l-aș fi uitat pe acela care mi-a oferit o prăjitură și o cafea într-o după-amiază călduroasă de vară și pe care, gândeam eu, nu aveam să-l mai văd vreodată... Dar, în timp ce mă plimbam cu prietena mea, am auzit melodia din filmul *Lista lui Schindler*, compusă de John Williams, o melodie care mă sfâșie, care-mi aduce aminte de film și de o istorie care nu ar fi trebuit să existe... Am intrat pe aleea parcului de unde se auzea melodia, de parcă sunetele viorii mă ademeneau să le urmez, și l-am văzut cântând la vioară pe domnul care-mi oferise prăjitura și cafeaua! Cânta în parc pentru bani...

Amintirea aceea este foarte prețioasă pentru mine: omul acela atât de elegant și de gentil, lecția aceea senină și frumoasă...

Și, de atunci, sunt atentă mereu să nu abuzez de spații de care se pot bucura alții, dacă am alternative.

Înainte de întâmplarea din Leipzig, mă enervau mesele mici și înghesuite, însă după aceea și până în ziua de azi mă bucur de ele, de faptul că am șansa să împart și să fiu aproape de cineva drag.

Iar atunci când sunt singură la o masă și cineva caută încurcat un loc, îl încurajez cu un zâmbet să mi se alăture. Poate fi un om minunat care îmi va oferi o amintire frumoasă sau o lecție pe care să o transmit mai departe... Sau cineva căruia să-i ofer eu o prăjitură, o cafea sau măcar o vorbă bună...

Există acei oameni care ne surprind într-un mod atât de plăcut și de neașteptat, încât alungă orice umbră de suspiciune că în jurul nostru toată lumea ar fi deja contaminată de răutate, invidie și ură.

PRIETENELE-SURORI

Carmen Voinea-Răducanu

Cine nu le-a găsit până acum, să poftească de urgență să le caute!

Fiindcă eu am găsit aceste comori și sunt o femeie fericită, pentru că Dumnezeu mi-a acordat privilegiul să întâlnesc și să fiu alături de câteva femei pe care să le simt ca pe niște surori și să le iubesc mai presus de sentimentele general recunoscute ca fiind parte din relația între două prietene. Și, astfel, să mi le trec în arborele de familie, ca acolo să rămână în veci.

Nu vă amăgiți că nu veți avea divergențe cu acestea dacă le veți întâlni, pentru că vă înșelați amarnic – frații și surorile se cam bat precum chiorii când sunt mici, știți prea bine ce zic. ☺

Și, chiar dacă nu se păruiesc la propriu, așa e și la debutul unor astfel de relații, când protagonistele se descoperă și își află treptat una alteia și părțile mai puțin roz ale caracterului, defectele, păcatele, orgoliile și ambițiile. Nu se acceptă cu tarele lor cu tot de la începutul începuturilor, se „adulmecă", se tatonează, se învață sau se ghicesc unele pe altele. Dar își află în același timp și calitățile și părțile minunate ale sufletului, precum și frumusețea ascunsă poate sub straturi întregi de protecție, sub care și-au astupat sensibilitatea, cinstea, delicatețea, demnitatea, loialitatea, iubirea de care sunt capabile, compasiunea și devotamentul.

Și iată că, poate chiar fără să ne dăm seama, alături de ele, sufletul nostru, făcând un pas în afara lui, se distanțează de toate diferențele care ne separă și se concentrează asupra a ceea ce avem în comun cu acea prietenă mai bună ca oricare alta din lume. Și... altfel. Și, dincolo de toate neajunsurile pe care le-am putea întâmpina, ceva mai presus de înțelegerea noastră umană ne ține legate una de cealaltă, trecând împreună, mână în mână și inimă lângă inimă, peste dureri, înfrângeri, pierderi, deziluzii, necazuri mai mici sau uriașe, bucurii nestăvilite și fericiri nesperate. Învățând din propriile erori, dar și din exemplul pozitiv pe care-l vom găsi una în cealaltă, deși suntem diferite și în același timp unice, în multe privințe.

Am citit la un moment dat o poveste despre două bune prietene din copilărie care, după vreo 50 de ani, au descoperit că, de fapt, sunt surori de sânge și că viața le despărțise tragic când erau doar doi bebeluși. Surori bune, și de mamă, și de tată, își pierduseră ambii părinți, uciși într-un accident de mașină. Fuseseră separate una de cealaltă la orfelinat și, ulterior, date spre adopție în două familii diferite, care locuiau la o distanță apreciabilă una de cealaltă. Când tatăl adoptiv al uneia dintre fetițe a fost detașat cu serviciul în orașul celeilalte familii, dintr-o pură întâmplare (oare?), au ajuns să locuiască în același cartier, ba chiar și pe aceeași stradă, la distanță de câteva case. Astfel că fetițele au devenit prietene, una având 5 ani, iar cealaltă, 6.

Făceau tot ce puteau face două prietene: se vizitau, se jucau împreună, părinții împrietenindu-se și ei, la rândul lor. Astfel că au trecut una lângă cealaltă prin viață și au rămas mereu alături și la bine, și la rău. Au ieșit la cinema împreună când au mai crescut, au mers la aceeași școală, chiar dacă în clase diferite, și-au destăinuit una alteia secretele primei iubiri, au fost una la nunta celeilalte. Ba chiar au născut la distanță mică de timp una de alta și și-au crescut copiii împreună. Toată viața au fost prietene nedespărțite, iar soții lor s-au împrietenit și ei, astfel că au fost martore fiecare la viața celeilalte.

După ce toată viața li se spusese că seamănă bine de parcă ar fi surori, lucru care le făcea o deosebită plăcere, au aflat foarte târziu că amândouă au fost adoptate. Au decis să meargă într-o emisiune de televiziune ca să-și caute rădăcinile și familia din care proveneau. Iar surpriza extraordinară și nicio clipă gândită a fost să afle că sunt, de fapt, surori, spre șocul lor, al familiilor, al cunoscuților, ba chiar și al echipei de filmare.

Exact aici am vrut să ajung: iată că două fetițe, adolescente și, apoi, femei au fost unite de un profund sentiment de prietenie o viață întreagă, iar în adâncul inimii lor s-au simțit mereu atât de apropiate, încât s-au considerat a fi două surori, chiar dacă nu aveau o legătură de sânge una cu cealaltă. Legătura de familie pe care au descoperit-o ulterior a fost doar încă o dovadă că sufletele îngemănate se pot găsi și își pot fi alături fără să se împiedice de motivații de felul „O iubesc fiindcă e sora mea". Nu, ele s-au iubit înainte să știe că sunt surori, nu le-a obligat o relație de familie să rămână alături o viață întreagă, ci doar ceea ce simțeau una pentru cealaltă.

Așa și cu prietenele-surori din viața noastră: nu trebuie să ne lege sângele, atât timp cât ne leagă sentimente trainice, atât timp cât ne pasă una de cealaltă, cât ne susținem și ne ajutăm reciproc, cât avem grijă și suntem atente una cu alta, cât ne alinăm suferințele, cât ne bucurăm una pentru cealaltă, cât timp legătura sufletească dintre noi nu se întrerupe indiferent de distanța geografică sau de mărunte și inerente neînțelegeri. Și câtă vreme nu ne judecăm, nu ne comparăm, nu ne criticăm și nu ne arătăm cu degetul una pe alta.

Probabil că Dumnezeu mi le-a scos în cale și mie pe aceste prietene-surori atunci când cea care ar fi trebuit să-mi fie cu adevărat soră (chiar dacă numai după tată) mi-a întors spatele și s-a prefăcut o viață întreagă că nu exist ca soră a ei mai mare – desigur, mai puțin atunci când am semnat toate actele în care renunțam la partea mea de moștenire de la tata, în favoarea ei. Ca o soră „bună", abia după aceea a uitat definitiv de mine...

Dar, dragile mele prietene, Dumnezeu m-a răsplătit înmiit pentru sora pierdută (probabil că El știa mai bine de ce trebuia să nu-mi fie cu adevărat familie și soră). Mi-a dăruit în schimb prietene-surori și vă doresc și vouă să aveți parte de astfel de suflete minunate, alături de voi până la capătul vieții, oricât de îndepărtat ar fi acela! Fiindcă, de când e lumea lume, femeile au avut nevoie de o prietenă, iar prietenele-surori sunt sigur trimise de El în calea noastră. Chiar și Sfânta Maria, mama lui Iisus, a avut o prietenă bună și o confidentă, pe Elisabeta, verișoara ei, mama Sfântului Ioan Botezătorul. Cea care i-a fost sprijin prețios, cea căreia a putut să-i mărturisească că va fi mamă și că Fiul ei e Fiul lui Dumnezeu... Iar acest ajutor nesperat i-a venit tot de la Dumnezeu, pentru că responsabilitatea era prea grea pentru a o îndura singură o fată tânără. Și atunci, prin mesajul îngerului Gabriel, i-a spus Mariei numele unei femei de încredere, bune și înțelegătoare, către care putea să se îndrepte pentru ajutor... Numele unei prietene.

Vă mulțumesc, preabunele și preafrumoasele mele prietene-surori! Și sunt recunoscătoare că mi-ați fost dăruite de Dumnezeu atunci când mi-a îndrumat sufletul, mintea și pașii înspre voi și m-a ajutat să vă găsesc și să vă păstrez, chiar dacă locuim departe una de alta, chiar dacă nu ne vedem cu anii și chiar dacă, la începuturi, de multe ori mai aveam un pic și ne scoteam ochii... Nu, nu ne-am fi păruit, fiindcă suntem niște doamne...☺

FIECARE FEMEIE ESTE O MINUNE A LUMII!

IRINA BINDER

Pentru toată dăruirea care ne definește,
pentru tot frumosul pe care îl sădim în sufletul celorlalți,
pentru toate zâmbetele pline de soare pe care le oferim,
pentru toate durerile pe care le purtăm ascunse în suflet,
pentru toate lacrimile de bucurie și de tristețe pe care le plângem,
pentru toate slăbiciunile noastre și pentru momentele de teamă,
pentru dependența noastră de a fi iubite și protejate,
pentru mângâierile noastre capabile să aline toate durerile lumești,
pentru răbdarea cu care ascultăm povești de viață și frământările celorlalți,
pentru că mereu avem vorbe frumoase de încurajare,
pentru toate eforturile de a fi frumoase,
pentru toată forța inimii cu care credem în visuri și ne reinventăm mereu,
pentru toate poeziile care ni s-au scris,
pentru toate florile care ni s-au dăruit,

pentru toată iertarea de care suntem capabile,
pentru toată iubirea pe care o oferim...
suntem MINUNATE!

Atâtea amânări și irosiri în așteptarea extraordinarului!

Pentru mine, extraordinarul înseamnă Viața cu tot ce-mi aduce, din clipa în care deschid ochii în zorii unei zile și până noaptea târziu, când adorm cu gândul la oamenii dragi, la planurile de viitor. Și când nu uit niciodată să Îi mulțumesc lui Dumnezeu pentru reușite, pentru șanse și pentru oamenii minunați pe care mi I-a adus aproape.

CEL MAI FRUMOS OM DIN LUME POȚI FI CHIAR TU

IRINA BINDER

Mi-a spus cândva o adolescentă că se urăște și că-și dorește să moară. Că se simte inutilă, nedorită, neiubită și foarte urâtă. Fata era ținta răutății colegilor de școală, care o ironizau și o respingeau pentru că nu avea aceleași preocupări și posibilități ca ei, pentru că era diferită de colegele ei care umblau machiate strident și care băteau mallul în lung și-n lat. Ea era doar o fată normală, simplă și cuminte.

— Mi-a spus un coleg că sunt urâtă ca dracu', mi-a șoptit, printre suspine, fata.

— Tu fii bună ca Dumnezeu. Nimic nu poate fi mai frumos ca asta, i-am răspuns drept mângâiere.

Numai cine nu s-a simțit respins nu știe cum este să te simți așa: neînsemnată, luată în derâdere, mai prejos de alții. O privire urâcioasă poate jigni mai tare decât toate insultele din lume. O privire dezaprobatoare și o atitudine respingătoare pot răni mai tare decât cea mai puternică lovitură.

Oamenii nu sunt trupuri, sunt suflete. La naștere, fiecare suflet primește un trup. În funcție de foarte mulți factori, trupul ia o anumită formă. Și, uneori, chiar dacă ne dorim, nu putem influența forma trupului nostru... Dar îl putem înfrumuseța îngrijindu-ne de el.

Însă asupra sufletului nostru avem control deplin. Fiți buni și senini și vă asigur că oamenii cu suflete frumoase vor fi receptivi la frumusețea voastră! Nu lăsați nicio privire critică și nicio replică răutăcioasă să vă descurajeze. Nu vă încărcați cu complexe din cauza unora ale căror valori sunt setate atât de jos. Părerile oamenilor care privesc superficial nu contează...

Poate că oricine are șansa să primească un trup fără cusur, dar nu oricine poate să fie bun. Asta depinde strict de frumusețea și puterea sufletului. E prea puțin important cum arată trupul, dragii mei! Și ochii frumoși, și ochii mai puțin frumoși pot privi cu iubire și admirație. Și mâinile frumoase, și mâinile mai puțin frumoase pot mângâia. Iar, uneori, cel mai frumos și mai bun suflet se poate ascunde în cel mai banal și mai puțin frumos trup.

Eu știu că, la un moment dat, fiecare va fi cel mai frumos om din lume pentru aceia care-l iubesc.

Este firesc să îmbătrânim, să avem riduri. Este firesc să avem tenul imperfect. Este greșit să crezi că oamenii caută chipuri perfecte și să uiți că nimic nu face un om mai frumos decât o face sufletul său minunat.

TINEREȚE FĂRĂ BĂTRÂNEȚE

Carmen Voinea-Răducanu

Avea o față de păpușă, însă oarecum diferită, ca a unei jucării fanate, dar încă frumoase. Arăta ca un soi de marionetă azvârlită în pod printre lucruri vechi, netrebuincioase și prăfuite. De parcă cineva, în dușmănie, îi aruncase un văl șifonat și de culoare cenușie peste cap și, astfel, toate trăsăturile ei apăreau ofilite, boțite, pământii și încețoșate.

În schimb, ca orice femeie cochetă care s-a îngrijit toată viața, Mariana se bucura încă de o dantură regulată și sănătoasă, de o siluetă bine proporționată și armonioasă, de mâini cu degete lungi, subțiri, cu o manichiură perfectă, iar părul îi era mereu proaspăt spălat, vopsit și coafat.

Cu ochii, însă, lucrurile nu stăteau deloc bine: felul în care răzbătea din ei tristețea era sfâșietor și îți întorcea inima pe dos. Privirea ei, ca o străveche și deteriorată oglindă a sufletului, spunea povești despre un zbucium care nu o lăsase niciodată să fie întreagă și pe deplin fericită, cu toată aparența de om împlinit pe care o afișa. Asta pentru că, de câtiva ani, zi și noapte, Mariana trăia un coșmar înfricoșător, iar răgazul de liniște pe care i-l dădea viața de zi cu zi era mereu prea scurt și neînsemnat.

Mariana știa că îmbătrânește și suferea cumplit, speriată de linia de finiș pe care deja o întrezărea la orizont. Încerca să facă stânga-ndărăt de pe drumul pe care-l avea dinainte, de pe calea ei, dar era imposibilă întoarcerea la tinerețe. Între femeia de azi și femeia de ieri, destinul ei de muritoare ridicase o baricadă de neînvins, de pe cele două părți ale acesteia înfruntându-se oștiri invizibile de idealuri neîmplinite, de visări înăbușite, de orgolii insuportabile și de iubiri imposibile, având ca adversari de temut armate de șanse pierdute, de planuri niciodată duse până la capăt, de bucurii netrăite și, mai ales, de fericiri niciodată anticipate și curmate brusc, în fașă.

Și cum să mai meargă înainte când rămăseseră atât de multe de rezolvat din trecut și, mai ales, când în fața ei se așternea o cărare care o ducea direct către neant, către nimic? Către bătrânețe.

Fiindcă vedea și ea în oglinzi că pielea obrazului ei cu formă fină își pierduse prospețimea și câștigase la schimb o uscăciune de pergament, o subțirime de țesătură de proastă calitate, care se decolorează și se deteriorează tot mai mult pe zi ce trece.

Durerea Marianei, de femeie cândva superbă, era de neconsolat. Încercase tot ce-i stătea în puteri pentru a pune stavilă trecerii implacabile a timpului peste chipul și trupul ei. Ștersese urmele vremii acolo unde se putuse, corectase imperfecțiunile date de căderea pleoapelor ca un oblon greu peste luminoasa și cândva splendida fereastră a ochilor săi ori de prăbușirea obrajilor peste linia fermă a maxilarului inferior, dar... Odinioară admirată și adorată, astăzi Mariana nu mai întorcea capetele pe stradă și nimeni nu se mai uita la ea cu jind, ca la un premiu mult râvnit, ca la o frumusețe răpitoare pe care oricine ar fi fericit să o admire și, de ce nu, să o posede.

Mariana îmbătrânise și asta era de neacceptat pentru ea. Tot gravitația și vârsta avuseseră cărțile esențiale și câștigătoare în mânecă și, cu toate acestea, ea, mizând în continuare nebunește, pierduse potul câștigător la masa verde a vieții sale. Și nu se întâmplase așa pentru că sufletul îi îmbătrânise odată cu trupul, ci pentru simplul fapt că sufletul nu-i fusese niciodată tânăr. Ci doar trufaș, prea mândru de biata vremelnicie a splendorii corpului care-l găzduia, prea orgolios și plin de aroganța că lui nu i se va întâmpla niciodată să locuiască într-o carne destinată și ea decăderii și efemerului.

Prietena ei cea mai bună, cea cu care împărtășea încă din facultate cursurile și fiecare gând secret, fusese și ea o nebunie de fată și de femeie. Cu mintea mai puțin predispusă visării și cu o constituție sufletească mai robustă, Violeta îmbătrânise frumos și, cu siguranță, mult mai senin, mai ales că toată viața ei încercase să accepte cu înțelepciune trecerea inexorabilă a timpului. Și s-a făcut plăcută tuturor, ceea ce-i adusese un beneficiu prețios, astfel strângându-i în preajma ei pe oamenii buni și de calitate, pozitivi, orientați spre frumos și lucruri care contează cu adevărat. Sigur că toate se întâmplaseră cu timpul, câștigând experiență, lăsându-i în plata Domnului pe cei mai puțini demni și care i-ar fi cheltuit prețioasa vreme pe care o avea de petrecut pe Pământ.

Vio, cum îi spunea Mariana, nu fusese niciodată o frumusețe răpitoare, dar nici vreo muma pădurii, ci o fată ca multe altele: drăguțică, având un corp frumos, dar nicidecum un fizic senzațional și care să te lase mut de încântare. Volubilă, simpatică, plină de șarm și bună dispoziție, deloc închipuită și mai ales foarte, foarte bună, cu o inimă de aur și un caracter extrem de ușor de suportat, Vio descoperise în viață frumusețea de a trăi în armonie cu ceilalți, fără a încerca să iasă din rând, obligându-se nici să nu privească prea mult în depărtări, dar nici prea mult în urmă. Să nu-și urce privirea prea sus, dar nici să și-o coboare prea tare. Nu striga la nimeni, nu vorbea ca să se afle în treabă, nu-și băga nasul unde nu-i fierbea oala și nici nu și-l ținea pe sus, cocoțat până imediat sub tavan. Nu râvnea la binele sau bunurile altora, nu credea despre ea că e buricul pământului sau Miss Univers.

Cum s-ar zice, nu suferea de protagonism. Înțelesese devreme că suntem firicele de nisip în clepsidra timpului universal și asta o ajutase să-și măsoare cu demnitate anii, acceptându-și soarta – pe care, de altfel, și-o strunise mereu cu ambele mâini ca pe o iapă nărăvașă. Descoperise o școală înaltă în anevoiosul și minunatul ei drum printre ani și adunase în inima ei, cu înțelepciune și har, toate cele bune, păstrând mereu în suflet pacea, nădejdea și iubirea, înțelepciunea și acceptarea.

Cu Mariana, găsise mereu un numitor comun, că așa funcționează legea contrastelor, sunt făcute întotdeauna să se atragă. Se completau reciproc: Vio își lua doza de visare și nonconformism din existența prietenei sale, iar Mariana încerca din răsputeri să împrumute ceva din pragmatismul realist al Violetei, cam mereu câștigătoare în fața vicisitudinilor vieții.

Iar destinul, probabil impresionat și el de prietenia de nezdruncinat a celor două femei, le ajutase și el să rămână împreună chiar și după ce firele albe de păr le împânziseră coamele năvalnice, chiar și atunci când kilogramele lui Vio o luaseră pe arătură și nu se mai dădeau urnite de pe coapsele, șoldurile și talia ei. Sau când ridurile din jurul ochilor Marianei nu mai puteau fi controlate nici cu toxină botulinică, nici cu acid hialuronic, nici măcar cu un lifting chirurgical de ultimă generație.

Iar în timp ce Vio se considera o învingătoare, bucurându-se de o familie frumoasă, râzându-le în nas propriilor neajunsuri fizice și iubindu-se așa cum era, înconjurată de oameni tineri și plini de viață, Mariana, singură între patru pereți, plângea înghițind cu nemiluita pilule pentru slăbit când se nimerea prin fața unei oglinzi în lumina crudă a zilei, ajungând să se urască atunci când privea în jurul ei spre tinerele fete și femei neofilite, aflate în deplinătatea frumuseții. Pe care, cu siguranță, nu le iubea deloc, de parcă ele ar fi fost vinovate că anii ei fugiseră care încotro, ca nebunii. Ca și cum ele ar fi jefuit-o de tot ce avea mai de preț: de frăgezimea cărnii și de vârsta aceea splendidă a primăverii din existența unui om.

Pe când Vio trăise pentru ea și pentru cei dragi, luând lucrurile așa cum veneau și bucurându-se de toate, Mariana trăise, în schimb, doar pentru corpul ei trecător, pentru orgoliul ei nemăsurat, neîmpăcată cu viața curgătoare, întristându-se pentru clipa care nu poate fi oprită.

Și toate au mers așa până când, într-o zi, Vio a primit un telefon de la prietena ei care o anunța că e foarte bolnavă. Fiindcă, nu-i așa, uneori fix ceea ce iubim mai mult ne trădează și ne creează cele mai mari probleme. Corpul adorat îi înșelase din nou așteptările Marianei, părăsind-o atunci când avea cea mai mare nevoie de el, dar și de recunoaștere.

Bineînțeles că Vio i-a fost alături, cum îi fusese întreaga viață, blestemând în sinea ei toate chinurile inumane ale tratamentelor pe care prietena ei trebuia să le suporte, dar cu voce tare încurajând-o și sfătuind-o, însoțind-o la chinuitoarele ședințe de chimioterapie și crezând din toate puterile în vindecarea ei. Mângâind-o pentru toate durerile, alinându-i zilele și nopțile în care suferințele ei erau atroce, ascultând-o cu bunătate și înțelegere în orele nesfârșite în care speranța părea să-și fi luat tălpășița.

— Știi, i-a spus Mariana într-o zi. Pe undeva, mă bucur că nu o să apuc să îmbătrânesc. Urăsc degradarea asta a trupului care vine laolaltă cu vârsta. Sau cu boala.

— Vorbești prostii, a contrazis-o imediat Vio. Da' ce are bătrânețea? Tu n-ai văzut că e plin de babe și moșulici simpatici pe străzi, prin parcuri și muzee, pe toate vasele de croazieră de pe mările planetei, pe la toate obiectivele turistice din toată lumea? Bătrânețea vine la pachet cu multe avantaje! În primul rând, te trezești devreme fiindcă vrei tu, nu pentru că alarma ceasului îți sună deșteptarea. Pe urmă, mănânci mai puțin, că n-ai nevoie de multă hrană. Nici toalele nu te mai interesează prea tare, ți se rupe că-s la modă sau nu. Iar despre bărbați ce să mai zic? Ăia și când se ramolesc tot copii sunt, dar măcar nu-ți mai pasă, că nepoții sunt cu mult mai drăguți și nici nu se văicăresc atâta, glumise Vio, încercând s-o convingă să nu mai vadă toate lucrurile în negru.

— Vio, toată viața mea s-a rotit în jurul frumuseții. A frumuseții mele, să fim bine înțelese. M-am uitat cu dispreț la femeile mai puțin dăruite de Mama Natură, de parcă ar fi fost ele vinovate că nu s-au născut superbissime. Și atât de arogantă am fost, că, uite, acum sunt singură cu toată frumusețea mea, căci niciun bărbat nu a fost destul de bun, de bogat ori de inteligent pentru mine. Sunt doar cu tine, la mila ta, o femeie care nu a fost vreun supermodel, ci una foarte normală, un adevărat etalon pentru exact ceea ce-am disprețuit eu mereu. Spune tu, asta nu-i bătaia lui Dumnezeu?

— Termină, tu! Eu am fost și sunt o deosebită, invidioaso! începuse Vio să râdă cu sughițuri, ridicându-se de pe scaunul de lângă patul Marianei și fâțâindu-se prin salonul de spital de parcă prezenta moda pe un mare podium.

Mariana și-a dus boala greu, mai ales atunci când și-a dat seama că din splendoarea ei fizică de altă dată nu mai rămăsese decât o amintire cumplit de dureroasă. Și părea că înțelesese la final că viața este despre tot ceea ce-i este scris oricărui om norocos: să înflorească și apoi să coboare spre asfințit cu demnitate și înțelepciune, petrecându-și timpul dintre cele două etape cu iubire, cât mai frumos și senin cu putință.

Părea să descopere acum că nu doar în frumusețea fizică se ascunde secretul unei vieți reușite și pline de succes, ci și în alte calități, de care râdea cu hohote altădată, cum era blândețea caracterului Violetei, pe care o credea de multe ori bleagă. Buna ei dispoziție și firea jucăușă o scoseseră de multe ori din sărite pe Mariana, care ceda nervos și îi spunea Violetei că e ridicolă. Acum, o impresiona forța Violetei de a accepta că nu e cea mai frumoasă femeie din Univers pentru toată lumea, ci cu siguranță pentru aceia care o iubesc și pe care ea îi adoră. Înainte, această atitudine o enerva la culme pe Mariana, care îi zicea întotdeauna „Daaaa, ce să-ți spun! Fiecare cioară își laudă puiul, dar șmecheria e să te laude o lume întreagă".

Mariana lăsa impresia că pricepuse abia acum că fiece vârstă își are propria frumusețe, că fiecare anotimp al vieții își are rolul și farmecul lui în devenirea unei ființe, că secretul nu e să rămânem veșnic frumoși, ci să fim frumoși prin ceea ce am acumulat în suflet și în minte, prin ceea ce le dăruim celor din jur și prin ceea ce lăsăm în urmă: fapte frumoase și pline de bunătate, nu vorbe goale.

Exact așa crezuse și Vio, că pogorâse duhul înțelepciunii peste prietena ei. Dar în ziua în care s-a sfârșit totul, când prietena ei, abia respirând, s-a plâns că e umflată și că ce bună ar fi fost acum o pastilă de slăbit, Vio a certat-o că tot la siluetă îi e gândul, în loc să lupte să se vindece. Iar Mariana i-a răspuns privind-o cu greu în ochi, rătăcită:

— Mai termină cu sfaturile tale, că m-ai plictisit! Mai bine moartă decât grasă, mai bine moartă decât bătrână și urâtă ca tine.

„În numele tinereții fără de moarte, te condamn la chinuri nesfârșite!"

Cam așa ar suna un verdict implacabil în zilele noastre. Pronunțat cu precădere la adresa femeilor. Unul fără de milă și lipsit parcă de rațiune – așa cum par a fi și unele dintre prietenele noastre. Care ajung, bietele, sclave moderne ale tuturor modelor și modelelor impuse. Și, într-un final, nu înțeleg aproape nimic din viață, tot gonind din urmă anii, tot alergând, cu ambiția unor maratoniști, să prindă timpul de ciuf și să-i pună căpăstru, strunindu-l mai apoi bine de tot, ca să stea în loc, prizonier al bunului lor plac.

Tinerețea, chiar dacă e minunată, fără bătrânețe devine nefirească după un anumit timp și după un număr nedefinit de ani, dragile mele prietene. Bucurați-vă de ea, prelungiți-o cât puteți, dar nu lăsați speranța într-o tinerețe fără de sfârșit să vă conducă spre prăpăstii sufletești și trupești...

Iubește-ți fiecare bucățică din trup și fiecare fărâmă de suflet. Iubește-te, altfel Iubirea nu te va găsi, va rătăci în căutarea ta, ca și cum n-ai exista.

MĂCAR UN RUJ...

Irina Binder

Am petrecut o vacanță în străinătate cu un cuplu de prieteni căsătoriți. Am lăsat shoppingul pe ultima zi, atunci când de obicei se cumpără suvenirurile pentru cei dragi și când se „sparg“ banii care-au mai rămas din suma alocată vacanței.

Am găsit un mall și am bântuit pe acolo, cu bărbații noștri după noi. Ceea ce am observat imediat a fost că soțul prietenei mele comenta la fiecare produs pe care aceasta îl cumpăra.

Nu eram atentă la ceea ce făceau ei, dar auzeam din când în când „E pentru mama, cum să nu-i duc și ei ceva?“ sau „E pentru șefa, și ea mi-a adus mie când a fost în Italia“. Prietena mea dădea explicații pentru fiecare magnet de frigider pe care îl cumpăra, iar dacă zăbovea cu privirea asupra vreunui produs, soțul ei o zorea cu câte o replică de genul „Doar nu-ți trebuie și prostia aia!“.

Am prins repede ideea și le-am propus ca în magazinul de cosmetice unde aveam de gând să îmi caut câte ceva să nu vină și bărbații noștri cu noi. Chiar nu voiam să le simțim privirile plictisite și să auzim pufnituri de nerăbdare. Le-am propus să ne aștepte pe o terasă unde să bea o cafea în tihnă, dar au refuzat. E tare incomod pentru niște femei care vor să testeze pudre, rujuri și parfumuri să fie păzite de bărbații lor!

Eu am mers la sigur și mi-am cumpărat relativ repede ceea ce aveam nevoie, însă prietena mea s-a învârtit prin tot magazinul, studiind atent fel și fel de produse, comparând prețurile, socotind în lei, gândindu-se și apoi răzgândindu-se. Era evident că își dorea multe, dar încerca să se decidă doar asupra unuia, probabil prioritar în acel moment.

Știam că își dorea mult o pudră pe care o aveam eu și că își propusese să și-o cumpere când avea să ajungă în străinătate cu prima ocazie.

— Vreau să-mi iau pudra asta, a spus ea, încântată că a găsit-o.

— La ce-ți trebuie ție pudră? s-a repezit ca un uliu soțul ei.

Dacă aș fi fost în locul prietenei, i-aș fi povestit lui toată teoria pudrei, cu detalii amănunțite, ca să-l învăț minte să nu mai pună întrebări aiurea.

Dar ea, dezamăgită și ascultătoare, a lăsat pudra pe raft și a început să studieze alte produse. Aveam impresia că-i vine să plângă.

Dacă soțul ei n-ar fi fost cu noi, i-aș fi propus să-i dau eu bani împrumut pentru pudră și pentru tot ceea ce-și mai dorea, ca să nu mai suporte bombănelile și interogările lui autoritare și arogante. Dar el stătea cu ochii pe noi ca pe butelie.

După câteva minute, o văd că vine cu un ruj în mână și cu o atitudine de copil care imploră.

— Măcar un ruj, că nu mai am deloc, a murmurat ea încet și rugător.

El a privit-o cu un fel de reproș, de parcă-l pusese într-o situație ingrată, fără de ieșire, apoi, profund nemulțumit, a scos portofelul și i-a întins niște bani, cu un aer superior, de ziceai că este cel puțin un zeu bun și îndurător cu o biată muritoare care depinde de el. De parcă-i smulsese banii cu cleștele pentru vreun diamant de cel puțin zece carate. Atitudinea lui mi s-a părut atât de umilitoare, încât mi s-a făcut greață.

Și, ca și cum n-ar fi fost destul, în mașină, când ea mi-a arătat rujul și se bucura de el, soțul ei s-a apucat iar de comentat aiurea, iritat.

— Dai banii pe toate prostiile. Parcă n-ai destule...

N-avea destule. N-avea nici măcar strictul necesar pe care ar trebui să-l aibă orice femeie care se îngrijește. Am înțeles în clipa aceea și de ce ea nu avea mai nimic, deși situația lor materială era bună, amândoi având joburi destul de bine plătite.

Un detaliu destul de important: acel ruj costa cât trei dintre cele câteva sticle de vin pe care soțul ei le băuse seara pe terasa hotelului...

Acela a fost unul dintre momentele în care i-am mulțumit în gând tatălui meu pentru că mi-a repetat obsesiv să nu depind niciodată financiar de un bărbat, să am mereu banii mei, să nu fiu nevoită să-i cer bani nici măcar soțului meu când îmi doresc ceva, să nu fiu legată de disponibilitatea lui dacă vreau să îmi cumpăr un săpun bun, o cremă, un parfum.

Desigur, prietena mea avea salariu, nu stătea nici la mila și nici la banii soțului ei, dar se pare că l-a educat prost și acum suporta consecințele. Pentru că partenerul de viață nu trebuie să decidă pentru tine și în locul tău ce-ți trebuie sau să-ți impună gusturile și valorile lui. Din contră. Partenerul de viață trebuie să te încurajeze să te respecți, să te îngrijești, să ai lucruri de calitate, să te prețuiești și să nu-ți refuzi o plăcere. Și vreau să cred că toți bărbații își doresc alături femei frumoase și îngrijite. Dar să nu uite că asta presupune investiții în îmbrăcăminte, în coafor, în produse cosmetice, chiar dacă ei nu le înțeleg utilitatea și le consideră doar niște „prostii".

N-am fost niciodată financiar la mâna unui bărbat. N-aș accepta să îmi spună nici chiar cel pe care-l iubesc ce merit și ce nu, că am sau nu nevoie de ceva sau că un anumit lucru e prea scump pentru mine. N-aș suporta să îmi justific fiecare nevoie și dorință, să mă milogesc și să îmi stabilească altcineva prioritățile sau dacă am nevoie ori nu de ceva.

Și-i voi fi mereu recunoscătoare tatălui meu. În ciuda părerii celor din anturajul său, care au considerat mereu că mă răsfață și că mă obișnuiește cu „nărav“, el m-a învățat să mă prețuiesc, să mă respect și să îmi ofer tot ceea ce îmi doresc și îmi stă în putere.

Îmi amintesc cu drag de o zi în care i-am spus că îmi place mult o pereche de pantofi sport. Erau o mare fiță pe atunci. Și, pentru că nu îmi doream să abuzez de bunătatea lui, i-am zis să mi-i cumpere pe cei mai ieftini.

— Cum să iau cei mai ieftini pantofi pentru cea mai scumpă persoană din viața mea? mi-a spus tata zâmbind.

Și bineînțeles că mi i-a luat pe cei mai frumoși. Și pe cei mai scumpi. Și, nu, gestul lui nu m-a învățat să fiu răsfățată și nici să am năravuri proaste, ci m-a format așa cum trebuie să fiu: m-a învățat că merit ceea ce e mai bun, că este bine să-mi ofer ce e mai bun.

Îi mulțumesc tatălui meu că, deși era bărbat, m-a învățat că mi se cuvine mai mult decât un umil „măcar un...“ și că o femeie care se respectă trebuie să aibă din abundență lucruri frumoase și de calitate.

TRĂIND CU BUCURIE

Irina Binder

Într-o cafenea, am văzut o doamnă în etate, elegantă și distinsă, savurând un cappuccino cu o poftă copilărească. Ținea cu ambele mâini ceașca, mirosea delicioasa băutură, iar după ce lua o înghițitură, își lingea buzele încântată și privea în jur zâmbind cu o bucurie neobișnuită. Era singură la masă, dar se bucura din plin de moment și de băutura preferată.

Mi-a plăcut mult starea ei și m-a binedispus. Se simțea bine acolo, singură, privind lumea. Uitându-mă la ea și admirându-i seninătatea și bucuria, mi-am amintit de ziua în care mi-am oferit și eu un cappuccino (într-o zi de decembrie, într-o cafenea din Dublin) și cât de tare m-am bucurat de el.

Am impresia că mulți am uitat să apreciem cu adevărat momentele simple, bucuria de a sta cu noi înșine, de a fi fericiți așa cum suntem și cu ceea ce avem la îndemână.

De curând, a fost la mine în vizită o fetiță drăgălașă, care era încântată de orice descoperea în casa mea. A admirat ceașca în care i-am pus ceai și a îmbrățișat o pernă, de care își atingea obrazul închizând ochii și zâmbind cu mult drag. Mângâia obiectul acela ca pe o ființă vie și-l strângea la piept cu iubire, iar imaginea ei plină de candoare m-a făcut să-mi dau seama cât de fericiți sunt cei capabili să se bucure de orice lucru...

Avem atâtea minunății la îndemână, avem oameni frumoși de care să ne bucurăm, dar parcă nu mai primim nimic în viața noastră cu sufletul deschis, parcă nimic nu ne mai aduce zâmbetul pe față, parcă nimic nu mai este extraordinar în viață. Facem totul mecanic, nu ne mai ținem companie unul altuia, stăm cu ochii pe telefoane, discutăm doar banalități și lucruri negative, nu comunicăm cu adevărat și nu ne cunoaștem realmente unii pe ceilalți. Și pare că nici nu ne mai dorim asta...

Parcă suntem dependenți de nefericire. Suntem aspri cu noi înșine, ne concentrăm doar pe ceea ce nu avem, pe ceea ce nu ne-a reușit și asupra acelora care nu ne iubesc, în loc să ne bucurăm de ceea ce avem, de ceea ce am realizat și de cei care ne iubesc și sunt dispuși să-și împartă o bucățică din viață cu noi.

Oferiți-vă răgaz să savurați momentele și să vă bucurați de lucruri, de oameni și de voi înșivă, bucurați-vă de un loc frumos, de o conversație cu un om plăcut, de o baie caldă, de o lectură frumoasă, oferiți-vă câteva clipe de bucurie pură... Exact ca doamna din cafenea, care descoperise esența vieții într-un banal cappuccino. Meritați!

Să vă fie viața bucurie!

REGULI PERSONALE PENTRU O FRUMUSEȚE FĂRĂ SFÂRȘIT

Carmen Voinea-Răducanu

În principiu, toți căutăm și ne dorim sănătate, frumusețe, fericire și bunăstare.

Dar care dintre noi nu devine nostalgică privind fotografiile din anii tinereții, trecuți parcă prea repede, și n-ar vrea să fie măcar cu zece ani mai proaspătă?

Societatea în care trăim ne vrea dinamice și arătoase, într-un cuvânt: competitive. Și sancționează imediat anii purtați cu mai puțină grație decât prevăd legile ei, kilogramele în plus, bărbia dublă sau, Doamne ferește!, triplă, pungile de sub ochi, ridurile, un nas mai puțin echilibrat în ansamblul general al chipului, o dantură neregulată (nu, n-am zis „lipsă", așa ceva chiar nu e deloc admisibil), un păr deteriorat, un abdomen mai puțin plat și ferm sau coapse cu celulită.

Eu, însă, în afara unei griji legitime și firești legate de sănătate, refuz să fiu sub presiunea dictată de societate. Nu, nu-mi doresc să mă așez în afara ei, dar cu siguranță vreau să trăiesc în afara regulilor ridicole dictate de ea și de chirurgia estetică, care, bag seamă, cică ar fi obligatorie după o anumită vârstă – dacă vrei să rămâi în joc. Nu-mi place bătrânețea nici mie, dar o accept și mă accept, mulțumindu-I Domnului pentru sănătate și pentru anii mei.

Fără să fiu o inadaptată, fără să am ceva împotriva alegerilor personale ale celor care apelează la orice mijloace în căutarea tinereții care se topește în urma anilor ce aleargă înainte, pentru că sunt chiar de înțeles și se bucură de circumstanțe atenuante, eu prefer totuși să-mi trăiesc viața după regulile pe care le consider eu corecte și bune, unele ancestrale, acelea după care au trăit mama și bunicile mele, în care și vârstele a doua, a treia ori a noua au bogăția lor de necontestat: aceea în care știi că ai trăit frumos indiferent de mărimea sânilor și de ceea ce cred alții despre viața ta, că te-ai străduit să răspândești bine și iubire chiar dacă nasul tău nu a fost suficient de mic sau de fin, că nu i-ai făcut rău nimănui cu bună știință, chiar dacă ai avut mereu coapse nu prea zvelte, ci mai mult generoase, că le-ai întins o mână de ajutor celor care au avut nevoie de ea și ai făcut-o pentru binele lor, nu pentru egoul și gloria ta, chiar și atunci când tenul tău nu prea mai strălucea, nu prea mai era plin de prospețime. Că ai lăsat un zâmbet ca testament, că ai iubit și iubești, că ai mângâiat și continui să mângâi, că ai fost un om ca toți oamenii, nici mai bun și nici mai rău ca mulți alții, indiferent dacă ai sau ai avut un fizic mai puțin agreabil și mai puțin frumos ca acela pe care rigorile societății l-au cerut și, mai ales, l-au impus. Și pe care continuă imperativ și prepotent să-l impună.

„TU MIROȘI A FLORI DE MĂR, IAR EU MIROS A TOCĂNIȚĂ..."

Irina Binder

Tocmai asta e: nu trebuie să miroși a tocăniță cu multă ceapă călită decât strict în timpul în care o gătești. Iar dacă totuși alegi să miroși la fel și după ce ai terminat de bucătărit, n-ar trebui să te aștepți ca el să te adulmece ca pe un buchet de zambile proaspăt culese.

Nu înțeleg de ce, după o perioadă de relație (de cuplu), unele femei nu se mai îngrijesc. Se obișnuiesc cu ideea că bărbații lor sunt oricum ai lor și că le cunosc deja, așa că nu mai încearcă să fie misterioase, frumoase și feminine.

Cum vrei să te perceapă un bărbat dacă îl întâmpini mirosind a mâncare, transpirată și îmbrăcată într-un trening lălâi sau cu niște haine de „stat prin casă", eventual și destrămate sau pătate? Am scris mai demult despre îngrijirea personală și spuneam că nu le înțeleg pe femeile care nu își acordă puțin timp pentru ele, care par că nu găsesc nicio plăcere în a se îngriji și a se răsfăța cu băi calde și creme parfumate. Iar acum mă întreb de ce unele femei nu își mai doresc să fie frumoase? De ce, după ce își termină treburile prin casă, nu fac un minimum de efort ca să fie aranjate și îmbrăcate drăguț, feminin, fie și cu un capot sau o cămașă de noapte, dar frumoase?

„Iubitul meu parcă nici nu mă mai vede, nu mai e tandru, nu mai e cum a fost..." Am auzit adeseori asemenea cuvinte. Dar tu mai ești cum ai fost? Știu, el ar trebui să te iubească oricum și probabil că te iubește oricum, dar nu îl poți condamna pentru faptul că nu o mai vede în tine pe femeia de care s-a îndrăgostit, atunci când tu făceai orice ca să fii frumoasă pentru el. Vede ceea ce ai devenit, ceea ce îi arăți, iar dacă ai fi sinceră cu tine, ai recunoaște că acum pari o cumătră lălâie, nu o femeie dezirabilă, frumoasă, sexy, minunată.

Tu ai putea să fii tandră și să te simți atrasă de bărbatul tău dacă el ar veni lângă tine neîngrijit, duhnind a bere și a produse cu care a muncit, dacă te-ar îmbrățișa transpirat, prăfuit și cu hainele atârnând pe el alandala? Sunt lucruri care contează și care mă duc cu gândul la zicala „Dacă tu nu te respecți, cum vrei să te respecte ceilalți?".

Observ din ce în ce mai des femei care nu se mai preocupă de ele, care nu-și mai acordă atenție, care par că s-au abandonat rutinei și nepăsării. Umblă cu părul neîngrijit, nevopsit de luni de zile, tocit, fără formă. Manichiura și pedichiura lasă de dorit, nu își ascund imperfecțiunile tenului, nu fac nici cel mai mic efort ca să fie frumoase – *din nou frumoase*, pentru că au fost cândva. Sub aspectul lor neglijent încă se ghicește frumusețea de odinioară. Ca să nu mai vorbim despre ținutele total neadecvate pentru locurile în care merg. Deși ar trebui să știe oricine că nu este de ajuns să faci un duș și să te îmbraci cu ceea ce ți se pare mai comod, uneori trebuie să fii atent și la ceea ce pui pe tine.

Cineva mi-a spus odată: „Eu cred că femeile din România se aranjează numai când merg la nunți și botezuri." Mi s-a părut exagerată afirmația, dar, cu timpul, mi-am dat seama că așa este. Unele femei exact astfel procedează – cel puțin multe dintre femeile din mediul rural și cele din generația trecută, de la care multe dintre noi nu am prea avut ce învăța în privința îngrijirii personale, cele care prin exemplul propriu ne-au transmis că este foarte important să ai o casă curată, să faci de mâncare, să fii mamă, să muncești, dar mai puțin să fii o femeie îngrijită...

Atunci când vă supărați că bărbații voștri își sucesc gâtul după femei frumoase, încercați să aflați ce anume îi atrage la ele. Să fiți geloase sau invidioase nu este deloc constructiv. Mai bine luați aminte de la acelea care vi se par un exemplu frumos.

Desigur, faptul că suntem cochete, feminine și aranjate, că știm să fim femei în cele mai frumoase sensuri nu ne garantează că bărbații noștri nu vor găsi alte doamne sau domnișoare pe care să le placă mai mult decât pe noi. Însă, dacă vor pleca, măcar nu ne vom învinovăți că i-am gonit cu mirosul de tocăniță cu multă ceapă...

Când vei fi cu adevărat cea mai bună versiune a ta, vei avea puterea să răspândești iubire în jur, să ai grijă de cei dragi, să faci din fiecare zi trăită una remarcabilă.

NU MAI ȘTIM SĂ FIM FEMEI?

Irina Binder

„Avem totul în noi pentru a fi splendide."
Maya Angelou

De câte ori mă uit la un film vechi, le privesc cu nostalgie și cu admirație pe femeile din trecut. Iar când îmi întorc privirea în prezent, îmi dau seama cu tristețe că unele femei au uitat să mai fie femei. Probabil că și-au dorit atât de mult să fie egale cu bărbații, încât și-au pierdut simțul măsurii și echilibrul. Nu mai știu să fie frumoase, elegante, educate, feminine, doamne.

Cele mai multe își doresc să fie doar frumoase și trăiesc cu ferma convingere că pentru asta este suficient să fie aibă o siluetă de invidiat. Își doresc și să fie sexy, dar nu cunosc diferența dintre a fi sexy și a fi vulgară. Confundă moda cu stilul. Parcă nu au personalitate și se grăbesc să imite tot ceea ce pare a fi în vogă. O fi libertatea de expresie la modă, dar în ținutele lor predomină o lipsă totală de adecvare a vestimentației la timp și mai ales la spațiu, de aceea anumite haine și bijuterii sunt purtate oricând și oriunde, fără nicio noimă.

De multe ori am impresia că la putere a ajuns doar nevoia unor femei de exhibiționism, altfel nu îmi explic etalarea orgolioasă și fără sens a lucrurilor personale, ținutele chinuite, abundența de bijuterii opulente, purtate fără logică, machiajul excesiv și proastele maniere. Până și parfumul este folosit cu toptanul, ostentativ – și este ales după nu știu ce modă, nu după personalitate, ținută, anotimp și oră. Părul este de multe ori prea roșu sau prea argintiu, prea tapat, prea încrețit, iar chipul este mutilat de tot felul de intervenții, așa-zis „estetice", căpătând la final doar o expresie falsă. Prea mult roz, sclipici și accesorizare fără logică. Iar lipsa de informație, de bun-simț și de cultură, precum și dorința de mai mult, de mai bine și comoditatea le transformă pe anumite femei în exemple proaste și deranjante pentru privire.

Majoritatea femeilor trăiesc cu falsa impresie că doar având haine și accesorii scumpe, de firmă, pot fi elegante și stilate. Doar lucrurile le mențin stima de sine ridicată.

Obsesia pentru îmbrăcăminte și găteala excesivă sunt semne de provincialism (da, în sensul depreciativ al cuvântului, asta ca să fiu drăguță și să nu spun direct că unele femei au apucături și deprinderi demodate, stângace, neștiutoare, dar închipuite, de țoape), așa cum adoptarea modei care nu te reprezintă denotă lipsa personalității, a intuiției și a bunului-gust.

Pe multe femei le preocupă ascensiunea socială și imaginea din oglindă, în defavoarea educației și a cultivării spiritului. Se compară obsesiv cu alte femei și devin dependente de aprobarea celorlalți.

Apoi, se vaită că bărbații nu sunt capabili să le descopere frumusețea interioară, dar ele însele uită să-și mobileze interiorul și își evidențiază numai trupul. Și totul din dorința de a fi frumoase, elegante, admirate, femei! Convinse fiind că pentru toate acestea le trebuie foarte multe, însă omițând ceea ce este esențial.

Bunul-simț este un criteriu fundamental care ar trebui s-o ajute pe femeie să nu devină ridicolă prin comportament și stil. Pentru că o femeie cu bun-simț se respectă pe sine și își respectă interlocutorii. Nu îi agasează vizual cu lipsa de bun-gust și cu neglijența față de propria persoană.

O femeie elegantă este elegantă oricând și oriunde fără a depune eforturi, pentru că eleganța este parte a personalității sale. De aceea, nu va fi surprinsă niciodată îmbrăcată nepotrivit sau neîngrijită. Nu va atrage atenția printr-o atitudine zgomotoasă, nu va vorbi prea tare, nu va râde ca o descreierată și nu va face scene jenante în public. Va privi discret, nu se va holba și nu va gesticula cu mișcări ample. Nu se va îmbulzi, va avea o atitudine demnă, care să impună respect, fără a da impresia că se crede vreo baroană. Nu va participa la discuții care o înjosesc și nu va răspunde la accesele triviale și grobiene din jurul ei.

O femeie elegantă știe să evite situațiile conflictuale, nu-și va pierde demnitatea și nu se va expune ridicolului. Nu transformă un zvon într-un subiect de budoar și nu o preocupă flecăreala inutilă.

O femeie inteligentă nu frecventează locuri obscure doar de dragul anturajului. Știe când, ce și cum să vorbească. Este echilibrată, are simțul măsurii în toate și se respectă.

O femeie adevărată nu se lasă transformată într-o caricatură pentru că așa fac altele și pentru că așa e la modă, deoarece lucrurile importante pentru ea înseamnă simplitate, naturalețe, discreție, gingășie, senzualitate, căldură, umor de bun-gust, sensibilitate, frumusețe interioară... Știe să se facă plăcută și să devină un exemplu demn de urmat.

Aș putea să scriu până mâine, la un moment dat abulic și incoerent când mi-aș epuiza ideile, despre cum ar trebui și cum nu ar trebui să fie o femeie. Dar mă opresc – fiindcă știu că ați prins ideea. Și doar mă întreb ce s-a întâmplat oare cu femeia care în trecut îi inspira pe poeți și pictori cu frumusețea, farmecul și misterul ei? Unde a dispărut femeia aceea plină de eleganță, de erotism rafinat, femeia-copil, femeia spirituală?

Să fii mândră că faci parte din categoria oamenilor considerați poate învechiți, dar pe a căror carte de vizită nu este trecută o funcție pompoasă sau prețul lucrurilor de firmă, ci bunul-simț.

Calitățile cu adevărat frumoase pe care le ai sunt tocmai acelea pe care nu încerci să le arăți cu orice preț, sperând că vei cuceri inimi și că vei impresiona.

DARURILE DIN CARE AM FOST PLĂMĂDIȚI

Carmen Voinea-Răducanu

Oamenii nu înțeleg întotdeauna ce înseamnă „Să nu uiți de unde ai plecat". De cele mai multe ori, cred că e vorba despre satul unde s-au născut, dacă acum locuiesc la oraș, despre provincie, dacă stau în Capitală, sau despre sărăcia cu care s-au confruntat dacă, între timp, au atins un oarecare confort financiar, mărunt sau însemnat.

Eu, însă, în sinea mea, am convingerea că vorba aceasta se referă poate la fel de mult la modul egal în care venim pe lume: goi, dar mobilați pe dinăuntru cu harurile lui Dumnezeu din care am fost frământați – iubire, bunătate, compasiune, frumusețe, mirare, generozitate, empatie, toleranță, bucurie, speranță. Tocmai pe acestea, cu care sigur am fost binecuvântați toți de la începutul începuturilor, ar trebui să nu le uităm niciodată... Să nu le lăsăm să se piardă, să se surpe și să dispară din inima noastră. Pentru că de la ele am plecat, oricât s-ar fi străduit să ne schimbe între timp viața, durerea, remușcarea, neputința și urâțenia lumii...

SCRISOARE CĂTRE CEL MAI DULCE

IRINA BINDER

Te-am iubit mai mult decât pe mine însămi. Altfel nu te-aș fi căutat de îndată ce mă trezeam în zori și aș fi putut adormi liniștită și fără tine.

Nu știu ce mi-ai făcut și cum de m-ai cucerit iremediabil, dar m-ai făcut dependentă de tine. Mi-ai invadat fiecare celulă și m-ai înnebunit de tot.

Aș fi fost în stare de orice pentru tine, chiar și să te fur! Te căutam cu disperare la orice oră din zi și din noapte... și am făcut multe compromisuri de dragul tău. Am renunțat la multe de dragul tău, chiar și la mine, pentru că m-am abandonat ție, devenind altfel decât îmi doream... Te-am lăsat chiar și să mă îmbolnăvești și să mă schimbi...

Erai alinarea mea, fericirea mea, împlinirea mea – și la propriu, și la figurat.

Am crezut că nu voi putea trăi fără tine, dar azi (când îmi propun a mia oară să încep un regim de viață sănătos), am avut o revelație: EU POT să trăiesc fără tine. Așadar, azi ne despărțim. Am decis să preiau controlul absolut asupra mea. Să te elimin din viața mea. Nu te mai las să mă condiționezi și să mă conduci. Sunt mai puternică decât am crezut și nu voi deveni dependentă de tine.

Aș minți spunând că nu te mai iubesc, ba chiar recunosc: sunt topită după tine. Însă, vezi tu, mi-am dat seama că pe mine trebuie să mă iubesc mai mult, că nimeni și nimic nu merită iubit în defavoarea mea. Asta presupune să elimin tot ce nu-mi face bine, tot ce mă oprește să-mi ating țelurile, tot ce nu mă lasă să fiu fericită și sănătoasă. Iar tu, dragule, ești o mare piedică în calea mea. Ești o fericire nefericită.

Apreciez iluziile frumoase cu care m-ai îndulcit până acum, dar azi am înțeles că vreau mai mult decât iluzii... Și că merit mult mai mult. Vreau să fiu fericită cu adevărat și să-mi ofer ceea ce merit.

Adio, dragă Zahărule! Îți trimit înapoi toate bezelele!

La un moment dat, trebuie să înțelegi că nu depinzi de nimeni și de nimic pe lumea asta: nici de anumiți oameni, nici de un loc de muncă, nici de cine știe ce lucruri. Și trebuie să pleci pe drumul care ți-e destinat, făcându-l memorabil.

DACĂ LACRIMILE AR FI ARS CALORII, AM FI FOST SUPERMODELE

Irina Binder

„Copilul meu nu mi-a spus de serbare – fiindcă îi este rușine cu mine că sunt prea grasă."

„Mami, gata, nu mai mâncăm. Ajunge. Dacă nu ne oprim acum, o să ajungem grase și urâte ca băiețelul ăla, îl vezi?"

„N-au vrut să mă angajeze din cauză că sunt grasă. N-a contat faptul că am studii și multă experiență. Mi-au spus că le pare rău, dar clienții lor vor să vadă și să lucreze cu persoane frumoase."

Pare greu de crezut că oamenii pot gândi și simți astfel, mai ales în aceste vremuri în care toți se laudă că au un comportament de sfinți, că nu fac discriminări. Ei, aș! Ipocrizie. Majoritatea oamenilor exact asta fac: discriminează. Îi rănesc pe „grași" chiar și cu o privire mirată, iar cei mai răi dintre ei o fac cu ochi disprețuitori și afirmații jignitoare.

Grașii sunt stigmatizați, respinși, ridiculizați, batjocoriți în fel și chip, criticați, arătați cu degetul, abandonați și părăsiți.

Probabil că nimeni nu știe mai bine decât un gras cum este să te simți disprețuit și umilit.

Am citit cândva un articol în care o bloggeriță îi desființa pe grași cu o răutate de nedescris. Practic, instiga lumea împotriva lor și îi insulta în cele mai oribile moduri. A fost dureros să descopăr și câtă lume i s-a alăturat și ce fel de circ dezgustător s-a pornit în comentarii, cum se făcea bășcălie pe seama celor supraponderali, în ce fel erau jigniți. Culmea este că, din întâmplare, o cunoșteam pe una dintre persoanele care îi insulta grav de tot pe oamenii cu probleme de greutate și știam foarte bine că mama ei este obeză...

Sunt din ce în ce mai sigură că persoanele grase fac parte dintr-o categorie defavorizată. Iar proștii râd de ele, convinși că grașii sunt doar niște leneși care mănâncă prea mult, că sunt doar niște îmbuibați, plini cu alimente în cantități excesive. Dar câți s-au întrebat de ce oare mănâncă oamenii ăștia mai mult decât au nevoie pentru a se hrăni?

Cu ceva timp în urmă, un bărbat minunat mi-a scris un e-mail foarte lung și mi-a spus povestea lui de viață. O poveste impresionantă despre o viață grea, plină de sărăcie și dezamăgiri. Și mi-a mărturisit durerea lui: că este obez. „După ani de zile în care am făcut foamea și am mâncat resturi de la alții, când am avut de toate (acum este director de multinațională!) nu m-am mai putut opri din mâncat", mi-a scris. Și m-a întrebat ce să facă.

Nu știu cât l-a ajutat discuția cu mine, dar, în prezent, acel bărbat este mai slab cu 80 de kilograme... și e fericit. Însă nu i-a fost ușor. Nu s-a oprit din mâncat pur și simplu. Mai întâi de toate, a trebuit să-și rezolve probleme emoționale care-l făceau să mănânce compulsiv. Apoi, a urmat toate etapele care l-au ajutat să aibă azi o greutate normală.

Nicolae Steinhardt spunea foarte frumos următoarele: „Între omul gras și grăsimea sa există o relație ascunsă. O înțelegere. Un secret. Un sentiment neînțeles. O emoție neconsumată. O dragoste respinsă. Grăsimea este profesorul grasului. Viciul este profesorul viciosului. Iar în viața noastră nu există profesori mai severi decât viciile și incapacitățile noastre." Prea puțini înțeleg asta, foarte mulți grăbindu-se să judece neputințele altora, să-și bată joc de ei și apoi să-i respingă ca pe ceva dizgrațios, oribil, hidos. Fiindcă întotdeauna e mai ușor să respingi decât să ajuți, nu-i așa? Sau consideră că răutatea și batjocura lor constituie un fel de motivație pentru cei aflați în impas?

Pentru unii, grăsimea este un strat de protecție. Alții mănâncă mult încercând să umple niște goluri sufletești. Ascultând poveștile de viață ale oamenilor grași, descoperim că, dacă nu au dezechilibre hormonale, majoritatea ascund neîmpliniri, dezamăgiri, abuzuri, spaime, tristeți, pierderi și, mai ales, lipsa iubirii. Ascund traume emoționale.

Am auzit pe cineva spunând: „Nu i-am băgat eu mâncarea pe gât." Ce ușor e să te speli pe mâini, să pozezi în inocent! Dar iată o veste proastă: ba ai făcut-o! Fiecare om care rănește un gras îi bagă mâncare pe gât. Fiecare respingere, fiecare descurajare, fiecare insultă, fiecare răutate îl trimite pe omul gras la frigider. Și-l determină să renunțe la el însuși, îl încurajează să mănânce compulsiv.

Grașii trăiesc în permanență cu sentimentul de vinovăție. De multe ori, nici măcar ei înșiși nu cunosc cauzele pentru care se refugiază în mâncare.

Dar oamenii grași nu sunt niște nesimțiți care nu se pot opri din mâncat, dragi prietene! Viciul lor este doar o slăbiciune. Sau un strigăt de ajutor! Pentru cei convinși că nu sunt destul de buni și că nu li se cuvine nimic, mâncatul este și un act de autopedepsire. Sau un refugiu, un fel de a-și umple singurătatea. Sau un stil de viață nesănătos moștenit din familie. Însă, oricare ar fi motivul obezității unui om, nimeni nu are dreptul să-l judece, să-l desconsidere, să-l facă să se simtă urât, nedorit, neiubit. Nimeni nu are dreptul să-l arate cu degetul și să-l disprețuiască.

Și, orice s-ar spune, pe cât sunt oamenii grași de masivi, pe atât de slabi și de fragili sunt în realitate... Și ușor de rănit. Orice reacție negativă față de grăsimea lor îi pune la pământ și-i face să își deteste corpul, neputința, pe ei înșiși...

Chiar dacă majoritatea oamenilor cred că grașilor nu le pasă și că nu fac niciun efort să slăbească, adevărul este cu totul altul: ei se chinuie foarte mult. Unii încep diete drastice, se înfometează, se îmbolnăvesc, dar la prima dezamăgire, la prima dovadă de neiubire, la primul eșec abandonează lupta și încearcă, disperați, să-și umple din nou golurile sufletești așa cum știu ei cel mai bine: mâncând în exces. Ei cred că, umplându-și stomacul, vor reuși să-și umple și sufletul. Iar mâncarea îi liniștește pentru moment...

Oameni neiubiți, neîmpliniți, doar folosiți de cei din jur, copii respinși, abuzați (emoțional și fizic) de părinți și de societate, descurajați și criticați tot timpul, adolescenți complexați, oameni care au pierdut și care s-au abandonat crezând că nu sunt buni de nimic, că nu merită să fie fericiți și iubiți... Aceștia sunt grașii – pe care unii nu-i acceptă și nu-i înțeleg. Iar societatea asta atât de „capabilă“, de „dezvoltată și evoluată spiritual“ ce face pentru ei?

Obezitatea este o boală a sufletului, iar de omul bolnav nu râzi, nu-l insulți și nu-l abandonezi ca și cum n-ar fi bun de nimic. Pe omul bolnav îl ajuți – și o faci cu înțelegere și iubire. Pentru că doar iubirea vindecă și dă aripi.

Înainte să privești cu dezgust un om gras, întreabă-te dacă tu ești mai bun și mai frumos ca el – fiindcă nepăsarea, răutatea și egoismul sunt tot o boală a sufletului, dar una mult mai gravă, un adevărat handicap. Și care nu dispare de la sine, fără ca tu să nu faci ceva pentru asta.

Voi încheia tot citându-l pe Nicolae Steinhardt: „Drumul către iubire se îngustează când ne uităm spre ceilalți de la înălțimea vulturilor aflați în zbor. [...] Ochii noștri nu sunt concepuți pentru dispreț, ci pentru a exprima cu ei chipul iubirii ce se căznește să iasă din sufletele noastre. Succesele nu ne sunt date spre a ne înfoia în pene, ca în mantiile statuilor, ci pentru a le transforma în dragoste, în dezvoltare și în dăruire pentru cei din jur. [...] Acum știu, știu că orice ură, orice aversiune, orice ținere de minte a răului, orice lipsă de milă, orice lipsă de înțelegere, bunăvoință, simpatie, orice purtare cu oamenii care nu e la nivelul grației și gingășiei unui menuet de Mozart... este un păcat și o spurcăciune, nu numai omorul, rănirea, lovirea, jefuirea, înjurătura, alungarea, dar orice vulgaritate, desconsiderare, orice căutătură rea, orice dispreț, orice rea dispoziție este de la diavol și strică totul."

Să nu uiți nicio clipă cât de bună și de frumoasă poți fi, să nu lași pe nimeni să te facă să crezi că nu meriți să fii mândră de tine doar pentru că nu te încadrezi în standardele lor.

RESEMNARE

Carmen Voinea-Răducanu

Frumusețea morală a unei femei nu are nevoie de niciun fel de strategie. Și nici de cosmeticale dermatologice ori sociale, de regie, scenografie și coregrafie, de muzică ambientală și armonii închipuite. Nici de măști de gală sau de înălțimi de pe care să pară mai presus de suratele ei. Frumusețea minții și sufletului unei femei nu ține neapărat de modele, de apucături chipurile unice, nemaivăzute și nemaiîntâlnite, de o descriere îndoielnică și lingușitoare, de genul „Ca ea nu e nimeni pe lume".

Frumusețea unei femei are, în schimb, o mare legătură cu simplitatea, cu decența, cu demnitatea și discreția. Cu bucuria de a fi în rând cu lumea și deloc în afara ei – pentru că, de cele mai multe ori, astfel ieși în evidență în sensul cel mai rău cu putință și de prea puține ori în sensul pozitiv al situației. O femeie a cărei frumusețe poate fi recunoscută de toată lumea are nevoie de o îngrijire a trupului, desigur, că nu trăim în peșteri și ar fi și păcat să nu o facem, dacă tot e cu putință în secolul în care trăim. Dar neapărat să nu omitem o tratare în același timp și a sufletului, fiindcă aceste două frumuseți devin nule una fără cealaltă.

O femeie frumoasă la exterior nu va rămâne mereu așa dacă nu se va îngriji mai întâi de toate de frumusețea ei interioară, sufletească și morală. În ultimii ani, cucerite de magia dezvoltării personale (care este un lucru minunat pentru toți aceia care i-au înțeles rostul, dar câți dintre ei l-au priceput cu adevărat?), multe dintre noi au confundat această grijă pentru creșterea spirituală cu egoismul, cu dorința de a-și construi propriul bine, de multe ori călcând pe cei din jur. Și-atunci mă întreb și eu, retoric, așa cum probabil o faceți și voi: unde mai e transformarea aceea grozavă în cea mai bună versiune a lor? Când grija exagerată doar pentru propria persoană înăbușă chiar și cele mai firești sentimente de compasiune pentru alții, cum poți să spui că ai evoluat?

Înainte de a urma orbește trendul gândirii pozitive și al iubirii de sine, ar trebui să înțelegem mai întâi că nu putem călca nepăsători pe ceilalți în goana noastră pentru atingerea Nirvanei spirituale, pentru că niciodată nu putem aspira la pace și liniște interioară dacă în exteriorul nostru am semănat război și distrugere. Nu putem să ne iubim doar pe noi și să nu ne gândim și la cei de lângă noi, apropiații sau mai îndepărtații noștri.

Suntem legați cu fire nevăzute de ceilalți, iar binele nostru e în strânsă legătură cu binele tuturor, așa a fost scris de la Facerea Lumii, de la plămădirea omului. Pentru că așa funcționează iubirea, ca un întreg, iar când ne iubim pe noi, nu avem cum să nu-i iubim și pe ceilalți. Nu viețuim într-un glob de cristal, singuri, într-o bulă atemporală, ci suntem interconectați. Cu cei care-au fost, cu aceia care încă sunt și întotdeauna cu cei care vor veni în viața noastră.

Nu vă lăsați abătute de la Calea voastră divină de tot felul de cuvinte sclipitoare, zăngănitoare și goale de conținut profund, care propovăduiesc iubirea de sine fără iubirea aproapelui. Ci încercați împletirea acestor sentimente pentru voi cu cele pentru lumea întreagă – și-atunci cu siguranță vom atinge acea evoluție a spiritului de care avem atât de multă nevoie în vremurile complicate și de însingurare pe care le trăim.

Nu stați cu mâinile în sân și nu vă resemnați la gândul că de ce să fiți voi primele care fac asta, că doar cu o singură floare nu se face primăvară. Ci imaginați-vă în fiecare clipă că acea primă îmbobocire va fi urmată de un covor întreg de viață și culoare născut de sub îngheț.

Nu vă resemnați la gândul că pentru schimbare e nevoie de mulțimi, ci fiți voi primele din rândul celor care simt ceea ce e bine – și cu certitudine vă vor urma exemplul și alții.

Nu vă resemnați, frumoasele mele prietene, nu vă dați bătute de urâțenia din lume sau chiar de greșelile voastre, de omisiunile voastre. Totul poate fi reparat și, mai ales, iertat și schimbat. Sufletul poate fi pansat, mângâiat, tratat. Dar și reînvățat să spere atunci când a uitat să iubească și să se iubească.

Puteți fi și frumoase spiritual pe cât de frumos vă este chipul și trupul – și abia atunci frumusețea voastră va fi deplină și divină. Atunci când bunătatea pentru ceilalți o va egala pe cea pentru sine.

Atât mai trebuie: să nu vă resemnați. Să nu vă abandonați unei iubiri egoiste, care nu va face decât să vă desprindă de lumea aceea frumoasă în care a fost scris să trăim laolaltă, în armonie. Dar iubiți-vă, ca să-i puteți iubi și pe ceilalți.

O FEMEIE ADEVĂRATĂ...

Irina Binder

O femeie adevărată...

cucerește cu hainele pe ea.

nu are nevoie de machiaj excesiv și de zorzoane pentru a fi frumoasă.

nu își pierde șarmul, tinerețea și frumusețea odată cu trecerea anilor.

știe să se facă respectată, admirată și iubită.

devine un model de urmat pentru alte femei, un idol pentru iubitul ei și o eroină pentru copiii ei.

știe mereu ce și când să vorbească.

nu se expune ridicolului și trivialităților.

nu decade bârfind și denigrând alte femei.

are puterea să își ascundă lacrimile și durerile în dosul unui zâmbet cald și chiar seducător.

este discretă și își protejează secretele.

are mereu timp pentru familie, pentru prieteni și pentru ea.

știe să fie frumoasă, elegantă, demnă, puternică.

li se dăruiește neobosit celor pe care îi iubește...

DE CE SUNTEM ATÂT DE OBOSIȚI?

Irina Binder

Nu munca ne obosește, nici alergătura continuă ca să rezolvăm toate lucrurile care sunt în seama noastră, nici responsabilitățile...

Ne obosesc oamenii triști fără motiv serios, nervoși întotdeauna și etern iritați, negativiști cu încăpățânare, împovărați de parcă toată greutatea lumii s-ar fi lăsat pe umerii lor, veșnic apăsați și tensionați din te miri ce și în general din obișnuință, fiindcă s-au educat să fie mereu nefericiți. Oamenii care au uitat să se bucure de viață și care se poartă de parcă toată lumea le e împotrivă, de parcă toți îi incomodează, de parcă nimic și nimeni nu este bun și frumos în viața asta. Inadaptații.

Ne obosesc persoanele veșnic nemulțumite și bombănitoare, incapabile să trăiască frumos și să fie fericite așa cum sunt, cu ceea ce au, cu ființele care le stau în preajmă.

Ne obosesc oamenii care selectează continuu și de obicei greșit, care pun etichete pe alții în grabă și superficial.

Ne obosesc cei cu spirit critic, care privesc de sus, care râd mereu de cineva, care au mereu o părere negativă despre altcineva. Și sunt convinsă că, de fapt, părerea proastă despre ei înșiși, frustrările și complexele personale îi fac să vadă ceva în neregulă la toți ceilalți.

Ne obosesc atâtea priviri încruntate, scrutătoare și suspicioase. Și ne obosesc discuțiile inutile, flecăreala despre alții, vorbăria care are ca scop doar defăimarea sau intriga.

Ne obosesc închipuiții moral, cei care judecă fără pic de bun-simț hotărârile și deciziile altora, care se cred mai presus de toată lumea și care-și compară mereu calitățile și alegerile bune cu ale celorlalți, dar niciodată defectele și alegerile proaste. Ne obosește ipocrizia cu care ne privim, cu care ne turnăm unii altora complimente gratuite și ne obosesc amabilitățile prefăcute.

Ne obosesc cei cu spirit polițienesc, care nu cred niciodată nimic, în fața cărora trebuie mereu să ne justificăm, care caută ceva urât în cele mai bune și mai curate intenții, imuni la frumos, la bunătate, la iubire.

Ne obosesc oamenii care nu se bucură de nimic, pentru care totul este o povară și un motiv de văicăreală: munca, vremea de afară, traficul, pantofii incomozi, mâncarea, colegii, șeful, copilul, vânzătoarea din nu știu care magazin...

Ne obosesc cei care strică armonia din jur și care au o plăcere maladivă să tulbure pacea altor suflete.

Toți avem dureri și probleme. Absolut toți. Și niciunul dintre noi nu este perfect. Și-atunci, nu cumva ar trebui să fim toleranți unii cu ceilalți? Să ne imaginăm că anumite zâmbete de pe fața cuiva ascund de fapt lacrimi și grimase de durere, pentru că nu întotdeauna ne arătăm pe chip starea sufletească și nici nu purtăm fiecare câte o pancartă în mâini pe care stă scris pentru lume că suntem cu moralul la pământ, că avem temeri, că avem dureri, că avem nevoie să fim înțeleși, că ne-ar ajuta puțină blândețe, puțină considerație, puțină bunătate...

ÎNVAȚĂ SĂ PIERZI

Carmen Voinea-Răducanu

Nici nu mai știu ce și câte am pierdut în viața mea de până acum: de la telefoane, bani, bijuterii, haine frumoase, joburi, o casă, sentimente investite în cine nu merita până la prieteni în care am avut încredere oarbă, iubiri. Și mai ales – cel mai cumplit, ireparabil – am pierdut de lângă mine oameni. Oameni fără de care credeam că nu voi ști să trăiesc. Nu o să-i numesc iar, am făcut-o deja de numeroase ori în scrierile mele.

Am pierdut, când și-au luat zborul către stele, oameni pe care i-am iubit dincolo de cuvinte, oameni care mă iubeau și pe care nimeni și nimic pe lume nu-i va putea înlocui sau aduce înapoi.

Și timp. Oh, da, mult timp! Nepermis de mult timp am pierdut, din acela oricum prea scurt, așa cum ne-a fost dăruit nouă, pământenilor.

N-am știut atunci, când s-au întâmplat, cum să primesc pierderile cu care mă confruntam. Probabil că niciodată nu știm cum să gestionăm astfel de nefericiri, suferințe atât de dureroase, întâmplări așa de tragice. Dar... învățăm. Din mers. Sau târâș, pe coate și genunchi. Lovindu-ne de neputințe, de imposibilitatea sufletească de moment de a accepta ceea ce soarta ne-ar fi dat de trăit, de simțit, de îndurat, de dus ca pe o adevărată cruce pe Golgota vieții noastre.

Învățăm să mergem mai departe și fără cei mai dragi dintre dragi, învățăm să înaintăm și fără de timpul pe care l-am irosit fără rost și care a rămas pierdut pentru totdeauna. Învățăm să continuăm a trăi fără oamenii în care am crezut și care ne-au trădat, învățăm că suntem frumoase și fără bijuteriile noastre speciale, învățăm să găsim un alt adăpost din calea furtunilor chiar și fără casa care ne-ar fi fost tare folositoare în vremuri grele. Învățăm să ne descurcăm și fără joburile ori banii care ne-ar fi făcut viața mai comodă și învățăm să comunicăm și fără telefon, dacă asta vrem. Pe toate ni le predă viața și pe toate, oricât de nărăvași am fi ca elevi, va trebui să le învățăm.

Le învățăm pe toate, bune sau rele, și, mai ales, învățăm să pierdem. Și trebuie să o facem, fie și pentru simplul motiv că abia după aceea vom ști să ne bucurăm și să apreciem cu adevărat când câștigăm.

Pentru că numai și numai după ce traversezi înot oceanele învolburate de lacrimi, abia reușind să ajungi la mal, după ce cazi și te ridici iar, după ce suferi și renaști mai puternic și mai călit înțelegi cât de multe daruri ai primit și cât de fericită ai fost pe vremea când habar nu aveai că ți se întâmplă să fi găsit deja ceea ce căutai și nu aflai: minunea de a fi un om întreg, miracolul de a trece peste toate cu fruntea sus și sufletul cârpit cu bandaje, apoi privilegiul de a te opinti să te salți din propria cenușă până la zborul spre înălțimi.

Abia atunci când învățăm să pierdem descoperim că am primit și darul că, orice și pe oricine am fi pierdut, nu ne-am pierdut pe noi înșine, nu ne-am rătăcit de sufletul nostru, de binele, speranța și iubirea din existența noastră. Și nu am pierdut încrederea în viață și în oameni. Sau în inimile oneste, curate, iubitoare. Și nici credința în Dumnezeu și nădejdea în fericire nu s-au răzlețit de noi.

Învățând să pierdem, culmea, într-un fel ne vom regăsi pe noi, cei dulci-amari, cei senini, cei buni, cei drepți, cei sinceri. Cei adevărați, dincolo de durere. Cei învingători.

Așa că învață să pierzi! Numai atunci vei câștiga.

Nu știm unde locuiește Iubirea. Poate că undeva în zona inimii, prea ne ducem mâna înspre lăcașul ei atunci când vrem să exemplificăm unde-i simțim prezența. Dar pentru că, de cele mai multe ori, o auzim cum ne curge nestăvilit prin vene și o vedem cum ne înfioară carnea, eu aș zice că materia din care am fost creați este Iubirea și că ne ocupă pe de-a-ntregul.

DOARE...

Irina Binder

Doare când ți se întoarce spatele de îndată ce deranjezi cu sinceritatea ta, de îndată ce nu le mai faci altora pe plac, de îndată ce nu le mai ești folositor celor din jur.

Doare când ți se răspunde cu indiferență la iubire.

Doare când un om care îți declară prietenie și iubire trece atât de ușor în extrema cealaltă, ajungând să te dușmănească...

Doare când cineva cu care ai împărțit aceeași masă, aceleași bucurii, aceleași momente triste și aceleași speranțe te vorbește de rău și face tot posibilul să te rănească.

Doare când ți se mușcă mâna cu care ai mângâiat, cu care ai dăruit, cu care ai hrănit și cu care ai ridicat de la pământ.

Doare când oameni care ți-au făcut promisiuni nu ți-au fost alături la greu.

Doare când ești respins doar pentru că nu susții lucruri în care nu crezi.

Doare când îți dai seama că prieteni despre care ai crezut că se vor bucura de fericirea ta de fapt te invidiază.

Doare când ești abandonat ca și cum nu ai însemnat nimic vreodată tocmai de către oameni care ți-au declarat iubirea în gura mare și care ți-au promis că îți vor fi alături până la sfârșit.

Doare neacceptarea, doare neiertarea, doare nedreptatea și doare neiubirea. Dar cel mai tare doare însingurarea în care te aruncă tocmai aceia pe care i-ai iubit și cărora li te-ai dăruit cu totul.

Să faci compromisuri când oamenii și lucrurile nu mai sunt așa cum ar trebui să fie într-o prietenie înseamnă să te irosești... Și nimeni nu merită asta, dar mai ales Tu nu meriți asta

Prietenul adevărat îți este egal, nu superior și nici inferior. Prietenul îți oferă amintiri minunate, nu regrete, nu lacrimi. Nu poartă măști în preajma ta și nu se îndoiește de calitățile tale. Îți cunoaște defectele, dar nu te critică în văzul lumii. Plânge atunci când pleci, nu pleacă atunci când plângi..

NU IGNORAȚI SEMNELE DEPRESIEI!

Irina Binder

Am mai spus asta cândva și unii s-au amuzat: când o persoană pierde în greutate, lumea o compătimește și se întreabă ce suferință o fi avut, dar când cineva se îngrașă peste măsură, nimeni nu se gândește că are o problemă gravă și că, în cele mai multe cazuri, este ceva de natură emoțională...

Izolarea, mâncatul compulsiv, agresivitatea, paranoia, răutatea și tendința de a poza în victimă sunt semne că o persoană are nevoie de ajutor. Nu subestimați gravitatea problemelor cuiva! Ceea ce pentru noi pare o situație banală pentru altcineva poate fi o adevărată dramă. Pentru că, nu-i așa, fiecare suflet are „imunitatea" lui...

Cât despre voi, dragi prieteni care sunteți triști, apatici, depresivi, care nu vă mai găsiți locul, vă îndemn să faceți schimbări. Ieșiți dintre cei patru pereți ai casei voastre, faceți tot ceea ce vă stă în putere ca să renunțați la dependențe (mai ales la cele nesănătoase, cum ar fi izolarea în lumea virtuală și mâncatul compulsiv), eliminați din viața voastră ceea ce vă face rău, schimbați-vă stilul de viață, renunțați la oamenii toxici, la cei negativiști și nemulțumiți, care se plâng mereu, nu stați lângă cei care vă alimentează depresiile, senzația de neputință și tendința de victimizare! Faceți ceva nou, împrieteniți-vă cu sportul, ieșiți în parc, la spectacole, învățați ceva nou, citiți, renovați sau reamenajați prin casă, dar nu stați zăcând în paturi și fotolii, singuri și fără activități sănătoase.

Și încă ceva, foarte important: apelați la specialiști, la psihologi. Depresia nu este o rușine și nu e de neglijat, nu prea trece de la sine, declanșată fiind de un dezechilibru chimic cerebral, deci trebuie să i se acorde o importanță la fel de mare ca oricărei afecțiuni. Mai ales că nu are nimic de-a face cu deznădejdea, care survine, de regulă, din cauza unei decepții și care se estompează și dispare fără tratament și medicamente prescrise de un specialist.

Iubiți-vă voi și în locul celor incapabili să vă iubească! Nu mai tânjiți după iluzii, nu mai amânați acceptarea adevărurilor evidente, nu vă mai amăgiți, nu vă mai puneți viața pe pauză, așteptând să primiți ceea ce alții nu vor sau nu sunt capabili să vă ofere, nu vă mai expuneți pericolelor, prețuiți-vă sănătatea și viața!

Căutați bucuriile mici, iar atunci când, aparent, nimic nu vă mai bucură, când nu vă mai găsiți rostul, deveniți voi bucuria și sprijinul cuiva! Este o metodă minunată de vindecare să ajuți pe cineva, să-i fii pace și mângâiere...

Toate trec așa cum vin. Unele sosesc în viața noastră ca lecții, altele survin ca etape ale evoluției noastre, iar unele dureri ne fac puternici și frumoși, vă asigur de asta!

Și, dacă tot am vorbit despre depresie, vă recomand cu drag cartea *Învinge depresia înainte să te învingă ea pe tine*, apărută la Editura For You.

FATA MORGANA

Carmen Voinea-Răducanu

Fermecate de propriile năluciri și visuri nebunești, femeile uită din când în când să dea la o parte perdelele unor speranțe care au eșuat și să privească realist în interiorul încăperilor goale și lipsite de bucurie care au devenit viața lor. Pășesc automat înainte, în virtutea obișnuințelor de tot felul, merg din compromis în compromis, ca niște marionete acționate de un meșter păpușar nepăsător și bezmetic. Din când în când, viermele disperării începe să le roadă pe dinăuntru...

Au pornit și ele în viață cu o inimă curată, cu o minte plină de idealuri și miraje, care mai de care mai optimiste și mai ademenitoare, crezând că merită tot ce-i mai bun. Și s-au trezit undeva, pe la mijlocul vieții, cu buzunarele sufletului goale, rupte și zdrențuite, de parcă niște degete cu unghii ascuțite ar fi râcâit cusăturile și ar fi lăsat ca toate comorile depozitate în ele să se scurgă în afară: speranță, iubire, visuri, bucurie și încredere.

Au devenit amare ca pelinul, resemnate și imobile, de parcă nimic bun nu li se mai poate întâmpla, de parcă totul s-ar fi sfârșit pentru ele și dinainte li s-ar așterne numai un covor de ghimpi.

Se uită mereu în urmă și se întreabă unde au greșit. Când au rătăcit cărăruia firavă care le ghida spre fericire și împlinire? Când au pierdut drumul bun și s-au prăvălit cu totul în prăpastie?

Poate că atunci când au vrut totul și nu au făcut decât să aștepte să le cadă din cer? Poate că atunci când au crezut, orgolioase, că sunt cele mai dorite comori și nu au făcut niciun pas înspre sufletul pereche? Sau oare când au gândit că tinerețea e veșnică și că au tot timpul din lume pentru toate, iar bărbatul tânăr, frumos, deștept și cu bani va fi de găsit la fiecare colț de stradă, fiindcă o să calci mereu pe el ca pe dude? Ori când au avut impresia că nu mai este nimeni ca ele și au jucat rolul prețioasei imposibil de atins? Poate chiar și când, frumoase fiind, au fost sigure că așa vor rămâne mereu? Ori când s-au lăsat duse de nas de către tot soiul de miraje, așa cum pățeau călătorii pe ape și prin deșert, păcăliți de înșelătoarea Fata Morgana? Sau când au crezut că, luând-o pe căi ocolite, chiar dacă necinstite, vor ajunge mai repede unde și-au propus și înaintea tuturor?

Și nu găsesc niciun răspuns, au numai întrebări – și acelea retorice. Fiindcă nu mai există nimeni care să le poată răspunde...

Femeile despre care vă povestesc nu mai știu nici ele când s-au amăgit singure că viața le va fi mereu un Rai, când au fost mai mult decât convinse că sunt buricul pământului și că Soarele gravitează în jurul propriei lor persoane și că, pentru toate aceste motive, îl vor găsi foarte ușor pe bărbatul-trofeu, pe masculul ideal. Și-au îndesat mintea, inima și poșetele cu iluzii despre cum sunt ele cele mai cele dintre toate celelalte și s-au trezit la un moment dat singure. Ale nimănui, pentru că nici lor nu-și mai aparțineau – tristețea și deznădejdea le ocupaseră pe de-a-ntregul. Aproape că au uitat momentele când au pornit să-și țeasă hotărâte pânza de mătase pentru vânătoare, pânză care mai apoi le-a ținut prizoniere ale unui destin pe care și l-au visat măreț, dar care nu s-a materializat niciodată. Nu mai știu nici când au pășit încrezătoare în calea iluziilor pe care și le-au durat pe nisipuri mișcătoare și despre care ar fi fost în stare să jure că vor deveni realitate.

Ele știu doar că acum s-au dezmeticit în sfârșit din visurile lor amăgitoare și simt că și-au ratat fiecare șansă de a fi fericite, că au pierdut toate trenurile ce au intrat în gara destinului lor rând pe rând și că niciunul nu le-a așteptat să-și vină în fire și să urce în vagoane, plecând de la peron la fel de repede și neașteptat cum a sosit. Știu doar că s-au mințit singure și că s-au decepționat tot singure, fără ajutorul nimănui, legate și fermecate de nălucirile propriilor fantasme lipsite de realism și pudoare, crezând că, fiind speciale, lor nu li se poate întâmpla să greșească, lor nu li s-ar putea întoarce ca un bumerang, plesnindu-le peste suflet, nicio rătăcire și niciun cusur, fie el și copilăresc.

Iar acum plătesc. Sfâșiindu-și cu propriile degete, răsfirate dureros ca într-un ritual păgân, plasa fină plăsmuită din visurile mărețe, dar nebunești, de odinioară, transformând-o în linţoliu pentru mirajele rătăcitoare, spulberate înspre cele patru vânturi, când alergau într-o goană nebună după o Fata Morgana...

POVARA

Irina Binder

Copilul meu,

Azi, am înțeles că nu mai sunt cine am fost pentru tine. Eu nu mai simt că îți sunt mamă, ci simt că-ți sunt doar o povară. Azi, am aflat cu uimire că mama este mamă doar cât timp copilul are nevoie de ea, dar când ea are nevoie de copilul ei, devine o povară.

Cândva, eram cea în brațele căreia căutai adăpost și alinare. Eram ființa pe care o iubeai cel mai mult, singura în care credeai, singura de a cărei companie aveai nevoie. Când îți eram mamă, mă întrebai cu spaimă în privire și în glas dacă am să te părăsesc vreodată. Îmi desenai flori, fluturi și căsuțe colorate și îmi promiteai că, atunci când vei fi mare, vei avea și tu grijă de mine, așa cum am avut eu de tine ori de câte ori ai fost bolnav. Mă mângâiai pe față cu mânuțele tale mici și îmi spuneai că mă iubești. Azi, abia dacă mă mai privești atunci când, în sfârșit, mă observi. Azi, te supără neputința și neîndemânarea mea. Te deranjează prezența mea în căminul tău și simt că abia aștepți să plec.

Ți-aș fi ascuns și acum boala mea și nu te-aș fi împovărat cu necazurile mele, dar am îmbătrânit, nu mai am putere și nu mai știu cum să duc singură toate suferințele.

Ani de zile, te-am ferit de supărările mele, te-am protejat de grijile mele, nu am vrut să știi că nu mai pot, că nu mai am ori că mă tem. Am vrut să te simți în siguranță, să nu cunoști grijile oamenilor mari, să te bucuri de copilărie, apoi de tinerețe și de familia ta. Ți-am ascuns durerile, neajunsurile și nefericirea mea, știind că, într-o zi, îți va veni rândul să le ai pe ale tale. Iar acum, când văd cum e să te simți povară pentru propriul copil, mă rog Cerului să ai sănătate și să nu fii nevoit să depinzi de copiii tăi, să nu ajungi să simți ce simt eu acum. Sentimentul că ești o povară pentru ființa pe care o iubești cel mai mult pe lume, pentru ființa pe care ai adus-o pe lume și pentru care ai fi în stare să-ți dai viața provoacă mai multă durere decât orice boală.

Dar se pare că bătrânețea și boala nu-ți iau doar puterile și liniștea, ci te lasă și singur pe lume...

Mă iartă că mă plâng acum, dar nu m-a pregătit nimeni pentru ceea ce simt azi. Nu am avut timp să mă obișnuiesc cu ideea că, într-o zi, nu voi mai fi pentru tine decât o povară. Mă iartă că am lăcrimat în fața ta, că am căutat adăpost în casa ta, că mi-am așezat sufletul la picioarele tale!

Și mă iartă, copilul meu, că nu-ți mai pot fi ceea ce am fost cândva!

Cu dragoste infinită,
Mama

WEEKENDURILE SUNT PENTRU SUFLET

Irina Binder

A existat o perioadă în viața mea în care îmi dedicam toate sâmbetele exclusiv pentru curățenia în casă. Începeam de îndată ce mă trezeam și mă opream abia seara, epuizată. Și, nu, nu aveam o vilă cu multe camere, ci doar un apartament. Dar întorceam toată casa pe dos. Spălam geamurile, lustrele, ușile, faianța... Ștergeam praf imaginar și spălam lucruri care erau oricum curate, pentru că am știut mereu să mențin ordinea și curățenia în casa mea. Nu știu cum am deprins acea obișnuință de a-mi rata ziua liberă, dar regret acea perioadă.

Prietenii mei mă considerau obsedată de curățenie. Mă invitau în oraș, la iarbă verde, la mare, la săniuș, la filme și în tot felul de locuri ca să ne distrăm, însă eu îi refuzam. Aveam treabă! Ei încercau să-mi spună că mă port anormal și că am o casă exagerat de curată, dar, până nu luam eu la mână fiecare lucru și fiecare locșor din casă, nu aveam liniște. N-aș fi renunțat la obiceiul meu pentru nimic în lume. Desigur, duminica eram obosită și nu prea mai aveam energie să ies din casă și să mă bucur de viață.

La un moment dat, s-au plictisit și ei de refuzurile mele și nu m-au mai invitat nicăieri.

Așa m-am trezit, într-o zi, cu conștiința faptului că eram sclava unei locuințe. Și a lucrurilor din casa mea. Că le acordam mai multă importanță casei și obiectelor decât mie însămi. Că, în loc să mă răsfăț pe mine, eu răsfățam mobila, covoarele, faianța, geamurile... Mi-am dat seama că am irosit zeci de sâmbete în care puteam să mă bucur de viață, de soare, de oamenii frumoși din viața mea, de liniște și de relaxare.

Din acel moment, mi-am promis că îmi voi dedica weekendurile numai și numai sufletului meu. Că voi ieși din casă indiferent de anotimp și de starea vremii, că voi sta cât mai mult cu oameni dragi, că mă voi desfăta cu tot ceea ce îmi place, cu o cafea bună în centrul orașului, privind clădirile superbe și trecătorii, cu plimbări prin păduri, cu liniștea și relaxarea pe care le pot oferi o carte citită afară, în natură, un film bun, o piesă de teatru, un concert, un prânz sau o cină grozavă cu prietenii.

De atunci, încerc să fac curățenia în casă într-o zi lucrătoare a săptămânii, iar dacă nu reușesc, nu mă mai stresez deloc. Am învățat să prețuiesc weekendurile și să mă bucur de ele la intensitate maximă. Sfârșiturile de săptămână sunt numai pentru a face ceea ce-mi place, nu ceea ce trebuie. Și-apoi, cine zice că trebuie neapărat să fac ceva anume? Doar noi ne impunem anumite reguli sau limite, ele nu vin cu pravilă de la stăpânire.

Doamnelor și domnișoarelor, nu vă mai irosiți zilele prețioase de la sfârșitul săptămânii făcând treburi casnice! Nu vă amendează nimeni dacă faceți toate acestea în cursul săptămânii, câte puțin, seara, cum și când puteți. N-ajunge că muncim toată săptămâna?!

Bucurați-vă de zilele libere și de oamenii dragi din viața voastră! Sunt atâtea locuri de vizitat, atâtea cărți de citit, atâtea filme de vizionat și atâția oameni de cunoscut și de iubit!

Răsfățați-vă pe voi și pe oamenii voștri dragi, nu alintați mobila, nu covoarele, nu lucrurile din casă. Obiectele nu pleacă nicăieri și sunt trecătoare. Ele există ca să ne folosim de ele, nu ca să ne folosească ele pe noi.

Faceți ceea ce vă place, ceea ce vă bucură inima, coafați-vă, înconjurați-vă cu iubire, visați într-o cadă cu apă aromată, faceți-vă manichiura sau un masaj, fiți frumoase și relaxați-vă! Petreceți momente frumoase cu copiii voștri, cu părinții, cu prietenii, cu voi înșivă. Zilele irosite nu se mai pot recupera.

Vă doresc weekenduri cât mai frumoase!

O casă nu este frumoasă dacă este mare. Nici dacă are lucruri valoroase în ea. Ci dacă are în ea oameni frumoși.

ÎNDRĂZNEȘTE SĂ VISEZI!

Irina Binder

Îți aduci aminte când erai mică și încălțai pe furiș pantofii mamei tale? Erau prea mari pentru tine, dar te străduiai să îți ții echilibrul și să pășești cu încredere. Abia așteptai ziua în care pantofii aceia aveau să ți se potrivească. Pentru că știai sigur că, într-o zi, o asemenea pereche de pantofi sau poate chiar unii mult mai frumoși aveau să-ți fie pe măsură și să devină ai tăi.

Așa este și cu visurile. La început, crezi că sunt prea mari pentru tine și îți este teamă să încerci să ajungi până la ele. La fel ca și cu pantofii, ai impresia că asemenea dorințe nu ți se potrivesc și că este chiar ridicol să ai visuri atât de mari...

Dar fiecare vis are timpul lui pentru a fi împlinit.

Așadar, îndrăznește să visezi! Fiindcă niciun vis nu este imposibil de împlinit, niciun vis nu este de neatins pentru un om încrezător, care știe că într-o zi va fi... mare!

BLESTEM DE DRAGOSTE

Carmen Voinea-Răducanu

Ploua de parcă venise peste noi diluviul universal, acolo, în parcul dezgolit de verde dintr-o toamnă a tuturor pierderilor. Iar noi, ca doi proști, stăteam zgribuliți sub o umbrelă ruptă, cu o spiță îndoită și acoperișul dărâmat pe-o parte, de pe care apa se prăbușea în rafale peste umerii noștri aplecați a resemnată deznădejde.

— Am fugit de la serviciu cu o oră mai devreme, ca să mă pot vedea cu tine. Ca să putem sta împreună măcar puțin, măcar o jumătate de oră. Ca să nu-și dea seama, pentru că mă controlează.

— Tu nu poți să-mi spui asta, n-ai cum să-mi spui așa ceva, iar eu să înțeleg. Nu pot să înțeleg. Tu vezi cum plouă?

Mă privea lung, de parcă nu-i venea să creadă că nevoia lui de a fi ascultat, aprobat și mângâiat se izbește de un zid de nesurpat.

— E toamnă și tu ești frumoasă...

— „Cri, cri, cri, toamnă gri, nu credeam c-o să mai vii..."

Iar el îi zâmbea fetiței din mine. Tristeții din mine. Și depărtărilor dintre noi. Trecute, prezente și viitoare.

— Bine, hai, aprinde-ți o țigară. Crezi că nu știu că fumezi?

— Nu am țigări, n-am avut bani să-mi cumpăr.

— Uite, ia una de la mine. Fumezi din astea?

— Din astea? Ar fi bine, dar n-am eu bani de așa ceva.

— Nu stai bine cu banii, nu-i așa?

— Nu, deloc. Sunt puțini. Prea puțini.

— Dacă-i dai pe țigări...

— Așa e, dar mai ieftine decât *Carpați* fără filtru nu există. Sau poate că da, *Mărășești* sau *Plugar*, dar nu le-am încercat. Mărășeștile mai încolo, când oi ajunge precum tanti Ralița a lui Vlad Mușatescu. Oricum, fii pe pace, banii nu mi-ar fi ajuns nici dacă nu fumam.

— De unde știi tu de țigările *Plugar*? Că nu mai există demult.

Și iar a zâmbit.

— Știu, că am citit. Eu citesc foarte mult. Și-am ținut minte. Cum să pui tu numele unor țigări *Plugar*?! Cui i-o fi dat asta prin cap?

— De ce fumezi?

— Pentru că semăn cu tine.

— Da, semeni cu mine...

Apoi, ploaia tăcea împreună cu noi. Eu fumam, iar el, fumând la rândul său, mă privea cu o curiozitate nedisimulată, de parcă nu-i venea să creadă că totuși fumez. Și, dacă fumez, că o fac lângă el, din țigările lui. Țigări scumpe, aproape de contrabandă, BT cartonat. Nu mi-aș fi permis niciodată să cumpăr așa ceva, ultima săptămână din lună mergeam mereu pe jos, că nu mai aveam bani de tramvai, metrou sau autobuz. De unde să fi dat atâta bănet pe țigări?

— „Ploaia dansa, împreună cu noi, / Se-nveselea când râdeam amândoi. / Ploaia vedea cum cuvintele mari le-ocolim / Doar pe fețe citea, cât de mult ne iubim..." Mă iubești?

— Ce întrebare e asta?... Sigur că te iubesc. Stau aici cu tine în ploaie și dârdâi de frig în parcul ăsta nenorocit, murdar și plin de aurolaci.

— Du-mă acasă la tine dacă mă iubești.

Iar chipul lui s-a întunecat, deși-i rămăsese o urmă vagă de zâmbet aninat în colțurile gurii.

— Nu începe și tu, te rog.

— Și eu? Și mai cine? Mi-au înghețat mâinile, s-a udat țigara, nici nu pot să fumez.

— Îți dau alta.

— Nu-mi da.

— Îți dau bani să-ți cumperi țigări.

— Da..., și-am zâmbit în colțul gurii. Să-mi dai. Pentru țigări... Mulțumesc.

— I-am pus deoparte, am făcut economii pentru tine. În ascuns.

— Mulțumesc...

Și iar am zâmbit.

— Unde stai? Ai mâncare acasă?

— Stau în zonă, într-un bloc vechi. Într-o cămăruță minusculă, o fostă magazie de lemne, apoi cameră de servitori, la demisol. Cu baie la comun, pe hol. Nu am mâncare, pachetul de la mama s-a dus demult. Dar invită-mă la tine la masă. Măcar duminica.

— Iar începi?

— Nu încep. Vreau la tine acasă. În vizită. Duminica, la prânz. Invită-mă.

— Nu pot.

— Știu, nu poți. Așa spui mereu.

— Pentru că așa este.

— De ce e așa?

— Știi de ce e așa.

— Nu, nu știu. Spune-mi tu.

Și iar tăcea. Și ploua. Cu lacrimi din cer, cu frig, cu durere, cu despărțire, cu neîmpăcare.

— A cam trecut jumătatea de oră. Iar eu va trebui să plec.

— Știu. Mereu pleci. Tu pleci de fiecare dată, iar eu rămân uitându-mă în zare după tine. Și așteptând să revii.

— De ce ești rea? De ce nu mă înțelegi?

— Pentru că nu pot să nu fiu. Pentru că e mai presus de înțelegerea mea.

— Hai, ia banii ăștia, n-am mai mulți.

— M-am răzgândit. Nu mai vreau banii. Te vreau pe tine. Mi-e dor de tine.

— Termină cu prostiile. Ia banii. Ne mai vedem noi.

— Nu ne mai vedem. N-am nevoie de banii tăi furați din casă. Pardon, economisiți fără știrea ei. Vreau să-mi dai bani curați, de care știe toată lumea. Adică ea.

— Chiar ești rea.

— Chiar? Bine, sunt rea, dacă zici tu. Dar nu mai vreau. Nu așa. Ne vedem ca hoții, pe furiș, într-un parc trist, dintr-un oraș trist. Într-un parc murdar, dintr-o viață murdară.

— Vorbești prostii.

— Plouă. Tu nu vezi cum plouă? S-a supărat și Cerul și încearcă să ne curețe de păcate, să ne spele de nefericire.

— Alte prostii. Tu nici măcar nu știi ce vorbești...

— Ba știu. Mereu știu. Iar acum știu că nu mai vreau să te văd. Să nu mă mai cauți. Niciodată. Nu mai vin nicăieri să mă întâlnesc cu tine. Și, când o fi să mori, nici atunci să nu mă cauți. Că n-am să vin să te iert.

— Hai că ești nebună.

— Atât poți să-mi spui? Că sunt nebună?

— Ce să-ți spun altceva?

— Că mă iubești, doar sunt copilul tău. Fiica ta. Că nimeni nu are voie să se așeze între noi de pe o poziție de forță. Că Dumnezeu ne-a lăsat să fim tată și fiică în viața asta și nimeni nu ne poate împiedica să fim. În afară de noi înșine. Că îmi vei fi alături de-acum înainte, așa cum nu mi-ai fost niciodată până acum. Sau poți să mă rogi să te iert acum pentru tot ce nu mi-ai dat, iar eu am sperat de la tine, am așteptat de la tine. Poți să-mi spui că Dumnezeu o să ne ajute să îndreptăm lucrurile strâmbe dintre noi. Nu bani de țigări vreau de la tine. Tu nu vezi? Nici nu știi unde stau. Cum e cu putință așa ceva? Și nici măcar nu-ți pasă. Nici nu știi cine sunt, numai eu știu cine ești. Doar atât știi despre mine, că fumez? Da, din păcate... Iar eu vreau un tată, că niciodată nu ți-am spus asta până acum, în 21 de ani.

— Nu pot. N-am cum. Nu mă lasă. Iar eu nu mai am putere să mă cert.

— Tata...

— Vreau liniște.

— Ești un laș, tata. Știi asta, da? Dar o să ai, îți promit. Din partea mea vei avea parte numai de pace. Liniște, cum îi spui tu.

— Taci...

— După ce-ți spun „Adio", o să tac.

— Ești nebună.

— Asta e tot ce poți să-mi spui? Repeți doar atât, că sunt nebună?

— Ești. Ca toate femeile. Și nu înțelegi.

— Am înțeles destul, 21 de ani e o viață de om. A mea. Una despre care habar nu ai, deși mi-ai dat-o tu fără să ți-o cer, fără să mă întrebi și pe mine dacă-mi trebuie, dacă am ce să fac cu ea, dacă o să mă descurc în lume fără tine. Și-apoi, după ce am apărut, ai uitat să-mi dai și prezența ta. Și iubire. Și atenție. Și grijă. Și povețe. Eu asta am putut să înțeleg, aproape 21 de ani de absență. Dar mai mult nu pot. Pe mai departe nu mai înțeleg. Nu sunt perfectă. Poate că, dacă ai fi fost lângă mine, aș fi putut să fiu, dar așa...

— Ești nebună.

— Tocmai de aceea te rog să nu ne mai vedem. Vreau să-ți împlinesc dorința: să ai liniște, pace și iubire – dacă eu ți-am adus haos. Dar nu eu ți-am adus haosul în viață, tata. Lașitatea ta ți l-a adus. Pentru că nu ai știut să alegi fără să rănești pe cineva. Adulții se despart, se îndrăgostesc de alți adulți, că așa e viața, iar eu, acum, nu mai sunt copil și înțeleg asta.

Dar tot adulții nu ar trebui să le întoarcă spatele pruncilor lor născuți din povești de iubire care au sucombat între timp. Asta nu înțeleg: de ce mi-ai întors mie spatele? Nu de ce ți-ai părăsit familia – asta am stabilit deja că am priceput. Și nu înțeleg pentru că nu accept explicația „Am vrut liniște în casă". Despre care liniște vorbești? Actuala ta soție știa că ai un copil, că ești însurat. Oricum nu a contat pentru ea, pentru tine și pentru marea voastră poveste de iubire. Și, dacă te-a vrut așa de tare, trebuia să te iubească cu mine la pachet. Nu ești de acord cu asta? Ce crezi că e în sufletul meu când stăm acum pe bancă, în ploaie și frig, în parcul Gării de Nord, ca ultimii dintre oameni? Când îmi spui că soția te cronometrează și că fugi de la serviciu mai devreme ca să stai cu mine jumătate de oră fără să știe ea? Când îmi spui că ascunzi bani mărunți de ea, ca un găinar oarecare, ca să mi-i poți da mie acum, fără știrea ei? Ce crezi că simt eu, fiica ta, când îmi spui că nici măcar la prânz, duminica, nu mă poți chema la tine acasă? Deși sunt singură într-un oraș străin, orașul unde trăiești tu într-o casă, în familie, în bunăstare? Când nu sunt primită în casa tatălui meu, de parcă aș fi o ciumată? Cum mă simt eu, tata? Am vrut eu să mă nasc, să trăiesc și să-ți creez asemenea probleme? Cum să te respect eu, tata? Pentru că de iubit te iubesc oricum, iar asta nu mai ține decât de sângele care ne curge în vene, nu de logică. Mă întrebi de ce nu te înțeleg. Nu pot să înțeleg de ce-ți calci pe inimă, asta nu înțeleg. Dar tu mă înțelegi pe mine? Înțelegi ce-ți spun? Că sunt copilul tău înțelegi? Cât sufăr eu înțelegi?

— E clar, nu pricepi nimic...

— E clar, tata. Sunt o cretină, nimic nu pricep. Dar tu, care ești atât de deștept și de profund, te rog să nu uiți ce ți-a zis azi fiica ta proastă, care nu înțelege nimic. Și-o să-ți mai repet o dată: să nu mă mai cauți, nici măcar când o să știi că vei muri. N-am să vin. Și, tată, să dea Dumnezeu, Ăla în care nu crezi tu, dar în care cred eu, să nu poți muri până n-am să te iert. Eu, nu alții. Doar că îți spun de-acum și repet, ca să nu uiți: n-am să te iert. Niciodată. N-ai decât să te chinui veșnic pe pământul ăsta. În viața asta. Adio, tata...

M-am ridicat apoi dramatic de pe banca udă leoarcă și-am plecat pe jos către casă, prin ploaia rece de toamnă. Umbrela pocită era a lui, nu a mea, iar ultima mea imagine cu tata a fost cea a unui om singur, gârbovit, cu o umbrelă șuie deasupra capului, într-o mare înecată în tristețe.

Am mers mândră înainte, cu sufletul frânt și aripile zdrobite, fără să privesc în urmă nicio clipă cum rămăsese pe banca udă, în ploaia nemiloasă care nu ne spălase pe niciunul de păcate. Și-am tăcut. Să fie liniște. Șapte ani. Lungi. Ani și frumoși, și grei, și buni, și răi.

Nu m-a mai căutat niciodată. Și nici eu pe el. Iar Dumnezeul meu a făcut ca nici măcar din întâmplare să nu ne mai întâlnim, deși trăiam în același oraș, pe același pământ, la câțiva kilometri distanță unul de celălalt. Șapte ani. Lungi. Ani și frumoși, și grei, și buni, și răi...

Iar într-o seară, după ce acei șapte ani s-au scurs, când a sunat telefonul și am auzit în receptor „Tu nu mă cunoști pe mine, sunt o mătușa de-a ta, Ilinca, sora tatălui tău, și te caut de mai bine de o lună la rugămintea lui. Vrea să te vadă", am înțeles tot. Am înțeles că blestemele de dragoste nu se prind niciodată, pentru că Dumnezeu nu îngăduie asta. Că acolo unde e iubire este și greșeală și acolo unde e viață nu există fără-de-moarte.

Și m-am dus la spital, să-i dăruiesc și să-i cer tatălui meu iertarea fără de care nu putea să se desprindă de lumea asta, fără de care n-aș mai fi trăit în armonie cu mine însămi.

Era tot într-o toamnă, dar una fără nicio lacrimă în cer, fără niciun nor. Și, după ce ne-am regăsit, în aceeași zi a vrut să plece acasă, să fie externat. Dacă fata lui abandonată îl iertase, știa că se apropie liniștea cea mare.

— Tata, vrei să vin mâine la tine acasă să te văd, să stăm împreună, TU mă primești? Am voie? Mă vrei lângă tine?

A dat din cap că da, privindu-mă fix în ochi. Iar eu, începând cu a doua zi și timp de 12 zile la rând, i-am pășit pragul. Am fost la el acasă cât pentru o viață întreagă și un început de moarte. M-am dus la el zi de zi, timp de 12 zile și-o noapte. Ultima. Nu mai voia liniște, înțelesese că Liniștea cea mare oricum ar fi urmat să vină.

Oamenii iubesc pentru că nu pot face altfel, deși de multe ori își doresc să le fi fost amputate toate sentimentele. Numai că asta nu se poate; e ca și cum ne-am goli venele de sânge și am continua să rămânem în viață.

Nici măcar cu o zi înainte de a muri nu e prea târziu pentru a lua viața de la zero.

SOȚIE ȘI MAMĂ SAU TARTOR?

Irina Binder

Într-o zi, am fost în vizită la niște prieteni de familie, oameni cumsecade, o familie frumoasă. Au o căsuță drăguță și duc un trai decent, iar din punct de vedere material nu le lipsește nimic. Numai că în casa lor nu am găsit armonia, bucuria, căldura și iubirea arătate și declarate.

Prietena mea m-a uimit prin purtarea față de soț și copil. Mi se părea că nu aud bine! Fiindcă, în tot timpul cât am stat la ei, i-a mustrat întruna.

— Așa se lasă asta? Stau toată ziua să strâng după voi ca o proastă!

În timpul mesei, le-a făcut tot felul de observații. Când băiețelul s-a așezat pe canapea, prietena i-a spus cu un ton răstit:

— Ai grijă cum te așezi, abia am aranjat pernele alea.

Iar eu mă simțeam deja vinovată, fiindcă și eu mă tolănisem comod pe pernele de pe canapeaua ei.

Am plecat de la ei cu o senzație neplăcută. Mi se părea că am deranjat și că soțul și băiețelul s-au simțit stânjeniți și umiliți în prezența mea.

Educația nu se face în prezența musafirilor și în niciun caz pe un ton răstit, plin de reproș. Și am îndrăznit să-i spun asta prietenei mele, după aceea. Nu era deloc încântată de observația mea...

Am întrebat-o dacă vrea să fie soție și mamă sau tartor? Dar ea s-a explicat cu argumente exagerate, de genul „Amândoi își bat joc de mine", jucând rolul victimei.

De fapt, nu-și bate nimeni joc de ea. Și soțul ei, și băiețelul par foarte cuminți și ordonați. Dar ea are obsesiile acelea comuniste de a proteja excesiv lucrurile din casă, de parcă mobila și covoarele ar fi mai de preț decât oamenii din familia ei.

Eu cred că și cei dragi, ca și restul lumii, se pot educa și cu vorba bună, nu cu ceartă, reproșuri, jigniri și umilințe. Se pot face observații și zâmbind, însoțindu-le cu un „Te rog frumos", nu numai cu bufneli, trânteli, mormăieli și victimizări. Totul trebuie făcut cu grijă, cu blândețe și cu iubire, altminteri transformăm căminul într-un loc neprimitor, lipsit de pace și armonie, un loc în care nu auzim decât critici și nemulțumiri.

Este suficient că în societate – la școală, la serviciu și uneori chiar și în comunitate – nu suntem întotdeauna bine primiți și avem parte de medii ostile sau oameni neprietenoși, puși pe harță. Măcar acasă să avem parte de liniște, bucurie și afecțiune, să ne simțim în siguranță, apreciați și iubiți.

Un om mereu frustrat, mereu nemulțumit și critic, indispus și arțăgos, care-ți reproșează mereu câte ceva și te acuză că nu ești bun de nimic, este extrem de obositor și de neplăcut. Cearta, reproșurile și umilințele nu au ce căuta într-o familie.

Vrei un copil și un soț care să se teamă de tine sau care să te iubească? Iar când copilul tău va fi adult, ce ai vrea să-și amintească despre mama lui? Că a fost o mamă caldă și blândă sau un tiran care-l certa mereu, chiar și pentru lucruri neînsemnate și pentru gesturile stângace?

Nu te mai concentra asupra covoarelor, canapelei și pernelor (care sunt destinate folosinței), ci concentrează-te asupra oamenilor dragi. Privește-ți soțul și copiii în ochi, încearcă să afli ce stare sufletească au, dacă le lipsește ceva, dacă au vreo teamă, dacă au vreun vis pe care doresc să-l împlinească. Cunoaște-i, vorbește cu ei, glumește cu ei, încurajează-i și fiți cu adevărat împreună... Acel Împreună care alcătuiește atât de minunat și de unic o familie!

Pune mereu iubire în intenția de a educa! E valabil și cu adulții, și cu cei mici – fie că vrem să nu ne deranjeze, fie că dorim să îi dezvățăm de obiceiuri urâte. Fără să folosim apelative jignitoare, ofensive, superioare. Fără să recurgem la reproșuri și fără ca ceea ce le spunem să sune a un fel de amenințare. Cu iubire putem educa mai ușor.

PENTRU CĂ NU TOȚI OAMENII SUNT DE NEÎNLOCUIT

IRINA BINDER

Credeam cândva că oamenii nu se pot înlocui. Din cauza acestei credințe greu de abandonat, am suferit foarte mult după fiecare despărțire de cei care au făcut parte din viața mea la un moment dat. Pe unii i-am implorat să nu plece, cerându-mi iertare pentru greșeli pe care nu le-am înfăptuit, trăind cu impresia că nu am fost destul de bună pentru ei, că nu am făcut destul pentru ei, că nu i-am meritat și condamnându-mă pentru toate neputințele mele. Apoi, mi-am dat seama că m-am învinovățit degeaba și am înțeles că doar iubirea îi ține pe oameni împreună și că în relațiile care s-au sfârșit tot ceea ce a lipsit a fost, de fapt, iubirea.

Cu timpul, am învățat că singurii oameni de neînlocuit sunt părinții, copiii și frații. Restul sunt doar pasageri prin viața noastră. Prietenii, amicii și chiar oamenii cu care împărțim povești de dragoste sunt trecători și pot fi înlocuiți.

Cred că fiecare om are timpul lui precis în viața noastră. Și, chiar dacă visăm să fim împreună cu cineva până la sfârșit, nu toate poveștile au un final îndepărtat sau fericit. Ne despărțim și suferim o perioadă, ne condamnăm și ne învinovățim, devenim precauți cu oamenii noi pe care-i întâlnim, trăim cu teama de singurătate, trăim cu impresia că viața noastră nu va mai fi la fel fără cei din trecut, ca mai apoi să ne resemnăm în fața pierderilor și să începem alte povești. De iubire, de prietenie, de suflet, pentru suflet. Și cine poate ști până când?...

Am învățat că uneori e prea târziu să mai educi pe cineva și că anumiți oameni nu pot fi schimbați niciodată, că ei doar se prefac și poartă diverse măști, în funcție de interesele lor, pentru a fi acceptați, plăcuți...

„CINSTEȘTE PE TATĂL TĂU ȘI PE MAMA TA,
CA SĂ-ȚI FIE BINE ȘI CA SĂ TRĂIEȘTI ANI LUNGI PE PĂMÂNT"

CARMEN VOINEA-RĂDUCANU

Am citit multe dintre scrierile Irinei legate de tatăl ei – din toate cărțile pe care le-a scris, dar și de pe blogul *Insomnii*. Evident, inclusiv pe acelea pe care le-a inserat în paginile cărții de față. Și pe toate le-am lecturat cu admirație pentru acela care a fost părintele ei.

Nu vă ascund că de fiecare dată m-am întrebat, cu nostalgie, ce fel de femeie aș fi fost astăzi dacă m-aș fi putut bucura în copilărie de prezența tatălui meu, de educația pe care mi-ar fi dat-o, de ceea ce aș fi avut posibilitatea să învăț datorită lui. Adică așa cum s-au derulat lucrurile în viața ei, căreia nu i-a lipsit tatăl, așa cum mi-a lipsit mie.

Fiindcă, spre deosebire de Irina, eu nu am avut parte de tatăl meu decât până la vârsta de patru ani, pentru că atât aveam când ne-a părăsit, pe mine și pe mama. (Am mai scris despre subiectul acesta dureros pentru mine și în celelalte cărți pe care le-am publicat, *Visătorii nu mor niciodată* și *Binecuvântate ne fie dorurile.*)

Mă veți întreba de ce folosesc pluralul, pentru că, atunci când soțul își părăsește soția, situația respectivă nu are legătură cu copiii. Așa este, aveți dreptate. Dar la mine așa a fost să fie, ca în multe alte familii de altfel – pentru că asta se întâmplă frecvent.

Tata nu și-a părăsit doar soția, pe mama mea, atunci când a plecat de acasă. Îndrăgostit până peste urechi de o altă femeie, din nefericire m-a părăsit și pe mine, fiica lui. Uitând ani lungi în șir să mai privească înapoi către boțul de carne din carnea lui pe care-l abandonase și care privea în depărtări și înspre fiecare bărbat adult, cu speranța că, de undeva, cumva, cândva, o să apară tatăl acela minunat de care-i era dureros de dor și pe care-l idealizase ca pe un erou din povești.

Dar tata dus a fost, pentru totdeauna, și nu mi-a scris decât două scrisori – și acelea abia când eram adolescentă. Și nu mi-a dat telefon niciodată. Da, atât, în toți anii pe care i-a mai avut de trăit după plecarea lui din familie și de lângă mine. Și număr pe degetele de la o singură mână de câte ori ne-am întâlnit până când m-a căutat – abia atunci când și-a dat seama că drumul lui se apropie de linia de final. În fine...

Așa s-a făcut că, pe când Irina a fost o fetiță crescută de tată, eu am fost una crescută de mamă – ca să vezi întâmplare, și aici ne completăm! Însă un lucru e cert: și eu, și ea am fost oarecum private de o familie întreagă, în sensul ei... tradițional. Parcă așa se spune, nu? ☺

Ceea ce vreau eu să vă zic din toată inima, dragile mele prietene – celor care sunteți sau ați fost în aceeași situație, copii crescuți de unul dintre părinți sau poate doar de bunici –, este că lucrurile nu sunt deloc tragice. Nu vă lăsați copleșite și îngenuncheate de viață și de vinovățiile altora, chiar dacă nu aveți o familie întreagă. Priviți-ne pe noi, autoarele acestei cărți: vi se pare că am ajuns rău, că nu suntem oameni de omenie, că nu ne-am împlinit visurile, că am fost urmărite de neșansă, că am crescut strâmb sau că n-am fi două femei zâmbitoare, predispuse la fericire?

Doresc să le spun fetelor care cresc în familii destrămate, din diverse motive, că părintele care crește singur un copil îl iubește cât doi la un loc. Ba chiar mai mult de-atât: îl iubește cât toată familia la un loc. Și să mai știți și că, atunci când cineva vă privește cu superioritate doar pentru că familia lui e întreagă (deocamdată întreagă, pentru că nimeni nu poate să ne asigure că așa va fi mereu, căci viața de familie nu vine la pachet cu vreo garanție sau cu termen nelimitat), aceasta nu înseamnă și că e mai presus de voi sau că este meritul lui.

Uneori, atunci când un părinte e absent fizic de lângă copilul lui, oricum îl poartă în suflet și doar circumstanțe nefericite îl țin departe de el: alegerea unui alt partener de viață, nevoile materiale sau neînțelegerile, orgoliul, lipsa voinței de a mai lupta pentru familie. Și mai pot fi de vină neîncrederea, tot felul de neputințe, ba chiar și obișnuințe – cum ar fi alcoolul –, de care nu a reușit să se dezbare și care-i conduc în acel moment viața.

V-aș ruga să nu uitați niciodată că părinții absenți, chiar și-atunci când nu știu sau nu pot să spună că le e dor de voi și că vă iubesc, simt cu toată forța inimii lor iubirea, dorul și mai ales lipsa voastră. Și că o familie întreagă înseamnă iubire, iar de acolo de unde a plecat dragostea dintre cei care au format acel cuib, chiar dacă familia aparent e de nezdruncinat, ea nu mai este deloc un întreg.

Iubitele mele prietene, nu vă grăbiți să-l judecați pe cel plecat, indiferent că vă este tată sau mamă. De multe ori, viața îi supune pe adulți la încercări grele, cărora nu toți știu să le facă față. Și-atunci, speriați, unii aleg să fugă, să renunțe la tot ceea ce le-a dăruit fericire cândva. Uneori, speră că vor lăsa în urmă tot ceea ce le-a provocat supărare și teamă: grijile, necazurile, îndoielile și, mai ales, neputințele. Dar aceasta nu înseamnă că voi trebuie să vă privați de bucuria de a fi iubite cu toată puterea inimii de către cel rămas, mama sau tatăl vostru, pentru care sunteți centrul Universului. Iar plecarea unui părinte nu înseamnă nicidecum că nu vă mai iubește, înseamnă doar că vă va iubi mai mult de la distanță. Și, vă întreb eu, ce distanță mai poate exista între sufletele care se iubesc?

Vă spun toate aceste lucruri în directă cunoștință de cauză: am fost un copil care a suferit enorm din cauza lipsei tatălui. Ani la rând, m-am torturat cu gânduri negre: că tata nu mă iubește, că m-a uitat, că nu-i pasă de mine. Și, tot ani la rând, orbită de durerea de a nu-l avea lângă mine pe acela pe care-l credeam un zeu, nu o ființă slabă și supusă greșelii, n-am văzut că mama mă iubea cât toată omenirea la un loc. N-am văzut, crezând că așa e normal sau cine știe din ce motiv. Și oarbă am fost și la câte eforturi făcea ca să nu-mi lipsească nimic, câtă dăruire era în fiecare gest al ei, chiar și în cele mai mărunte dintre ele. Și pe care le făcea ca să-mi fie mie bine și să nu-mi lipsească nimic. Câte sacrificii și câtă iubire îmi dăruia doar ca să-mi fie mie mereu zâmbetul zâmbet și să-mi țină loc și de tată!

Și am crescut astfel cu un dor imens în suflet, dor care dospea în mine, dădea pe dinafară, mă înghițea cu totul: cu dorul de tata. Melancolică și tristă din copilărie, de parcă n-aș fi fost un om întreg, de parcă aș fi fost sfâșiată și ruptă în două între prezența mamei și absența tatălui meu, cu gânduri legate mereu de „Cum ar fi fost dacă și tata era aici, cu mine, lângă mine?“ „Ce-ar fi spus tata acum?“, „Ce povață mi-ar fi dat tata?“. Dar tata nu a mai venit niciodată la noi, tristețea mea nu l-a adus înapoi, iar durerea și gândurile negre nu mi-au redat familia întreagă, oricât am plâns și am suferit.

Apoi, în adolescență, o altă etapă a venit în viața și în gândurile mele: mi-am judecat aspru tatăl, l-am urât, l-am negat, l-am blamat, l-am învinovățit și, într-un moment oribil din viața mea, l-am și blestemat. Atât de pornită eram. Și cui i-a folosit? Tot acel zbucium... Pentru ce fel de himere? Cât bine mi-au făcut mie toate acele sentimente negative? M-au făcut mai fericită? L-am adus astfel pe tata înapoi?

Nu vă judecați părinții pentru alegerile lor, pentru neputințele lor, pentru greșelile lor. Nu-i arătați cu degetul, nu vă împovărați cu păcatul de a suferi pentru niște erori care nu vă aparțin. Nu vă împroșcați părinții cu vinovății pe care oricum nu le puteți înțelege deplin, pentru că nu ați trăit viața lor, nu ați avut vreodată sentimentele, gândurile, speranțele ori pierderile lor. Nu pentru că nu e creștinește, deși este clar că nu e, ci știind că nici voi nu sunteți perfecte – măcar pentru gândul că meritați să fiți fericite cu ceea ce aveți și cu cei care vă sunt alături, nu nefericite din cauza celor care sunt departe.

Nu tânjiți după cei absenți pe care nu-i puteți aduce lângă voi și nu plângeți după laptele vărsat, oricum nu se mai întoarce în oală niciodată. Decât dacă-l adunăm de pe jos, plin de mizerii. Iar de așa ceva sănătatea sufletului nostru nu are nevoie. Bucurați-vă de ceea ce aveți, nu vă întristați pentru ceea ce vă lipsește. Putem fi înțelepte și bune, înțelegând la timp că adulții, chiar dacă ne sunt părinți, au existențe și trăiri diferite de ale noastre. Și alegerile lor. Bune sau mai puțin bune. Dar pentru asta vor plăti ei prețul pe care viața o să-l stabilească. În niciun caz noi.

Iertați-i – în cazul în care considerați că v-au greșit. Nu uitați, însă, că un lucru bun tot au făcut: pe voi.

AM SUFERIT...

Irina Binder

Dacă am suferit? Da, enorm! Dar n-a știut nimeni. Am știut doar eu și Dumnezeu. Și tot El – doar El – mi-a ținut companie în nopțile în care plângeam până la epuizare. Doar El m-a mângâiat și mi-a vegheat somnul neliniștit, plin de suspine.

Am suferit pentru pierderi, pentru neputințe, pentru regrete, pentru dezamăgiri... Am suferit de frică.

Am suferit și pentru oameni. Am suferit pentru că am fost mințită, înșelată, părăsită. Pentru că mi-au fost înșelate așteptările, pentru că mi s-a arătat Raiul, ca mai apoi să fiu trimisă direct în Iad. Am suferit pentru că am avut întotdeauna așteptări și am crezut mereu, naiv, în promisiuni, în cuvinte dulci, în priviri duioase. Am suferit de singurătate. Am suferit pentru propriile greșeli, pentru alegerile pe care le-am făcut, pentru drumurile pe care le-am abandonat, pentru oamenii de care m-am îndepărtat și, de cele mai multe ori, pentru că în universul meu a avea așteptări nu se conjugă niciodată alături de cuvintele „minciună“, „trădare“, „înșelăciune“ sau „dezamăgire“.

Fiecare suferință mi-a făcut o rană în suflet, dar, cu timpul, fiecare bucată în parte de carne vie s-a cicatrizat. Unele răni s-au vindecat atât de bine, încât abia se mai observă semnele lor, iar altele se deschid uneori și încă sângerează.

Da, am suferit mult. Dar nu m-a știut nimeni. Și, chiar dacă m-ar fi știut, nu m-ar fi putut ajuta. Oamenii pot aduce alinare prin cuvinte de încurajare, prin mângâieri, prin promisiuni, dar nimic din toate acestea nu pot vindeca răni. Doar Dumnezeu mi-a vindecat rănile și doar El mi-a dat forță și încredere să merg mai departe. Doar El m-a ajutat să iert, să mă iert, să accept și să devin puternică.

Am învățat din suferințele mele că, pentru a înțelege viața, pentru a-i ierta pe oamenii care ne dezamăgesc, pentru a accepta nedreptăți, pentru a ne regăsi forța interioară și echilibrul, nu avem nevoie de Timp, ci de Dumnezeu. Dar Dumnezeu are nevoie de Timp. Fiindcă și El trăiește toate suferințele noastre. El este singurul care ne înțelege cu adevărat durerile și temerile, fiindcă doar El suferă împreună cu noi.

Am suferit, draga mea prietenă, la fel ca tine...

Mereu vei găsi ceva de care să te agăți atunci când te afli în cădere. Doar întinde mâinile!

PREA TÂRZIU ESTE DOAR LA ULTIMA BĂTAIE A INIMII

IRINA BINDER

Ar fi fost imposibil ca în scrierile mele să nu le trimit un gând bun și sufletelor singure. Mă gândesc la acei oameni care nu au alături jumătatea cu care să își împartă viața.

Singurătatea este chinuitoare... Oare cine a scăpat fără să fi făcut cunoștință cu ea măcar o dată în viață? Singurătatea aceea amară, în care, chiar dacă avem părinți, frați, prieteni sau colegi cu care ne petrecem timpul, la sfârșitul zilei ajungem tot singuri între cei patru pereți ai cuibului nostru pustiu. Nu avem cu cine împărtăși cele mai tainice trăiri, iar atunci când locuim singuri, nu avem pe cineva care să ne aștepte acasă sau un suflet pe care să-l așteptăm noi cu drag, pentru care să gătim, omul acela cu care să împărțim zilele în care suntem bucuroși, bolnavi sau triști.

Nimeni dintre cei care ne sunt părinți, rude, prieteni sau colegi nu poate umple anumite goluri din inima noastră și nu ne poate oferi acea iubire diferită de cea pe care o primim de la ei sau pe care o simțim pentru ei și de care depinde atât de mult sufletul omenesc ca să fie întreg. Iar un suflet singur și fracționat, lipsit de cealaltă jumătate a sa, trăiește mereu bucuriile pe jumătate și durerile la dublu...

Câteodată, după atâta așteptare în care nimic nu s-a schimbat, omul se resemnează în fața singurătății și i se abandonează. Uneori, rămâne un licăr de speranță în inima sa; alteori, se estompează încetul cu încetul, până când dispare... Un singur lucru nu se schimbă: profunzimea singurătății sale. Iar faptul că nu are alături un suflet pereche îl face să se simtă incomplet și, ca o consecință firească atunci când nu se simte iubit, se împovărează cu complexe, ajunge să creadă că nu este suficient de frumos sau de bun și că merită să fie singur.

Așteptarea, atunci când se prelungește și tinde să devină îndelungată, îl face să creadă că e prea târziu. Îl face să uite puterea îmbrățișărilor, magia privirilor pline de iubire și îl face să creadă că iubirea există doar în povești sau doar pentru oamenii privilegiați de soartă.

Nu, dragii mei! Categoric spun: nu! Și vă rog să vă faceți curaj și să alungați tristețea, să înviați speranța și, mai ales, să vă scuturați de fiecare disperare, pentru că niciodată nu este prea târziu să te îndrăgostești și să îți găsești jumătatea inimii!

Există șanse pentru fiecare om, există un suflet pus deoparte pentru fiecare suflet. Doar că fiecare dintre noi trebuie mai întâi de toate să învețe că există un timp anume pentru toate.

Știu că unii oameni au obosit de atâta așteptare și s-au resemnat cu ideea de singurătate, și-au pierdut încrederea în ei și în șansa de a fi iubiți. Se simt îmbătrâniți înainte de vreme și se abandonează tristeții și amărăciunii... Vă rog, nu faceți asta! Sunteți vii, sunteți frumoși, sunteți dependenți de iubire! Renunțați la complexe, la prejudecăți, abandonați credința greșită că este prea târziu pentru voi și că nu mai aveți șanse! Primul pas spre a găsi iubirea este să credeți! Iar al doilea pas este să vă doriți! Speranța și dorința vă vor face să fiți încrezători, frumoși și să vă deschideți sufletul în așteptarea jumătății care urmează să vină alături de voi, pentru a fi un întreg.

Prea târziu să întâlniți iubirea este doar la ultima bătaie a inimii!

Ce bine-ar fi dacă noi, oamenii, am putea face temporar schimb de suflete! Am afla atâtea despre ceilalți și am înțelege atâtea lucruri! Am afla despre durerile lor, despre neputințele și regretele nespuse, despre renunțările, temerile și visurile abandonate. Dar am afla multe și despre noi înșine, despre ceea ce nu avem, despre ceea ce nu suntem, nu știm și nu putem fi vreodată...

CEA MAI BUNĂ PRIETENĂ DIN LUME

CARMEN VOINEA-RĂDUCANU

Aș vrea să scriu aici cu inima împăcată că mama mi-a fost cea mai bună prietenă. Și chiar așa mi-a și fost. Dar, din păcate, am înțeles asta mult prea târziu, atunci când ea nu mai era lângă mine ca să o bucur spunându-i că mi s-au deschis ochii și că văd în sfârșit limpede adevărul.

Însă mama chiar mi-a fost cea mai bună prietenă din lume, acum știu prea bine asta. Doar că am descoperit acest adevăr târziu. Foarte târziu...

Pentru că ea m-a îngrijit cu devotament și iubire întotdeauna, ea s-a pus pe locul al doilea atunci când aveam nevoie să fiu eu pionul principal (iar un copil are această nevoie cam tot timpul când are părinți). Ea m-a iubit chiar și atunci când nu o meritam, nu mi-a judecat alegerile chiar și când au fost greșite, mi-a împărtășit speranțele, mi-a încurajat fiecare vis, m-a îndrumat corect, mi-a arătat drumul greu al cinstei și al onoarei. Ea m-a iertat când n-am fost bună, mi-a arătat Calea, mi-a șters lacrimile când am plâns, m-a ridicat când m-am prăbușit, m-a purtat pe brațe și m-a ajutat să merg înainte când suferința îmi omorâse dorința de a continua.

Ea a râs cu mine și a suferit alături de mine, m-a îmbărbătat când îmi pierdusem curajul, m-a ținut în brațe atunci când aveam cea mai mare nevoie de alinare, ea a fost mândră de mine și m-a vorbit întotdeauna de bine la toată lumea. Ea m-a ajutat când toți îmi întorceau spatele, ea mi-a cumpărat în fiecare an câte un palton nou, frumos și la modă, deși cel pe care-l purta ea avea mai bine de 10 ani și era urât, foarte greu și rărit la guler și la mâneci.

Mama a făcut toate acestea pentru mine – și milioane de alte minuni: m-a învățat să mănânc frumos, să vorbesc civilizat, să fiu discretă, să dăruiesc, să mă spăl pe dinți, să mă fardez și să mă piepțăn chiar și dacă ies doar până la pâine (of, când îmi plimb cățelușa, pe Șchiopăilă, nu o ascult deloc!), să nu mă dau bătută niciodată, să cer iertare când greșesc, să fiu decentă, să nu îmi pierd speranța și credința, să fiu amabilă, să nu fiu fraieră, dar să las, totuși, de la mine.

Tot ea m-a învățat să fiu demnă, să fiu curată la suflet, să nu mint, să fiu bună cu bătrânii, să-i ador pe copii, să respect credința oricărui om, să nu fac diferențe între rase, să plec de unde nu sunt fericită, să-mi fie rușine chiar și de rușinea altora, să ocrotesc animalele și să le hrănesc, să nu stau nicio clipă acolo unde nu sunt dorită, să nu dau buzna acolo unde nu am fost invitată, să nu iau toată mâna celui care-mi dă un deget, să nu cerșesc iubirea și nici prietenia, să nu aștept înțelegere de la cei obtuzi, să bat la ușă înainte de a intra într-o încăpere, să iubesc iezii, maimuțicile și mieluții, să le mulțumesc de o mie de ori celor care mi-au făcut un bine și să fiu recunoscătoare întotdeauna. Dar și să nu-mi bag nasul unde nu-mi fierbe oala, să vorbesc cu pisicile și cățeii pentru că mă vor înțelege, să nu chinui niciun suflet viu, să accept că oamenii sunt imperfecți și să înțeleg că se vor schimba în bine numai atunci când vor dori ei, nu eu.

Și tot de la ea am deprins să lupt pentru idealurile mele, să-mi urmez visurile și cu ochii închiși, să cred întotdeauna în mine, să-L port în suflet pe Dumnezeu și să-L iubesc. Și să am mereu credința că cine sunt azi e întotdeauna prea puțin față de cine pot deveni mâine.

Mama... Câte mi-a dăruit mama! Cât a făcut pentru mine mama! Cât a uitat mama de ea pentru mine! Cea mai bună prietenă a mea a fost mama, nu există termen de comparație cu nimeni și cu nimic. Fiindcă orice prietenie pălește în fața celei pe care a avut-o mama pentru mine, chiar și atunci când nu știam că ea este cea mai grozavă și adevărată prietenă din lume...

Sper că vezi ce scriu de-acolo de unde ești, mama! Și te rog să mă ierți că am înțeles atât de târziu! Prea târziu. Și că eu nu am știut să-ți fiu prietena pe care o meritai. Dar mă bucur măcar că am fost o fiică mai bună decât alte fiice pe care le-am întâlnit în viața mea... Deși nu mă consolează cu nimic. Pentru că aș fi putut mai mult. Și mai bine...

Mulțumesc, mama! Și iartă-mă! Te iubesc!

Dumnezeu, când a creat femeia, s-a gândit mai întâi la o mamă – pentru că El este orfan, nimeni nu știe cine-I sunt părinții și-avea nevoie măcar de-o mamă.

COPILOR MOFTUROȘI

Irina Binder

Când văd copii mofturoși și pe bieții părinți sau bunici încercând să îi convingă să mănânce anumite lucruri și întrebându-i prin magazine, cu iubire în glas, dacă vor Almette, Philadelphia sau miez de lapte, îmi amintesc niște povești... Iată câteva.

*

L-am întrebat pe un băiețel de ce a plâns ultima oară, încercând, într-o joacă foarte serioasă, dar și fără a-i da lui senzația că discutăm „lucruri de oameni mari", să aflu ce are pe suflet. Iar puștiul, cu toată candoarea și tristețea nedisimulată și sinceră a copilăriei, mi-a răspuns foarte serios:

— Pentru că eu sunt singurul copil din clasă care nu are niciodată măr în pachetul pentru școală, iar unii dintre colegii mei au chiar și banană la gustare...

*

Într-o zi, am mers la o familie cu mulți copii, aveam pentru ei un pachet consistent cu alimente de tot felul, jucării și hăinuțe. Le era foame, mama lor abia reușea să le facă un pilaf dintr-o pungă de orez și o ceapă. Am scos cumpărăturile din sacoșe și, urmărindu-le privirile pofticioase, am tăiat puțin salam să le dau micuților. Evident că am desfăcut coaja, ca să o arunc, însă o fetiță mai mică și cu ochi mari, nevinovați și strălucitori, a luat-o de pe masă și a încercat să o mănânce, trăgând de ea cu o foame de lup...

*

I-am întrebat pe niște copii necunoscuți dintr-un sătuc unde oprisem odată mașina care este desertul lor preferat, gândindu-mă să le dau din dulciurile pe care le aveam la mine. Am aflat că singurul desert pe care îl cunoșteau era pâinea înmuiată în apă și presărată cu zahăr...

*

Într-o familie cu cinci copii, cel mai mare băiețel (avea pe atunci 13 ani) nu mânca niciodată banane, ci i le lasă surioarei lui de 2 anișori. El se mulțumea să curețe de pe coajă ceea ce rămânea. Adică mai nimic...

*

În era consumerismului în care trăim, când avem norocul prea multor opțiuni și nu mai știm nici ce să ne dorim și nici ce să alegem când avem atât de multe la dispoziție, când mulți copii se bucură de abundență în toate – alimente, dulciuri, jucării și hăinuțe –, vă propun să fim mai cumpătați, să încercăm să risipim mai puțin, să luăm decizii cât mai bune când este vorba despre cumpărături, iar copiii noștri să învețe să aprecieze bunăstarea și să deprindă de la noi exemple bune, pline de responsabilitate și compasiune. Să-i pregătim astfel să fie recunoscători pentru posibilitatea de a avea ce este mai bun și, în consecință, să aleagă cu simț de răspundere. Dar mai ales să-i educăm să împartă ceea ce au din abundență cu cei care nu au nimic sau aproape nimic. În coșul acela de cumpărături plin cu de toate, de cele mai multe ori chiar și cu lucruri de care nu avem neapărat nevoie, să adăugăm mereu ceva bun pentru un copil fără opțiuni, un îngeraș precum copiii amintiți, pe care nu-i întreabă nimeni dacă vor Nutella sau vreun fel anume de iaurt cu fructe dintre zecile care se găsesc în magazine...

Un copil nu are nici măcar un măr la școală. Un altul ar mânca și pielița în care este învelit salamul. Un copil bun renunță la un fruct sănătos în favoarea surorii mai mici. Iar alții, undeva, într-un sat pierdut printre munți, visează la cel mai grozav dulce din lume: o felie de pâine presărată cu zahăr...

Fă mereu ceva pentru alții. Sentimentul că poți face mai mult decât să muncești și să trăiești pentru tine este înălțător! Gândește-te ce noroc e să fii mereu între cei care dăruiesc, nu între cei care au nevoie!

Așa ar trebui să arate o lume frumoasă... Să nu fim singuri, să nu ne purtăm de parcă nu ne-ar păsa de cei de lângă noi.

POVESTEA UNEI GENȚI

IRINA BINDER

— Fiți drăguță, cât costă geanta din vitrină?

— Care geantă, cea bej? a întrebat vânzătoarea, plictisită.

A privit-o neîncrezătoare pe femeia îmbrăcată prea modest pentru a fi clienta potrivită ca să cumpere o asemenea poșetă. Mereu o deranjau tot felul de tanti din astea, care n-aveau una de-un leu la ele, dar căscau gura la ce era mai scump și mai de fițe prin vitrine, ca apoi să o toace la cap, uimite de preț, uluite că există așa ceva, apoi obrăznicindu-se cu remarci de tipul „Da' din ce-i făcută, mamă? Din aur? Doamne ferește, că e mai mult ca pensia mea pe-o lună!". Deja era pregătită pentru ce avea să urmeze.

— Da, cea bej din vitrină.

— 900 de lei.

— 900? a întrebat din nou femeia, surprinsă și jenată, sperând că de fapt auzise 200.

— Da, *nnnouuuădă sute*, ați auzit bine, a ironizat-o, iritată, încercând să scape grabnic de ea și de eventualele întrebări care ar fi urmat și care întotdeauna o plictiseau de moarte.

Ce explicații să le dea unor astfel de femei, care habar n-aveau de modă, de firme, de calitate și care nu lăsau coada cratiței din mână decât ca să apuce sacoșele de toartă și să meargă la piață sau ca să ia telecomanda și să se uite la serialul preferat?!

Femeia slabă și palidă, purtând un batic albastru cu margarete, a ieșit din magazin să mai privească o dată geanta, simțind nervozitatea vânzătoarei, care se stăpânise cu greu să nu ridice tonul, dar tot fusese răutăcioasă cu ea. „E tânără, îi fierbe sângele în vene, n-o să mă pun acum la mintea ei. Este doar o copilă, ce să priceapă ea?!" Și-a alungat din minte tonul și privirea fetei din magazin și a zâmbit, amintindu-și de fiica ei, îngerul ei frumos și bun care admirase geanta cu câteva zile în urmă, când au fost împreună la mall ca să-i cumpere baticuri colorate, sub care să-și poată ascunde capul rămas fără păr după ședințele de chimioterapie.

„Hmm... 900 de lei... De ce o fi atât de scumpă? E ceva cu ea... E de calitate, e la modă, o fi și de firmă, sigur. Dar tot o geantă e...", gândi femeia cu tristețe. Pentru că tare mai voia să-i ofere fiicei sale geanta, dacă tot îi plăcuse atât de mult. Mai ales că peste câteva săptămâni avea să fie aniversarea ei. Doamne, oare unde zburaseră toți anii aceștia, de când o adusese pe lume, o mânuță de om, frumoasă și zâmbitoare, lumina ochilor ei. S-a gândit puțin, s-a socotit. Mai avea 1 132 de lei până la următoarea pensie. Îi trebuiau bani pentru autobuz și apă, pe care și-o cumpăra pentru orele în care stătea să facă tratamentul cu citostatice. Alte cheltuieli nu trebuia să facă neapărat, poftă de mâncare nu avea ca să-și dorească cine știe ce bunătăți, hainele pe care le avea îi ajungeau – unde să mai meargă în afară de spital? „Plus că e vară, aș putea să merg pe jos trei stații, fac mișcare, poate capăt puțină culoare în obraji", gândi femeia.

A intrat hotărâtă în magazin și, spre uimirea vizibilă a vânzătoarei care o persiflase mai devreme, a cumpărat geanta frumoasă din piele crem. Era fericită.

Când a ajuns acasă, a așezat-o pe canapeaua din sufragerie ca pe un trofeu prețios și a privit-o cu mândrie. Era nerăbdătoare să vină ziua în care avea să-i facă marea bucurie fiicei cochete. Se simțea încântată peste poate de curajul ei de a-i face un cadou atât de costisitor. Doar că, după câteva zile, a început să se simtă din ce în ce mai rău, iar medicii au hotărât să o interneze pentru a o putea supraveghea. Nu putea lăsa poșeta în casa fiicei, voia să fie o surpriză pentru aniversarea care urma. Așa că a luat-o cu ea și a ținut-o bine ascunsă în geanta de voiaj în care își luase câteva lucrușoare necesare în spital.

Buna ei fiică o vizita în fiecare seară după serviciu, dar fata știa deja că mama ei nu mai putea fi salvată. Cu inima sfâșiată, o încuraja privind-o în ochi și o mințea, ținând-o de mână, că în curând se va simți mai bine și vor pleca acasă.

Și așa a și fost, cum au spus medicii: femeia nu a mai apucat aniversarea fiicei...

Din salonul în care fusese internată mama, fata a luat, cu inima frântă, geanta de voiaj a mamei, în care a băgat cana, lingura, periuța și pasta de dinți, două baticuri, prosopul și papucii. Le-a îndesat în geantă cu ochii împăienjeniți și cu obrajii uzi de lacrimile care nu se mai opreau. De la garderobă, i s-au dat hainele și o pereche de pantofi, surprinzător de uzați, care păstrau încă forma picioarelor mereu obosite ale aceleia care-i dăduse nu numai viață, ci și atât de multă iubire.

S-a întors singură acasă și a scos din geanta de voiaj, pe rând, lucrurile mamei. Era copleșită de durere. Își dădea seama că a plecat la spital cu o mamă și s-a întors doar cu o geantă și cu câteva lucrușoare cu care nu mai avea ce face. Mai săracă decât toți săracii lumii, orfană...

Pe fundul genții de voiaj, într-o sacoșă neagră, luxoasă, a găsit un sac alb satinat. L-a desfăcut cu grijă și uimire și a descoperit poșeta aceea elegantă la care priviseră împreună nu de mult și pe care, spre surprinderea ei, i-o cumpărase mama. A căutat în interior o felicitare, o scrisoare, ceva dar n-a găsit. În schimb, inima ei știa că în obiectul acela neînsuflețit mama îi lăsase toată iubirea ei – și un zâmbet fericit, ferecat între fețele ei din piele fină.

Pentru aceia care nu se mai întorc acasă, dar care ne lasă mereu iubirea lor cumva, undeva...

Să mulțumim în fiecare clipă pentru tot ce-ar trebui să mulțumim și mai ales pentru exemplul bun pe care ni l-au dat alții, prin bunătatea și frumusețea din sufletul lor.

IARTĂ-TE, MAMĂ!

IRINA BINDER

Iartă-te, mamă, pentru puținele clipe în care ai îndrăznit să te bucuri de ceva! Cum ai îndrăznit?...

Iartă-te pentru atunci când ai avut curaj să savurezi o prăjitură, iartă-te pentru că, după ani de zile, ai mers la o piesă de teatru, iartă-te că ți-ai cumpărat un ruj bun! La ce ți-au folosit?...

Iartă-te pentru că îți dorești un pat comod și o lenjerie brodată, iartă-te că visezi și tu la lucruri lumești și firești, la o vacanță, la puțină mângâiere, la puțină iubire... Tu? Ce curaj!...

Iartă-te pentru prea puținele zile în care nu ai reușit să faci tot ce trebuia, pentru atunci când ai fost prea obosită, pentru rarele momente în care ai spus „Nu", pentru atunci când nu ai mai putut să le duci pe toate. Pentru că ești om...

Iartă-te pentru tot ce nu ai reușit să oferi, iartă-te că nu ai avut cum să te împarți la o mie, ci doar la toți oamenii pe care i-ai iubit! Și n-au fost puțini cei dragi...

Iartă-te pentru puținele clipe în care ai reușit să ațipești după-amiaza, pentru prea rarele momente de liniște de care te-ai bucurat. Pentru că ai avut nevoie, altminteri ai fi renunțat și la ele...

Iartă-te, mamă, pentru toate reproșurile care ți s-au făcut, iartă-te pentru tot ce nu ai reușit să duci până la capăt atunci când credeai că ești supraom. Nu erai. Erai doar o mânuță de femeie...

Dar iartă-te, mamă, și pentru toate paharele de șampanie nebăute, pentru toate zilele în care nu ți-ai alocat timp să te aranjezi ca să te simți frumoasă, iartă-te pentru fiecare dată când nu ai folosit parfumul tău scump, știind că, dacă îl vei consuma, nu-ți vei mai lua altul! Ai renunțat la bucurii mărunte, dar esențiale pentru tine...

Iartă-te și pentru durerea de oase pe care ai dobândit-o dormind ani la rând pe canapeaua incomodă din sufragerie, doar pentru a le asigura celor dragi un somn odihnitor și intimitate. Pentru că te-ai gândit numai la ceilalți...

Iartă-te pentru mâinile și picioarele obosite după atâția ani de trudă și iartă-ți ridurile cu care te-ai trezit într-o bună zi pe chip! Pentru că timpul nu te-a iertat atunci când tu erai prea ocupată să-i faci pe alții fericiți...

Iartă-te și pentru toți pantofii pe care nu ți i-ai cumpărat, considerând că ai tăi încă sunt buni așa tociți cum erau și că ai preferat să le mai cumperi celor dragi încă o pereche, chiar dacă aveau destule. Ca să fie ei mulțumiți și mereu în pas cu moda...

Iartă-te pentru că ai fost la coafor doar când a trebuit să mergi la vreun eveniment (rar!), pentru că ai renunțat la atât de multe, pentru că ți-ai amânat fericirea și ți-ai abandonat atâtea visuri! Visurile celorlalți erau mereu mult mai mărețe și mai importante...

Iartă-te pentru toate cireșele pe care nici măcar nu le-ai gustat – doar pentru a le lăsa celor dragi. Și iartă-te că în toată viața ta ai văzut marea de prea puține ori! Sau chiar deloc...

Iartă-te pentru că de multe ori casa ți-a fost ca un loc de muncă, ca o închisoare, ca un hotel sau ca un restaurant pentru alții, ca un refugiu pentru sufletele rănite – și atât de rar ți-a fost ca un cămin, ca locul în care să te bucuri și să-ți găsești liniștea! Pentru că niciodată nu era vorba despre tine, ci numai despre alții...

Iartă-te pentru toate momentele de singurătate, pentru că doar ție ți-a fost dor când cei dragi se bucurau de viață departe de tine. Ai avut prea mult suflet...

Iartă-te că ți-ai ascuns durerile și temerile, că nu ai îndrăznit să te plângi, că ai lăcrimat pe ascuns, că nu te-a mângâiat nici vântul când ți-a fost rău, că nu te-a știut nimeni când nu ai mai putut, că nu ți-a adus nimeni când nu ai avut! Pentru că nu ai vrut să-i fii povară nimănui, ci numai lumină...

Iartă-te pentru că ai crezut că ai doar îndatoriri, nu și drepturi, iartă-te pentru că ai crezut că trebuie doar să oferi, nu și să primești, iartă-te pentru că ai considerat că nu ți se cuvin atât de multe lucruri! Erai mereu ultima pe lista priorităților...

Iartă-te, mamă, pentru că acum, târziu, ți-ai amintit că ești femeie și că viața nu înseamnă doar să muncești și să le oferi altora totul.

Iartă-te pentru că le-ai aparținut tuturor, dar ție prea puțin. Asta înseamnă dăruire...

Iartă-te pentru toate momentele în care nu ai fost înțeleasă, pentru atunci când ai fost alungată, pentru atunci când ai avut parte de răceală în loc să fii întâmpinată cu iubire. Oamenii greșesc, dar tu i-ai iubit și dincolo de erorile lor...

Iartă-te că ai trăit pentru ceilalți și că i-ai iubit pe toți mai mult decât pe tine!

Iartă-te că ai cerut prea mult de la tine și prea puțin de la alții.

Iartă-te pentru că te-ai irosit, te-ai neglijat și ți-ai abandonat sufletul.

Iartă-te pentru toate momentele în care nu ți s-a spus „Mulțumesc!“, „Iartă-mă!“, „Mi-e dor de tine!“, „Ești minunată!“, „Te iubesc!“.

Iartă-te pentru toate așteptările, pentru toate renunțările, pentru toate neputințele tale!

Iartă-te că ai tăcut atât, că ai iertat atât, că ai uitat atât!

Iartă-te că ai fost mai bună decât ceilalți, că ai avut o inimă mai generoasă ca a altora, că ai simțit mai mult decât ai spus cu voce tare și că ai iubit mai presus de tine.

Iartă-te, mamă! Iar pe noi iartă-ne pentru că nu am știut ce înseamnă o mamă!

Se spune că numai Dumnezeu are dreptul să ne judece... Nu știu de ce am impresia că tocmai El nu ne judecă, ci doar ne înțelege și ne iartă neobosit...

MIRACOLE

Carmen Voinea-Răducanu

Fetița se uita cu uimire și nu înțelegea ce caută un lacăt pe ușa de la frigider. Îl descoperise când încercase să-și pregătească pentru cină o felie de pâine unsă măcar cu un strat transparent de margarină, că se săturase până-n gât de-atâta pâine și veche, și goală, de care avea parte mereu pe lângă apa fiartă și ușor colorată ce ținea loc de ceai. Pe care-l bea întotdeauna neîndulcit, din aceeași cană ciobită ținută strâns între palme, ca să-și mai încălzească palmele înghețate. Fiindcă, nu știa de ce, îi era mereu frig, chiar și vara.

A căutat cheia peste tot, dar abia după ce a văzut că e zadarnic și nu este de găsit pe nicăieri și-a dat seama că trebuie să fie agățată de gâtul Lenuței. Că nu înțelesese, când a venit de la școală, de ce are femeia sfoara aceea atârnată pe piept și care zăngănea la fiecare pas, de parcă era un șarpe cu clopoței.

Acum se lămurise: trebuia să-i ceară voie mamei ei vitrege de fiecare dată când dorea ceva din frigider. Totul fusese bine gândit dinainte, ca să nu mai ia nimic în ascuns, fără știrea ei. Și singura alternativă, una deloc fericită, era de a rămâne nemâncată. Ori să se mulțumească iar cu un coltuc gol de pâine? Soția tatălui ei nu i-ar fi permis niciodată să-și pună seara margarină pe pâine. Desfătarea asta pantagruelică era pentru dimineața, înainte să plece la școală, când unsoarea aceea deosebit de gustoasă s-ar fi adăugat eternei felii subțiri de pită și veșnicei ape colorate pe care o bea mereu din cana aceea știrbă la care avea dreptul.

Foamea era cel mai mare dușman al Adrianei – Adița, cum își amintea că-i spunea mama ei. Fetița visa noaptea mazăre dulce, ouă ochiuri, supă cu gălușcuțe sau tăiețeii de casă, copănele de pui și cartofi prăjiți. Iar când venea spre casă de la ore, se oprea și se uita cu jind la rafturile pline cu prăjituri frumos aranjate ale cofetăriei de lângă piață. Și, cum nevoia te învață, intra uneori printre tarabele zarzavagiilor și zăbovea cu ochii măriți de poftă la fructele lucioase și parfumate, clădite în grămezi de către țărani care strigau cu voci puternice după gospodine, lăudându-și marfa.

Odată, o bunicuță cu mâini aspre și ochi blânzi a privit-o ciudat cu ochii ei apoși, bolnavi de cataractă, și i-a oferit o pară mare, galbenă și înmiresmată.

— Mămăiță, ești singurică mătăluță? Unde sunt părinții tăi? Uite, dacă ți-e poftă și n-ai bani, ia de la mamaie para asta, că n-oi sărăci dintr-atâta, și mi-i aduce tălică bănuții altădată, când te-oi face mare cocoană și-ai să ieși pe salar, făcuse haz și-ncepuse să râdă cu gura ei știrbă bătrâna cea omenoasă.

I-a fost frică să o ia. De unde să-i aducă ea bani? Iar dacă femeia ar fi înțeles că nu are, cine știe ce i-ar fi cerut după aceea? Poate să fure?! Că așa-i zicea mama ei vitregă: să aibă grijă la hoți, că trimit copii la furat, poate chiar îi învață să fure de la părinții lor. Fiindcă Adița nu știa că există și oameni buni pe lume, care-ți pot dărui ceva fără să ceară nimic la schimb și nici nu înțelesese că bunica își pitise gingaș milostenia în dosul unei glume. Căci Adița nu prea știa nici ce sunt glumele, la ea în casă nu râdea nimeni niciodată, cel puțin nu cu ea. Darămite să se mai și țină de ștrengării!

Și a plecat Adriana ținând capul în jos, fără să spună vreun cuvânt, având grijă ca în viitor să ocolească locul în care o vedea pe țăranca în vârstă și zâmbitoare vânzându-și produsele.

Dar piața era mare, lumea era multă și, de multe ori, oamenii veniți să târguiască se împiedicau de copila slabă ca un ogar, cam murdărică și cu obrajii supți, dar cuminte și tristă în spatele ochilor ei mari și întunecați, de negură fără stele și fără de lună.

Așa că fetița învățase să se oprească într-un colț ferit, unde nu ar fi încurcat pe nimeni, și se uita de-acolo la explozia de bogăție și culoare care se așternea în fața ochilor ei. Ar fi mâncat orice – ar fi păscut ca o capră chiar și verdeața aceea pe care toți copiii o scoteau cu scârbă din farfurii, ar fi ronțăit morcovii ca un iepure și-ar fi înfulecat frunzele de spanac așa nespălate, luate cu pumnul din snop. Pentru că la ea acasă o așteptau pe fundul unei farfurii câteva linguri dintr-o altă apă colorată în maroniu, rece, sleită și cu gust sărat, alături de veșnica pâine uscată lăsată de izbeliște pe masă ori de o bucățică de mămăligă rece și întărită ca piatra, pe care, de multe ori, se bătea cot la cot cu gândacii de bucătărie.

Plecase amețită din piață și, în fața vitrinei cofetăriei, când privea la dulciurile acelea cărora nici măcar nu le știa numele, iar gustul nici atât, a simțit așa, ca o învârteală în cap, de parcă se rotea și ea ca fetițele la școală, două câte două, în joaca de la pauza mare. Apoi, s-a clătinat și-a căzut pe asfalt, icnind. Lumea s-a adunat degrabă în jurul copilei, încercând să o ajute.

A deschis ochii cu greu, când a simțit o mână care-i mângâia obrajii și părul încâlcit, îmbâcsit de săpunul de rufe cu care și-l spălase singură cu o seară înainte. Că Lenuța urlase la ea că prea multă apă consumă și o scosese din baie înainte să apuce să se limpezească bine și să scoată săpunul din păr...

O vânzătoare pe care o privise de multe ori prin geamul cofetăriei i-a dat să bea o apă dulce ca mierea și ușor acrișoară, probabil cu mult zahăr, dar și încă ceva parfumat (nu știa ce gust are lămâia), iar Adriana nu se mai putea opri. Trebuia să o bea pe toată, era cea mai bună apă pe care o băuse în viața ei, sigur că așa ceva beau doar îngerii despre care-i vorbise atât de frumos mama ei adevărată, când încă nu o părăsise și ea era numai de-o șchioapă.

O doamnă a luat-o de mână, fără să o lase să meargă singură acasă, a traversat-o strada vorbindu-i încontinuu și întrebând-o cum se mai simte, dacă s-a lovit, dacă o doare ceva. Dar copila a clătinat mereu din cap, mândră în sinea ei că lumea va crede, poate, văzând-o așa, că doamna cea frumoasă este mama ei și că merge acum acasă cu femeia aceea atât de cumsecade, unde va mânca cele mai mari bunătăți, va dormi după prânz, la scularea din somn va mânca o gustărică bună, apoi își va face lecțiile cuminte, așteptând cina, baia și, după aceea, un somn binecuvântat, în așternuturi curate, calde și imprimate cu Albă ca Zăpada.

S-a trezise la realitate când Lenuța a urlat la doamna cea frumoasă și pe ea a smuls-o din mâna femeii, împingând-o apoi cu toată puterea în casă și trântind ușa. Fără un „Mulțumesc“, fără vreun cuvânt bun pentru salvatoarea ei. Apoi, a pedepsit-o fiindcă venise cu o străină la ușa ei: a pălmuit-o cu sete și a aruncat-o ca pe o cârpă în baia cu lumina închisă. Și a lăsat-o să zacă acolo, în beznă, fără să-i dea să mănânce nici măcar mămăliga uscată dimpreună cu apa aceea precum potroaca în loc de supă. Așa cum făcea mereu când nu era foarte supărată. Pentru că, atunci când Lenuța se supăra cu adevărat, era bai mare! Mai întâi, îi spunea că seamănă cu târâtura de mă-sa, care și-a luat câmpii și-a fugit în lumea largă fără să trimită un ban acasă pentru întreținerea ei; apoi, o trăgea ca pe un lemn până la boxa întunecată și insalubră din subsolul blocului și o încuia acolo, să doarmă cu șobolanii până dimineață, când o scotea afară ca să o trimită la pâine, înainte să meargă la școală. Că și la școală o lăsa doar ca să nu o mai vadă prin casă și ca să poată încasa alocația, nu că i-ar fi păsat prea tare de educația ei.

Adriana nici măcar nu mai știa să plângă. Tot ce mai putea să facă era să amuțească. Cu greu mai deschidea gura acasă și numai ca să-și ceară iertare – atunci când o supăra pe mama ei vitregă pentru că îi mânca degeaba banii, fără să producă nimic. Sau ca să-i mulțumească pentru ceva, inclusiv pentru bătăile și pedepsele pe care i le administra constant. Iar la școală vorbea doar întrebată de învățătoare și foarte puțin cu cei de seama ei, colegi și colege. Dar în mintea sa... Ei bine, acolo se schimba situația. În capul ei, turuia încontinuu, ca o morișcă descătușată. Îi povestea totul mamei, îi spunea tot ce o doare, ce-și dorește, ce visează, cum e la ore, ce-a mai învățat la română și la geografie, ce-a văzut în piață... Și o întreba mai ales dacă-și mai amintește ce gust au cireșele, căci apăruseră deja și găsise pe jos, pe lângă tarabele pline, vreo câteva căzute. Și i se păruse că e cea mai mare bunătate pe care o lăsase Dumnezeu pe pământ pentru copiii cuminți.

Nu și pentru ea, fiindcă ea era o nenorocită, o împuțită care făcea degeaba umbră pământului și îi mânca ei bănișorii, că așa-i spunea mereu Lenuța când se supăra. Și asta se întâmpla zilnic... Apoi, Adița, tot în sinea ei, îi mai spunea mamei prea îndepărtate și înstrăinate că învățase locul unde țăranii aruncau marfa stricată și că, după ce se ferea cât se putea ca să nu fie văzută, mai scotocea prin tomberoane, luptându-se uneori cu câte un șobolan ca să apuce vreun măr sau vreo roșie storcită, o prună, o gulioară sau chiar câte un castravete, dacă avea noroc.

Cam așa mersese înainte viața Adrianei, iar dacă lumea exterioară nu i se păruse a fi un loc cu oameni buni și frumoși, lumea ei interioară era populată numai cu zâne bune, mâncărică din belșug, căldurică, veselie și jucării, cărți și lumină, cât mai multă lumină.

Când s-a prăbușit din nou, de data asta era în piață, așezată vigilent la pândă, în locul de unde, ca un animal înfometat, privea tarabele și urmărea să vadă ce mai cade pe jos și ce poate să ia fără să supere pe cineva. Mămăița care încercase să-i dăruiască mai demult o pară o văzuse mereu acolo, privind cu jind în jur, ba chiar o zărise odată, ca prin ceață, scotocind prin gunoaie și mușcând disperată dintr-un măr pătat și viermănos. Tot ea alertase lumea, fugind prima într-acolo și încercând s-o ridice pe fetița prăbușită la pământ.

— Săriți, oameni buni! Ajutoooor! Sunați careva la Salvare, maică! Ajutor! Că nu mai respiră copchila, săriți!

O ținea pe Adriana cu capul în poala ei și o scutura ușurel de umerii scheletici, din când în când, de parcă ar fi vrut să o trezească dintr-un somn domol, să nu o sperie. Sărise lumea, normal, era vorba despre un copil. Care cu apă, care cu sfaturi, care țipând să împrăștie curioșii, ca să aibă fetița aer să respire.

Mămăița plângea și legăna fetița lin, bocind ca pentru ea, fără să vrea neapărat să o audă lumea, ștergându-i fețișoara străvezie cu pestelca ei de precupeață.

— Aoleu, maica mea, ce costelivă ești! Cât cântărești, puică? Cine-s nenorociții ăia de țin un copil nemâncat?! Prafu' să se aleagă de ei, praful și pulberea, nu le-ar mai muri mulți înainte! Se uita la mâncărică, amărâta, mereu se uita, mânca și ea cu ochii, prea mândră ca să ceară, prea cuminte ca să fure. Căta în gunoaie, lume! Căta să roadă și ea un morcov, un măr, un ce găsea și ea pe-acoalea, aruncate de noi, ăștia sătui și nepăsători...

Când a venit ambulanța, copila începuse să-și revină în brațele bune ale bătrânicii, care o mângâia și o întreba dacă vrea să vină la ea, la țară, să se joace cu puii și pisicuțele, să se cațăre în copaci și să mănânce bine de tot de câte ori pe zi vrea.

Medicul i-a pus imediat o perfuzie și au plecat cu ea spre spital, întrebând în toate părțile dacă o cunoaște cineva, dacă știe careva cine-i sunt părinții. Fiindcă Adriana amuțise, gândindu-se în sinea ei că, de data asta, mama ei vitregă avea s-o omoare, fiindcă a făcut-o de mirul lumii. Bătrânica și-a lăsat taraba în grija unei vecine și s-a dus cu Adriana la spital, că n-a răbdat-o inima să o știe așa de speriată și a nimănui, apoi i-a spus polițaiului care venise la spital tot ce știa despre fetiță, adică ce observase chiar și după ce copila, speriată, fugise și se ferise de ea, atunci, mai demult, când încercase să-i dăruiască o pară.

La cei 10 anișori ai ei, cântărea doar 14 kilograme, cât un copil de 3 ani, în loc de 25 sau chiar 35 de kilograme, cât ar fi fost normal. Era clar deshidratată și suferea de anemie severă, de foame cronică și de malnutriție proteino-calorică, plus alte câteva afecțiuni severe legate de alimentația defectuoasă, au spus medicii. Poliția și Protecția Copilului au declanșat o anchetă mare și au descoperit încetul cu încetul tot adevărul despre felul în care fetița fusese torturată în familie de către mama vitregă, sub ochii nepăsători ai tatălui.

Dar mama Adiței a fost mult mai greu de găsit. Era plecată la muncă în străinătate, de ani de zile, timp în care o făcuse uitată pe fetița cu ochi mari și negri, pe care o abandonase la tată, un tată neglijent și laș, care se recăsătorise cu Lenuța, o femeie de o răutate și o gelozie feroce, care și-o imagina mereu pe fosta soție a soțului ei ori de câte ori îi vedea copila, mai ales că ea nu avea un copil al ei – și nici nu și-l dorea. Iar când autoritățile au dat de mama adevărată, femeia își smulgea părul din cap, dar numai de teama consecințelor și a legii, spălându-se pe mâini în același timp și spunând că nu are cum să se întoarcă în țară și nici pe Adița nu o poate lua cu ea, mai ales de când avea o relație și un alt copil cu un bărbat din țara în care muncea și care habar n-avea că ea are și o copilă în România.

Decizia finală, după 4 luni de spitalizare în care Adița a fost pusă pe picioare și adusă la un număr de kilograme aproximativ decent pentru vârsta ei, a fost ca fetița să se întoarcă în familie, deși atât tatăl ei, cât și soția acestuia fuseseră acuzați de rele tratamente aplicate minorului. Așa că, de îndată ce lucrurile au scăpat din vizorul presei, s-a pus ușurel batista pe țambal, dar măcar tatăl și mama vitregă au fost controlați din timp în timp de Protecția Copilului și Poliție, ca lucrurile să nu se mai întoarcă la nenorocirea care se întâmplase. Să zicem că Adița începuse să mănânce și ea cât de cât normal, adică nu numai lăturile pe care odinioară i le azvârlea în față mama vitregă.

Și, cum există miracole, Adriana și bătrânica din piață au devenit mai mult decât prietene, fiindcă de data aceasta fetița n-a mai avut cum să fugă de bunătatea femeii care venise mereu la ea, la spital, cu tot felul de bunătăți. Cu acordul părinților – cărora oricum nu le e frică de Dumnezeu, dar tremură când se gândesc la Poliție și lege –, Adița merge la țară la fiecare sfârșit de săptămână, unde se joacă cu nepoții mămăiței, cu puișorii, pisicile și cățeii. Dar mai ales mănâncă pe săturate toate minunățiile culinare ale lumii: ciorbițe din găinușă rotofeie, supe cu tăieței de casă ori găluște, pâinică proaspătă coaptă pe vatră, copănele la ceaun, mazăre dulce cu aripioare, cartofei prăjiți, cireșe, pere, mere și plăcinte care mai de care mai gustoase. Ba uneori chiar și prăjituri cu ciocolată de la cofetăria de lângă piață, că mamaie-i cumpără din bănișorii ei, așa puțintei cum sunt, nu se zgârcește!

Iar seara, înainte de culcare, fie că e la țară, fie că e la tatăl ei acasă, când spune frumos *Îngerașul* la marginea patului, Adița se roagă pentru sănătatea tuturor: a mamaiei, a prietenilor ei cu patru lăbuțe, a tatălui, a Lenuței și mai ales a mamei plecate în lumea largă – să o ajute Doamne-Doamne să se întoarcă mai repede acasă, să o ia la ea, ca să fie împreună și să nu mai plece niciodată departe. Și să o cunoască și ea pe mamaie, cea mai bună prietenă din lume, cum îi zice Adița.

SCRISOARE CĂTRE SUFLETUL TĂU

Irina Binder

Draga mea prietenă,

Te-ai gândit vreodată să-ți scrii chiar ție o scrisoare? Și, dacă ți-ai scrie, ce ți-ai spune? Ce te-ai întreba? Ce ți-ai reproșa? Ce cuvinte de încurajare și de alinare ți-ai transmite?

Există lucruri pe care le ții ascunse în suflet și cu care îți este teamă să te confrunți? Există răni pe care le-ai pitit adânc în sângele tău și cărora nu le dai șansa să se vindece? Există temeri pe care nu crezi că le poți depăși? Există complexe de care nu poți scăpa? Există oameni pe care nu-i poți ierta? Porți în suflet o iubire neîmpărtășită?

Bun. Dar te-ai gândit vreodată că nu poți avea un alt prieten mai bun decât tine? Te-ai gândit vreodată că tocmai tu îți poți fi în același timp și cel mai aprig inamic?

Te rog, acordă-ți un răgaz să respiri și să stai un timp numai tu cu tine. Și te rog să te tratezi așa cum ai trata-o pe cea mai dragă persoană ție.

Te cunoști cu adevărat? Ai idee cât poți fi de bună, de frumoasă, de puternică? Ascultă-te cu atenție, mărturisește-te cu sinceritate, alină-te cu devotament și iartă-te cu iubire. Apoi, promite-ți că vei face totul ca să fii fericită, că-ți vei oferi ceea ce meriți, că vei fi puternică și demnă, că vei fi mereu bună cu tine și nu vei lăsa nimic să te doboare sau să te schimbe în rău, că vei rămâne frumoasă și bună.

În cartea Insomnii *am publicat o scrisoare pe care mi-am adresat-o mie. Mi-am cerut iertare sufletului meu pentru tot ceea ce nu i-am oferit, pentru toată încărcătura negativă cu care l-am copleșit nemeritat, pentru tot binele de care l-am privat. Într-un moment de cumpănă, acea scrisoare m-a salvat, m-a alinat și mi-a dat puterea să schimb ceea ce mă împiedica să fiu fericită.*

De ce n-ai face și tu la fel? Scrie-ți acea scrisoare. Cu toată sinceritatea, notează tot ce simți pentru tine, tot ce te doare, tot ce te bucură, tot ce îți dorești de la viață. Tot ce visezi, tot ce iubești la tine, tot ce vrei să lași în urmă.

Recitește scrisoarea, apoi ascunde-o. Fă-o uitată – până în ziua când vei trăi un moment dificil. Și te rog să o recitești abia atunci când ești descurajată, când te simți singură și neputincioasă, când ai impresia că te-ai pierdut și nu te mai găsești. Redescoperă-te în scrisoarea aceea și amintește-ți că tu ești aceea, că rândurile acelea sunt despre tine. Amintește-ți că tu poți, că tu meriți, că tu te ridici mereu de la pământ! Și că fiecare încercare este doar o lecție care ne ajută să evoluăm, să devenim mai puternici, mai înțelepți și mai buni pentru noi și pentru ceilalți.

Îți doresc să fii fericită și iubită!

Cu drag,
Irina

MERIȚI!

Irina Binder

A sosit momentul să uiți ceea ce ai și să îți amintești ceea ce meriți.

Meriți pe cineva care să te iubească cu fiecare bătaie a inimii sale și care să îți ducă dorul cu fiecare respirație.

Meriți pe cineva pentru care să fii primul și ultimul gând din fiecare zi.

Meriți pe cineva care, printr-o simplă privire, să te facă să te simți frumoasă, minunată, unică.

Meriți pe cineva care să te cunoască așa cum ești cu adevărat, care să creadă în tine și în fața căruia să nu trebuiască să te justifici vreodată.

Meriți pe cineva lângă care să îndrăznești să fii tu, cu bune și cu rele, și în fața căruia să poți spune tot ceea ce gândești și simți.

Meriți pe cineva care să te respecte și pentru care să fii cea mai importantă persoană.

Meriți pe cineva care să te aprecieze, să te adore, să te placă așa cum ești și care să nu încerce să te schimbe.

Meriți pe cineva care să trăiască împreună cu tine și bucuriile, și suferințele tale, care să viseze aceleași visuri cu tine, care să te facă să râzi și care să îți aline durerile cu o îmbrățișare.

Meriți pe cineva care să te protejeze de temerile tale și care să te încurajeze atunci când îți pierzi încrederea și forța.

Meriți pe cineva care să nu îți îngrădească libertatea, dar pe care nu l-ai părăsi pentru nimic în lume.

Meriți pe cineva care să îți ofere siguranța iubirii și lângă care să nu trăiești teama unui sfârșit.

Meriți pe cineva care să facă din fericirea ta fericirea sa.

Meriți!

Dumnezeu ne-a creat o lume minunată, cu cele mai frumoase condiții și posibilități, cu dreptul deplin de a face alegeri, unde noi ar fi trebuit să trăim în pace, iubire și armonie. Numai că noi, se pare, am uitat toate acestea...

Mulțumește mereu pentru Oameni! Pentru Oamenii minunați pe care i-ai cunoscut, cu care ai legat prietenii reale, pe viață, construite din iubire și sinceritate.

ÎN ÎNCHEIERE...

Dragile mele prietene,

Dacă am reușit prin scrierile mele să aduc un zâmbet pe chipul vostru frumos, dacă am reușit să vă eliberez de o lacrimă, dacă am reușit să vă conving că sunteți minunate și că meritați tot ce este mai bun, dacă ați învățat ceva de la mine, dacă, citindu-mă, v-ați regăsit puterea și echilibrul, dacă v-ați regăsit chiar pe voi când erați pierdute, atunci cartea aceasta nu a fost scrisă degeaba.

Vă rog să nu uitați că viața este un dar și, ca orice dar, trebuie prețuită și împărțită doar cu cei care merită. Care vă merită.

Vă mulțumesc că ați citit ce v-am scris și vă doresc să fiți mereu frumoase ca florile de măr, fericite ca niciodată și iubite pentru totdeauna! Fiți pace, bucurie și iubire și vă asigur că viața vă va răsplăti cu povestea minunată pe care o meritați!

A voastră prietenă, până la sfârșit,
Irina Binder

Alte cărți de Irina Binder apărute la Editura For You

Alte cărți de Carmen-Voinea Răducanu apărute la Editura For You

CUPRINS

EDITURA FOR YOU
Str. Hagi Ghiță, nr. 58, Sector 1, București
Tel./fax: 021/665.62.23
Mobil: 0724.212.695; 0724.212.691
E-mail: contact@editura-foryou.ro
comenzi@editura-foryou.ro
Website: www.editura-foryou.ro
Facebook: EdituraFY
Instagram: @edituraforyou
Twitter: @EdituraForYou